La travestie de Venise

VIRGINIA HENLEY

La colombe et le faucon	*J'ai lu* 3259/5
La fleur et le faucon	*J'ai lu* 3416/6
La rose et le corbeau	*J'ai lu* 3522/5
Les amants secrets	*J'ai lu* 3641/7
Mariage à l'essai	*J'ai lu* 3866/7
La travestie de Venise	*J'ai lu* 3969/7

Virginia Henley

La travestie de Venise

Traduit de l'américain
par Martine Fages

Éditions J'ai lu

Titre original :

SEDUCED

Published by arrangement with Dell Publishing,
a division of Bantam Doubleday Dell Publishing Group, Inc.

Pour Jay Acton, mon magicien.

1

Debout devant sa psyché, lady Antonia Lamb fronçait ses jolis sourcils. Avec ses immenses yeux verts ombragés de longs cils, ses pommettes hautes et sa bouche charnue, elle correspondait parfaitement aux canons de la beauté antique. D'un geste impatient, elle repoussa ses longs cheveux noirs et contempla avec une moue ses petits seins ronds.

– Comme ils sont petits !

Lady Rosalind Randolph, sa grand-mère maternelle, reposa sa tasse de chocolat.

– Qu'importe la taille pourvu qu'ils soient fermes. Je te rappelle que la coupe de champagne fut moulée sur le sein de Marie-Antoinette que l'on disait parfait.

Elle contempla avec satisfaction la silhouette élancée de sa petite-fille, admirant au passage sa taille fine et ses longues jambes fuselées. Elle se crut revenue à ses propres débuts dans le monde.

– Ne t'inquiète pas, Antonia, tu vas faire des ravages. Le dernier bal auquel j'ai assisté était un concours de vulgarité. Lady Denham ressemblait à une dinde enveloppée de gaze et la duchesse de

Bedford qui avait voulu arborer les nouvelles couleurs de la marine ressemblait à un vieux vaisseau décati, avec sa perruque bleu acier !

Antonia éclata de rire et souleva la perruque blanche comme neige que l'on avait déposée sur sa coiffeuse.

– Roz ! fit-elle d'un ton de reproche. Et moi qui étais si impatiente d'étrenner ma première perruque, tu m'en as presque ôté l'envie !

– Tant mieux ! Ce sont des nids à poussière. Dieu fasse que cette stupide mode disparaisse !

– Tu essaies de me rassurer. On dit que la duchesse de Devonshire est si belle, je suis sûre que toutes ces grandes dames rivaliseront d'élégance au bal que donne la duchesse la semaine prochaine.

Antonia n'était pas consciente de sa beauté et manquait de confiance en elle. Depuis son enfance, elle avait toujours entendu les mêmes réflexions : « Dommage qu'elle n'ait pas hérité des cheveux de sa mère » ou encore : « Elle est aussi grande que son frère ! Dire que sa mère était tellement menue ! »

– Ce ne sont pas toutes des « dames », ma chérie, l'interrompit sa grand-mère. Georgiana encore moins que les autres ! Mais en matière d'élégance, tes vrais rivaux seront les hommes ! Skiffy Skeffington s'était passé le visage à la chaux l'autre soir, il empestait la civelle et toute la clique de Carlton House portait des souliers rouges à talons hauts !

– J'ai hâte de faire la connaissance de ce Skiffy !

– Figure-toi, lui confia Roz, que ce pauvre diable transporte tout un attirail avec lui : une tabatière, une canne-épée, un mouchoir, un éventail, une boîte à mouches et même un manchon ! Un vrai prestidigitateur !

– Tu exagères ! Quel besoin a-t-il d'un manchon en plein été ?

– Précisément ! Dans le *London Magazine*, tu verras que les manchons d'été en duvet de cygne font rage ! Rappelle-moi de t'en acheter un la semaine prochaine. L'excentricité est la règle à Londres, mais quoi ! Notre roi George lui-même est fou à lier ! Allons, reprit Roz, volubile, appelons Molly. J'aimerais voir ce que donne cette nouvelle robe de bal.

Antonia sentait croître son excitation. Jusqu'alors elle n'avait quitté Stoke que pour hanter les librairies londoniennes à la recherche d'ouvrages d'architecture, de décoration et de d'ornementation paysagère. Elle en raffolait. Quelques semaines auparavant, sa grand-mère et sa meilleure amie, lady Frances Jersey, avaient décrété qu'Antonia était en âge de faire son entrée dans le monde. Du jour au lendemain, les folles chevauchées et les sorties en mer avec Anthony, son frère jumeau, avaient cessé et ses journées se passaient désormais à essayer des robes, à prendre des leçons de danse et d'étiquette, et à écouter les conseils qu'on lui prodiguait sur l'art de pousser les jeunes héritiers à se déclarer.

La soubrette entra et fit glisser le modèle en tulle blanc fileté d'argent sur les jupons d'Antonia. On dissimula sa chevelure sous l'élégante perruque et la jeune fille abrita son visage sous un cône de verre tandis qu'on lui poudrait les cheveux. Après quoi on lui appliqua avec soin une mouche « à la friponne » sur le coin de la lèvre supérieure.

Trois têtes se tournèrent en entendant un bruit

de pas caractéristique dans le couloir. Anthony était rentré de sa promenade à cheval. Un grand jeune homme brun apparut dans l'embrasure de la porte, les mains enfouies dans les poches, mais l'air qu'il sifflotait mourut sur ses lèvres en apercevant sa sœur.

– Tony, c'est toi ? fit-il incrédule.

Un sourire à fossettes creusa les joues d'Antonia.

– Si fait. Comment me trouves-tu, Tony ?

Le frère et la sœur s'appelaient mutuellement Tony. La confusion qui s'ensuivait les enchantait et ils en jouaient depuis leur tendre enfance.

– Affreuse ! déclara son jumeau sans ambages.

Le sourire d'Antonia s'évanouit et toute sa belle confiance disparut.

– Tu as l'air d'une pièce montée !

– Oh ! Oh ! le taquina Roz, tu entends déjà sonner les cloches du mariage qui te privera de ton meilleur équipier ! Laisse-moi te dire que ton attitude est parfaitement égoïste.

– Je suis un homme ! sourit le garçon, l'égoïsme est l'apanage des mâles.

– La vie est belle pour toi, mon chéri. Un jour, tu hériteras de Lamb Hall sans avoir à lever le petit doigt, ta sœur en revanche doit se marier, et pas avec n'importe qui.

– Mais, Roz, protesta le jeune garçon, nous n'avons que seize ans ! Le mariage me terrifie !

– Et c'est normal, sot que tu es ! Il te faudra attendre encore longtemps avant de t'enchaîner à une femme, mais ta sœur, elle, est mûre pour convoler.

C'était loin d'être l'avis d'Antonia. Mais sa mère et sa grand-mère avaient son âge lorsqu'elles avaient séduit leurs maris. En restant à la campagne, elle compromettait ses chances de trouver un époux et bénissait le ciel de l'opportunité d'une saison à Londres.

Ses grands yeux verts se plongèrent dans ceux de son frère, qui étaient rigoureusement de la même couleur.

– Moi aussi, Tony, je suis terrifiée. Je suis loin d'être prête, même si la perspective de toutes ces festivités m'excite au plus haut point.

– Tu ne tiens pas de ta mère ! Eve était précoce ; à ton âge, ses frasques défrayaient déjà la chronique !

Evelyn avait été fiancée à Robert Lamb mais lorsque le père de ce dernier était mort en léguant à son fils aîné, Russell, son titre et sa fortune, elle s'était enfuie en compagnie du nouveau lord Lamb. Le scandale avait longtemps alimenté les ragots.

– Si seulement nos parents pouvaient revenir de Ceylan, soupira Antonia. Je me souviens que maman est blonde et très belle.

– Cela remonte à dix ans. Les femmes vieillissent vite sous les tropiques, commenta Anthony avec impertinence.

– Je ne me fais pas de souci pour Evelyn, riposta Roz, je n'ai jamais vu quelqu'un prendre autant soin de sa personne.

– Roz ! On dirait parfois que tu ne l'aimes pas ! lui reprocha Antonia.

– Mmmm, grommela sa grand-mère dans sa barbe. Molly, emportez la robe et la perruque. Nous irons à Londres un jour plus tôt que prévu pour que tu puisses te reposer. Car ensuite tu ne te coucheras jamais avant l'aube.

C'était une exquise journée d'été. Les roses et les lupins s'étaient ouverts sous la caresse du soleil et une brise légère venue du sud transportait leurs effluves parfumés par les fenêtres ouvertes de Lamb Hall. Antonia chantonnait en rêvant à la vie qui l'attendait à Londres. Sa jeune poitrine palpitait et elle comprit que sa grand-mère avait sans doute raison. Elle était prête pour la poudre et les artifices du maquillage, pour les talons hauts et les décolletés audacieux. Toute son existence allait changer et basculer dans un tourbillon de bals, de soirées, de galas et autres réceptions.

Sa grand-mère l'avait élevée dans un cocon, loin du monde, mais le temps était venu pour elle de sortir de sa chrysalide. Outre la dot que lui destinaient ses parents, elle savait que son titre lui conférait un atout supplémentaire et qu'elle n'avait pas à se soucier de son avenir.

De sa fenêtre, elle voyait la pelouse descendre en pente douce jusqu'à la rivière Medway où se trouvait le hangar à bateaux. Elle retint son souffle : un héron prenait son essor au sortir du bois et se posa dans l'eau. Tout l'automne et tout l'hiver, elle serait loin. La vie à la campagne allait lui manquer.

Antonia aimait Lamb Hall d'un amour passionné et viscéral. Elle y était née et cette maison représentait toute sa vie. Après le départ de ses parents pour Ceylan, elle s'était désespérément raccrochée à cette superbe propriété. Elle et son frère avaient toujours connu ces bâtiments en brique rouge et chaude recouverts de lierre centenaire. De génération en génération, elle resterait la même sous la responsabilité de son frère, de son fils et de son petit-fils. La maison traverserait les siècles comme un bastion défiant les tempêtes et les orages de la vie.

Oui, les folles chevauchées à travers champs et ces sorties grisantes en mer allaient lui manquer, mais elle n'aurait pas le temps de se languir et pour rien au monde elle ne céderait sa place.

Une calèche s'immobilisa dans l'allée ; Antonia observa avec curiosité l'homme qui en descendait. Elle arriva dans le hall à l'instant où Burke ouvrait la porte au visiteur.

Le pas léger et de bonne humeur, Antonia entra dans la bibliothèque sans la moindre appréhension. Pourtant, lorsqu'elle vit le visage contracté de Roz dont les mains tremblantes serraient une lettre, elle devina que l'étranger apportait de mauvaises nouvelles de Londres.

– Anthony... Antonia... Voici M. Watson de la firme Watson & Goldman, les avocats de vos parents. Il vient de m'apprendre une terrible nouvelle... Mon Dieu... Je ne sais comment vous l'annoncer, balbutia-t-elle, bouleversée.

Un étau étreignit soudain le cœur d'Antonia tandis qu'Anthony foudroyait du regard celui qui osait troubler leur quiétude.

– Père est-il souffrant ? lâcha enfin Antonia.

– Oui, ma chérie... son cœur. Mais sa maladie lui a été fatale. Votre père est mort, hélas !

– Quand ? coupa Anthony.

– En avril. La lettre a mis plusieurs mois à arriver.

Anthony s'empara de la missive tandis que Roz s'alarmait de la pâleur d'Antonia.

M. Watson toussota et se tourna vers le nouveau lord Lamb qui essayait désespérément de déchiffrer l'écriture élégante de sa mère.

– Monsieur, fit-il avec déférence. J'ai pris la liberté de vous porter copie des actes attestant la transmission du titre et bien entendu des créances de Lamb Hall. Votre argent demeurera à la garde de votre tuteur jusqu'à votre majorité. Avant de mourir, monsieur votre père a désigné M. Adam Savage qui sera désormais votre tuteur

– Qui ça ? interrogea Anthony, déchiré.

– M. Savage était un ami de votre père, il vivait dans une plantation voisine, lui expliqua M. Watson en toussotant. Vous continuerez à toucher votre pension comme par le passé, mais j'ai le regret de vous informer que la totalité de votre fortune passe sous le contrôle de votre tuteur. Vous devrez désormais vous en référer à lui pour toutes vos dépenses.

Voyant que le garçon se moquait éperdument de ces basses contingences, sa grand-mère prit les choses en main.

– Voilà qui me semble bien compliqué ! N'aurait-il pas mieux valu que vous soyez le dépositaire de cet argent ?

M. Watson partageait cet avis mais l'opération était parfaitement légale.

– M. Savage se fait construire une maison à Gravesend et doit prochainement rentrer de Ceylan. Ces difficultés disparaîtront. Lord Lamb, si vous voulez avoir l'obligeance de signer ces papiers... Lamb Hall et l'hôtel particulier de Curzon Street sont désormais à votre nom.

Anthony s'exécuta. M. Watson semblait désireux de ne pas s'attarder.

– Lord Lamb, lady Randolph, Watson & Goldman vous présentent toutes leurs condoléances. Nous demeurons bien entendu à votre entière disposition, comme nous l'étions pour feu lord Lamb. Nous avons fait paraître un avis de décès dans la *Gazette*.

Troublé par la ressemblance des jumeaux, M. Watson s'efforça de ne pas trop les dévisager et prit congé après s'être incliné devant les deux femmes.

Antonia, bouleversée, se tourna vers son frère et murmura :

– Notre mère va-t-elle rentrer à la maison ?

– Elle n'en parle pas, répondit son frère en lui tendant la lettre.

Antonia la lut et la rendit à sa grand-mère, les yeux remplis de larmes. Affreusement désemparés, les jumeaux se regardèrent sans rien dire. Puis d'un commun accord, ils quittèrent la bibliothèque.

Rosalind observa les deux têtes brunes qui s'éloignaient en direction de la rivière.

– La peste emporte les tropiques !

Elle mit Burke dans la confidence sur-le-champ. Le majordome était l'un des piliers de Lamb Hall où il avait toujours vécu. Le domestique lui offrit un fauteuil dans lequel elle se laissa tomber en soupirant.

– Madame désire-t-elle une tasse de thé ?

– Apportez-moi plutôt un cognac... ! Et servez-vous-en un pendant que vous y êtes, Burke.

Dans le hangar à bateaux, les jumeaux lovaient les cordages et mettaient de l'ordre dans leur sanctuaire. Quand il n'y eut plus rien à ranger, ils montèrent à bord et écoutèrent, immobiles, le clapotis de l'eau contre la coque.

– Tu avais raison, ce matin, gémit Anthony. J'ai oublié à quoi ressemblaient nos parents.

– Pauvre maman, toute seule là-bas. Comme elle a dû souffrir ces derniers temps !

– Sacrebleu ! Ma place est auprès d'elle ! s'emporta Anthony. Dire que ce matin encore, Roz me taquinait au sujet de mon héritage !

Ses épaules s'affaissèrent et Antonia lut une profonde détresse dans ses yeux.

– Oh ! si tu savais comme je m'en moque ! Je n'en veux pas... Pas de cette façon !

Passant un bras autour de ses épaules, Antonia tenta de le consoler :

– Tu n'as pas à te sentir coupable, Tony... (Sa voix s'étrangla.) Ce n'est pas ta faute.

Essuyant ses larmes d'un revers de manche, il leva vers sa sœur un regard débordant de gratitude.

– Je ne suis qu'un sale égoïste. Mais je suis bien content que tu n'ailles plus à Londres.

Avec leur deuil, il n'en était plus question. Antonia songea tristement à cet argent inutilement dépensé et à toutes les robes qu'elle ne porterait peut-être jamais. La mode passait si vite. Mais cessant de penser à elle, Antonia s'efforça d'adoucir le chagrin de son frère.

– Pense que nous sommes deux. Un chagrin partagé est plus facile à supporter. Tu sais, cette maison représente tout pour moi. Ici je me sens en sécurité. Alors quand tout va mal comme aujourd'hui, j'ai l'impression que les murs se referment autour de moi pour me protéger. La maison sera notre bastion et nous serons chacun forts pour l'autre.

– Mais à quoi songeait notre père pour me coller Savage sur le dos ? Je ne suis plus un gamin !

– Il n'y a pas que toi, Tony, objecta Antonia avec douceur. Adam Savage est également mon tuteur.

– Qui est ce type ? Nous ne savons rien de lui !

– Tu te trompes. Nous savons qu'il se fait construire une maison à Gravesend. C'est tout près d'ici. Si nous allions y jeter un coup d'œil la semaine prochaine ?

Cette décision ouvrit une brèche dans le chagrin qui commençait à les étouffer ; ils passèrent le reste de l'après-midi dehors et rentrèrent à la nuit tombée, chassés par la fraîcheur du large. Tous deux s'excusèrent pour le souper et Antonia se retira dans sa chambre.

Inquiète, Roz la rejoignit un peu plus tard.

– Je n'arrive pas à comprendre pourquoi maman est restée à Ceylan, lui confia Antonia, perplexe.

– Pas moi, lui répondit calmement sa grand-mère. Lamb Hall appartient désormais à ton frère. Eve ne serait plus maîtresse chez elle. A Ceylan elle vit comme une princesse, entourée d'une nuée de domestiques. C'est une femme blanche parmi des indigènes et toute la société gravite autour d'elle.

– Tu la décris comme quelqu'un de bien creux, commenta tristement Antonia.

– Ta mère a d'autres qualités. Ne t'imagine pas qu'il soit toujours facile d'être une femme, ma chérie. As-tu remarqué l'attitude de M. Watson tantôt ? Il t'a purement et simplement ignorée. Toi et Anthony êtes nés le même jour, à la même heure, et pourtant c'est ton frère qui hérite de tout. Simplement parce qu'il est un homme.

– Mais les titres ne se transmettent que par les hommes, observa Antonia sans rancœur.

– Les titres et tout ce qui les accompagne : propriétés, terres et argent. Tout un système instauré en vue de garder le pouvoir aux mains des hommes.

– Je ne l'ai jamais remis en question, se défendit Antonia.

– Pas tant que cela ne te concernait pas directement. Ecoute-moi : j'ai donné à lord Randolph une fille au lieu du fils qu'il espérait. A la mort de ton grand-père, son titre et la maison où je vivais ont été légués à son neveu, dont il avait fait son héritier. J'ai tout perdu sauf un petit douaire qui m'appartenait avant mon mariage.

– Oh, Roz ! Comme c'est injuste ! Je me suis souvent demandé pourquoi tu avais accepté de te charger de nous. Tu n'as pas vraiment eu le choix.

– Je n'en ai tiré que des joies, ma chérie. J'aurais pu me remarier mais je n'avais pas envie d'aliéner à nouveau ma chère liberté.

– C'est donc cela le mariage, fit Antonia, songeuse.

– Il y a des femmes qui aiment être dominées par leurs maris. D'autres préfèrent porter la culotte... Mais quelle estime peuvent-elles avoir pour leur mari ? Une fois de plus elles se retrouvent dans une impasse. D'un côté comme de l'autre, les femmes sont perdantes.

– Oh, grand-mère, ne me fais pas rire, je ne devrais pas, un jour comme aujourd'hui !

– Au contraire, ma chérie, vis au jour le jour ! Quel dommage que tu ne puisses aller à Londres ! soupira Roz. De nos jours, la femme a besoin de deux qualités : la beauté et la fortune. Si elle est belle, elle n'aura aucun mal à épouser un homme riche. Si elle est riche, elle n'a même pas besoin d'être belle.

Antonia sourit à travers ses larmes.

– Charmante perspective ! J'ai le choix entre me marier ou devenir la plus riche des vieilles filles !

– Je suis contente que tu gardes le sourire envers et contre tout. Mais j'ai peur de la réaction de ton frère.

Allongée dans le noir, Antonia essayait de se rappeler son père. Son visage demeurait flou mais elle se souvenait d'un grand homme très brun dont la tendresse et la bonté ne s'étaient jamais démenties à son égard. A chaque fois qu'elle se faisait mal, il la berçait et séchait ses larmes. Il avait appris aux jumeaux à monter et à naviguer, en les traitant exactement de la même façon. Sa mère en revanche ne cachait pas sa préférence pour Anthony. Souvent elle grondait Antonia qui courait chercher refuge sur les genoux de son père. Elle enfouit son visage dans son oreiller. Plus jamais elle ne connaîtrait la douceur de ses bras. Antonia savait qu'il lui faudrait pleurer tout son soûl cette nuit. Demain, elle devait être forte pour soutenir Anthony.

Antonia se sentit soudain beaucoup plus âgée que son frère. Tony avait beau être le nouveau lord Lamb, il manquait de maturité. Antonia comprit qu'elle tournait une page de sa vie et qu'elle laissait son enfance derrière elle.

2

A trente miles de là, dans une garçonnière exiguë au cœur de Soho, Bernard Lamb apprenait avec une joie sans mélange la mort de son oncle. Jusqu'à ce jour, il contemplait son avenir d'un œil sombre.

En un an il avait dilapidé tout son héritage, plutôt maigre à dire vrai, car Bernard avait également hérité de son père un fâcheux penchant pour le jeu. Criblé de dettes, le beau garçon avait dû vendre le petit hôtel particulier de Clarity Street et il ne payait plus le loyer de Tottenham Court Road depuis un moment déjà.

L'entrefilet de la *Gazette* le transporta de bonheur. Fermant les yeux, il donna libre cours à son imagination. Il se voyait déjà en baron. Maintenant que l'oncle Russell mangeait les pissenlits par la racine, il ne lui restait plus qu'à évincer son cousin Anthony pour obtenir le titre. « Lord Bernard Lamb » : cela sonnait merveilleusement bien.

Soudain il éclata de rire. Il avait trouvé un moyen d'appâter Angela, la charmante petite actrice qui avait pris ses distances avec lui. L'argent attirait les femmes comme un aimant et régnait en maître. Il disposerait désormais d'un pouvoir sans limites sur l'actrice au visage angélique.

C'était une opportuniste, tout comme lui. Dès que la comédienne aurait vent de ses projets, elle lui céderait et se soumettrait. Il se réjouit à l'idée de lui faire payer son indifférence des derniers mois.

Il était temps d'aller à Stoke pour jeter un coup d'œil à Lamb Hall.

Le hasard voulut que Bernard choisisse de présenter ses condoléances le jour où les jumeaux s'étaient absentés pour aller à Gravesend.

Burke prévint lady Randolph qu'un certain Bernard Lamb l'attendait dans la bibliothèque. Ils comprirent qu'il s'agissait du fils de feu Robert Lamb. Celui-là même auquel Evelyn avait été fiancée avant de s'enfuir avec Russell.

Rosalind, jolie et menue, cachait aussi bien son âge que sa vivacité d'esprit. Elle se glissa dans la bibliothèque dans un bruissement de soie noire et surprit le jeune Lamb en train de faire l'inventaire de la pièce. Il se présenta avec aisance et lui offrit ses condoléances.

Roz cerna immédiatement le personnage. Très élégant, Bernard Lamb était bien élevé et plutôt joli garçon. A peine plus âgé qu'Anthony, il était excessivement mondain et par trop hâbleur pour un si jeune homme. Un vrai charognard, songea-t-elle.

Elle lui adressa un sourire éblouissant mais sa voix s'éleva, glaciale :

– Je transmettrai vos condoléances à lord Lamb. Malheureusement, mon petit-fils est profondément affecté par son deuil et ne reçoit personne.

Le majordome entra à cet instant, mais au lieu de se voir offrir la collation d'usage, Bernard entendit lady Randolph lui dire :

– Burke, pouvez-vous raccompagner ce monsieur ?

Bernard, fulminant, jura de se venger de cet affront. Ah, cette vieille bique s'imaginait se débarrasser de lui comme ça ! Mais Bernard Lamb ne se laissait pas aussi facilement décourager et il aurait sa revanche ! Quand Lamb Hall lui appartiendrait, il la flanquerait dehors !

Si les jumeaux ignoraient l'endroit où Adam Savage se faisait construire sa maison, tous les habitants de Gravesend, eux, le savaient. Edenwood s'étendait sur un immense parc boisé à la sortie de la ville, et bordé au nord par la Tamise. Au milieu d'une vaste clairière s'élevait une ravissante maison de style néo-classique. Charpentiers, peintres et maçons s'affairaient sous les ordres d'un homme qui transportait des plans.

Les jumeaux descendirent de cheval. Antonia se dirigea vers l'architecte tandis que son frère attachait les chevaux.

– Voulez-vous avoir l'obligeance de nous dire si cette maison appartient bien à M. Savage ? Nous sommes ses pupilles et la curiosité guide notre démarche. Verriez-vous un inconvénient à ce que nous jetions un coup d'œil aux travaux ?

L'homme répondit en souriant à la ravissante jeune fille :

– Pas le moins du monde.

Puis il s'interrompit, stupéfait, en voyant approcher la réplique masculine de son interlocutrice.

– Ce grand bâtiment là-bas... Ce sont les écuries ? demanda le jeune homme d'une voix incrédule.

L'homme acquiesça.

– Vous êtes mes hôtes.

Anthony s'éloigna en direction des écuries et Antonia s'exclama :

– Oh, je suis impardonnable ! Je m'appelle Antonia et voici mon frère jumeau, lord Anthony Lamb.

– Enchanté de faire votre connaissance, mademoiselle. Permettez-moi de me présenter : James Wyatt, pour vous servir.

Antonia resta bouche bée.

– James Wyatt ? Le célèbre architecte ?

– Si fait, l'architecte, répéta-t-il, à la fois charmé et surpris.

– Ça alors ! s'exclama Antonia en essayant de réprimer son excitation. Monsieur Wyatt ! Oh, je n'en crois pas mes yeux. Je suis une de vos ferventes admiratrices. J'ai même acheté votre livre. C'est vous qui avez construit le Panthéon sur Oxford Road !

– Je suis extrêmement flatté, fit-il en s'inclinant. Comment trouvez-vous cette maison ?

– Superbe ! M. Savage a un goût exquis.

– J'en suis le concepteur. M. Savage a acheté ces terres et m'a demandé d'y construire une maison qui s'intégrât parfaitement au paysage. Le site est paradisiaque et mérite bien son nom.

– Vous voulez dire qu'il vous a laissé carte blanche ?

Elle se mordit les lèvres et rougit d'avoir posé une question aussi inconvenante, mais Wyatt se contenta de sourire.

– Avez-vous prévu un jardin d'hiver ? interrogea-t-elle avec vivacité.

– A vous de décider, répliqua James Wyatt.

Les yeux verts d'Antonia brillèrent de plaisir.

– Eh bien oui ! La maison s'intégrera plus étroitement au paysage !

Ce Savage devait être richissime et avoir beaucoup d'enfants pour commander une maison de cette taille. Lorsqu'elle s'étonna du nombre de pièces prévues, Wyatt sourit de sa naïveté.

– C'est un château, une gentilhommière. De nos jours la richesse foncière est la base du pouvoir. Au siècle dernier, les paysans se battaient sous la bannière de leur châtelain, aujourd'hui ils votent pour lui. C'est la terre qui ouvre les portes de l'aristocratie et qui crée les dynasties.

Voyant qu'elle l'écoutait religieusement, il poursuivit :

– Un château impressionne et projette une aura de pouvoir, de luxe et de succès. La demeure d'un homme qui a réussi révèle la mesure de son ambition.

– Alors tout me laisse à penser que M. Savage vise le trône, plaisanta Antonia. Combien de pièces comptera ce palais ?

– Deux salons, une salle de réception, une salle à manger, une salle de bal, un fumoir, une salle de billard, une bibliothèque, une salle de jeu, un bureau, des cuisines, un salon de musique... Le tout desservi par un immense escalier central. Au premier étage se trouveront toutes les salles de réception. Chaque pièce sera d'une couleur et d'un style différents...

– Grand Dieu, murmura Antonia, éblouie. (Elle essaya de plaisanter :) Je suppose que vous avez également prévu un lac, un bassin à margelle, une chapelle et un temple.

– Bien entendu, mais ce sera du ressort de William Kent, le paysagiste.

– William Kent ! J'ai lu tous ses ouvrages !

Un intérêt si vif était surprenant chez une jeune fille de son âge.

Son jumeau les rejoignit et déclara :

– Fichtre ! On peut loger une cinquantaine de chevaux dans ces écuries !

– Oh, monsieur Wyatt, supplia Antonia. Pourrais-je revenir ?

– Rien ne saurait me faire davantage plaisir, mademoiselle. Je m'absente souvent mais les ouvriers sont toujours là. Vous ne les dérangerez pas.

– Merci, monsieur. Je suis très honorée d'avoir fait votre connaissance.

James Wyatt les regarda s'éloigner. Son nom en revanche n'avait suscité aucun intérêt chez le jeune lord Lamb. Le garçon était visiblement plus intéressé par les chevaux que par l'architecture.

A Lamb Hall, Bernard Lamb lui aussi s'intéressait aux chevaux. Tapi dans un coin, il observa les allées et venues des palefreniers. Il vit un homme sortir un tilbury dans la cour pour le laver et astiquer ses cuivres.

Le palefrenier était seul. Bernard profita d'un moment d'inattention pour se faufiler à l'intérieur du bâtiment. Son regard tomba sur une mère et son poulain. Son cerveau travaillait fébrilement. Le rêve serait que lord Lamb se rompît le cou en tombant de cheval.

Il songea un instant à enfoncer un clou sous le sabot de la jument mais le temps pressait. Sortant son canif de sa poche, il s'approcha de l'animal qui fit un écart pour protéger son petit. Bernard battit sagement en retraite.

Faute de mieux, il s'empara d'un harnais garni de clous dont il taillada le cuir. Il s'arrangea pour que la pointe des clous dépasse et blesse l'animal. Enfin il fendit la courroie d'un étrier et découpa à moitié la sangle ventrale d'une selle. Il allait s'attaquer à l'autre selle, mais il se ravisa en voyant qu'il s'agissait d'une selle de femme. Il ne voulait aucun mal à sa cousine, en tout cas, pas dans l'immédiat. Peut-être était-elle riche elle aussi ? S'il ne parvenait pas à hériter de son oncle, il lui restait encore la possibilité d'épouser sa cousine. Il ne l'avait jamais vue mais qu'importait le physique au regard d'une petite fortune.

Après réflexion, Rosalind décida de ne pas parler aux jumeaux de la visite de leur cousin. Ils étaient capables de lui ouvrir les bras ! Alors que Roz avait deviné le rapace sous son vernis mondain.

Elle se souvenait du père de Bernard dont la vie dissipée avait séduit sa propre fille Evelyn. Les jeunes gens, tous deux joueurs, étaient devenus inséparables. Rosalind avait été la première à se réjouir lorsque Eve s'était enfuie avec Russell, même si elle n'était pas dupe. Seul le titre avait fait la différence.

Roz soupira et décida qu'il valait mieux tenir à distance le jeune Bernard Lamb. Ce dernier ne pourrait avoir qu'une mauvaise influence sur Anthony. Elle frémit rétrospectivement : lorsque les jumeaux avaient cinq ans, Evelyn était déjà criblée de dettes. Aujourd'hui, Georgiana, la duchesse de Devonshire, avait lancé cette mode, mais contrairement à cette dernière, Eve n'avait pas épousé l'un des ducs les plus fortunés du royaume.

Pendant une année, elle avait vécu sur la corde raide, acceptant les cadeaux de ses admirateurs pour payer ses créanciers. Lorsque la Compagnie des Indes orientales avait proposé un poste d'administrateur à lord Russell, Eve avait poussé son mari à l'accepter. Voilà pourquoi dix ans auparavant, ils s'étaient embarqués pour les Indes en évitant de justesse un nouveau scandale. Comme le climat ne convenait pas à de jeunes enfants, Eve avait sauté sur l'occasion quand sa mère lui avait proposé de s'installer à Lamb Hall et de veiller sur les jumeaux.

Au cours du souper, Antonia raconta à sa grand-mère leur visite à Edenwood.

– Ce Savage doit être riche comme Crésus. Les forêts, mille acres au bas mot, regorgent de gibier. Quant à la maison, le gros œuvre est presque terminé. Tu n'imagines pas à quel point c'est somptueux, pas vrai, Tony ?

– Il a de quoi loger une cinquantaine de chevaux dans ses écuries, lâcha Anthony en se coupant avec application une tranche de rôti. Je ne pense pas que ce type renâcle à m'augmenter ma pension, chez lui l'argent coule à flots.

– Mmmm, ce doit être l'un de ces nababs que décrivait Tattler. Ils s'enrichissent aux Indes et rentrent au pays avec leurs houris escortées de singes savants. Ils portent des pantalons bouffants et des turbans, et rachètent tous nos trésors. Les têtes couronnées leur font la fête et toute la bonne société s'entiche d'eux.

– Dommage que maman ne nous ait pas davantage parlé de lui dans sa lettre, déplora Antonia.

– Elle ne le connaît peut-être pas très bien, suggéra son frère. Ce devait être un associé de notre père.

Anthony avait encore du mal à évoquer son père sans que le chagrin l'étouffe.

Antonia rêvait à la description que Roz leur avait faite de ces nababs tandis que sa grand-mère songeait avec cynisme : Si ce Savage est aussi riche que ça, Eve ne va pas tarder à lui mettre le grappin dessus !

3

A Ceylan, dans sa plantation de Leopard Leap, Adam Savage savourait à l'ombre des bambous et des eucalyptus l'incomparable beauté de la nuit. Il aimait cet endroit qui donnait sur le lac où les bêtes sauvages venaient se désaltérer.

Immobile, il attendit patiemment que le clair de lune éclabousse de sa lumière argentée le bassin ovale dans lequel se refléta soudain le corps élancé d'un léopard. Il retint sa respiration, ces félins d'une grâce incomparable avaient le don de surgir de la nuit comme par magie.

Sa main bronzée serra la crosse de son revolver. Mais jamais Adam Savage n'aurait tué un animal venu se désaltérer. Il portait des cuissardes pour se protéger contre les scorpions et les serpents.

Il sourit en songeant à sa peur des serpents au début de son séjour. En ces temps-là, il croyait voir des pythons sur toutes les branches, des cobras derrière chaque fougère. A présent il les entendait ramper et gober des rats sans éprouver de crainte. Les serpents chassaient toutes ces vermines.

Cette faune luxuriante allait lui manquer. Au loin, il reconnut les hurlements d'une bande de chacals. A chaque heure du jour et de la nuit, résonnaient les bruits des innombrables habitants de la jungle cinghalaise.

Soudain les narines d'Adam se dilatèrent au contact de l'odeur sucrée et délicatement parfumée de l'arbre de fer. Une croyance hindoue voulait que le dieu de l'amour trempât l'extrémité de ses flèches dans ses fleurs. Il ferma les yeux et pensa à Eve. Il finit par s'avouer qu'il la désirait. Maintenant qu'elle était veuve, plus rien ne s'y opposait. Comme beaucoup de femmes, elle aimait flirter et avoir des hommes à ses pieds. Mais il tenait à ce que cette attirance fût mutuelle. Il effleura la cicatrice qui traçait un profond sillon de sa narine droite jusqu'à sa lèvre supérieure. Non qu'il eût des prétentions à la beauté avant de recevoir ce coup de couteau. Mais la blessure donnait à ses traits rudes un côté ténébreux.

Cette marque indélébile, le destin la lui avait infligée en châtiment de ses péchés. Son visage effrayait les jeunes filles alors que les femmes mariées étaient très sensibles à son charme.

A plusieurs reprises, il avait cru lire des invites chez Eve mais il les avait toujours ignorées. Séduire une femme mariée ne le dérangeait pas mais il répugnait à trahir un ami. Et Russell Lamb avait été un ami très proche.

Encore un dont les tropiques avaient eu raison. Cela se produisait fréquemment et lui pourtant prospérait sous ce climat. Il avait adopté le mode de vie local en comprenant tout de suite que les repas trop copieux et trop arrosés tuaient les Blancs plus sûrement que la maladie.

Demain, lady Evelyn Lamb viendrait souper à Leopard Leap pour la première fois. Jusqu'alors il avait toujours soupé avec lord et lady Lamb au palais gouvernemental. Government House avait de l'allure mais la plantation était insignifiante comparée à ses vingt mille acres. Russell croulait sous la paperasse et n'avait guère eu le temps de cultiver ses terres.

Eve méritait bien son nom. C'était le prototype de la belle Anglaise. La trentaine un peu mûre, elle devait avoir un ou deux ans de plus que lui, ce qui ne faisait qu'ajouter à son charme. Sa beauté froide et blonde l'avait toujours intrigué ; il se demandait si elle avait jamais connu le plaisir. Elle était pourtant loin d'être vierge et il espéra être celui qui saurait l'éveiller aux délices de l'amour. Ce mélange de provocation et de pudeur qui la caractérisait lui paraissait un défi à relever.

En d'autres circonstances, elle eût été inaccessible mais ici la richesse se chargeait de rétablir l'équilibre. Il imaginait déjà sa peau laiteuse, il sentait sa blonde chevelure effleurer sa joue et sa voix chantante lâcher avec désinvolture un mot d'esprit... Il goûtait déjà à... Adam sentit une tension familière dans son bas-ventre et il sortit de la pénombre pour regagner son grand bungalow où l'attendaient un bain et un souper.

Un indigène l'accueillit devant la porte avec un tire-botte dans une main et des mules dans l'autre.

– Bonsoir, John Bull, fit Savage en s'asseyant sur un tabouret.

– Bonsoir, Excellence, répondit ce dernier en balayant le sol de son turban.

Savage haussa les sourcils mais John Bull lui déclara avec solennité :

– Quand nous serons en Angleterre...

– Pourquoi faut-il que tu commences toutes tes phrases par « Quand nous serons en Angleterre » ? protesta son maître.

– Mais si, « Excellence » conviendra à merveille

quand nous serons en Angleterre. Vous n'aimez pas que je vous appelle « Maître » et « Sahib » a une sonorité trop étrangère. Alors j'ai longtemps réfléchi et je trouve qu'Excellence est la meilleure formule... quand nous serons en Angleterre, ne put-il s'empêcher d'ajouter.

Adam devait toujours faire un effort pour garder son sérieux quand John Bull se lançait dans une discussion. Il l'avait ainsi baptisé parce que l'Indien vénérait tout ce qui était anglais et qu'il vivait dans l'attente de fouler cette terre promise.

– Nous n'y sommes pas encore.

– Certes, Excellence, mais demain la memsahib lady Lamb vient dîner et je ne veux pas qu'elle nous prenne pour des sauvages.

Impuissant devant une telle logique, Adam leva les yeux au ciel.

Il traversa le vestibule et tendit une papaye à son mainate.

– Salut, Roupie !

– Pécheur ! Nom de Dieu ! riposta l'oiseau à la crête écarlate.

– Quand nous partirons en Angleterre, il vaudra mieux laisser ce grossier volatile. Son vocabulaire est impie et pourrait faire du mal.

Adam songea que si les Anglais survivaient au vocabulaire de John Bull, ce serait déjà un miracle en soi. Il attrapa des croquis sur son bureau et se tourna vers une carte de la plantation qui recouvrait le mur. Demain, il se lèverait avant l'aube pour superviser l'incision des arbres à caoutchouc. Le latex ne coulait qu'à une certaine température et se coagulait sous l'effet de la chaleur.

Kirinda, la servante cinghalaise d'Adam, entra pieds nus sans faire de bruit. D'une voix mélodieuse, elle prévint John Bull que le bain du Léopard était prêt. A la plantation, tout le monde l'appelait ainsi. Savage, désabusé, mettait ce surnom sur le compte de ses cicatrices plutôt que sur celui de son domaine.

John Bull la reprit tout bas :

– Quand nous serons en Angleterre, il faudra cesser de donner des ordres au maître ! S'il veut prendre son bain, il ira dans la salle de bains ! Pour l'instant son désir se situe ailleurs.

Adam Savage reposa ses plans et intervint :

– John Bull, cette fois tu aurais mieux fait de te taire. Je te suis, Fleur de Lotus.

Elle ne précédait jamais son maître. A l'instant où Adam passait devant elle, elle releva ses yeux qu'elle avait conservés obstinément baissés et lança à John Bull un regard effronté.

– Le lotus n'est qu'un vulgaire nénuphar ! lui jeta le serviteur avec mépris.

Au milieu de la pièce se trouvait un bassin en mosaïque rempli d'une eau fumante et parfumée. Adam enleva sa chemise blanche et laissa à Kirinda le soin de lui ôter son pantalon. Puis il descendit dans l'eau jusqu'aux hanches. Sa poitrine musclée par des années de labeur était tellement brunie par le soleil des tropiques que le reste de son corps paraissait incroyablement pâle en comparaison.

Kirinda aimait contempler le corps de son maître, bien qu'elle feignît de baisser pudiquement les yeux en sa présence. Il était si différent des hommes de sa race. Sa poitrine et son sexe étaient recouverts d'une épaisse toison noire, et il était si grand ! Ses cheveux aussi foncés que ceux des indigènes lui tombaient sur les épaules mais ses yeux d'un bleu intense pouvaient vous figer sur place lorsqu'il était contrarié.

Elle lui jeta un regard à la dérobée : accoudé sur la margelle du bassin, il avait renversé la tête en arrière et fermait les yeux tout en laissant avec délice l'eau détendre ses muscles fatigués. Kirinda se pencha pour ramasser une éponge et sa longue chevelure noire tomba devant elle comme un rideau de soie. Elle se releva, dénoua son sari brodé et descendit gracieusement les marches.

Quand Savage avait racheté Leopard Leap à ses propriétaires hollandais, la plantation était au bord de la faillite. Il avait travaillé comme un damné pour la faire prospérer. Un soir où il était rentré épuisé, c'était elle qui l'avait lavé ; l'expérience avait été si agréable que ce bain était devenu rituel. Leurs rapports n'avaient rien de sexuel ni d'ambigu. Adam, parfaitement détendu, savourait tranquillement ce moment.

Lorsqu'il rouvrit les yeux, Kirinda était là avec des serviettes. Fleur de Lotus était merveilleusement apaisante. Jamais elle ne parlait, jamais elle ne montrait de répulsion devant ses cicatrices. Ses yeux bleus lui sourirent tandis qu'il enfilait une tunique avant de passer à table.

Après le repas, il sortit sous la varangue pour fumer un cigare. Ses pensées erraient dans la nuit, bercées par le chant des crapauds.

Il faisait encore nuit noire lorsqu'il se leva et se dirigea vers les ateliers. Au fil des années, ses ouvriers s'étaient hautement perfectionnés dans l'art de recueillir le précieux liquide blanc. Savage leur tendit les couteaux et les seaux. Sans tarder, il versa de l'acide acétique dans les moules, sachant que ses ouvriers ne tarderaient pas à revenir avec le caoutchouc. Au bout de dix-huit heures les bandes de latex seraient mises sous presse, après quoi on les accrocherait pendant plusieurs jours.

Ceux qui parlaient anglais avaient été promus au rang de surveillants et portaient un parapluie représentant l'insigne de leur fonction. Le Léopard était un maître exigeant. Il était sévère et prompt à châtier les paresseux ou les contrevenants. Jamais il ne se laissait fléchir et il ne donnait pas de seconde chance. Tous le craignaient et le révéraient en même temps. Il n'était pas une tâche dans la plantation qu'il ne sache accomplir, et mieux que quiconque.

Aux premières lueurs de l'aube, il abandonna les arbres à caoutchouc et retrouva tous les ouvriers à l'endroit où ils se réunissaient chaque matin pour recevoir les ordres de la journée. Par le truchement d'un interprète, les différentes tâches furent réparties entre les mille cinq cents Tamouls de la plantation.

Ensuite, Adam retourna au bungalow pour prendre son petit déjeuner. Il mangea en silence, si bien que John Bull crut de son devoir de lui rappeler :

– N'oubliez pas la visite de lady Lamb. Vos habits et votre bain seront prêts à 4 heures précises.

– Je serai à l'heure, promit Adam en repoussant son assiette. Il faut que je me dépêche. J'ai beaucoup à faire d'ici là.

Il n'avait pas de souci à se faire pour le dîner de ce soir. John Bull était un perfectionniste.

Savage sella un pur-sang et galopa en direction des collines plantées de théiers. Adultes et adolescents des deux sexes s'affairaient à la cueillette. Sur leur front une corde retenait des paniers en osier qui leur battaient les reins. Les plus jeunes couraient entre les rangées avec des sacs dans lesquels on vidait les paniers.

Savage vérifia le thé cueilli ce matin-là et observa avec fierté les femmes qui effectuaient une besogne délicate. Elles travaillaient cent fois mieux que les hommes. Leurs mains agiles couraient sur les arbustes, récupérant le thé qu'elles jetaient pardessus leurs épaules, sans froisser ni écraser les tendres pousses.

En début d'après-midi, alors qu'il inspectait quelques arbustes, l'attention de Savage fut attirée par les oiseaux. Les hirondelles s'apprêtaient à s'envoler vers l'Angleterre ; à cette pensée, une bouffée de nostalgie l'envahit. Il était grand temps de rentrer. L'isolement et la chaleur finissaient par avoir raison des Blancs.

Savage songea à la maison qu'il se faisait construire. Elle représentait l'aboutissement de tous ses rêves. Avec la candeur de la jeunesse, il était venu aux Indes acheter du bois pour développer l'affaire de son père. La mort de ce dernier avait balayé ses rêves. Bourrelé de remords, il s'était senti responsable.

Pour secouer son chagrin, Savage avait résolu de devenir riche. Il s'était juré de ne reculer devant rien pour atteindre son but, pas même le meurtre. Il y était parvenu. Oh ! cela n'avait pas été facile. Son ambition forcenée l'avait mené très loin et il avait chèrement payé ses erreurs. Mais peu à peu, son plan avait pris forme.

C'était un plan difficile, ambitieux.

Le château qu'il se faisait construire s'insérait dans ce plan. C'était l'un des moyens qui justifiaient la fin. Un ornement indispensable. Evelyn Lamb viendrait couronner son plan. Avec une telle maîtresse de maison, noble de surcroît, il atteindrait son but deux fois plus vite.

Il n'avait plus de temps à perdre. Dès ce soir, il commencerait à lui faire la cour. Cela ne serait pas facile. Ils n'étaient pas du même monde et il devrait briser bien des barrières avant d'espérer atteindre des relations plus intimes.

Savage revint tôt au bungalow. A 5 heures, baigné et changé, il était sous la varangue quand la jeune femme arriva dans un landau conduit par un sepoy de la Compagnie. Elle était ravissante, toute de noir vêtue avec ses cheveux blonds coiffés en rouleaux et retenus par des peignes en écaille.

– Bonsoir, monsieur Savage.

– Bonsoir, lady Lamb, répondit-il avec un sourire qui démentait son ton un peu formel.

Il souriait peu, mais lorsque cela lui arrivait, sa cicatrice lui donnait l'air inquiétant d'un prédateur.

– J'avais promis de vous faire visiter la fabrique de thé. Il nous reste une heure avant le coucher du soleil.

Elle hocha gracieusement la tête et le sepoy tendit les rênes à Savage. En l'honneur de son invitée, Adam avait mis une veste sur sa chemise ivoire et un pantalon couleur feuille-morte.

Il l'aida à descendre du phaéton. Eve vit son regard se poser sur ses bottines en cuir et lui expliqua avec une moue exquise :

– J'ai horreur de tout ce qui rampe.

Adam lui prit le bras et l'entraîna vers la fabrique.

– Les trois étages ne sont que des greniers où des ventilateurs brassent l'air pour sécher les feuilles. L'huile est extraite par quatre presses. Le sol est constamment maintenu à température grâce à cette eau froide qui coule le long des murs. C'est à l'odeur que l'on sait que le thé a suffisamment fermenté et que l'on peut le passer dans les fours.

Il la conduisit dans un bâtiment voisin très aéré où des piles de thé noir et croustillant exhalaient un parfum âcre mais agréable.

– Ici le thé est prêt à être trié, coupé, tamisé, répertorié et empaqueté.

Eve effleura les coffres entreposés contre le mur.

– Les Anglais qui savourent leur Orange Pekoe ou leur Souchong n'ont pas la moindre idée du travail que cela représente.

– Ils en paient la contrepartie, je n'ai pas à me plaindre !

L'argent ! C'était le sujet qu'Eve brûlait d'aborder. Son jeu devait être subtil mais elle n'avait pas de temps à perdre si elle voulait faire tomber les barrières et inaugurer entre eux des relations plus intimes.

4

Adam aida Eve à remonter dans le landau et l'emmena près du lac. Ils se promenèrent à pied le long de la berge. Le bleu du ciel se teintait de safran et des lambeaux d'or s'étiraient sur l'horizon. Des martins-pêcheurs au plumage bleu et des loriots noir et or volaient au ras de l'eau pour gober des moucherons tandis qu'un vol de flamants roses prenait son essor.

Le ciel flamboyait à présent et le teint ivoire de la jeune femme se teintait délicatement de rose. Sous ses cils, elle observa Adam : la peau brune qu'elle apercevait par l'échancrure de sa chemise la fit frémir d'excitation. Adam Savage dégageait une incroyable impression de puissance qui était due, elle le savait, à une totale confiance en soi.

Evelyn avait toujours mené sa barque dans la vie. Elle avait épousé un homme doux qui l'avait laissée régner sur son petit univers. Mais pour l'heure il lui fallait absolument conquérir ce mâle arrogant. Il la désirait, il était libre et, surtout, il était riche.

Ils s'immobilisèrent en entendant le mugissement de deux arnis qui s'affrontaient non loin d'eux. Elle assista médusée à la charge féroce et vit le buffle vainqueur s'accoupler ensuite à la femelle qui attendait.

Eve, horrifiée, se réfugia instinctivement contre Adam qui l'enveloppa de ses bras et se mit à la dévorer de baisers. Elle se sentit faiblir et gémit.

Le remords qui l'envahit n'avait rien à voir avec son deuil récent. L'amour charnel lui faisait toujours cet effet : elle se méprisait et éprouvait de la honte.

Elle s'aventurait sur un terrain dangereux. Elle était proche de succomber au charme de Savage et souhaitait l'éviter par-dessus tout. Elle étouffa la réaction instinctive de ses sens ; Adam étonné la vit se dégager de ses bras, les joues écarlates. Il constata avec ironie qu'elle s'assurait qu'ils étaient bien seuls et que le contraire l'eût scandalisée. Puis elle retrouva le phaéton et sa réserve du début.

Adam ramena le landau à l'écurie et Eve s'inquiéta :

– Je ne peux pas m'attarder... (Elle murmura :) Les domestiques sont si indiscrets.

– Comme vous voudrez, répondit tranquillement Adam pour qui ce baiser avait déjà aboli un certain nombre de barrières qu'il ne laisserait pas reconstruire.

Quand ils traversèrent le hall, Roupie recula à l'extrémité de son perchoir en voyant une étrangère et glapit :

– Impie ! Repens-toi !

John Bull, soulagé, respira. Le répertoire biblique de l'oiseau laissait parfois à désirer. Eve en revanche aurait volontiers lynché l'oiseau.

Les jalousies de la salle à manger laissaient entrer la brise ; un serviteur assis en tailleur actionnait le punka.

Adam avait déposé une orchidée sauvage à côté du couvert d'Evelyn. Les pétales noirs et veloutés étaient striés d'or et de pourpre.

– Comme elle est belle ! murmura-t-elle tandis qu'Adam résistait à l'envie de piquer la fleur dans ses cheveux d'or pâle.

John Bull, tout en blanc, servit le repas avec une discrétion exemplaire. Malgré cela, lady Lamb ne quittait pas des yeux le turban écarlate du serviteur. Il était orné d'un énorme rubis. Elle savait que Savage était riche, mais pas à ce point.

Le joyau la poussa à changer de tactique. Il fallait absolument qu'elle abordât le sujet qui la préoccupait et l'expérience lui avait appris que les hommes comme lui étaient plus sensibles aux femmes délicates et désemparées.

Adam la regardait jouer avec la nourriture. Elle avait à peine touché au délicieux repas préparé par John Bull. Eve détestait la cuisine indienne et mangeait peu pour conserver sa taille menue. Adam crut que son deuil lui avait ôté l'appétit.

– Eve, avez-vous besoin de vous confier à quelqu'un ?

Il lut un immense soulagement dans ses yeux.

– Oh oui ! Il faut que vous m'aidiez... que vous me conseilliez, rectifia-t-elle. La Compagnie va bientôt cesser de me verser le salaire de Russell. Un nouvel administrateur va être nommé.

Adam ne fut pas surpris. Peut-être était-elle plus intéressée par une association que par des relations intimes. Qui sait si lui-même ne la désirait pas davantage comme faire-valoir plutôt qu'en mère de ses enfants.

– Je sais par Russell que la maison vous appartient.

Eve acquiesça et reprit d'une voix étranglée :

– Certes, mais nous recevions d'importants subsides de la Couronne car notre maison servait également de quartier général. Cet argent ne me sera plus versé désormais.

– Pas forcément, objecta Adam, pensif. La Compagnie aura toujours besoin de locaux. La Compagnie des Indes et la Couronne se partagent le pouvoir en Inde et à Ceylan.

– Mais je croyais que c'était Radjah Singha qui gouvernait. Il est immensément riche.

– Certes, mais ce n'est qu'une marionnette. On lui a laissé son palais et ses fastes pour le faire tenir tranquille mais chaque plantation a son armée de sepoys. Les Anglais tiennent l'Inde sous leur coupe et dès qu'ils auront chassé le dernier colon hollandais, Ceylan deviendra une colonie de la Couronne.

Eve, prise d'une illumination, reposa ses couverts en argent.

– Voilà pourquoi vous avez décidé de rentrer prochainement en Angleterre. Si Ceylan devient une colonie, vous aurez à répondre de vos activités et de vos bénéfices devant le gouvernement !

Adam sourit intérieurement de la perspicacité de la jeune femme.

– La Compagnie contrôle l'équilibre du pouvoir mais le gouvernement britannique a la ferme intention de prendre sa place. L'argent est toujours le nerf de la guerre, conclut-il avec cynisme.

Plongée dans ses pensées, Eve ne rougit même pas à cette remarque.

– C'est ainsi, fit Adam en haussant les épaules. Tant pis pour moi et tant mieux pour vous. Il faut que je sorte mon or d'ici avant qu'on ne me pose des questions sur son origine et vous, vous pouvez proposer de leur louer une aile de Government House pour abriter la horde de percepteurs qu'ils enverront d'ici peu. Vous êtes l'âme de la communauté britannique, la Compagnie devrait vous verser une pension ! Je leur en toucherai un mot.

– Merci, Adam.

Seigneur ! Il avait parlé de son or. Non, elle n'avait pas rêvé ! Cet homme était un mystère. Elle ouvrait la bouche quand elle se ravisa à cause des domestiques.

Adam perçut immédiatement son hésitation et repoussa sa chaise, marquant la fin du repas.

– Vous pouvez vous retirer, ordonna-t-il à John

Bull qui saisit le message. Le maître désirait être seul.

Eve s'empara de l'orchidée et le suivit dans un petit salon attenant. Elle s'assit dans un immense fauteuil en osier dans lequel elle se sentait à son avantage et Adam lui servit un verre de madère.

Rougissant, elle lui avoua comme à confesse :

– J'ai des dettes de jeu.

Une lueur espiègle brilla dans ses yeux bleus.

– Comme c'est vilain ! Les Anglais sont des joueurs invétérés et j'en suis !

Il ignorait qu'il s'agissait chez Eve d'une véritable maladie et prenait l'affaire à la légère.

– La seule différence, poursuivit Adam, c'est que je parie sur des cargaisons au lieu de le faire avec des cartes.

– J'y ai songé, avoua-t-elle. Mais le risque est trop grand pour moi !

Il comprit soudain qu'elle parlait très sérieusement.

– Grand Dieu ! Ne vous lancez jamais dans une telle entreprise. Il faut prendre de la bouteille !

– Vous devez posséder votre propre flotte ?

– J'ai quelques navires qui naviguent entre les Indes et la Chine. Ils font escale en Birmanie, à Sumatra et Canton.

– Adam, auriez-vous de la place pour moi dans la cale d'un de vos navires ?

– Mais bien sûr ! J'aurais dû vous le proposer plus tôt ! Vos désirs sont des ordres, ajouta-t-il avec un regard chargé de sous-entendus.

Il s'approcha d'elle et enleva les peignes qui retenaient ses cheveux. Puis il lui ôta l'orchidée des mains et la piqua dans sa chevelure dorée.

– Je voulais le faire depuis le début de la soirée,

confessa-t-il d'une voix rauque en prenant son visage entre ses mains.

Leurs bouches n'étaient plus qu'à quelques centimètres l'une de l'autre.

– Eve, je paierai vos dettes.

C'étaient les mots qu'elle attendait mais elle joua à l'effarouchée. Au cours des années, elle avait perfectionné ses talents de comédienne.

– Vous n'êtes pas sérieux, dit-elle en le repoussant.

Tout se payait, surtout avec les hommes. Elle était prête à y mettre le prix – comme elle l'avait toujours fait – mais jusqu'à présent, c'était toujours elle qui avait dicté ses conditions.

Cet homme était une énigme. Elle le savait autoritaire et inflexible mais peut-être pourrait-elle le tenir par le biais du désir. Elle se détendit un peu et proposa avec un petit regard aguicheur :

– Nous pourrions jouer cet argent dont j'ai besoin ?

Adam remplit à nouveau les verres et sortit les dés. Il n'avait pas l'intention de gâcher sa soirée en jouant aux cartes.

Il vida un coffret en argent rempli de pierres précieuses sur la table.

– Voici l'enjeu, déclara-t-il tranquillement sans la quitter des yeux.

Elle retint son souffle et passa sa langue sur ses lèvres. Un frisson de désir traversa Adam. Il sépara les pierres brutes en deux parts égales et chacun se retrouva avec une petite pile de rubis, d'émeraudes et de diamants.

Une veine se mit à battre sur la tempe de la jeune femme. Elle lança les dés en ivoire sur la table, haletante. Double cinq. Sans lâcher son regard, Adam jeta nonchalamment les dés et sortit un cinq et un six. Il allongea la main et choisit la plus belle émeraude qui se trouvait dans le tas d'Evelyn.

Elle concentra toute son attention sur le coup suivant et une lueur de triomphe brilla dans ses yeux quand elle obtint un onze à son tour. Adam s'adossa avec indifférence à son fauteuil et sortit un double six. D'un geste négligent, il lui prit un diamant.

Prise par la partie, elle haletait légèrement, les yeux brillants.

A la lueur des lampes, le visage d'Adam, fermé et insondable, cachait des pensées et des intentions qui n'avaient rien d'innocent. Le désir se lisait sur le visage de la jeune femme. C'était exactement cette expression qu'il espérait redécouvrir sur le visage d'Eve quand ils se retrouveraient nus l'un en face de l'autre.

Il lui reprit toutes ses pierres une à une. Russell l'avait toujours laissée agir à sa guise mais lui, il saurait lui montrer qui était le maître.

Lorsqu'il la dépouilla de son dernier joyau, elle se leva les poings serrés et s'exclama d'une petite voix boudeuse :

– Vous n'êtes pas un gentleman !

Il fit le tour de la table de jeu et la prit par les épaules.

– Voyons, Eve, lui dit-il d'une voix veloutée. S'il y a une femme qui doit se douter que je ne suis pas un gentleman, c'est bien vous !

Elle frémit en voyant sa bouche s'approcher de la sienne. Mais son corps, excité par la partie de dés et non par l'homme qui la désirait, se figea dès qu'il la toucha.

Avant même qu'elle ne prenne conscience de son audace, il avait fait glisser sa robe sur ses épaules et elle se retrouva en corset, chaussée de ses bottines.

Savage ne comptait plus les femmes qu'il avait déshabillées. Le jeu de la séduction n'avait plus de secrets pour lui. Lorsque à vingt ans il avait quitté l'Angleterre, il se croyait expérimenté mais en arrivant aux Indes, il s'était rendu compte qu'il ne savait rien et sa véritable éducation avait commencé.

– Je vous en prie... Vos domestiques... Ô mon Dieu, Adam, ne vous déshabillez pas, je vous en supplie !

– Eve, détendez-vous. La nudité est notre état naturel.

Il imaginait la version délicieuse de cette femme nue. Cette blonde déesse aristocratique avec son teint d'albâtre lui paraissait intouchable mais soudain son regard tomba sur les bottines montantes.

– Non, Adam ! souffla-t-elle en fermant pudiquement les yeux.

Eve craignait de perdre la tête à la vue de ce corps superbe, plus souple et plus explicite dans son désir que celui d'un animal. Cette perspective la terrifiait car jamais dans sa vie elle ne s'était abandonnée au plaisir.

Mais Savage n'avait aucune intention de lui montrer ses cicatrices qui n'auraient pas manqué de susciter des questions. Il dissimulait jalousement son ténébreux passé et personne jamais n'avait pu explorer la face cachée de sa vie. Il l'attira dans ses bras et caressa un sein.

– Eve, détendez-vous et laissez-vous aimer.

– Non, non ! souffla-t-elle, prise de panique.

Elle se dégoûtait parce qu'elle sentait peu à peu le désir la gagner et elle combattait vaillamment cet émoi insidieux.

Eve n'avait jamais connu d'orgasme. Elle ne pouvait pas, son corps l'en empêchait et dans son subconscient, il fallait toujours qu'elle le dominât. Voilà pourquoi elle se méfiait instinctivement de Savage en qui elle devinait un amant autoritaire. Il ne lui laisserait pas de répit tant qu'elle ne s'abandonnerait pas. Soudain elle revit les buffles en train de s'accoupler. Savage lui donnait la même impression de force débridée. Elle s'arracha de ses bras et se couvrit de sa robe.

– Répugnant personnage, comment osez-vous ? siffla-t-elle.

Adam Savage comprit immédiatement qu'Eve était frigide. S'il voulait un jour la conquérir, il devrait procéder différemment. Il lui reprit doucement la robe et la rhabilla. Il la prit tendrement dans ses bras, la cajola en lui murmurant des mots tendres à l'oreille et couvrit son visage de petits baisers ardents. Sa bouche glissa sur ses tempes, puis sur ses lèvres. Eve, charmée, ronronnait.

Voilà que soudain il lui donnait ce qu'elle aimait. Elle adorait qu'on lui dise qu'elle était belle. Habillée, elle ne craignait plus de le voir lui gâcher son plaisir avec des avances plus concrètes.

De son côté, Savage espérait de cette manière éveiller son désir. De retour chez elle, peut-être rêverait-elle de lui.

Eve comprit à cet instant qu'elle accepterait de l'épouser, à condition qu'il soit anobli. Elle se haussa sur la pointe des pieds et pressa ses lèvres sur cette bouche si sensuelle.

– Vous feriez des ravages si vous étiez lord, Adam.

5

Le lendemain soir, Bernard Lamb revint à Lamb Hall pour tenter d'apercevoir sa future victime. Mais une extrême prudence s'imposait. En cas d'accident, l'héritier du titre serait automatiquement soupçonné.

Caché dans un massif, il observa les habitants de Lamb Hall derrière les fenêtres illuminées. Tapi dans l'ombre, il attendit longtemps, tissant sa toile mortelle comme une araignée venimeuse.

Il reconnut aisément la vieille bique. Vive et menue, elle parlait en agitant les mains. Mais il ne parvint pas à différencier les jumeaux.

Bruns et élancés, ils allaient et venaient avec une aisance tranquille. Il crut un instant voir Anthony qui lisait derrière un bureau, mais lorsque la silhouette se leva, il aperçut des jupes. Il ne distinguait pas ses traits mais seules les femmes exagérément parées et maquillées l'attiraient. Sa cousine n'en faisait visiblement pas partie.

Il songea à Angela Brown. La petite actrice était tout en courbes et en rondeurs. Elle poudrait et coiffait ses magnifiques cheveux en un savant échafaudage et son opulente poitrine nageait toujours au milieu d'une nuée de dentelles et de volants.

Les lumières s'éteignirent une à une. On se couchait tôt à la campagne. Ah, les chandelles brûleraient jusqu'à l'aube lorsque Lamb Hall serait à lui !

Un pas crissa sur les graviers : un homme sortait des écuries et se dirigeait vers l'aile réservée aux domestiques. C'était le palefrenier de la veille.

Un petit sourire se dessina sur les lèvres de Bernard. Il se glissa dans le hangar à voitures et s'empara d'un maillet. Se faufilant sous la calèche, il sortit à coups de maillet la goupille qui fixait le moyeu de la roue arrière et la fourra dans sa poche.

L'idée était simple mais ingénieuse. Au bout de quelques miles, l'écrou se desserrerait, libérant la roue, et la voiture verserait selon toute probabilité. Bien malin serait celui qui pourrait trouver un lien entre l'accident et Bernard Lamb !

Il en avait terminé pour l'instant et déjà le chant des sirènes le rappelait à Londres. Une jolie séductrice nommée Angela jouait à l'Olympic Theater ce soir-là.

Anthony Lamb était très abattu par la mort de son père. Si seulement il avait été à Ceylan ! Il aurait pu l'aider et, surtout, il aurait consolé sa mère. Dire qu'il allait avoir dix-sept ans et que jamais il n'avait mis les pieds hors de l'Angleterre ! Il serra rageusement les poings.

Dans un an, il serait majeur et il partirait là-bas. Il cueillerait ce Savage à son arrivée et le bombarderait de questions pour préparer son voyage. Maintenant qu'il se tournait vers l'avenir, il se sentait mieux.

Antonia constata avec joie que son frère avait

fait un effort d'élégance ce matin-là. Il arborait une culotte de cheval gris tourterelle et une veste de drap marine. Voyant qu'il avait mis une nouvelle perruque, elle se douta qu'il y avait anguille sous roche.

– Je vais voir les fermiers. Ils doivent être au courant pour notre père et il est de mon devoir de les rassurer. J'entends laisser les positions en l'état.

Antonia dissimula un sourire. Les deux paysans avaient de jolies filles, ce qui expliquait la nouvelle perruque.

– Il souffle un bon petit vent aujourd'hui, je sortirai le bateau.

Il sourit à sa jumelle qui se réjouit de le voir se détendre.

– Je parie que tu ne resteras pas sur la rivière !

– Ne t'inquiète pas ! Quel est l'intérêt de vivre sur la côte si on ne sort pas en mer ! Je suis aussi bon marin que toi, Tony !

– Tout doux, ma belle ! Fais attention, voilà tout. Tu n'as rien à me prouver.

Antonia monta se changer dans sa chambre et vit par la fenêtre son frère s'éloigner à bride abattue. C'était bien lui ! Il lui donnait des leçons de prudence et menait ensuite son cheval à un train d'cnfer au risque de se rompre le cou ! Anthony était un excellent cavalier ct son cœur vibra de fierté en le voyant s'envoler avec son cheval au-dessus de la haie. Il exécuta un saut impeccable mais soudain son cheval le désarçonna. Antonia eut le temps de voir l'animal ruer comme un fou mais son frère ne se relevait pas.

Antonia dévala les escaliers quatre à quatre et héla Roz qui prenait son petit déjeuner :

– Tony est tombé de son cheval ! Va chercher Burke !

Elle empoigna ses jupes à pleines mains et traversa la pelouse en courant.

Son jumeau gisait sur l'herbe inanimé. Sa gorge se serra. Non, ce n'était pas vrai ! Il n'était pas mort ! Jamais deux sans trois, pensa-t-elle sans réfléchir.

– Non ! Non ! hurla-t-elle pour chasser sa peur.

Elle suffoqua tout à coup et un martèlement assourdissant lui emplit les oreilles. Par-dessus son épaule, elle vit la silhouette trapue de Burke qui franchissait la haie. Comme le majordome se penchait, Anthony se redressa tout à coup et lui sourit en se frottant piteusement la tête.

– Quel imbécile ! J'ai dû vous faire une peur de tous les diables.

Antonia comprit alors que ce bruit cadencé qui lui vrillait les tempes était provoqué par les battements de son cœur.

– Tony ! Espèce d'idiot ! J'ai cru que tu étais mort !

Burke aida le jeune homme à se relever. Confus, Anthony épousseta ses habits et refusa toute aide.

– Je m'occupe de ton cheval, va avec Burke ! ordonna Antonia d'un ton sans réplique.

Le majordome fit preuve de plus de diplomatie :

– Allez rassurer votre grand-mère.

La jument s'était calmée mais des frissons secouaient encore sa robe. Antonia la prit par la bride et s'aperçut immédiatement qu'elle saignait.

– Vénus, calme-toi, ma belle. Laisse-moi regarder ce qui ne va pas.

Son harnais avait blessé l'animal. La jeune fille le fit glisser par-dessus la tête de Vénus et s'aperçut que les clous déchiquetés avaient traversé la courroie ; la jument avait été à deux doigts de s'égorger. Elle caressa doucement la pauvre bête et lui murmura des paroles apaisantes à l'oreille.

La jument suivit Antonia jusqu'à l'écurie. La jeune fille s'aperçut que la selle avait glissé sur le flanc du cheval et qu'elle pendait sur le côté.

– Bradshaw ! Comment se fait-il que ce harnais soit dans cet état ? Jetez-le et vérifiez tous les autres harnachements. Nous les remplacerons s'il le faut.

Antonia soigna les blessures de la jument pendant que Bradshaw la retenait par la crinière. Lorsque Antonia rejoignit son frère, le garçon se changeait en racontant à Roz ce qui avait provoqué sa chute :

– La sangle a cédé et la selle s'est dérobée sous moi au moment où je sautais la haie.

Antonia prit la parole :

– Ton harnais est usé jusqu'à la corde. Tu dois le changer. Cette pauvre Vénus est revenue dans un triste état.

– Comment va-t-elle ? s'enquit-il, le front soucieux.

– Mieux, ce ne sont que des coupures. Va plutôt jeter un coup d'œil à ton harnais.

Il s'éloigna en direction de l'écurie et Antonia s'effondra à côté de sa grand-mère.

– Oh, Roz, il était tellement pâle que j'ai cru qu'il était mort.

Roz la dévisagea avec attention.

– Tu t'es fait une belle frayeur, ma chérie. Viens, je vais te donner un peu de cognac.

Antonia faillit s'étrangler en buvant, mais l'alcool lui rendit un peu d'assurance et une chaleur bienfaisante se répandit dans sa poitrine.

– J'ai eu tellement peur. Je me suis sentie si seule tout à coup.

– Bénis plutôt le ciel qu'il s'en soit sorti indemne. S'il devait arriver malheur à Anthony, tu n'aurais pas que sa disparition à déplorer.

– Que veux-tu dire par là ?

– Non seulement cette petite gouape qu'est ton cousin Bernard deviendrait le nouveau lord Lamb, mais il récupérerait de surcroît Lamb Hall et toutes vos terres. Nous nous retrouverions toutes les deux sur la paille avec nos yeux pour pleurer.

Antonia frissonna. Toute envie de naviguer l'avait quittée. Elle se mit à réfléchir à l'incroyable dépendance des femmes. Elle sortit dans le jardin avec un livre mais de sombres pensées l'empêchèrent de l'ouvrir.

Elle n'avait même pas d'argent à elle. Certes une dot lui avait été constituée, mais elle se sentait humiliée de devoir trouver un mari uniquement pour s'assurer une protection pour le reste de ses jours.

Elle avait commencé par dépendre de son père, aujourd'hui c'était son frère et demain son mari. Elle avait intérêt à se dépêcher d'en trouver un avant qu'Anthony ne convolât, sinon sa position deviendrait intolérable. Il ne lui resterait plus qu'à jouer les vieilles filles auprès de ses neveux !

Antonia décida d'aller à Londres pour se renseigner sur sa dot. Si elle choisissait de ne pas se marier, peut-être pourrait-elle récupérer cette somme à son usage.

Petits, les jumeaux avaient été traités de la même

façon. Antonia avait toujours cru que son frère et elle étaient égaux puisqu'ils étaient jumeaux. Mais ils n'étaient plus des enfants et les règles du jeu avaient changé.

Antonia et Anthony n'avaient pas de secrets l'un pour l'autre et la jeune fille mit son frère au courant de ses projets. Anthony n'avait visiblement aucune envie d'aller à Londres.

– Tâche de savoir quand arrive ce Savage. Je vais à Rochester acheter un nouveau harnais et j'aurai besoin d'argent.

Roz et Antonia partirent pour Londres, accompagnées par Burke.

– Cette escapade à Londres nous fera le plus grand bien. Nous irons voir lady Jersey. Frances nous mettra au courant des derniers potins.

– Comment êtes-vous devenues amies ?

– Nos maris étaient très liés. Nous avons beaucoup de points communs, en particulier une langue acérée. A nous deux, nous sommes capables de terroriser les gens.

Antonia et Burke échangèrent un regard amusé. Aucun d'entre eux ne s'aperçut qu'en prenant de la vitesse, la roue arrière de la voiture se desserrait progressivement.

La voiture, qui menait un train d'enfer, ralentit soudain et Bradshaw s'arrêta dans la cour d'un relais de poste. Il sauta à terre et Burke ouvrit la portière.

– Y a quelqu'chose qui tourne pas rond ! La voiture tangue comme un homme ivre, lui annonça le cocher en retenant d'une main ferme les chevaux couverts d'écume.

– Sacristi ! Ça n'a rien de surprenant, lança Roz d'un ton accusateur. Vous alliez à tombeau ouvert !

Flatté, Bradshaw toucha son tricorne.

– Faites avancer la voiture, je vais y jeter un coup d'œil, dit Burke.

Bradshaw remonta sur son siège et fit traverser la cour aux chevaux. La roue arrière oscilla dangereusement et le lourd écrou qui retenait l'essieu tomba par terre.

– Arrêtez ! cria le majordome affolé. La roue arrière va partir !

Bradshaw, encore mal remis de sa frayeur, se redressa après un instant.

– Crénom de nom ! La goupille est partie ! On peut dire qu'on l'a échappé belle.

Burke proposa à ces dames de prendre un rafraîchissement pendant que l'on réparerait la roue. Elles ne cillèrent pas en apprenant qu'elles avaient frôlé la mort et allèrent s'asseoir dans l'auberge.

Les sourcils froncés, Burke rejoignit les deux femmes et leur confia :

– Deux accidents en quarante-huit heures, je trouve cela suspect.

– Simple coïncidence, suggéra Antonia.

– Ça n'existe pas, trancha Roz.

– Tu veux dire qu'on essaie volontairement de nous faire du mal ?

– Quelqu'un essaie de se débarrasser d'Anthony.

– Tu crois vraiment que le fameux cousin dont tu m'as parlé serait venu jusqu'à Stoke pour tailler nos harnais et dévisser nos roues ? lui demanda Antonia, incrédule.

Roz et Burke échangèrent un regard de connivence. Inutile d'inquiéter la jeune fille avec de simples soupçons. D'un commun accord, ils repartirent sans poursuivre cette conversation.

La nuit suivante, dans sa chambre de Curzon Street, Antonia fit un cauchemar épouvantable. Pendant qu'elle se trouvait à Londres, on en profitait pour tuer son frère jumeau. Déchirée, elle avait l'impression qu'en perdant son frère on lui ôtait une partie d'elle-même. Elles rentraient précipitamment à Lamb Hall et découvraient alors que le nouveau lord Lamb avait investi les lieux et qu'elles ne possédaient plus rien.

Un cousin machiavélique était devenu en leur absence le maître absolu de Lamb Hall et de tout ce qui s'y rattachait : meubles, vêtements, souvenirs de famille. Il ne leur restait plus qu'à demander la charité.

Antonia se réveilla en sursaut et se pelotonna sous ses couvertures croyant, un moment encore, que tout s'était réellement passé. Elle avait la chair de poule et les pieds gelés comme si elle avait marché pieds nus dans la neige. L'aube pointait quand elle cessa enfin de frissonner.

6

Quand Antonia se rendit chez Watson & Goldman, ses terreurs nocturnes s'étaient dissipées, mais l'horrible cauchemar avait renforcé sa détermination.

M. Watson lui offrit un siège et eut du mal à reconnaître la jeune fille qu'il avait vue à la campagne. A Londres, tout le monde portait perruque.

Malgré son deuil, la jeune lady Lamb lui parut suprêmement élégante avec sa pelisse et sa jupe de soie très ample. Un ravissant chapeau noir orné d'une plume d'autruche était crânement perché sur sa perruque poudrée. Ce ne fut qu'à ses immenses yeux verts, les mêmes que ceux de son frère, qu'il reconnut la jumelle d'Anthony.

– Monsieur Watson, commença-t-elle, j'irai droit au fait. Je suis venue vous parler de mes finances.

Charmé par sa voix rauque un peu voilée, il admira ses yeux magnifiques qui attendaient une réponse avec impatience.

– Vos finances ? répéta-t-il, abasourdi.

– L'autre jour à Stoke, vous ne vous êtes adressé qu'à mon frère. J'aimerais savoir quelles sont pour moi les conséquences de la mort de mon père.

– Chère lady Lamb, vous n'avez pas d'argent. Vous passez de la tutelle de votre père à celle de votre frère. En attendant que vous vous trouviez un époux.

Les yeux d'Antonia lancèrent des éclairs.

– Et si ce mari ne se présente pas, pourrais-je récupérer l'argent de ma dot ?

– Chère lady Lamb, vous n'aurez aucun mal à trouver un époux, faites-moi confiance.

– Dois-je en conclure que vous vous mettez sur les rangs ? riposta la jeune fille, exaspérée par ce ton paternaliste.

– Je suis marié, hélas.

Elle reprit plus calmement :

– Pardonnez-moi, monsieur Watson. Mes propos ont dépassé ma pensée. Mon père m'a-t-il légué quelque chose dans son testament ?

– Malheureusement non. Mais votre dot est sous la garde de votre tuteur et personne ne peut y toucher.

– A combien se chiffre-t-elle ? Pourrais-je éventuellement en disposer si je ne me marie pas ? répéta Antonia.

– Ce n'est pas à moi de vous répondre, mademoiselle.

– Mais alors, à qui dois-je m'adresser ?

– A votre tuteur. Votre père vous a confiée à M. Savage et c'est à lui que vous devrez désormais présenter vos requêtes. Comme votre frère.

– Cet étranger aurait donc le droit de nous dicter notre conduite ? C'est absurde ! Je vais de ce pas écrire à notre mère.

– Votre mère n'y peut rien, ma chère. C'est la loi et il vous faudrait contester le testament de votre père.

– Je vois, soupira-t-elle, résignée. Ma vie dépend désormais du bon vouloir de ce M. Savage. Lord Lamb a besoin d'argent, faudra-t-il qu'il en quémande à ce Savage ? reprit-elle avec dédain.

– Chère mademoiselle, M. Savage détient tant et si bien les cordons de votre bourse qu'il pourrait dépenser tout votre argent s'il le désirait.

Antonia le dévisagea bouche bée. Eh bien soit ! Elle allait dépenser l'argent de ce maudit tuteur et on verrait bien sa réaction ! Un plan diabolique germait dans sa tête.

Quand Antonia regagna Curzon Street, Frances Jersey était confortablement installée dans le salon avec Roz, et toutes deux éreintaient avec délice toutes leurs connaissances.

– Antonia ! Je suis navrée que tu manques cette saison. C'est une telle chance de commencer à chasser le mari à seize ans !

– Le diable emporte les hommes ! s'exclama

Antonia en piquant rageusement son épingle dans son chapeau.

– Félicitations, Roz, je vois que tu l'as bien préparée. Il faut traiter les hommes comme des chiens !

– A propos de jeune chien fou, comment va le prince de Galles ? interrogea Roz.

Et les deux commères repartirent de plus belle. Quand elles s'attaquèrent à la comtesse de Huntingdon, leur bête noire, Antonia tendit l'oreille.

– Ma foi ! Sa robe était coupée dans un tissu représentant des vasques en pierre remplies de fleurs ; Dieu merci, il n'y avait pas de vasques sur les manches, mais j'en ai vu au moins deux sur sa traîne. La pauvre ressemblait davantage à une descente d'escalier qu'à une femme. Mais, ma chère, quelle langueur lorsqu'elle s'exprime ! lui raconta Frances en riant.

– Tant de préciosité pour une femme qui doit porter son ivrogne de mari au lit tous les soirs ! ajouta Roz avec dédain.

– Pauvre femme ! la plaignit Antonia.

– Chérie, tu as encore le cœur tendre, lui reprocha Frances les yeux pétillants de malice. Aiguise ta langue pour l'an prochain. Il est du dernier cri de colporter les ragots les plus scandaleux qui soient. Il faut que je m'en aille, à présent.

Quand lady Jersey eut pris congé, Antonia s'étonna :

– Les femmes ne parlent donc plus chiffons ?

– Oh, nous abandonnons cela à la chronique du *St James*. Cela nous laisse le temps d'éreinter nos amis. Il faut que j'aille acheter les dernières revues avant de rentrer à la maison. (Elle jeta un regard rusé à sa petite-fille.) Ton entrevue avec Watson &

Goldman ne s'est pas déroulée comme tu le souhaitais ?

– Ne m'en parle pas ! Une femme est entièrement sous la coupe de son père, de son frère ou de son mari, ou encore d'un tuteur, en ce qui me concerne. Roz, je te jure que ce Savage va regretter de m'avoir pour pupille !

– Pour l'instant, ma chérie, tu ne peux rien faire. Attends qu'il soit rentré. Allons, oublie-le et viens avec moi faire des courses.

– Ah, tu crois ça ? sourit Antonia avec un air de jubilation intense. Eh bien, tu vas voir !

Elles prirent une chaise à porteurs jusqu'à la Bourse. Là, Roz tomba en arrêt devant une canne à pommeau de jade dans lequel on pouvait glisser un message ou ranger son tabac.

– Achète-la, lady Jersey sera folle de jalousie.

– Elle est hors de prix.

– Qu'importe, Roz, ce n'est pas nous qui payons. Nous enverrons la note chez Watson & Goldman. Mon tuteur paiera. Après tout, il est là pour ça.

Quand elles quittèrent la Bourse, Antonia avait acheté une crinoline, un peignoir en calicot écossais, et un éventail décoré des amours de Jupiter. Elle n'avait pu résister à faire l'emplette d'une grande capeline ornée d'un ruban cerise et toutes les deux s'étaient offert un manchon en duvet de cygne, des mules rouges à talons et une robe.

Pour Anthony, sa sœur choisit deux paires de ces pantalons révolutionnaires qui descendaient jusqu'à la cheville avec une sangle qui passait sous la botte.

– Je vais aussi prendre deux cirés jaunes. C'est l'idéal pour rester au sec en bateau. Allons chercher tes revues maintenant, je crois que nous avons fait assez de dégâts pour aujourd'hui.

Elles se regardèrent et éclatèrent de rire.

– Antonia, je suis fière de toi.

Elles étaient si chargées qu'elles durent prendre deux chaises pour rentrer à Curzon Street. Quand elles débouchèrent dans Charing Cross, elles assistèrent à une véritable parade d'élégance. Les bellâtres se bousculaient dans les cafés et les salons de thé, dévisageant les femmes derrière leurs lorgnons ainsi que les rares prostituées qui osaient s'aventurer dans ces beaux quartiers.

A chaque coin de rue, les dandys rivalisaient d'excentricité : redingotes jaune canari, gilets brodés de fleurs ou de papillons, pantalons zébrés. Tous arboraient des épées à pommeau de laque ou les fameuses cannes-épées récemment mises à la mode et jonglaient avec leurs tabatières, leurs éventails et leurs mouchoirs de dentelle.

Antonia songea qu'ils auraient été plus à leur place au théâtre que dans la rue. Dommage que son deuil l'empêche d'aller au théâtre. Les Londoniens étaient assoiffés de distractions et toute la ville regorgeait de lieux de divertissement.

Au deuxième rang de l'Olympia Theater, Bernard Lamb lorgnait Angela Brown qui se pavanait dans un costume de page dont le justaucorps recouvrait à peine son joli postérieur. Tout le charme d'Angela résidait dans ce contraste entre son visage candide et ses toilettes provocantes. Sans lui laisser le temps d'achever sa chanson, Bernard se glissa dans les coulisses.

– Tiens, tiens ! Qui voilà ? fit-elle, gouailleuse, en poursuivant son chemin.

Il la saisit par le bras et lui confia ses projets.

– Va raconter tes salades à d'autres, mon joli !

Bernard lui tendit alors l'avis de décès qu'il avait découpé dans le journal.

– L'actuel lord Lamb est mon cousin Anthony et je suis le second sur la liste. Il n'a que dix-sept ans et je peux te promettre qu'il ne vivra pas longtemps.

– Qu'est-ce que tu en sais ? riposta Angela, brusquement très intéressée.

Bernard esquissa un sourire rusé.

– C'est moi qui l'ai décidé, mon ange.

Il caressa les fesses de la jeune femme.

Elle remarqua ses habits neufs mais demeurait sceptique.

– La chance me sourit depuis que je suis devenu un héritier. Ecoute un peu, poursuivit-il, cajoleur. Si je te raccompagnais ce soir ? Et demain je t'emmène dans ma nouvelle calèche voir mes futures terres.

Angela avait deux autres soupirants mais leur amoralité n'atteignait pas celle de Bernard. Or c'était précisément ce côté dépravé qui plaisait à la jeune actrice. Ils se ressemblaient par leur totale absence de scrupules.

– C'est bon, rit-elle. Va pour le grand jeu !

– Tu ne seras pas déçue, promit-il.

Ce soir-là, Bernard s'appliqua à contenter la jeune femme. Plus tard, tout changerait. Dès qu'elle aurait posé les yeux sur Lamb Hall, elle brûlerait de convoitise et se mettrait en quatre pour lui faire plaisir.

Il n'aurait plus qu'à lui faire miroiter le mariage, et elle viendrait manger dans sa main.

Le lendemain, ils se levèrent à l'aube pour aller à Stoke. La calèche avait été en réalité louée pour la journée.

Bernard fit passer Angela devant Lamb Hall sans oser emprunter l'allée qui menait à la propriété. La jeune femme ne décolérait pas : elle n'avait pas fait tout ce chemin pour rester derrière les grilles !

En réalité, le gredin manipulait Angela. Il lui proposa de louer un bateau et ils longèrent les berges de la Medway jusqu'au hangar à bateaux de Lamb Hall.

De cette position avantageuse, ils admirèrent le ravissant manoir en brique rouge avec sa remise pour les voitures et ses écuries situées en retrait sous des ormes centenaires. Une pelouse de gazon s'étalait jusqu'au pied de la maison. Des glycines et des roses-thé s'enroulaient autour des arbres et des treilles. Angela soupira et s'imagina sous une ombrelle en train de recevoir tous ses compagnons du théâtre.

Soudain Bernard retint son souffle ; la porte de la remise était ouverte ! La voiture était sortie ! Pour plastronner, il raconta à Angela ce qu'il avait fait.

Angela ouvrit de grands yeux.

– Pourquoi saboter cette voiture quand tu pouvais venir tripatouiller ici leur fichu bateau ? Sur la route, il y a toujours des gens qui viennent t'aider, alors que si t'as des problèmes en mer, ta tombe est déjà creusée !

Bernard exultait devant un tel cynisme : ils étaient bien de la même race ! Il agita sa rame comme s'il se fût agi d'une baguette magique.

– Presto !

Il s'amarra au voilier et ils montèrent à bord du *Seagull*. Aucun des deux ne savait comment fonctionnait un bateau à voiles mais ils déployèrent des trésors d'imagination pour arriver à leurs fins.

Les saboteurs étaient partis depuis longtemps quand Roz et Antonia revinrent de Londres.

– J'espère qu'Anthony a eu la présence d'esprit de demander une facture pour le nouveau harnais. Il la soumettra à Watson & Goldman. J'ai hâte de lui exposer ma théorie sur « comment ruiner son tuteur en cinq leçons ».

7

Adam Savage se familiarisait peu à peu avec l'idée du mariage. Il avait trente-deux ans. A son âge, la plupart des hommes étaient mariés. Dans l'aristocratie, les mariages s'arrangeaient autour de l'argent, des terres et des titres. Jadis, Adam ne possédait rien de tout cela, mais aujourd'hui il avait la ferme intention de rentrer en Angleterre et de fonder une dynastie.

Le choix de son épouse serait fondamental : il lui fallait une femme cultivée, mondaine et jolie. Lady Evelyn Lamb correspondait exactement au portrait qu'il s'était forgé de l'épouse idéale. Sa beauté marmoréenne, sa classe innée et son goût des mondanités en feraient une hôtesse idéale pour Edenwood tout en servant de tremplin à ses ambitions politiques.

Sa beauté typiquement anglaise l'excitait et il se promit de débrider cette sensualité cachée. Il n'y avait qu'un seul inconvénient : son âge empêcherait Eve de lui donner tous les enfants qu'il désirait. Il se contenterait d'un fils. S'il épousait Eve, il lui ferait immédiatement un enfant. Bien entendu, il deviendrait également le beau-père de ses pupilles et pensait honnêtement pouvoir faire un bon père.

Il se rendait ce jour-là à Colombo avec un chargement précieux pour son bateau, le *Dragon rouge*. Les cales du navire contenaient déjà du teck, de l'ébène et du satiné ainsi que des épices rares. Ces marchandises supportaient bien les longs voyages. Il y chargerait prochainement sa dernière récolte de thé et de caoutchouc.

Il s'était presque décidé à rentrer en Angleterre lors du prochain voyage du *Dragon rouge*. Il emporterait avec lui son mobilier indien et oriental, sans oublier les cinquante coffres cachetés d'un sceau représentant un léopard pour les distinguer des autres coffres qui contenaient du thé.

A Colombo, il attendait un de ses navires qui devait lui ramener une cargaison de soie de Chine. Il y chargerait à la place les marchandises d'Evelyn.

Adam savait que la petite plantation des Lamb produisait de l'indigo et du coprah.

Le voyage pour Colombo durait deux ou trois jours en moyenne. Les arnis, lents mais robustes, tiraient les chariots lourdement chargés. Des gardes armés escortaient le convoi car les collines étaient infestées de brigands.

Tout se déroula normalement. Le *Dragon rouge* était à quai et l'équipage chargea rapidement les coffres de thé et le caoutchouc dans les cales.

Son autre bateau, le *Dragon de jade*, avait

accosté le matin même. Lorsqu'il eut fait transborder sa précieuse cargaison de soie sur le *Dragon rouge* et qu'il constata qu'il restait encore de la place à bord, Adam prit une décision qu'il savait irrévocable : il annonça au capitaine qu'il rentrerait avec lui en Angleterre. Deux ou trois semaines lui suffiraient pour boucler ses affaires ici.

Il était en pourparlers depuis quelque temps avec la Compagnie des Indes orientales de Madras qui désirait lui acheter Leopard Leap. Lorsqu'il récupéra son courrier en provenance du continent – c'était ainsi que l'on désignait l'Inde ici –, il tomba sur une proposition avantageuse faite par la Compagnie.

Savage entra dans la cabine du *Dragon de jade* et s'installa dans le fauteuil du capitaine, les pieds sur la table à cartes. La petite fortune que lui offrait la Compagnie des Indes orientales aurait dû le transporter de joie. Il se revit aux premiers jours : il avait sué sang et eau pour la plantation. Il y avait sacrifié sa jeunesse, travaillant jour et nuit comme un forcené. Il y avait risqué sa santé et sa raison. Mais il avait fini par briser cette solitude et s'était identifié à cette nature âpre. Combien de fois avait-il frôlé la mort en chassant les éléphants solitaires qui venaient piétiner ses cultures, en traquant les panthères qui dévoraient son bétail et en étouffant les mutineries !

Tout homme sensé eût été ravi de se débarrasser de tous ces problèmes. Mais Savage n'était pas raisonnable. Ceylan lui avait insufflé son virus et Leopard Leap était devenue chair de sa chair. Il l'avait construite de ses mains. Ses yeux se posèrent sur ses mains brunes et solides, toutes couturées. L'auriculaire de sa main gauche avait été calciné un jour où il avait reçu la foudre en ramassant ses récoltes avant que la mousson n'éclatât.

Il était arrivé pauvre comme Job ; aujourd'hui il était un riche propriétaire terrien et il aimait Leopard Leap. C'était la raison pour laquelle il était resté ici.

Il se mit à griffonner une réponse à la Compagnie. Il lui proposait un bail de deux ans. La Compagnie récolterait le fruit de ce qu'il avait semé ; au bout de ces deux ans, si elle était toujours disposée à lui acheter la plantation, il renégocierait. S'il ne se résolvait pas à s'en séparer, il en demanderait un prix prohibitif.

Savage renvoya les chariots à Leopard Leap. Il les rejoindrait sur la route le lendemain. La lumière baissait et l'indolence qui pesait sur la ville s'évanouit pour laisser place à la fébrilité qui régnait toujours sur Colombo à la tombée du jour. Les femmes voilées des castes supérieures disparurent et furent remplacées par celles des milieux modestes aux cheveux noirs et soyeux. Les rues se remplirent de marchands et de badauds qui s'apprêtaient à savourer les délices de la nuit tropicale.

Adam passait peut-être sa dernière soirée à Colombo et il voulut goûter à ses charmes une dernière fois. Il avait besoin de se détendre. Il descendit à terre et se dirigea vers la ville aux dômes arrondis. A l'est de la ville, tout au bout de la rue Kelani, il s'arrêta devant une maison appelée le *Joyau de l'Est*. Otant son chapeau, il franchit le porche et cligna des yeux.

Le hall d'entrée était entièrement décoré d'éclats de miroirs sertis d'améthystes scintillantes. Cette opulence l'avait abasourdi six ans plus tôt, lorsqu'il y était entré pour la première fois. C'était là qu'il avait entendu parler de Ratnapura, la cité des Gemmes, où ces pierres violettes abondaient. Là-bas, elles n'avaient aucune valeur mais elles étaient très prisées en Angleterre.

Deux beautés brunes l'accueillirent à bras ouverts : « Le *Joyau de l'Est* est honoré de recevoir le Léopard. » Les deux jeunes femmes portaient des saris lavande richement brodés. On eût dit des sœurs, mais Adam savait qu'elles s'appelaient Perle et Mère de Perle et qu'entre les mains expertes de ce duo, un homme pouvait frôler la folie.

Il leur baisa galamment la main et bavarda un peu avec elles avant qu'on lui proposât gracieusement de faire son choix : stimulation ou relaxation. Ce soir, contrairement à ses habitudes, Adam opta pour la seconde formule.

Il franchit un rideau de perles et on l'installa sur un sofa en lui tendant un menu. Celui-ci ne concernait pas que le repas. Puis on le conduisit dans la salle de bains où des jeunes femmes lui ôtèrent ses vêtements. Deux d'entre elles le rejoignirent dans la piscine tandis que leurs compagnes versaient de l'eau chaude jusqu'à ce que la pièce fût remplie de vapeur.

Elles le lavèrent et l'enveloppèrent dans une grande serviette. Puis les jeunes femmes s'alignèrent devant lui pour qu'il fasse son choix. Leurs vêtements transparents révélaient leurs formes plutôt qu'ils ne les cachaient et Adam choisit sa partenaire pour la nuit. Elle s'appelait Délice et allait s'employer à lui prouver qu'elle méritait bien son nom.

Quand ils furent seuls, elle retira ses voiles diaphanes et lui apparut entièrement nue et épilée.

Ses cheveux noirs et brillants balayaient le sol. Délice était merveilleusement faite, tout en courbes voluptueuses. Dans son visage sensuel, on ne voyait que la bouche pulpeuse et d'immenses yeux noirs.

Tandis qu'elle le massait avec de l'huile d'amande douce, Adam se sentit basculer dans une délicieuse torpeur.

Ensuite on leur servit le repas. Délice s'empara du plateau et le posa à terre. Nus, ils s'allongèrent sur des coussins et elle lui donna la becquée.

Quand il fut repu, elle lui lava les mains et le visage à l'eau de rose. Délice s'installa ensuite sur la table et se mit à peindre son corps avec du henné. Puis elle noua à ses chevilles des bracelets décorés de clochettes et s'approcha de lui.

Le Léopard s'endormit et fit même la grasse matinée. Il quitta le *Joyau de l'Est* en laissant le double de ce qu'on lui réclamait.

Quand il arriva sur le quai, l'équipage chargeait le contenu de ses entrepôts. Il monta à bord et descendit dans les cales. Soudain il s'arrêta au milieu d'une phrase et se raidit. Il releva la tête et transperça les matelots d'un regard glacé. Son odorat lui révélait déjà ce que contenait la caisse dont il arracha le couvercle.

De l'opium !

Il vérifia le contenu des autres caisses et des coffres alignés dans la cale. Lady Lamb essayait d'exporter des centaines de caisses bourrées à craquer de graines de pavots !

Effrayés par la fureur qu'ils lisaient dans son regard, les matelots reculèrent. Mais Adam réussit à se dominer et se promit de réserver ses foudres à l'auteur de cette abomination.

Il distribua ses ordres d'une voix dure et coupante :

– Déchargez-moi tout ça et transportez-le à bord du *Dragon rouge*. Cet après-midi, je vous ferai livrer une autre marchandise pour la Chine.

Fidèle à sa promesse, il leur fit livrer à midi un chargement de piments rouges et de tabac dont les Chinois étaient très friands. Il acheva de remplir les cales avec des balles de chintz, sachant que ce coton brillant et résistant se vendrait comme des petits pains.

Quand il eut réglé ses affaires, Savage chargea son pistolet, demanda son cheval et prit le chemin du retour. Sa fureur contre Evelyn croissait d'heure en heure. Plus jeune, il lui aurait peut-être pardonné son geste. Mais c'était une femme intelligente qui avait vécu dix ans dans ce pays et qui connaissait parfaitement les mortelles propriétés de l'opium. S'il avait eu connaissance du contenu de ces caisses, il aurait refusé tout net de les embarquer. Et si elle avait sollicité son avis sur l'opium, il ne lui aurait pas mâché ses mots. Il enrageait à l'idée qu'elle avait volontairement cherché à le duper. Forte de son charme, elle avait fait de lui son complice involontaire.

C'était précisément ce qui le mettait hors de lui. Cette femme avait manipulé les hommes toute sa vie. Comment n'avait-elle pas compris qu'il était d'une autre espèce ? Morbleu ! Government House se trouvait sur son chemin et il comptait bien s'y arrêter pour mettre les points sur les i.

8

Adam galopait depuis vingt-quatre heures. Sale et hirsute, il sentait la transpiration et la poussière mais s'en moquait éperdument. Il abandonna son cheval couvert d'écume aux mains d'un palefrenier et fit irruption dans le somptueux Government House sans se soucier des gardes ni du majordome qui venait à sa rencontre. Ses bottes laissaient des traces de boue sur les dalles blanches.

Il y avait toujours des invités à Government House. Eve prenait son petit déjeuner en compagnie d'un émissaire du gouverneur de Madras et d'un prince du palais de Radjah Singha. Les deux hommes reconnurent immédiatement Savage à sa cicatrice légendaire. Adam entra sans prendre la peine de s'excuser et Eve ouvrit des yeux ronds.

– Je dois m'entretenir avec lady Lamb d'une affaire extrêmement importante. Si vous voulez bien l'excuser.

C'était plus qu'un ordre.

Eve se leva immédiatement pour éviter une scène et entraîna Adam dans son boudoir. Elle portait une robe légère et ses boucles blondes étaient relevées par des peignes en écaille. Elle fit volte-face et le dévisagea, les sourcils froncés.

– Que signifie cette intrusion ?

Devant cet air hautain, il se retint pour ne pas secouer cette femme si soucieuse de son apparence. Il respira profondément et serra les poings.

– Madame, gronda-t-il. J'attends vos explications au sujet de cet opium !

– Ah, je vois. (Son teint clair s'empourpra.) Je... je sais que c'est illégal dans certains ports. Mais...

mais je croyais que vous trouveriez une solution, mon chéri.

– Je me contrefiche de ce qui est légal ou illégal, et vous le savez aussi bien que moi ! Il s'agit d'une drogue abominable !

– J'avais besoin d'argent, se justifia-t-elle.

Il sortit son portefeuille et jeta une liasse de billets sur la table.

– Je vous ai acheté votre opium, madame !

– Adam, j'ignorais...

– Eve, pas de ce jeu avec moi, l'interrompit-il. Voilà dix ans que vous vivez ici. Vous connaissez comme moi les propriétés néfastes de l'opium. Vous savez que c'est une drogue et qu'elle condamne des millions d'individus à une mort lente et atroce, et vous savez qu'il n'y a pas de guérison possible.

– Mais... ce ne sont que des paysans chinois, objecta-t-elle faiblement.

Il la saisit par les épaules, enfonçant ses doigts dans la chair délicate.

– Ce sont des êtres humains comme vous et moi ! Nous vous avons décrit avec Russell ces maisons où des centaines d'individus délirent sur des planches de bois ! Ils sont des millions à tout sacrifier pour cette drogue : maison, famille, parfois même femme et enfants ! Pour mourir dans des souffrances abominables. L'opium est une substance corrompue, une denrée maudite qui emporte dans son sillage tous ceux qui y touchent. (Il la secoua comme un prunier.) Je suis payé pour le savoir ! Je me suis livré au trafic de l'opium à Canton à mes débuts. J'en ai payé le prix et non seulement j'en porte les marques sur mon corps mais j'ai failli y perdre mon âme. Aujourd'hui je gagne autant d'argent en exportant du thé et du caoutchouc. C'est un travail harassant mais honnête. Et la nuit je dors la conscience tranquille.

Eve comprit qu'elle avait commis une grossière erreur.

– J'ai eu tort de ne pas vous en parler avant, dit-elle d'une voix douce.

– Il y a deux choses que je n'accepterai jamais de charger à bord de mes bateaux : l'opium et l'ivoire. Des criminels capturent les éléphants et les dépouillent encore vivants de leurs défenses. Cela aussi me révolte.

Le regard de Savage tomba sur ses cheveux blonds soigneusement coiffés. Il lui arracha ses peignes en écaille et ajouta avec mépris :

– Exactement comme ceci. L'écaille est arrachée du dos d'une tortue vivante. Ce sont des pratiques barbares !

Il avait vidé son sac.

– Pardonnez-moi cette intrusion, lady Lamb, dit-il d'une voix tranchante. Je n'ai pas de manières. Je ne suis qu'un paysan.

Sur cette remarque narquoise et quelque peu arrogante, il la quitta pour rejoindre Leopard Leap.

Savage réunit ses surveillants et ses banians cet après-midi-là. Tel un sergent-major, John Bull se tenait au garde-à-vous devant la porte et leur ordonnait de se déchausser avant d'entrer dans le bungalow. Ils écoutèrent religieusement leur maître.

– Avant la prochaine lune, je rentrerai en Angleterre. Un nouveau sahib viendra. Je veux que vous lui obéissiez comme à moi. Leopard Leap reste ma plantation, mais elle est vouée à l'échec si vous ne travaillez pas pour votre nouveau maître comme vous l'avez fait pour moi. Vous savez ce qu'il faut faire en période de crue ou de sécheresse. En vérité, vous en saurez bien plus que le nouveau sahib. Mes grands bateaux achemineront vos récoltes jusqu'à Londres où je serai. Et mon nez me renseignera sur la qualité du thé.

Son visage se détendit et il s'accorda l'un de ses rares sourires.

Mais les Tamouls ne souriaient pas. Cette nouvelle leur faisait l'effet d'une catastrophe. Adam était pour eux un mythe : sa taille gigantesque, sa force et son adresse, tout concourait à en faire un être de légende. Sans parler des yeux bleus et perçants dont le ciel lui avait fait cadeau. A coup sûr il saurait au-delà des mers s'ils manquaient à leur tâche. Ils se hâtèrent d'aller annoncer la terrible nouvelle à leurs ouvriers.

Savage s'emparait des registres de la plantation quand la voix autoritaire de John Bull attira son attention.

– Quand nous serons en Angleterre, Kirinda, tu devras t'habiller à l'européenne. Tu ferais honte au maître. Inutile de te charger de tes tenues païennes et autres babioles.

Lorsqu'il intervenait entre ses domestiques, Adam Savage essayait toujours de faire preuve de diplomatie. Kirinda la Cinghalaise appartenait à une caste plus noble que celle du Tamoul. Mais John Bull était son majordome et un homme ne pouvait se permettre de perdre la face devant une femme.

– Une fois n'est pas coutume, John Bull, mais

là tu te trompes, déclara-t-il avec tact. Fleur de Lotus est mille fois plus jolie en sari et elle le sait. Veille donc à ce qu'elle dispose du nécessaire pour transporter ses effets personnels.

Dans le dos du Léopard, Kirinda lança à John Bull un petit sourire suffisant.

– En revanche, elle aura besoin de chaussures. Trouve-lui-en une paire au plus vite pour qu'elle s'exerce à marcher. Il fait trop froid en Angleterre pour aller nu-pieds.

Le sourire de Kirinda s'évanouit et ce fut au tour de John Bull d'afficher sa condescendance.

A la tombée du jour, on annonça à Adam que lady Lamb était là. Il s'attendait un peu à cette visite. Il remarqua tout de suite qu'elle avait abandonné son deuil. Elle portait une robe de mousseline indienne très échancrée et une fleur de lotus était piquée au creux de ses seins. Ses cheveux blonds retombaient librement sur ses épaules, adoucissant ses traits. Elle avait l'air moins distante que d'habitude et l'éclairage tamisé la faisait paraître plus chaleureuse, presque vulnérable.

Quand ils furent seuls, elle s'approcha et posa ses mains sur sa poitrine.

– Oh, Adam, murmura-t-elle d'une voix suppliante. Me pardonnerez-vous ?

Elle était venue le séduire, pensa Adam, amusé de constater que cette femme jouait à la courtisane par amour des bijoux et de l'argent. Il était curieux de voir jusqu'où elle irait.

Il feignit de succomber à la tentation. S'emparant de ses lèvres, il souffla tout bas :

– Je ne veux pas vous voir corrompre... autrement que par moi.

Eve frissonna. Il faisait souvent cet effet aux femmes. Affolée, elle se demanda si elle trouverait la force de se déshabiller.

Les yeux bleus d'Adam pétillèrent de gaieté.

– Je préfère la lady à la courtisane, murmura-t-il en la couvrant de baisers.

Quand il la sentit répondre à son tour, il la relâcha. Cette fois il était bien décidé à la laisser sur sa faim.

Elle réunit tout son courage pour l'interroger :

– Qu'avez-vous fait de l'opium ?

– Envoyé en Angleterre, répondit-il sèchement.

– Quelle différence y a-t-il entre la Chine et l'Angleterre ?

– En Angleterre, je peux contrôler l'usage qu'on en fera, lui expliqua-t-il, agacé. Il sera transformé en laudanum pour alléger les souffrances des blessés et des malades. Eve, quand le *Dragon rouge* prendra la mer, je serai à son bord.

Il vit ses yeux s'arrondir de stupeur. Elle s'imaginait vraisemblablement qu'après lui avoir accordé quelques baisers, elle aurait son mot à dire dans tout ce qu'il ferait. Mieux valait la détromper tout de suite.

– Déjà ? fit-elle sans qu'il sache si sa déception était due à la crainte de le perdre. Avez-vous vendu Leopard Leap ?

– Non, je vais louer la plantation à la Compagnie.

Il caressa son épaule blanche.

– Evelyn, venez avec moi.

Elle n'osa pas en tirer de conclusions prématurées. Un silence s'installa entre eux jusqu'à ce qu'elle se décidât à le rompre.

– Adam, Lamb Hall ne m'appartient plus désormais.

S'était-elle bien fait comprendre ? Lui proposerait-il le mariage ? C'était la seule façon de s'approprier sa richesse. Mais elle y perdrait son titre et dans sa cupidité, elle voulait le beurre et l'argent du beurre.

– Ici, j'ai un palais rempli de serviteurs, reprit-elle pour tâter le terrain.

– Edenwood sera mieux qu'un palais et il y aura pléthore de domestiques, répondit-il calmement.

Eve se sentit presque défaillir de joie. Elle avait réussi !

– Je ne puis envisager de me remarier avant la fin de mon deuil. Allez voir votre Edenwood et achetez ce titre dont nous parlions. Ensuite revenez me chercher.

– Je ne veux pas que vous ayez des problèmes d'argent en mon absence. Vous pourrez tirer des traites sur mon compte ici à Colombo.

Ses yeux brillèrent puis elle baissa pudiquement les cils et protesta pour la forme :

– Adam, vous n'avez pas besoin de m'acheter...

– Si mon argent vous offense, je vous offrirai des bijoux, la taquina-t-il.

Il lisait en elle comme dans du cristal.

Elle posa une main sur sa poitrine.

– Ces bijoux que nous avons joués aux dés... venaient-ils de la légendaire cité des Gemmes ?

– Ratnapura, c'est exact. J'y vais chaque année.

– Vous vous livrez au trafic de pierres précieuses vers l'Angleterre ? s'enquit-elle, haletante.

– Oui. Mais je gagne presque autant d'argent avec les pierres semi-précieuses : béryls, grenats, tourmalines, opales et topazes. On y trouve toutes les nuances de saphir et pour une poignée de roupies, vous pouvez acheter un coffre rempli d'améthystes.

– C'est tout près d'ici, n'est-ce pas ?

L'excitation vibrait dans la voix d'Evelyn. Il recouvrit son épaule nue et répliqua :

– A vol d'oiseau, oui. Mais la montagne Sabaragamuwa nous en sépare. Ces montagnes sont infestées de bandits. Savez-vous ce qu'ils font ? Ils assassinent les voyageurs, c'est un rite pour eux. Ratnapura est l'une des villes les plus dangereuses qui soient. Elle est peuplée de voleurs, d'assassins et de prostituées. Eve, je vous interdis d'y aller.

Il lisait donc dans ses pensées ! Son attitude avec les femmes la troublait : il avait trop d'expérience. Depuis des années elle se sentait à la fois attirée et dégoûtée par son ostensible virilité. Il lui souleva le menton et prit son visage entre ses mains.

– Promettez-moi de ne jamais y aller et je vous couvrirai de bijoux.

Elle avala sa salive : comment résister à une telle proposition ? Une occasion inespérée s'offrait à elle. Elle devait le convaincre que c'était lui qu'elle désirait, et non les bijoux.

– Viendrez-vous me voir demain soir ? le pria-t-elle avec une moue coquette tout en le haïssant de devoir s'abaisser ainsi.

– Je ferai mon possible, répondit-il sans s'engager.

Evelyn n'était pas la seule des Lamb à avoir des visées sur la fortune de Savage. Antonia vérifiait son apparence dans sa psyché. Sa robe d'amazone était noire comme l'exigeait son deuil mais elle avait mis une chemise et un jupon de mousseline blanche pour adoucir la sévérité de sa tenue. Penché sur son front, un coquin petit chapeau recouvrait sa perruque blanche tandis qu'une longue boucle dansait sur son épaule.

Elle salua du bout de sa cravache l'élégante silhouette que lui renvoyait le miroir et claqua des talons avant de quitter la pièce d'un pas martial. Elle se rendait à Edenwood et franchit les douze miles qui la séparaient de Gravesend dans un temps record.

James Wyatt, en bras de chemise, se précipita à sa rencontre.

– Lady Antonia ! J'attendais impatiemment votre visite.

Elle lui sourit.

– Edenwood m'attire comme un aimant et ce que vous y construisez me fascine. J'en rêve même la nuit, ajouta-t-elle tandis qu'une fossette creusait ses joues.

Elle retira sa main de celle de l'architecte et ils remontèrent vers la maison.

– Vous me flattez, mademoiselle, et votre avis me sera peut-être précieux. Si nous transformions vos rêves en réalité ?

– Oh ! mais c'est moi qui suis flattée ! Je déborde d'idées, vous savez !

Charmé, il poursuivit :

– Vous privilégiez certainement l'élégance plutôt que la grandeur.

– C'est exact, monsieur, mais je parierais qu'il n'en va pas de même pour M. Savage. Quant à moi, je considère qu'Edenwood mérite l'un et l'autre ! fit-elle avec bonne humeur.

Il lui montra le portique ouest. Des colonnes à l'élégance toute classique s'élançaient vers le ciel.

– Ravissant ! Mais pourquoi ne le rallongeriez-vous pas d'une terrasse en demi-cercle avec une balustrade en pierre ? L'ensemble serait de toute beauté. Je vois déjà des vasques remplies de fleurs tout autour.

Wyatt acquiesça :

– Je pourrais utiliser la pierre de Norfolk qui a de si jolies teintes ocre.

Enthousiasmée, Antonia hocha la tête.

– Oui, oui ! Et la terrasse sera de marbre ! Ce portique est d'inspiration romaine, alors un marbre veiné d'Italie s'impose !

Malgré le coût prohibitif de ses suggestions, le tableau était irrésistible.

A l'intérieur de la maison, Antonia poursuivit ses initiatives exorbitantes.

– Dans l'entrée principale, je verrais un marbre d'une couleur différente. M. Savage est un vrai nabab et j'imagine qu'il voudra y exposer ses trophées : un éléphant ou un tigre du Bengale sans doute... Un marbre veiné de noir peut-être... ou le contraire.

– Je crois que vous m'avez convaincu, fit James Wyatt avec indulgence. Suivez-moi, je voudrais vous montrer les stucs dans les salons et les chambres.

Antonia bouche bée admira les ravissantes moulures qui montaient jusqu'au plafond. Elle faillit proposer de les dorer à la feuille mais la beauté classique de l'ensemble eût été détruite. Elle se mordit les lèvres et décida de trouver une autre idée. Ses yeux s'écarquillèrent de surprise lorsque

James Wyatt la fit entrer dans ce qui ressemblait à une salle d'eau.

– Voici l'une des rares exigences de M. Savage.

Cette salle jouxtait la chambre du maître de maison au dernier étage. Le soleil y déversait sa lumière à flots à travers un plafond en verre.

– Cela s'appelle une verrière. On en voit dans de grandes constructions comme les musées ou les palais, mais c'est la première fois que j'en conçois une dans une maison particulière.

Un bassin était creusé au milieu de la pièce, assez vaste pour que l'on y nageât, avec des marches de chaque côté. Contre les murs étaient empilées des caisses de carreaux de faïence dans des camaïeux de bleus et de verts.

– Oh ! Savez-vous ce que je verrais dans cette pièce : tout un pan de mur en glaces vénitiennes pour réfléchir la lumière ! Et ces carreaux seraient encore plus extraordinaires si on les décorait ! Je connais un artiste à Shepherds Market qui peint des hérons et toutes sortes d'échassiers. Oh, James ! Commandez-lui des scènes peuplées d'oiseaux des marais : des martins-pêcheurs, des aigrettes, des flamants, et que sais-je encore...

L'enthousiasme de la jeune fille était contagieux et l'architecte se prit au jeu.

Grâce au regard d'une femme, il allait faire de ce château son chef-d'œuvre.

– Nous avons la chance d'être près de Londres et les meilleurs artisans du monde sont à nos portes. Vous pourriez faire décorer ces plafonds par les plus grands peintres. Ces immenses cheminées elles aussi ne demandent qu'à être sculptées par Adam.

– Les Adam sont quatre frères. Ils ont pour règle de décorer une pièce de fond en comble et non par petits bouts.

– Quelle merveilleuse idée, James ! Confiez-leur la réalisation du grand salon ou de la salle à manger et pourquoi pas celle de la galerie. Il vous suffit de plaire à ce nabab et le monde entier se pressera à votre porte. (Antonia rougit.) Oh, pardon, monsieur Wyatt, votre réputation n'est plus à faire et vous devez me trouver bien présomptueuse.

Il lui sourit avec indulgence.

– Je ne manque pas de clients, certes, mais tous ne paient pas comme M. Savage.

Antonia haussa les sourcils.

– Vous travailleriez pour quelqu'un qui ne vous paierait pas ?

– Il est difficile de refuser les commandes d'un prince, sourit-il.

Elle éclata d'un rire argentin.

– Suis-je sotte ! Vous avez de la chance. Mon tuteur est richissime. (Elle lui lança un regard impertinent sous ses longs cils.) Oh, pauvre monsieur Wyatt, je vous soûle !

– Vous m'avez enchanté, mademoiselle. Mais vous ne partez pas déjà ?

– Vous êtes trop bien élevé, James ! Vous auriez dû me chasser depuis longtemps.

– Promettez-moi de revenir.

– Rien ne pourrait me tenir à l'écart d'Edenwood !

Le soir au dîner, elle fit à Roz le récit de son passage à Edenwood.

– Il va me revoir ! Il faudra que tu me donnes des idées pour dépenser son argent. Oh, Roz, sais-tu que j'y prends goût !

Sa grand-mère était parfaitement d'accord avec elle.

– Le panache ! Il n'y a rien de tel. Il faut de la passion en toutes choses. On regrette rarement ce que l'on a fait, ma chérie, seulement ce que l'on a manqué.

– Désormais j'en ferai ma devise, jura solennellement Antonia. De la passion en toutes choses.

A l'autre bout du monde, Adam Savage n'aurait pas renié cette devise. Dans la nuit moite, il était retombé sous le charme du paradis tropical. Comme tout cela lui manquerait ! Leopard Leap, Ceylan, l'Inde... Il y avait appris à vivre intensément et à donner pour recevoir, à ne reprendre que ce qu'il avait donné. Et cette leçon, il l'avait apprise de la pire façon qui soit.

Quand son père était mort, Adam s'était lancé à l'assaut de la fortune. Avec son premier navire, il avait clandestinement déchargé de l'opium en Chine. En peu de temps, il avait été plus riche que dans ses rêves les plus fous. Mais à quel prix ! Pour réussir dans ce domaine, il fallait se transformer en bandit. Il n'existait pas de demi-mesure : tuer ou être tué... détruire ou être détruit.

Il aurait probablement franchi un point de non-retour si on ne lui avait pas proposé une étrange marchandise dans un entrepôt de Canton. Cinquante fillettes nubiles destinées à l'esclavage. Il n'avait pas hésité une seconde : jamais il ne vendrait son âme au diable. Il avait accepté de troquer son opium contre les délicates enfants avec la ferme intention de leur rendre la liberté. Naïf qu'il était ! Ces bandits avaient déjà vendu une douzaine de fois ces vierges qui n'avaient pas vu la lumière du jour depuis six mois.

Leur évasion avait failli lui coûter la vie. Depuis, il portait sur son corps les cicatrices des coups de couteau qu'il avait reçus. Le cuisinier tamoul qu'il avait engagé à son bord le soigna avec dévouement et le tira des griffes de la mort. Quand Savage avait voulu le récompenser, il lui avait simplement déclaré :

– Quand vous rentrerez en Angleterre, emmenez-moi avec vous.

Savage avait senti passer le vent du boulet et se jura de changer de mode de vie. Il acheta alors à un Hollandais de Ceylan sa plantation qui battait de l'aile. Puis il fit venir de Birmanie des plants de caoutchouc et des graines de théiers de Souchong. Ensuite il avait travaillé d'arrache-pied, jour après jour.

Il était temps de rentrer chez lui mais tout cela lui manquerait : la chaleur moite, les odeurs d'encens et d'épices, même la saleté et l'obscurité. L'un de ses rares sourires apparut sur ses lèvres quand il vit pour la dernière fois un léopard se désaltérer au bord du lac. Demain il quitterait ce pays fascinant et s'embarquerait pour l'Angleterre.

9

Une vague de chaleur inhabituelle sévissait sur la côte sud-est de l'Angleterre. Le tout-Londres se rua au bord de la mer à Brighton.

A Stoke, les jumeaux sortaient au petit matin pour que leurs chevaux ne souffrent pas trop de la chaleur. Anthony apprenait à franchir les haies à sa sœur. La jument d'Antonia regimbait souvent devant les murets de pierre et sa maîtresse n'osait la pousser de peur de la blesser. Anthony, lui, ne rencontrait jamais la moindre difficulté.

– Tony, cela vient de toi, pas du cheval ! lui dit-il. Ta jument sent ton hésitation. Pense que vous ne faites qu'une seule et même personne !

– Tu veux dire que si je n'y crois pas, nous n'y réussirons jamais ?

– Exactement ! Aie confiance en ton cheval. Et fais-le-lui sentir.

Tout marcha comme il l'avait dit. Ce jour-là pour la première fois, elle sauta la haie qui séparait le parc du jardin de Lamb Hall. Son frère la rejoignit au triple galop en soulevant des mottes de terre sous les sabots de sa monture. Ils immobilisèrent leurs chevaux en riant aux éclats.

– Sacrebleu ! souffla Anthony en s'épongeant le cou. Je sue comme un bœuf.

– Pauvre Neptune ! Il est couvert d'écume, renchérit sa sœur. Viens, je vais t'aider à le bouchonner.

Ils regagnèrent l'écurie au galop quand soudain un vent frais s'engouffra dans les cheveux dénoués d'Antonia.

– Le vent se lève, si nous sortions le bateau après le déjeuner ? suggéra Anthony.

– Bonne idée, Tony. Si nous demandions à Burke de nous préparer un pique-nique ? Je vais enfiler un pantalon de toile. Il fait trop chaud pour rester en jupe aujourd'hui.

– Et moi, je vais me débarrasser de cette maudite perruque !

– Je prendrai aussi les cirés jaunes que j'ai achetés à Londres. On verra s'ils sont aussi efficaces qu'on le prétend.

– Bah, on crève de chaud ! Mais si ça te fait plaisir... Il fait toujours plus frais en mer. Va, je m'occupe des chevaux et toi du pique-nique.

– Mais ça ne m'ennuie pas de m'occuper de ma jument, protesta Antonia.

– C'est un travail d'homme. Celui des femmes est aux cuisines.

– Tony Lamb, tu n'es qu'un sombre crétin !

Son frère la dévisagea, éberlué.

Antonia soupira. Jamais il ne pourrait comprendre.

Quand sa grand-mère vit Antonia descendre les escaliers avec un gilet en tricot et un pantalon de toile, elle haussa les sourcils.

– Si je comprends bien, vous avez l'intention de naviguer cet après-midi ?

– Oui, Burke nous a préparé un pique-nique. Ça ne te dérange pas, au moins ?

– Bien au contraire, répliqua Roz avec un clin d'œil malicieux. J'attends la visite du major Blount.

– Mais c'est notre député ! Depuis quand t'intéresses-tu à la politique ?

– Depuis que je l'ai vu monter à cheval, ma chérie.

– Nous te laisserons une paix royale, lui promit Antonia en attachant ses cheveux avec un lacet de cuir.

Anthony descendit dans le même accoutrement. Antonia lui lança un ciré à l'instant où Burke arrivait avec le panier du pique-nique.

– Burke, comment réussissez-vous à conserver votre sérieux ?

– L'excentricité est de règle aujourd'hui, jeta Antonia d'un ton léger.

Une lueur amusée brilla dans les yeux du majordome.

Roz examina les jumeaux de la tête aux pieds et décréta :

– A ce stade, ce n'est même plus de l'excentricité. Pourvu que sir Jeremy ne tombe pas sur vous. Il va s'imaginer qu'il a des visions ou qu'il voit double à cause du gin que je lui ai offert hier soir.

Dans le hangar à bateaux, les jumeaux grimpèrent à bord du *Seagull* et Antonia protégea le panier du pique-nique avec leurs cirés. A bord, chacun remplissait une tâche bien spécifique et plusieurs vérifications s'imposaient avant de sortir en mer.

Anthony sortit les voiles tandis que sa sœur vérifiait le gréement. Elle s'aperçut immédiatement que les cordages étaient emmêlés et fronça les sourcils.

– Les écoutes sont emmêlées ! s'exclama-t-elle.

Anthony avait une entière confiance en sa sœur.

– Dépêche-toi de les mettre au clair, le foc est prêt !

Ses doigts habiles dénouèrent les cordages et elle eut à peine le temps de vérifier l'étai de foc qu'Anthony déjà fixait la voile et larguait les amarres. Puis son frère hissa le foc et le laissa battre tandis que le sloop se mettait bout au vent pour qu'ils puissent hisser la grand-voile.

– Enfer et damnation, Tony ! Tu aurais tout de même pu ferler correctement la grand-voile la dernière fois que nous sommes sortis, fit-il avec humeur.

– Tu sais parfaitement que je laisse toujours les choses en place. Je me demande bien ce qui a pu se passer.

Ils s'escrimèrent sur les nœuds et réussirent enfin à hisser la voile. Du coup, leur attention fut distraite des étais, voiles et autres drisses. Le vent soufflait fort à présent ; le petit bateau s'anima tout à coup et fendit les flots.

Anthony souriait d'une oreille à l'autre tandis qu'il mettait le cap sur l'embouchure de la Medway :

– Paré à virer !

Il poussa la barre et à l'unisson, les jumeaux se penchèrent pour laisser passer la bôme.

Anthony tirait des bords avec aisance au gré du vent tandis qu'Antonia guettait les autres bateaux. C'était un point de passage et les navires croisaient souvent dans ces eaux. Anthony tenait fermement la barre et conduisait le *Seagull* au milieu des vagues.

Les jumeaux s'installèrent vers la proue et mirent le cap au large. Ils filaient vent arrière. Le soleil dardait ses rayons et le vent jouait avec leurs cheveux bruns mouillés par les embruns.

Tout en conservant leur équilibre menacé par la

gîte, ils ouvrirent le panier du pique-nique. Burke était une perle ! Il leur avait préparé un délicieux repas froid à grignoter avec les doigts. Deux bouteilles de cidre accompagnaient le tout.

Ils s'employèrent activement à vider le panier. Puis Antonia offrit son visage à la caresse du soleil. Jamais elle ne se sentait aussi libre qu'en bateau. Elle flottait béatement entre ciel et terre en donnant libre cours à son imagination. Elle avait l'impression de goûter un instant de paradis.

Entre ses yeux mi-clos, elle vit la ligne de l'horizon disparaître. Ils filaient à toute allure mais elle n'avait pas peur. Elle avait envie de savourer au maximum l'ivresse de ces instants et savait que son frère éprouvait exactement le même sentiment.

Ils voguaient vent de travers, quand Anthony qui conservait toujours un œil vigilant vit le ciel s'obscurcir à l'ouest.

– Mets ton ciré, un grain se prépare.

Avant même qu'il ait achevé ces mots, la température chuta brutalement et un grondement de tonnerre résonna au loin. Ils enfilèrent leurs imperméables et se penchèrent pour faire contrepoids.

Le *Seagull* gîtait périlleusement à présent et les jumeaux sentirent une petite boule d'appréhension se nouer dans leur estomac. Il leur fallait absolument réduire la voilure pour éviter de chavirer.

Anthony mit le bateau bout au vent et cria :

– Abats la grand-voile ! Vas-y avec les mains !

Tous deux savaient qu'ils auraient dû ferler les voiles et en débarrasser le pont par un temps pareil.

– La voile est coincée ! hurla Antonia. Je n'y arrive pas.

Soudain elle vit la drisse effilochée qui menaçait

de céder d'un instant à l'autre. Elle garda pour elle ce terrible détail et pria pour qu'elle ne rompît point. Inutile d'accroître l'anxiété de son frère.

Anthony fit la seule chose qu'il lui restait à faire ; il lofa pour perdre un peu de vitesse. Le vent fouettait les vagues coiffées d'écume. Le grondement du tonnerre devenait assourdissant. Antonia entendait les battements de son cœur s'accélérer et sa peur grandissait de minute en minute. Elle fit un effort surhumain pour ne pas crier.

– Prends l'écope, le bateau fait eau ! lui cria Anthony.

Antonia balaya du regard le petit sloop.

– Je ne la vois pas. Je vais prendre une bouteille de cidre.

Mais une vague avait emporté les deux bouteilles.

– Bigre, quel grain ! Dieu merci, ce n'est pas une tempête, reprit-il pour lui redonner courage.

Mais ce qu'il fit ensuite démentit ses propos rassurants : il lâcha la barre et passa sous les bras d'Antonia une ligne de survie qu'il arrima solidement au mât. Quand il voulut reprendre la barre, celle-ci lui resta entre les mains. Le bateau devint immédiatement la proie du vent.

Une fraction de seconde plus tard, une bourrasque arracha la grand-voile qui se mit à fouetter l'air comme un serpent furieux. L'écoute cingla violemment le visage d'Antonia et lui ouvrit la joue. Mais à moitié engourdie par le froid, elle ressentit une simple piqûre.

Le *Seagull* flottait désormais comme un bouchon mais le plus terrifiant était cette voile folle qui allait et venait furieusement, cassant tout sur son passage et les obligeant à se baisser et à reculer pour ne pas se faire assommer ou jeter à l'eau.

Antonia se mordit les lèvres pour ne pas hurler mais, lorsque la foudre tomba sur le mât et qu'un craquement sinistre résonna, elle lâcha le cri qu'elle refoulait depuis longtemps. Déstabilisé, le voilier s'inclina dangereusement, et ce que les jumeaux redoutaient arriva : le *Seagull* chavira.

Tout se passa en quelques secondes, mais Antonia vit se dérouler la scène au ralenti. Elle était pratiquement assise sur le plat-bord quand le voilier plongea au creux de la vague. Les yeux agrandis de terreur, elle vit une vague monstrueuse se dresser au-dessus de sa tête puis un mur d'eau glacée s'abattit sur eux. Aspirée par les fonds, tirée de plus en plus bas, elle ouvrit les yeux et aperçut des myriades de petites bulles vertes qui s'échappaient de ses lèvres. Elle comprit que c'était la vie qui quittait son corps, son oxygène qui s'envolait. Soudain elle crut que ses poumons allaient éclater.

Tout à coup, elle jaillit de l'eau comme un bouchon. Le mouvement de ralenti s'arrêta et tout se déroula à une vitesse hallucinante. De ses doigts gourds, elle écarta ses cheveux ruisselants et chercha, affolée, son frère et la coque du *Seagull*. Son jumeau n'avait pas de ligne de vie. Elle l'aperçut à l'instant même où Anthony la découvrait de son côté et ils nagèrent l'un vers l'autre.

Stoïque, chaque jumeau gardait sa peur pour soi. En eaux calmes ils avaient déjà chaviré pour faire un essai mais, en ce moment, telles deux marionnettes, ils essayaient désespérément d'accomplir les gestes élémentaires de survie.

Ils se cramponnèrent à la quille et tentèrent de mettre un pied sur le plat-bord. Sous leur poids heureusement, le bateau se retourna. Prenant appui sur la quille, ils s'accrochèrent au bastingage.

Antonia grimpa tant bien que mal à bord et se mit à vider l'eau de mer, tandis que son frère faisait contrepoids dans l'eau. Une fois le voilier redressé, Anthony rejoignit sa jumelle. Ce qui restait du *Seagull* était à peine stable. Il était trop tard pour parler, prier ou même réfléchir, mais lorsque les jumeaux se retrouvèrent ils se mirent à rire et à pleurer en même temps. Transis, ils claquaient des dents et éprouvaient une grande frayeur.

Une vague s'écrasa sur le pont ; Antonia hurla :

– Tony, tiens bon ! Où es-tu ?

Une main glacée lui étreignit le cœur.

– Tony, Tony ! TONY !

Elle s'époumona en vain. Elle ne voyait plus que des flots déchaînés. Le ciel s'ouvrit et des torrents de pluie grise se déversèrent. La visibilité devint nulle. Antonia cherchait partout le ciré jaune de son frère mais elle ne voyait rien. Une peur comme jamais elle n'en avait connu l'envahit. Oublieuse de son sort précaire, elle ne pensait plus qu'à Anthony.

Un éclair aveuglant déchira le ciel. Antonia sentit l'odeur du soufre et comprit qu'elle l'avait échappé belle. Le mât s'écroula, fendu de part en part. Elle avait oublié qu'elle y était encore attachée. Sa dernière vision fut celle de l'eau qui l'étouffait et remplissait ses poumons.

Elle dansait sur l'eau comme un bouchon de liège. Les vagues déferlaient au-dessus de sa tête. Elle sentit la ligne sous ses aisselles et tira. Elle comprit alors qu'elle était toujours attachée à un bout de mât qui flottait. Elle s'y accrocha avec peine et réussit enfin à maintenir sa tête hors de l'eau.

Au nom du ciel, où était Tony ? Elle songea qu'il avait dû remonter à bord et qu'il devait la chercher partout. L'eau glaciale engourdissait peu à peu son corps. Son esprit suivit le même chemin. Le déluge cessa et la tempête chassa l'orage plus loin vers le large. Antonia accrochée à son bout de bois suivait le rythme des flots monotones et les heures passaient.

A des miles de là, Anthony subissait le même traitement. Accroché au gros panier du pique-nique comme à une bouée, il dérivait vers la haute mer. De temps en temps, un éclair de lucidité traversait son esprit engourdi et il se réjouissait alors de savoir Antonia à bord du *Seagull*. Peut-être les courants et la marée la pousseraient-ils vers la côte. Lui s'était trop éloigné et il ne lui restait plus qu'à espérer croiser un navire. Ses chances étaient infimes. Au crépuscule, ses derniers espoirs s'évanouirent avec la lumière du jour et il sombra dans l'inconscience.

Tout l'équipage d'un navire de commerce observait un banc de baleines que la tempête avait dérouté. Aux dernières lueurs du jour, quelqu'un aperçut une tache jaune sur l'eau et donna l'alarme.

– Un homme à la mer !

Un marin courageux réussit enfin à attraper du bout de sa gaffe le jeune garçon inanimé et une douzaine de bras le hissèrent à bord. Anthony avait été recueilli par un bateau, l'*Abergavenny*, en route pour Bombay.

Une lourde tension pesa sur Lamb Hall à partir du moment où le ciel s'assombrit. Les nuages noirs chassés par le vent d'ouest disparaissaient vers le large. Quand le tonnerre résonna au-dessus de leurs têtes, Roz s'excusa auprès du major. Elle n'avait plus le cœur à marivauder.

– Je vais jeter un coup d'œil du balcon d'Anthony.

Le major lui emboîta le pas. Burke les avait devancés et scrutait anxieusement la mer que couvraient d'énormes nuages noirs. De temps à autre, des éclairs déchiraient le ciel plombé.

– Ne vous inquiétez pas, lady Randolph, Anthony est un excellent marin et ils auront certainement eu le bon sens de rebrousser chemin, la rassura le majordome.

Au même instant une averse torrentielle les empêcha de sortir sur le balcon. Quelques minutes plus tard, le vent chassait la pluie vers la mer et Roz s'écria :

– Mon Dieu, c'est une véritable tempête ! Le *Seagull* n'est pas fait pour résister à un temps pareil.

Malgré sa propre inquiétude, Burke essaya de la calmer :

– Je suis prêt à parier qu'ils se sont mis à l'abri dans la Medway avant le début de l'orage.

Ils redescendirent et attendirent en espérant que les jumeaux arriveraient d'un instant à l'autre. Le vent s'était transformé en bourrasque, et ils virent par la fenêtre que plusieurs arbres du jardin avaient été abattus.

– Ça me rappelle les terribles orages qui sévissent dans le golfe de Gascogne, commenta le major avant que Burke ne lui fasse signe de se taire. Mais

Rosalind était une femme énergique et elle se préparait déjà au pire.

– Je descends au hangar à bateaux et je vais voir si je les aperçois, déclara le majordome en se dirigeant vers la porte.

– Je vous accompagne, déclara Roz. Il faut que je fasse aussi quelque chose.

Nulle trace du *Seagull* dans le hangar ni sur la rivière. La tempête s'était éloignée en direction de la mer et seul un vent frais subsistait sur la côte. Ils atteignirent la plage de galets et scrutèrent l'horizon. Un silence crispé régnait, seulement troublé par les vagues qui se brisaient sur la plage et les piaillements des mouettes. Du plus loin qu'ils pouvaient voir, ils n'y avait ni voile, ni bateau, ni naufragés, ni épave.

Le major se décida brusquement.

– Maintenant que l'orage est passé, Roz, je vais sortir mon sloop. Il nous reste au moins deux heures avant la tombée du jour.

– Oh, merci, Jeremy ! Soyez prudent et ne sortez pas seul.

– Mon voisin est un très bon marin. Ne craignez rien, nous vous ramènerons le *Seagull*.

– Rentrez, lady Randolph, la gronda Burke. Vous allez prendre froid. Je vais rester sur la plage. Au changement de marée le courant ramènera le *Seagull* sur nos côtes, même s'il n'a plus de voiles.

Rosalind obéit, fermement décidée toutefois à revenir sur la plage après le départ du major. Ce dernier la serra dans ses bras et elle en éprouva un grand réconfort.

En dépit de son angoisse, une petite voix lui soufflait que tout irait bien. Elle s'enveloppa dans un manteau et partit rejoindre Burke.

Elle le retrouva sur la plage de galets. Il faisait très sombre à présent. Sur la mer d'un gris sale, le ciel était chargé de gros nuages noirs. Elle lui étreignit le bras et finit par le relâcher en disant :

– Je remonte dans cette direction ; vous, descendez vers l'embouchure de la rivière. La marée remonte maintenant et peut-être allons-nous les apercevoir d'une minute à l'autre.

Une heure plus tard, ils se retrouvèrent, bredouilles. Il faisait presque nuit, pourtant ils continuaient à scruter la mer sans perdre espoir, sans se résoudre à l'inéluctable.

– Recommençons une dernière fois.

– D'accord. Criez si vous voyez quelque chose.

Un quart d'heure plus tard, ce fut Burke qui cria. Alors que les vagues se brisaient sur la plage, il eut le temps d'apercevoir une chose noire ballottée par les flots. Il se jeta à l'eau sans hésitation et ne reconnut l'imperméable jaune qu'à la dernière minute.

– Dieu tout-puissant, vous êtes vivant ? souffla-t-il à ce pauvre être brisé de fatigue. Roz ! Roz ! hurla-t-il avant de remplir ses poumons d'air pour soulever le naufragé attaché à son bout de bois.

La voix de Roz lui répondit, vibrant de joie et de soulagement malgré la distance. Tout en pataugeant dans l'eau glauque, il voulut soulever le corps et sentit une résistance. Il jura tout bas et ses doigts rencontrèrent la ligne de vie attachée au bout de bois. Les nœuds résistaient ; en désespoir de cause, il s'efforça à nouveau de les délier et finit par la faire glisser le long du corps inanimé.

Le jeune homme respirait encore. Roz arriva en courant, hors d'haleine.

– Mon Dieu... !

– C'est Anthony, lui cria Burke. Il est vivant. Seigneur, qu'il est lourd !

– Dieu tout-puissant, où est Antonia ?

– Pas vue... Pas de trace non plus du *Seagull*. Anthony était attaché au mât.

– Antonia ! Antonia ! hurla Roz de toutes ses forces.

Mais le vent arracha le prénom de ses lèvres et le colporta sur la crête des vagues noires.

– Roz, dépêchons-nous de mettre Anthony au chaud, sans quoi il mourra. Il est inconscient et à moitié mort de froid. Allons, il faut nous occuper du survivant. Le destin nous a rendu un des jumeaux ; si nous tardons trop, il risque de nous le reprendre.

Déchirée, Rosalind obéit. Après avoir jeté un dernier regard désespéré à cette mer cruelle, elle étouffa un sanglot et suivit Burke courbé sous le poids de son précieux fardeau. A mi-chemin de la maison, il dut s'arrêter pour reprendre son souffle. Roz écarta les cheveux trempés du visage du garçon. Quand il serait bien au chaud dans son lit, peut-être saurait-il leur dire où était Antonia.

Les domestiques écarquillaient des yeux vastes comme des soucoupes et se tordaient les mains d'impuissance.

– Vite, ordonna Roz. Allumez un grand feu dans la chambre d'Anthony. Il est gelé jusqu'aux os ! Montez-lui de la soupe et aussi du cognac ! Apportez-moi des serviettes chaudes ! Non, laissez, je m'en occupe.

Soudain une pensée la traversa.

– Envoyez Bradshaw prévenir le major Blount

que nous n'avons retrouvé qu'Anthony. Qu'il continue ses recherches !

Burke, ruisselant, déposa son jeune maître dans son lit. Il entreprit immédiatement de lui ôter ses vêtements trempés. Il arracha en un tournemain le ciré jaune.

– Oh... grand-mère...

Roz, abasourdie, s'exclama :

– Mon Dieu, mais c'est Antonia !

Burke, saisi, recula et laissa Roz achever le travail. Elle déshabilla rapidement la jeune fille et l'enveloppa dans une grande serviette chaude avant de la glisser sous les couvertures.

Une servante arriva avec un bol de soupe.

– Lord Lamb vivra-t-il, madame ? interrogea-t-elle d'une voix étranglée.

Roz, interloquée, la dévisagea un instant. Seigneur, cette fille avait raison. Antonia risquait une pneumonie.

– Oui, oui. Sauvez-vous maintenant. Cet enfant a besoin d'un repos complet. Que personne n'entre dans cette chambre sans mon autorisation. Vous êtes une brave fille. Je veux un calme absolu pour Tony. Je veillerai sur lui.

Lorsque la porte se referma, Burke et lady Randolph échangèrent un regard soucieux. Le majordome alluma le feu tandis que Rosalind donnait patiemment la becquée à Antonia. Même réchauffée, la jeune fille paraissait visiblement à bout de forces.

Sa grand-mère la borda tendrement et lui souffla d'une voix apaisante :

– Dors, ma chérie. Demain tu nous raconteras ce qui s'est passé.

Les paupières fermées, Antonia se sentit envahie

par une bienfaisante chaleur et un sourire heureux se peignit sur ses lèvres avant qu'elle ne bascule dans les bras de Morphée.

10

Adam Savage arpentait le pont du *Dragon rouge* comme un fauve en cage. Au bout d'une semaine de traversée sans histoire, il n'en pouvait plus. Lui qui s'était promis de mettre à profit ces longues journées d'oisiveté pour lire, il avait déjà dévoré les œuvres complètes d'Homère et de Virgile et il attaquait les romans de Fielding. Son corps réclamait de l'action et il avait besoin de dépenser son énergie.

Armé d'une pelle, il vida et nettoya la cale qui abritait deux pur-sang arabes qu'il ramenait en Angleterre. Puis il s'arrogea le quart de nuit et pendant ces longues veillées nocturnes, il laissait vagabonder ses pensées sous le ciel constellé d'étoiles.

Ce voyage prenait une valeur symbolique. Pour la troisième fois, il refermait la porte sur le passé et en ouvrait une autre sur l'avenir.

Son père était ébéniste. Leur maison, un taudis, était située à Southwark. De plain-pied, donnant directement sur la Tamise, se trouvait l'atelier. Ils entreposaient le bois à l'étage à cause des crues fréquentes. Son père aimait son travail. Artisan de talent, il avait été l'apprenti de Chippendale à St Martin's Lane.

Comme il n'avait pas transmis à son fils ses dons

artistiques, c'était Adam qui s'occupait d'acheter le bois. Quand les bois précieux se raréfièrent en Angleterre, il fallut les importer et leurs coûts décuplèrent. La rage au cœur, le jeune Adam voyait les bateaux décharger leurs bois d'acajou et de satiné sans pouvoir les leur acheter. Apprenant que ces bois ne coûtaient presque rien aux Indes, il se décida à aller en chercher sur place.

Savage chassa le remords qui l'assaillait. Comment aurait-il pu savoir que son père mourrait emporté par la grippe pendant qu'il se dorait au soleil de Bombay ? Fou de chagrin en apprenant le décès de son père, il s'était jeté à corps perdu dans la course à l'argent. Quand il avait retrouvé un semblant de raison et compris ses errements, il avait à nouveau fermé une porte pour en ouvrir une autre.

Il avait désormais consacré ses efforts à s'enrichir honnêtement et avait été récompensé au centuple. La superbe maison qui l'attendait en Angleterre représentait un nouveau symbole. C'était le fruit de son travail et l'endroit où il élèverait ses enfants. Il leur donnerait tout ce dont il avait manqué. Ils bénéficieraient de son expérience et recevraient la meilleure éducation afin de parvenir aux plus hautes fonctions.

S'il épousait Evelyn Lamb, il deviendrait un père pour les jumeaux. Il repensa à leurs adieux. Pour une fois Eve était seule. A la fin du souper, elle lui avait pris la main.

– Resterez-vous ce soir ?

C'était presque une prière.

Sous son regard bleu et perçant, elle avait frissonné et baissé les paupières.

Il la savait prête à se donner pour le garder dans

ses filets, mais il était trop fier pour faire l'amour à une femme qui ne le désirait pas. Il s'était juré de vaincre sa frigidité mais il avait besoin de temps. Adam devinait qu'il la troublait, bien qu'elle s'en défendît. Il lui laisserait donc le temps de le désirer jusqu'à son retour.

Il l'avait soulevée dans ses bras et portée dans sa chambre.

– Je ne vous ferai pas l'amour dans le lit de Russell, avait-il déclaré sans ambages en lui mordillant le lobe de l'oreille. Je ne voudrais pas offenser sa mémoire avec ce que je brûle de vous faire connaître.

Un frémissement l'avait parcourue malgré elle et Eve avait serré les dents.

Il l'avait déposée sur son lit.

– Détendez-vous.

Il lui avait ôté ses mules et s'était mis à lui masser la plante des pieds.

– Décontractez-vous. Je ne désire qu'une chose, c'est que vous rêviez de moi chaque nuit, jusqu'au jour où je viendrai chercher votre réponse.

Tandis qu'il caressait sa peau d'albâtre et qu'il l'apaisait, ses yeux fixaient la nuit au-dehors. Eve n'était pas vraiment celle qu'il avait imaginée. Au début, il l'avait désirée parce que, plus âgée que lui, elle avait déjà été épouse et mère. Il l'avait crue sensuelle et épanouie et découvrait à la place une femme refoulée. Il rêvait de lui ouvrir le paradis des sens, de la modeler à son gré et de lui apprendre l'amour. Et s'il n'y trouvait pas son compte, alors il tâcherait d'être discret dans ses liaisons.

Son absence risquait d'être longue. Avant de partir, il avait glissé à son doigt une bague ornée d'un superbe diamant. Ce n'était pas une bague de fiançailles mais un symbole : il reviendrait.

A la barre du *Dragon rouge*, son regard bleu acier scrutait l'étendue noire et liquide. Il avait attendu qu'elle soit endormie pour lui donner la bague, sans se faire d'illusions sur la réaction qu'elle aurait à son réveil.

Un sourire sardonique se peignit sur sa belle bouche. Eve était une petite garce assoiffée d'or et de bijoux, comme la plupart des femmes. Mais il ne la méprisait pas pour autant, c'était humain. Elle ferait une châtelaine idéale pour Edenwood et, en échange, elle lui donnerait peut-être des enfants...

Antonia ouvrit les yeux et aperçut sa grand-mère qui n'avait pas quitté son chevet. Elle se redressa à moitié endormie et s'aperçut soudain qu'elle était dans la chambre de son frère.

Sa grand-mère se réveilla en sursaut et laissa échapper un soupir de soulagement : Antonia n'avait visiblement pas souffert des événements de la veille.

– Où est Anthony ?

– Hélas, ma chérie, je crains le pire, lui déclara Roz avec douceur. Que s'est-il passé ?

La gorge d'Antonia se noua. Elle vivait, Anthony était donc forcément vivant lui aussi. Soudés comme les branches jumelles d'un même arbre, ils partageaient le même destin. Comment en aurait-il été autrement ?

Elle avala péniblement sa salive et raconta :

– La tempête s'est levée subitement et tout s'est mis à aller de travers : les écoutes étaient emmêlées et nous n'avons pas réussi à abattre les voiles.

Tony m'a attachée au mât et nous avons chaviré. A un moment donné, nous avons réussi à redresser le bateau mais une vague a emporté Tony et je ne l'ai plus revu.

Elle fondit en larmes et les sanglots l'empêchèrent de poursuivre.

Elle lut une telle angoisse dans les yeux de sa grand-mère qu'elle fit un effort surhumain pour se reprendre.

– Il faudrait envoyer quelqu'un à la recherche d'Anthony. J'ai dérivé pendant des heures avant que le courant ne me ramène sur la côte.

– Le major Blount et son voisin sont partis à sa recherche.

Antonia repoussa les couvertures et voulut sauter au bas du lit mais elle retomba avec une grimace.

– Tu es blessée ! s'écria Roz.

– Non... je ne crois pas. (Antonia souleva les draps et gémit.) Mon Dieu ! Je suis couverte de bleus.

– Tu ne t'es rien cassé, au moins ?

– Non. Aide-moi à me lever. Je dois aller chercher Anthony.

– Pas question ! Recouche-toi immédiatement. Je veux te parler. Burke et les autres poursuivent les recherches sur la plage.

Antonia se rallongea dans son lit avec un soupir.

– Pourquoi suis-je dans la chambre de Tony ?

– Hier soir avec Burke, nous t'avons confondue avec ton frère. (La voix de Roz se brisa.) Chérie, les faits sont là. Si – ce qu'à Dieu ne plaise – Anthony s'est noyé, cet infâme Bernard Lamb, ton cousin, devient son héritier.

Un silence oppressant remplit la pièce tandis

qu'Antonia essayait de comprendre les paroles de sa grand-mère. Presque immédiatement, elle se récria avec violence :

– Non ! C'est impossible. Tony n'est pas mort. Quelqu'un l'aura sauvé... je ne le laisserai pas mourir !

– Que la Vierge Marie t'exauce, mais il faut prévoir le pire, Antonia, si nous ne le retrouvons pas aujourd'hui... ou bientôt, alors il sera considéré comme disparu en mer.

Antonia, les épaules secouées de sanglots déchirants, enfouit son visage dans l'oreiller. Anthony était une partie d'elle-même. Elle n'avait plus la force de cacher son chagrin, même devant sa grand-mère.

Roz lui caressa l'épaule.

– Antonia, j'ai eu une longue discussion avec Burke cette nuit. Nous avons eu une idée... qui va te paraître insensée mais tout repose sur toi. La décision finale te revient.

Antonia fit appel à tout son courage et essuya son visage ruisselant de larmes avec un bout de drap.

Roz poursuivit à voix basse :

– Dès que la nouvelle de cet accident s'éventera, le nouvel héritier débarquera ici et nous mettra à la porte de Lamb Hall. Je ne te l'ai pas dit, ma chérie, mais Bernard Lamb s'est précipité ici dès qu'il a appris la mort de ton père. La convoitise se lisait dans les yeux de ce jeune voyou et je l'ai envoyé promener. Il va s'empresser de nous mettre à la porte. Cet accident est providentiel pour cette canaille et il n'a plus qu'à venir réclamer son héritage.

Anéantie, Antonia voyait son cauchemar devenu

réalité. Et si c'était ce cousin diabolique qui avait saboté le *Seagull* ? C'était une tentative de meurtre qui avait peut-être réussi ! Antonia gémit et ferma les yeux. Non, non, tenta-t-elle de se raisonner. Il s'agissait d'une terrible accusation et une telle vilenie était inimaginable.

– Si tu te fais passer pour ton frère, nous gagnerons du temps et nous verrons si Anthony revient. Et dans le cas, hélas, où il ne reviendrait pas, cela nous laissera le temps de prendre les dispositions nécessaires. Nous pourrons toujours nous installer chez moi. La maison est petite mais il faudra nous en contenter. Pour l'instant, nous allons garder le silence sur ce naufrage.

Roz avait raison. Elle risquait non seulement de perdre Anthony mais aussi Lamb Hall et tout l'univers qu'elle aimait. Tout à coup, Antonia se sentit très faible.

La croyant hostile à son plan, Roz renchérit :

– Avec tes cheveux en arrière, Burke et moi t'avons prise pour Anthony. Si tu prends temporairement la place de ton frère, personne ne pourra te dépouiller de ton titre ni de tes biens et surtout, tu pourras rester à Lamb Hall !

Antonia arrondit les yeux de stupeur.

– T'en sentirais-tu capable ? voulut savoir Roz.

– Bien sûr ! Les gens n'y verront que du feu.

– Et si ton frère ne revenait pas ?

– Si tu continues à imaginer une chose pareille, je ne fais rien ! s'exclama Antonia, bouleversée. J'accepte de prendre la place de Tony pour sauvegarder ses droits, mais seulement jusqu'à son retour.

Il fallut bien que Roz se satisfasse de cette réponse. Sans laisser à Antonia le temps de changer d'avis, elle sortit de sa poche une paire de ciseaux.

– La première chose à faire, c'est de te couper les cheveux.

Antonia souleva avec mélancolie une longue mèche brune.

– Est-ce vraiment nécessaire ? Je peux les cacher sous une perruque de Tony.

– Il n'en portait pas à la maison. Je veux que les domestiques aussi te prennent pour ton frère, sauf Burke, bien sûr. Ce sera le meilleur des tests. Si eux s'y laissent prendre, tous les autres marcheront.

Les longues boucles tombèrent à terre. Incapable de supporter pareille mutilation, Tony ferma les yeux. Elle suffoquait de chagrin et d'indignation.

Roz ramassa soigneusement les mèches coupées et brossa les cheveux d'Antonia avant de les lui attacher avec un ruban noir sur la nuque comme le faisait son frère.

– Enfile la robe de chambre de ton frère et approche-toi de la fenêtre. Je vais appeler une servante.

Anna répondit à la sonnette. Roz lui ouvrit la porte et ordonna :

– Anna, demandez au jeune James de monter de l'eau pour le bain d'Anthony. Pendant que vous y êtes, changez donc les draps.

Anna fit une courbette devant Roz et glissa un regard en direction du jeune lord. Elle rougit en le voyant en robe de chambre et bredouilla :

– Voulez-vous que j'vous monte un p'tit déjeuner, monsieur ?

– Non, merci, Anna. Je descendrai comme d'habitude, lui répondit Antonia en imitant la voix un peu voilée de son jumeau.

– Oh, m'sieur ! Nous avons eu tellement peur. Béni soit le ciel qui vous a ramené sain et sauf.

– Merci, Anna, fit doucement Antonia.

La jeune soubrette rougit de plaisir en s'entendant appeler par son prénom pour la première fois. Elle se faufila dehors et Antonia sortit sur le balcon pour remplir ses poumons d'air pur. Sa vue se brouilla et toutes ses forces l'abandonnèrent. Elle s'appuya à la balustrade et ses yeux cherchèrent instinctivement le hangar à bateaux. Il était vide, hélas. Ironie du destin, la mer était comme un miroir.

Antonia s'obligea à rentrer dans la chambre de son frère où James remplissait d'eau le tub qui se trouvait dans un coin de la pièce. Ce dernier lança un regard furtif en direction de lady Randolph qui rangeait les habits de son maître et glissa une guinée dans les mains de Tony.

– Vos gains, sir, lui souffla-t-il tout bas. Ça a rapporté vingt pour un.

Roz lui fit signe de quitter la pièce et verrouilla la porte.

– Parfait, jusqu'à présent.

Antonia ôta sa robe de chambre et se regarda dans la glace : elle avait la poitrine couverte de bleus et la cuisse contusionnée. Elle fit la grimace en effleurant ses coudes et ses tibias écorchés. Un bain lui ferait du bien. Ce fut la dernière chose dont elle se souvint.

Lady Rosalind Randolph n'avait jamais eu aussi peur de sa vie. Sa petite-fille adorée souffrait d'une pneumonie. Elle avait immédiatement fait le diagnostic quand Antonia s'était évanouie et qu'elle avait dû la porter dans son lit, brûlante de fièvre. Pendant six jours et six nuits consécutifs, elle lava, soigna et veilla sans répit la jeune fille qui délirait.

Burke était à ses côtés pendant ces nuits interminables. Roz pria comme jamais elle n'avait prié afin que cette enfant ne lui fût pas enlevée elle aussi.

Dieu finit par exaucer ses prières puisque la fièvre d'Antonia diminua et que la jeune fille s'endormit enfin paisiblement.

Chaque jour, le major venait aux nouvelles mais Roz était trop soucieuse pour recevoir des visites. Elle lui envoya un petit mot pour le remercier et le pria de poursuivre ses recherches.

Comme au bout d'une semaine, ils n'avaient toujours rien retrouvé sur la plage, Roz dut se rendre à la terrible évidence : Anthony ne reviendrait plus. Au poids qui l'accablait, elle comprit qu'elle avait perdu. Mais ce serait avec dignité.

Aidée de Burke, elle commença à faire ses bagages. Son soulagement fut immense le jour où Antonia ouvrit les yeux et réclama à boire. La fièvre était presque tombée et sa petite-fille était sauvée. Mais Antonia était très affaiblie et deux taches rouges brillaient encore sur ses pommettes.

Elle reprit le verre des mains d'Antonia. Lorsque la jeune fille se fut rendormie, elle s'installa devant son secrétaire. Voilà plusieurs jours qu'elle repoussait l'échéance, mais il était aujourd'hui de son devoir d'informer Watson & Goldman que lord Lamb était porté disparu en mer et qu'il s'était vraisemblablement noyé.

Elle eut beaucoup de mal à rédiger cette lettre et écrasa une larme en la cachetant. Puis elle se redressa et appela James en lui ordonnant de la confier au relais de poste de Stoke.

Deux heures plus tard, Antonia se réveillait. Roz lui prit les mains et lui annonça avec douceur qu'ils avaient désormais abandonné tout espoir de retrouver Anthony.

– Quel jour sommes-nous ? demanda Antonia dans un souffle.

– Tu as déliré pendant sept jours, ma chérie.

Antonia reposa sa tête sur l'oreiller et resta immobile. Elle vit le visage amaigri et tiré de sa grand-mère et comprit tout ce qu'elle avait enduré au cours de ces derniers jours.

– Merci, grand-mère. Tu nous as non seulement dispensé ton amour mais aussi ta force. A mon tour d'être forte pour toi.

– Chérie, je sais que je vais te faire encore de la peine mais c'est inévitable. Anna va monter dans ta chambre et emballer toutes tes affaires. Dès que tu te sentiras mieux, nous irons dans mon petit douaire.

Antonia la regarda comme si elle avait perdu la tête.

– Pourquoi veux-tu que nous déménagions ? Nous sommes ici chez nous. Jamais je n'abandonnerai Lamb Hall.

– Il est trop tard, ma chérie. Mes affaires sont prêtes et j'ai prévenu Watson & Goldman.

Antonia se dressa sur son séant.

– Comment ! Quand ?

– James est parti avec ma lettre il y a deux heures.

Antonia repoussa les couvertures et se mit péniblement sur pied.

– Seigneur ! Que fais-tu ? Retourne te coucher immédiatement ! s'alarma Roz.

– Je vais récupérer cette fichue lettre. Je continuerai à me faire passer pour Anthony !

– Mais nous ne pouvons pas continuer cette mascarade, ma chérie. C'est illégal et nous risquons gros si nous sommes découverts.

– Détrompe-toi ! Ce qui serait illégal, c'est que Bernard Lamb s'installe dans le lit d'Anthony, qu'il lui vole sa maison et son titre !

Elle était à bout de souffle à présent. Il lui semblait que ses poumons allaient se déchirer. La pièce se mit à tourner devant ses yeux et elle chancela.

– Je vais prendre la place d'Anthony, pour toujours !

Roz la vit vaciller et dit tout ce qui lui passait par la tête pour la convaincre de retourner se coucher.

– Je vais envoyer Burke récupérer la lettre au relais de poste.

– Non ! déclara Antonia avec fermeté. Je suis lord Lamb, c'est moi qui irai.

Devant une telle détermination, Roz se tut.

– Tu as perdu Anthony, tu as failli me perdre, mais tu ne perdras pas ta maison ! poursuivit la jeune fille, inflexible.

Elle enfila les sous-vêtements de son frère qui n'étaient pas si différents des siens, passa une chemise et chercha les boutons de manchettes sur la table de nuit. Ses jambes la portaient à peine. Elle se débattit avec son faux col en maudissant cette invention. Puis elle sortit l'un des pantalons qu'elle avait achetés pour son frère à Londres et alla jauger son apparence dans le miroir.

– Heureusement que je n'ai pas trop de poitrine, murmura-t-elle avec un petit rire étranglé. C'est bien la première fois que je m'en réjouis.

Elle enfila néanmoins un gilet de brocart pour cacher le devant de sa chemise amidonnée et fut prise de faiblesse en ouvrant l'armoire. Réussirait-elle seulement à aller jusqu'à Stoke ?

Elle brossa ses cheveux et les noua avec un ruban noir, puis elle contempla son reflet dans la glace. Elle y découvrit un Anthony un peu efféminé ; un mélange des deux.

Antonia se sentait bizarre et une grande mélancolie l'envahit. Elle soupira en essayant d'accepter les faits. Il fallait vivre malgré tout, aujourd'hui... et demain...

Tony reprit difficilement ses esprits. La lettre... Elle devait la récupérer à tout prix. Elle descendit les escaliers en s'agrippant à la rampe de chêne pour ne pas tomber.

Tony demanda à Bradshaw de lui seller Neptune qui galoperait plus vite que Vénus. A ses pommettes rouges et à son regard fiévreux, le palefrenier vit bien que son jeune maître n'était pas encore remis. Il l'aida à monter en selle et hocha la tête en voyant lord Lamb partir à bride abattue comme à l'accoutumée.

Tony crut s'évanouir de soulagement en apercevant enfin le relais de poste de Stoke. Avec un peu de chance la diligence serait encore là. Elle descendit de cheval et dut s'appuyer contre Neptune pour reprendre des forces. A cet instant, un palefrenier s'approcha et la salua avant de lui prendre les rênes des mains :

– Bien le bonjour, milord.

– Oh... Bonjour, Toby. Dis-moi, la diligence de

la poste n'est pas encore partie ? s'enquit-elle avec inquiétude.

– Que si, m'sieur. Ça doit bien faire une demi-heure. Z'aviez queq'chose pour eux ?

– Enfer et damnation ! jura Tony avant de se plier en deux sous une quinte de toux.

Tout son courage l'abandonna. Il s'en était fallu de si peu ! Elle se ressaisit : elle reprendrait cette satanée lettre !

– Quel est le prochain relais ?

L'homme se gratta le cuir chevelu.

– Attendez voir... d'abord elle passe à Rochester, et ensuite Chatham. Mais si vous ne la rattrapez pas à Chatham, c'est fichu.

Sans attendre la suite, Tony enfonça ses éperons dans les flancs de Neptune. Mais au fur et à mesure que défilaient les miles, ses espoirs de rattraper la diligence diminuaient. Elle tenait à peine en selle et manqua de tomber à plusieurs reprises.

Une petite voix lui soufflait qu'Anthony, à sa place, n'aurait pas abandonné la partie. Elle continuait d'éperonner Neptune et soudain, très loin, elle aperçut la masse sombre de la diligence qui entrait dans les faubourgs de Rochester.

Le cocher se crut d'abord agressé mais lorsqu'il comprit que le jeune garçon n'était pas armé, il obéit à contrecœur à ses objurgations hystériques et immobilisa ses chevaux écumants.

Tony eut toutes les peines du monde à le convaincre de rendre la lettre. En désespoir de cause, elle finit par s'écrier :

– Je suis lord Anthony Lamb, mon gaillard ! Et si vous ne me restituez pas cette lettre sur-le-champ, je vous ferai renvoyer ! J'ai déjà congédié l'imbécile de valet qui l'avait donnée par erreur.

L'homme finit par s'exécuter en grommelant dans sa barbe.

– Qu'est-ce qu'un pauv' bougre comme moi peut ben faire contre ces maudits aristos ? Que le diable les emporte eux et toute leur clique !

Antonia se félicita de son déguisement. Jamais l'homme ne lui aurait obéi si elle avait été habillée en femme. Serrant la missive entre ses doigts, elle descendit de selle. Ensuite, à bout de forces, elle se laissa tomber au bord de la route et se mit à pleurer toutes les larmes de son corps.

Burke la retrouva au même endroit. Le brave majordome n'en avait pas cru ses oreilles en apprenant qu'elle avait continué sur Rochester.

Tandis qu'il la soulevait dans ses bras, elle leva vers lui un regard chargé de gratitude.

– Comment ferais-je sans vous, Burke ? plaisanta-t-elle faiblement tandis que les deux taches rouges s'accentuaient sur ses pommettes. Vous êtes mon sauveur !

Bernard sentit son cœur chavirer en lisant la *Gazette* ce matin-là. Il lut et relut l'annonce et finit par se rendre à l'évidence. Voilà trois semaines qu'il parcourait fiévreusement le journal. Et là, noir sur blanc, il lisait enfin qu'un naufrage s'était produit. Ce qu'il avait espéré et planifié s'était bel et bien réalisé mais c'était en pure perte. Dieu tout-puissant, si ce que la *Gazette* laissait entendre était vrai, ce noyé n'était pas celui qu'il espérait mais sa jumelle. Il relut avec incrédulité l'annonce : « La forte tempête qui s'est abattue sur la côte la semaine dernière a endommagé plusieurs voiliers mouillés dans la Medway. Il semblerait – sans que nous puissions l'affirmer – que lady Antonia Lamb se soit noyée en mer non loin de sa propriété de Stoke. »

Son poing s'écrasa sur la table dont un pied céda. Il entreprit méthodiquement de la mettre en pièces pour assouvir sa colère. Son plan n'avait réussi qu'en partie et si son cousin était encore en vie, il devait savoir que son voilier avait été saboté. Dans le cadre d'une enquête judiciaire sur les causes de l'accident, il serait le suspect numéro un.

Mieux valait prendre ses distances pour l'instant. Il s'était débarrassé d'un jumeau, il ne pouvait supprimer l'autre trop rapidement. Le temps venu, il agirait.

Une vision délicieuse passa devant ses yeux tandis qu'il se souvenait de sa visite à Stoke. Il n'avait pas revu Angela depuis longtemps. En sifflotant, il attrapa sa canne-épée et enfila ses gants en taupe.

Angela Brown dormait encore quand Bernard s'introduisit chez elle avec la clé qu'il possédait.

Elle avait bien fait de ne ramener personne avec elle la nuit dernière, songea-t-il, sans quoi il aurait fouetté jusqu'au sang ses jolies cuisses blanches. Il souleva les couvertures et la taquina de l'extrémité de sa canne. Elle protesta dans son sommeil et se redressa, soudain bien réveillée :

– Enfer et damnation ! A quoi joues-tu ?

– L'enfer... un endroit qui convient parfaitement aux meurtrières, tu ne trouves pas ?

– Enfin, Bernie, de quoi diable s'agit-il ?

– Tu risques fort de faire bientôt sa connaissance, mon ange, poursuivit-il en poursuivant son petit manège. Un naufrage a eu lieu. Un des jumeaux s'est noyé.

Il lui agita le journal sous le nez.

– T'es tout de même pas le nouveau lord Lamb, dis ? s'exclama Angela, les yeux brillants.

Elle bondit de son lit et se jeta à son cou.

Mais Bernard lui tordit cruellement les bras et l'obligea à retomber sur son lit avant de la gifler.

– Non, espèce d'idiote ! Tu t'es trompée de jumeau !

Hagarde, elle le dévisagea sans en croire ses oreilles :

– C'est la fille qui est morte ? Non mais... c'est pas moi, ordure ! C'est toi !

Soudain son regard se figea en le voyant dégainer lentement sa canne-épée.

Il déchira sa chemise de nuit diaphane. Puis il appuya l'acier froid dans le creux tendre de ses genoux.

– Ecarte les jambes, mon ange.

Il haletait de désir, ivre de sa supériorité sur la jeune femme. Dominer était un plaisir auquel il ne pouvait résister.

Angela, méfiante, obéit lentement et dissimula son soulagement en le voyant déposer son arme pour se dévêtir. Mais un cri de terreur lui échappa lorsqu'il la brandit à nouveau.

Elle ferma les yeux et se mordit les lèvres pour ne pas hurler mais elle sentit que c'était la poignée qui s'enfonçait dans son corps et non la lame. Elle comprit immédiatement ce que ce jeune sadique voulait d'elle et n'eut pas besoin de feindre la frayeur. Docile, elle se mit à gémir et à ramper comme l'esclave aux pieds de son maître. Alors Bernard soulagea son désir et s'effondra sur elle.

A Lamb Hall, Tony et Roz anéanties prenaient connaissance de l'entrefilet paru dans la *Gazette.* Elles ne pensaient ni ne voulaient faire croire aux avocats et au reste du monde qu'Antonia était morte. Sinon comment la jeune fille y trouverait-elle sa place ?

Après avoir consulté Burke, elles rédigèrent une nouvelle annonce :

« Aucune preuve formelle de la mort de lady Antonia Lamb n'a encore été apportée à ce jour. Les recherches suivent leur cours. La *Gazette* présente toutes ses excuses à la famille Lamb pour sa fausse information de la veille. »

11

Au cours de la longue traversée, John Bull et Kirinda réussirent à ne jamais être malades en même temps. Le Tamoul fit toutefois meilleure figure que Kirinda, laquelle passa la plupart du voyage allongée sur sa couchette.

Mais sur la Manche houleuse, c'en fut trop pour les deux malheureux et ce fut au tour de Savage de jouer les gardes-malades.

Kirinda gémit et détourna son visage, humiliée de voir son maître enlever son seau et la laver.

– Kirinda, regarde-moi !

– Laissez-moi mourir ! chuchota-t-elle.

– Ce n'est pas aussi facile que tu le crois, mon petit.

– La honte souille mon cœur.

– Tssst. Songe à toutes ces fois où tu m'as lavé

alors que j'étais sans forces. J'ai une bonne nouvelle pour toi : ce soir tu marcheras sur la terre ferme.

Elle lui baisa les mains avec vénération.

– Essaie de grignoter ce biscuit et de boire lentement un peu de vin. Je te jure, par Vishnou, que tu iras mieux après.

En dépit de l'interdiction faite par sa religion de boire de l'alcool, elle obéit. Son maître était plus puissant encore que les dieux et les déesses hindous. Avant de la quitter, Adam ajouta :

– Je vais te dire quelque chose qui te fera plaisir. John Bull est encore plus vert que toi, aujourd'hui.

La jeune femme en fut instantanément ragaillardie.

Adam procéda à des ablutions similaires dans la cabine d'à côté et réconforta John Bull.

– Nous touchons presque à la Terre promise. Nous voguons sur la Manche et tu ne vas tout de même pas manquer ça ? Kirinda va beaucoup mieux et a bien l'intention de mettre pied à terre avant toi.

Mais John Bull gémit :

– Au point où j'en suis, je descendrai les pieds devant et vous serez ainsi débarrassé d'un mauvais serviteur.

– Mange ce biscuit et bois ce vin, lui ordonna Savage en enlevant les linges souillés. (Sans laisser à John Bull le temps de protester, il ajouta :) Kirinda a suivi mes conseils et le résultat ne s'est pas fait attendre.

Pour ne pas perdre la face, John Bull résolut d'en faire autant. Même si ce devait être sa dernière action, il foulerait le sol anglais sans qu'on l'aidât.

A la tombée de la nuit, le *Dragon rouge* accostait les docks de Londres. Savage, profondément ému, constata qu'en douze ans rien n'avait beaucoup changé. En revanche les navires étaient beaucoup plus nombreux et les quais grouillaient d'une faune cosmopolite.

Les tavernes illuminées côtoyaient les entrepôts. Avec le recul, il les trouva minables et sales. Il y avait toujours autant d'ivrognes qui traînaient, ceux-là même peut-être qui s'étaient embarqués avec lui, la nuit où il était parti.

Le premier il franchit la passerelle pour trouver une voiture. Il éprouva des fourmillements dans les jambes à l'idée de fouler à nouveau les rues de cette vieille ville si familière mais il résista à la tentation. Désormais sa richesse lui imposait de nouvelles responsabilités.

Il retint la voiture la moins miteuse et la gara devant son bateau. De retour à bord, il distribua des armes au capitaine, au second et aux chefs de bordée.

– Demain je louerai de la place dans les entrepôts. Surveillez les cales jusqu'à ce que je vienne chercher les coffres. Les quais sont infestés de rats, et certains d'entre eux marchent sur deux pattes !

Il fit sa malle et vint frapper à la porte de ses serviteurs.

– John Bull, une voiture nous attend en bas.

Le Tamoul ouvrit lentement la porte et sortit avec dignité de sa cabine. Tout de blanc vêtu, il arborait son turban pourpre orné du rubis. Kirinda apparut à son tour dans la coursive, elle marchait comme sous hypnose. Elle se déplaçait très lentement avec d'infinies précautions comme si elle craignait de trébucher. Dans une cage en osier elle transportait Roupie et elle tenait de l'autre main une valise en tapisserie.

– Donne-moi l'oiseau, ordonna John Bull.

Kirinda posa sa valise et se livra à une étrange mimique tout en gloussant. Sous les yeux d'Adam consterné, les deux serviteurs se mirent à se tordre de rire. Son regard incrédule allait de l'un à l'autre et John Bull hoqueta :

– Vvvôtre Excellence... cette pauvre fille ne supporte pas l'alcool.

Un hoquet qu'il tâcha de rendre digne l'interrompit.

– Dieu tout-puissant, comprit Savage. Ils sont soûls comme des barriques !

Ce fut un bien étrange trio qui pénétra cette nuit-là au *Savoy* dont le personnel était pourtant réputé pour sa discrétion. Tous ne purent s'empêcher d'ouvrir des yeux ronds en les voyant débarquer.

Ils eurent tôt fait de comprendre qu'il s'agissait d'un nabab et de ses serviteurs. Cet homme basané eut beau signer le registre du nom de Savage, personne ne le prit pour un Anglais. Ils le baptisèrent Indian Savage et comprirent qu'ils avaient vu juste lorsqu'il réserva trois suites adjacentes. Quand on lui demanda combien de temps il séjournerait à l'hôtel, il glaça son interlocuteur de ses yeux bleu acier et lui livra cette réponse énigmatique :

– Le temps qu'il faudra.

Soudain l'homme au turban ferma les yeux quand l'oiseau qu'il transportait glapit d'une voix stridente un mot de son répertoire choisi :

– Face de rat !

La jeune femme en sari chaussée de lourds godillots anglais avait l'air tout droit sortie d'un temple hindou et son rire cristallin résonna dans le foyer du *Savoy*.

John Bull ouvrit les portes qui reliaient les suites entre elles. Le mobilier anglais lui paraissait bien lourd et encombrant, comparé à l'espace dont ils disposaient dans le vaste bungalow. Adam Savage s'installa devant une table pour rédiger une liste de tout ce qu'il lui faudrait demander au concierge de l'hôtel. John Bull entreprit de sortir les vêtements de la malle de son maître.

Tout alla bien jusqu'à l'arrivée de la femme de chambre. John Bull décréta qu'il était de son ressort de traiter avec la domesticité. La femme portait trois grandes serviettes pliées sur un bras et tenait trois pots de chambre en porcelaine. Elle les tendit à John Bull qui la dévisagea avec des yeux ronds.

– C'est insupportable, déclara-t-il avec fermeté.

Comprenant tout de suite que cet étranger allait lui donner du fil à retordre, la femme répliqua sur un ton agressif :

– Comment ça, insupportable ?

– C'est trop grand. Une fois rempli on ne peut pas les soulever... alors c'est insupportable.

La domestique leva les yeux au ciel.

– Z'êtes pas obligé de les remplir à ras bord !

– Nous refusons de boire dans ces tasses. Apportez-en de plus petites.

– Des tasses ? s'esclaffa la femme. Espèce de sauvage ignorant ! C'est un pot de chambre !

John Bull se sentit mortifié, non pas d'évoquer des détails aussi triviaux avec une domestique, mais de voir son maître s'abaisser à de telles pratiques.

– Mais vous n'avez pas de salles de bains ? Pas de bidet ? Quelle barbarie !

– Eh là ! Remonte dans ton cocotier, espèce de sauvage ! C'est pas toi qui vas m'apprendre la civilisation !

Savage entendit le ton monter et vint aux nouvelles. La femme de chambre dans son uniforme amidonné était prête à défendre bec et ongles son pays contre ce misérable individu au teint bistre.

– Que se passe-t-il ? intervint-il avec autorité.

La jeune femme recula d'un pas en voyant le visage impressionnant et fermé de ce géant. Il était habitué à ces réactions fréquentes devant ses cicatrices mais il ne pouvait se défendre d'en souffrir, même après toutes ces années.

– Cette femme m'a accusé de...

– Ce n'est pas vrai ! se défendit la soubrette.

– Si, Excellence ! Elle m'a accusé...

Adam Savage prit les objets du litige des mains de la femme de chambre et déclara :

– Il s'agit simplement d'un petit malentendu. Bonsoir.

En voyant son maître refermer la porte, John Bull s'étonna :

– Pourquoi l'avez-vous congédiée ? N'est-elle pas chargée d'agiter le punkha ?

– Non. Les punkhas n'existent pas ici, John Bull. Le climat n'est pas le même et c'est de chaleur que nous avons besoin. Quand le portier viendra, donne-lui cette liste. Installe Roupie ailleurs et donne un coup de main à Kirinda. Je vais aller commander notre souper mais sois patient.

– Ah, Excellence, maintenant que nous sommes

en Angleterre, je vois qu'il me faudra faire preuve d'une infinie patience avec mes inférieurs.

– C'est exact, John Bull. Et la réciproque est vraie.

Antonia, vêtue des habits de son frère, lisait dans la chambre de son jumeau. Mais son esprit était ailleurs et une grande mélancolie assombrissait ses pensées. Elle se forçait à lire pour tromper son chagrin : Anthony n'était pas revenu.

Depuis la disparition de son frère, elle se sentait très seule et indifférente à tout. Elle avait néanmoins pris la décision de prendre la place de son jumeau. Plutôt mourir que de laisser sa chère maison aux mains de Bernard Lamb.

Il faisait un temps exquis et elle avait envie de prendre l'air. Elle soupira et tenta de reprendre sa lecture. Soudain elle envoya son livre à l'autre bout de la pièce. Au diable ses craintes ! Il faudrait bien qu'elle se décide à sortir un jour ou l'autre. De peur d'être reconnue, elle s'était terrée ici à l'écart de tous. Puisqu'elle avait décidé de jouer le jeu, autant le faire avec panache. Elle était en tenue d'équitation, eh bien soit ! Elle sortirait à cheval pour aller voir ses fermiers.

Tony cacha ses cheveux sous une perruque et noua sa lavallière. Puis elle glissa un peu d'argent dans sa poche et saisit la cravache de Tony. A l'écurie elle faillit se tromper de cheval et se rappela au dernier moment qu'elle devait désormais monter Neptune.

– Il a besoin d'exercice, milord, fit Bradshaw d'une voix approbatrice. Vous allez pouvoir étrenner votre nouveau harnais.

Tony coupa à travers champs jusqu'à la ferme

des Simpson. Harry et son fils fauchaient les foins. Ils soulevèrent leur bonnet à la vue de leur jeune maître. Tony prit sa respiration et descendit de son cheval avec une nonchalance étudiée.

– Salut, Harry, fit-elle en fouettant l'herbe de sa cravache. La récolte sera bonne à ce qu'il paraît.

Le fermier rougeaud resta muet d'embarras, puis il se décida enfin :

– Milord, nous sommes désolés pour vot' sœur.

Antonia se mordit les lèvres et refoula son émotion.

– Je suis venu voir si tout allait bien.

– Vous inquiétez pas pour nous, milord, vous avez assez de soucis comme ça.

Mais le fils intervint avec un regard sournois :

– Not' toit fuit.

Son père rougit davantage et rétorqua :

– On l'réparera. Dès qu'on aura fini les moissons.

Mais Tony examina le toit de chaume et déclara :

– Mais il faut le refaire, ce toit ! Vous auriez dû m'en parler, Harry. Je m'en occupe aujourd'hui même.

Le fermier se gratta le cuir chevelu avec étonnement. Ces nobles étaient vraiment déconcertants. La dernière fois qu'il avait abordé le sujet avec lord Lamb, ce dernier lui avait ordonné de boucher les trous.

A l'autre ferme, Tony se retrouva en butte aux œillades des filles du fermier. Plus jeunes qu'Antonia, elles étaient vives et délurées. Antonia frémit. Elle avait bavardé plus d'une fois avec Mary et Lizzie auxquelles elle donnait ses vieilles robes. A coup sûr elles allaient la reconnaître. Mary lui décocha un clin d'œil effronté et Antonia se crut découverte. Mais avec un immense soulagement elle entendit la fille lui souffler :

– J'vous attendrai derrière l'étable après dîner si l'cœur vous en dit, milord.

Tony, sidérée, digérait encore l'invite quand Lizzie prit à son tour les devants :

– Vot' sœur aura plus besoin d'ses jolies robes. Vous pouvez nous les donner ?

Petite garce ! songea Antonia qui déclara d'une voix glaciale :

– Où est votre père ?

– Dans l'étable... la vache est en train de vêler.

Tony descendit de cheval et le leur confia avant de pénétrer dans l'étable.

– Bonjour ! la salua Joe Bradley. Vous pouvez m'donner un coup de main, milord ?

Tony sursauta et comprit avec horreur qu'il était trop tard pour reculer.

– Maudite carne... Elle vous décoche d'sacrés coups de sabot. Tenez-moi ct'e patte et soulevez-la bien.

Tony ôta ses gants et sa redingote, puis elle s'approcha du train arrière de l'animal. Elle fut vite éclaboussée de purin mais bientôt elle s'absorba tout entière dans le miracle de la naissance. La vache mit bas et Joe recueillit le veau dans le placenta. Il le débarrassa rapidement de la poche pour qu'il puisse respirer et essuya son petit corps trempé avec de la paille.

– Vous pouvez lui lâcher la patte, lui dit le fermier en souriant. Désolé, milord, vous êtes couvert de crotte.

Tony, encore hébétée, contempla son pantalon :

– Cela porte bonheur, n'est-ce pas ? J'en ai bien besoin.

– Oh ! Désolé pour vot' malheur, milord.

– Je suis passé voir si tout allait bien. Ce mur-là s'écroule et il faut le réparer. J'y veillerai. Quand cet endroit a-t-il été chaulé pour la dernière fois ?

– Deux... Trois ans, p'têt bien.

– Je vous ferai parvenir le nécessaire.

– Vous nous aiderez aussi à passer la chaux, plaisanta Joe.

– Sacrebleu ! Je comprends d'où Lizzie tient son culot. N'allez tout de même pas trop loin, Joe, répliqua Tony avec bonne humeur.

Elle sentit son courage revenir sur le chemin du retour. Enfin elle avait fait quelque chose ; mais elle demeurait stupéfaite de constater que tout le monde la prenait pour son frère. Il suffisait d'adopter une attitude décontractée, un langage émaillé d'impertinences pour que tous la considèrent comme un homme.

Dans les escaliers, elle croisa Burke.

– Je viens d'aider une vache à mettre bas, déclara-t-elle fièrement.

– Bravo, monsieur.

– Au fait, pourquoi James m'a-t-il donné une guinée en disant que j'avais gagné ?

– Son père est bookmaker. Anthony pariait.

– Quel gaspillage ! s'offusqua Antonia.

– Voilà une réflexion purement féminine, la réprimanda le majordome.

– Oh ! Dans ce cas, remettez cette guinée à James. Je parie encore à vingt contre un.

– C'est le tarif, approuva Burke avec un clin d'œil en faisant mine d'ignorer l'odeur nauséabonde qu'elle dégageait.

Tandis qu'elle retirait ses bottes, Tony s'interrogea sur la tête que ferait Adam Savage quand Watson & Goldman lui soumettraient les factures de réparations des fermes. Puis elle haussa les épaules. C'était typiquement féminin de se tracasser au sujet de broutilles. Il lui faudrait se débarrasser de cette mauvaise habitude.

12

Adam Savage commença par prendre rendez-vous avec Watson & Goldman que lui avait recommandés son ami Russell. Séduit par les compétences des deux associés, il décida de devenir leur client.

– Je veux déposer de l'argent, leur dit-il. Je travaillais avec la Lloyd's mais si vous pouvez m'obtenir un meilleur taux à la Barclay, je vous laisse juges. Quelle serait l'heure la plus opportune pour vous faire livrer mes coffres d'or ?

– Votre or se trouve dans des coffres ? s'enquit Watson en évitant le regard de son associé.

– Oui, douze coffres pour être exact.

– Quel est le contenu d'un coffre ? interrogea poliment Watson.

– Environ deux lakhs.

Il fallut un moment à Watson pour faire le calcul mais Goldman, lui, le fit en un clin d'œil. Un lakh équivalait à cent mille livres. Indian Savage représentait deux millions et demi de livres sonnantes et trébuchantes ! Fortement impressionnés, les deux associés ne purent s'empêcher de se regarder avec appréhension. Après un long silence respectueux, l'entretien se poursuivit.

– J'ai besoin de plusieurs choses. Il me faudrait un secrétaire capable, une voiture, et vu le regard des gens que je croise, je crois qu'il me faudrait également l'adresse d'un bon tailleur.

M. Goldman prit la liste et la confia à l'un de ses clercs en lui recommandant de ne contacter que les meilleurs établissements.

– James Wyatt est en train de me construire une maison à Gravesend. Je lui avais laissé des fonds à cet effet mais les dépenses ont certainement dû excéder cette somme. Je vous ferai adresser les factures pour vérification. Il me faut absolument un hôtel particulier à Londres pour demain. Entre-temps vous me trouverez au *Savoy*. Messieurs...

– Monsieur Savage, vous êtes un homme pratique, intervint M. Goldman. Il nous est impossible de vous acheter un hôtel dans la journée. Mais une location serait peut-être plus raisonnable dans un laps de temps si court ?

– Mon ami Russell Lamb m'a assuré que vous étiez fort complaisants, précisa Savage.

M. Watson en profita pour aborder le délicat problème des jumeaux Lamb.

– Feu lord Lamb possédait un hôtel particulier sur Curzon Street. En tant que tuteur de ses enfants, pourquoi ne vous y installeriez-vous pas ? La maison est meublée et dotée d'un personnel complet. Cela nous donnera le temps de vous trouver quelque chose à louer ou à acheter.

– Vous avez raison. Je n'ai pas encore eu le plaisir de rencontrer mes pupilles.

– Ils sont très jeunes, lui confia M. Watson. Et ils ont vécu à la campagne toute leur vie, ce qui leur donne beaucoup de fraîcheur, à l'encontre de ces jeunes gens qui défraient la chronique londonienne. Vous n'imaginez pas comme les mœurs ont changé pendant votre absence. Mais lord Anthony Lamb ne vous décevra pas. C'est un jeune homme aimable et sympathique.

Adam Savage lui jeta un regard intrigué.

– J'ai comme l'impression que vous ne me dites pas tout.

M. Watson s'éclaircit la voix :

– Il s'agit de lady Antonia, monsieur. Elle est venue nous voir ici après la mort de son père pour savoir ce à quoi elle avait droit. Je l'ai informée que vous contrôliez désormais ses finances et elle nous a quittés assez... hem... contrariée. Depuis ce jour-là elle s'est mise à dépenser de l'argent à tort et à travers et nous a fait parvenir toutes les factures avec ordre de vous les remettre.

– Montrez-les-moi, ordonna Savage.

Il les feuilleta rapidement, elles concernaient pour la plupart des robes, des jupons et autres colifichets typiquement féminins. Mis bout à bout cela ne dépassait pas cent livres. Deux autres factures concernaient des réparations dans les fermes de Stoke.

– Portez-les sur mon compte. Anthony touche une pension trimestrielle, n'est-ce pas ? Doublez-la. Elle est insuffisante. Je me rendrai à Stoke dès que j'aurai paré au plus pressé. (Il se leva.) Messieurs, vous pourrez me joindre à Curzon Street.

Il décida de regagner à pied le *Savoy* car il irait plus vite dans les rues encombrées qu'en chaise à porteurs.

Ses pensées s'attardèrent sur les jumeaux Lamb. La fille devait ressembler à sa mère et à toutes les femmes en général dès lors qu'il s'agissait d'argent. En revanche le garçon semblait simple dans ses goûts et attachant. Il espéra qu'ils deviendraient amis.

Il prit peu à peu conscience des regards que jetaient sur lui les passants et se mit à son tour à les dévisager. Ventrebleu ! Quelle mouche avait piqué les hommes ? Il était le seul à ne pas porter de perruque. La plupart de ces messieurs portaient des culottes en satin, des gilets brodés sur des chemises au col amidonné et très haut d'où dépassaient des lavallières. On les aurait dits déguisés pour un bal costumé.

Il en vit un ou deux chaussés de souliers rouges à talons et s'étonna de cette mode efféminée. Londres avait toujours eu son lot d'excentriques mais ces hommes lui semblaient parfaitement ridicules. La majorité des jeunes hommes se fardaient, portaient des boucles d'oreilles et chassaient l'air du bout de leur éventail. Quelle folie s'était donc emparée du monde tandis qu'il vivait aux Indes ?

Deux dandys se prélassaient à la terrasse d'un salon de thé. Savage les contempla d'un air si méprisant que le galant qui levait son lorgnon frémit en apercevant le géant basané aux longs cheveux noirs.

De temps à autre, tout de même, Savage regardait les femmes. A midi les élégantes firent leur apparition dans des robes couvertes de dentelles et coiffées de perruques vertigineuses ornées de fleurs et d'oiseaux. Toutes étaient escortées d'un valet pour porter leurs paquets. Mais comme l'exagération avait toujours été l'essence de la mode féminine, Adam ne sourcilla même pas devant leurs gigantesques capelines et les mouches noires destinées à attirer les regards sur leurs lèvres ou sur leurs yeux. En revanche il serra les poings en remarquant l'une de ces belles dames traîner dans son sillage un jeune Noir affublé d'un singe enchaîné. Que de telles pratiques eussent lieu dans un pays soi-disant civilisé le mettait hors de lui.

De retour au *Savoy*, il écrivit à lord Lamb pour lui annoncer son arrivée et lui demander l'autorisation de s'installer à Curzon Street jusqu'à ce qu'il achetât une demeure. Il termina en annonçant sa visite pour la semaine suivante.

Fenton, le majordome de Curzon Street, l'accueillit avec raideur et se détendit en apprenant l'identité du visiteur. Fenton essayait toujours d'agir comme l'eût fait Burke en pareille circonstance. Le reste du personnel se composait d'une cuisinière, Mme Hogg, et d'une petite soubrette à l'accent faubourien, appelée Dora. Tous trois s'installèrent à un endroit où ils pourraient dévisager à leur aise l'étrange trio débarqué des Indes.

– Ma foi ! souffla Dora. Z'avez-vu leurs bobines ?

– Tas de païens, je les déteste ! marmotta Mme Hogg, les lèvres pincées.

Dora, qui ne manquait pas de charme sous ses airs effrontés, dévisagea avec envie la jeune femme très brune dans son costume étrange. Fenton conduisit M. Savage dans la chambre de son maître mais se trouva bien embarrassé quand il s'agit de loger les deux autres. A cause de sa tenue blanche et de son turban orné du rubis, il prit John Bull pour un prince et crut que la jeune lady était sa femme ou sa concubine. Il les plaça néanmoins dans des chambres séparées et constata avec soulagement que M. Savage paraissait satisfait.

– Nos malles et nos bagages arriveront plus tard. John Bull s'en chargera.

Adam décida de prendre à part les domestiques pour faciliter l'insertion de John Bull et de Kirinda. Il attrapa la cage de Roupie et suivit Fenton dans les escaliers.

Il installa le mainate dans l'entrée où le carrelage se nettoierait facilement. Puis il alla dans la cuisine se présenter aux domestiques.

– Mes domestiques cinghalais vous sembleront certainement étranges. Mon valet a toujours eu l'habitude de commander à un nombreux personnel et il pourra vous paraître supérieur. Je vous demande de faire tout votre possible pour être accommodants. S'il y avait le moindre problème, n'hésitez pas à m'en parler.

Mme Hogg le dévisageait du coin de l'œil. L'homme lui faisait peur. Elle savait reconnaître l'autorité, mais ne put s'empêcher de renâcler :

– De quels problèmes voulez-vous parler, monsieur ?

– Je me fais peut-être des idées, lui expliqua-t-il aimablement. Mais des difficultés pourraient surgir au niveau des repas, par exemple.

Les lèvres de Mme Hogg se pincèrent. Personne n'avait jamais trouvé à redire à sa cuisine.

– A Ceylan, les plats sont très épicés et l'on y mange énormément de fruits et de légumes. Les seuls légumes que l'on me servait autrefois étaient des navets. Or je déteste les navets. Je vous demande une faveur : emmenez mon serviteur faire les courses avec vous et laissez-lui l'usage de votre cuisine pour y préparer les mets de son pays.

Mme Hogg n'osa pas refuser.

– Je serai sorti une bonne partie de la journée. Merci de votre coopération.

Un silence de mort suivit son départ. Puis ils se mirent tous à parler en même temps. Fenton, vexé d'avoir pris l'autre pour un prince, déclara :

– Nous n'avons qu'à les laisser faire !

– Je ne tolérerai pas que l'on entre dans ma cuisine. Je hais les indigènes ! grinça Mme Hogg.

Dora, dont l'imagination allait bon train, s'exclama :

– Moi j'vous dis qu'c'est un nabab. A coup sûr, elle fait partie d'son harem !

Mme Hogg, qui avait précisément acheté des navets ce matin-là, passa le reste de la matinée à s'activer bruyamment au milieu de ses casseroles. Soudain une voix stridente glapit :

– Sodome et Gomorrhe !

Elle se précipita dans le hall pour identifier le blasphémateur.

– Qu'est-ce que c'est que ça ? demanda-t-elle à Dora.

– Leur oiseau.

– Je hais les oiseaux ! S'il continue à jurer comme ça, je m'en vais le flanquer à la cave !

Dévorée de curiosité, Dora feignit d'épousseter les boiseries du couloir et colla son œil devant le trou de la serrure. Au même instant, John Bull ouvrit la porte. La voyant à genoux, il s'étonna de cette étrange posture.

– Vous priez ?

– ...

Devant son embarras il comprit ce qu'elle était venue faire contre sa porte et se vexa :

– Pourquoi me dévisagez-vous ainsi ?

Dora renifla avec mépris et attaqua la première :

– Pourquoi vous portez ce machin-là autour d'vot' tête ?

John Bull redressa les épaules et se demanda comment expliquer cela à cette femme qui était visiblement d'une caste inférieure.

– Cela fait partie de mon uniforme. Je le porte de la même façon que vous portez, vous, ce chiffon sur votre tête.

– Chiffon ! s'exclama Dora, affreusement mortifiée de le voir ainsi qualifier son meilleur bonnet. C'te coiffe est en lin, et j'en avions même en dentelle ! Ma foi, c'est qu'i' me cherch'ait des poux !

– Des poux ! répéta John Bull, horrifié. Vous avez des poux !

Voilà pourquoi elle se couvrait les cheveux avec cet affreux chiffon !

– Parfaitement, affirma-t-elle fièrement.

– N'approchez pas ! Vous êtes sale.

– Sale ! glapit-elle.

– Vous êtes renvoyée. Ouste !

– Mais pour qui y s'prend, çui-là !

John Bull descendit à la cuisine et tomba sur la grosse cuisinière.

– Permettez-moi de me présenter. Je m'appelle John Bull.

– Appelez-moi Mme Hogg, un point c'est tout. Dans ma cuisine j'exige qu'on m'obéisse et je déteste qu'on se mêle de mes affaires.

– Mais je n'ai pas l'intention de me mêler de vos affaires, madame, pas plus que de celles de la femme aux poux. Je suis venu vous demander un fruit pour le mainate de mon maître qui n'a pas été nourri depuis hier. Où est l'oiseau ?

– Je vais lui tordre le cou ! pesta Mme Hogg.

John Bull pâlit.

– Vous allez lui tordre le cou ? répéta-t-il avec incrédulité. Mon maître adore cet oiseau.

– Eh bien moi, je vais lui tordre le cou. Il est à la cave et il n'en remontera pas !

– Je suis anéanti, déclara-t-il solennellement.

– Abruti plutôt !

– Je pourrais vous répondre par une méchanceté mais je préfère vous traiter par le mépris, lui répondit-il avec dignité.

Sur ces paroles il tourna les talons et passa le reste de la journée dans sa chambre.

Avant de sortir, Savage reçut un mot des avocats qui lui avaient peut-être trouvé une maison. Il décida de passer d'abord chez le tailleur de Savile Row, que ces derniers lui avaient recommandé. C'était la première fois qu'il entrait dans ce milieu très huppé et il se sentit mal à l'aise.

Les vendeurs étaient d'un snobisme épouvantable mais dès qu'ils comprirent qu'il avait de l'argent, ils fondirent sur lui avec la vitesse d'un aigle. Ils lui firent savoir qu'ils habillaient le prince de Galles et qu'ils n'avaient pas leur pareil pour transformer un rustique comme lui en dandy. C'est alors qu'ils comprirent à qui ils avaient affaire.

Adam lui aussi avait son mot à dire. Il commanda deux douzaines de chemises blanches et des cravates taillées dans les tissus les plus fins mais au dessin discret. On prit ses mesures pour lui confectionner des manteaux de drap fin marine, lie-de-vin et noir ainsi que des gilets aux couleurs légèrement contrastées. Il choisit des pantalons qui lui moulaient élégamment la jambe et six paires de chaussures en daim. Il acheta également des gants sans se laisser convaincre par ceux en peau de chien qui faisaient rage. Il se laissa séduire par un chapeau en castor et scandalisa les vendeurs en refusant catégoriquement les tricornes qu'ils lui proposaient ainsi que les perruques. Il fit la sourde oreille lorsqu'ils lui affirmèrent qu'il ne serait jamais admis dans la bonne société s'il refusait de se poudrer. Enfin ils réussirent tout de même à le convaincre de choisir un satin noir pour le soir. Il compléta ses emplettes par un chapeau haut de forme, une cape et des bas de soie mais rit au nez du chausseur qui lui proposait des talons hauts.

On lui prit aussi ses mesures pour plusieurs paires de bottes qu'il voulut noires. Il les quitta désolés. Ils avaient pourtant fait de leur mieux pour lui expliquer que rien n'était plus à la mode aujourd'hui que l'excentricité la plus voyante.

Quand Savage passa chez ses avocats, il apprit qu'un hôtel particulier était à vendre tout près de celui des Lamb. Il alla le visiter, puis il partit s'acheter une voiture qui lui permettrait de faire rapidement le trajet entre Londres et Gravesend ainsi qu'un couple de beaux chevaux bais. Il ne put résister à l'achat d'un petit phaéton extrêmement léger qui, attelé à des chevaux rapides, fendrait l'air.

Avec la même énergie, il se rendit aux bureaux de la Compagnie générale des Indes dans Leadenhall Street. Outre la location de Leopard Leap, il était actionnaire de la Compagnie. Une réunion était prévue pour la semaine suivante.

Une voix amicale dans son dos le fit se retourner :

– Je vois que vous êtes fraîchement débarqué

des Indes. J'ai besoin de conseils, peut-être pourrions-nous faire un échange de bons procédés. Londres a certainement beaucoup changé depuis votre départ.

Il tendit la main à un homme au visage carré qui devait avoir son âge et se présenta :

– Adam Savage... Où ai-je donc entendu ce nom ?

L'homme se présenta sous le nom de Cavendish mais quelqu'un murmura sur son passage : « Devonshire. » Savage se rendit compte alors que son aimable interlocuteur n'était autre que le duc de Devonshire. Ils sympathisèrent tout de suite et bavardèrent longuement sur les sujets les plus variés, y compris la politique.

– Nous avons besoin d'hommes comme vous à la Chambre, déclara Devonshire.

– Je n'y siège pas.

– Quand on y met le prix, on peut aisément obtenir un siège à la Chambre des communes.

Cet avis ne tomba pas dans l'oreille d'un sourd.

– Nous donnons un souper la semaine prochaine à Devon House. Je demanderai à Georgiana de vous envoyer une invitation. Faites-moi le plaisir de venir. La moitié des invités seront ceux de ma femme et du prince de Galles mais j'ai également convié des gens intelligents : l'architecte James Wyatt, le philosophe Pope, et je suis prêt à inviter l'ex-gouverneur des Indes si cela vous dit.

– Je connais déjà certains de ces messieurs. Wyatt m'a construit un château à Gravesend que je n'ai pas encore vu.

– C'est lui qui m'a parlé de vous ! s'écria Devonshire.

– J'accepte avec joie.

Savage regagna Curzon Street à l'heure du souper. John Bull et Kirinda l'accueillirent avec des mines de chiens battus. Ils souffraient de voir leur maître faire ses ablutions avec un pichet et une bassine.

– Qu'est-ce qui ne va pas ? s'enquit Adam.

– Deux nouvelles dramatiques vont profondément vous affecter, Excellence. La servante a des poux. J'ai empêché Kirinda de descendre par peur de la contagion.

– Comment t'en es-tu aperçu ?

– C'est elle qui me l'a dit. C'est pour cela qu'elle cache ses cheveux sous cet affreux chapeau.

Savage comprit qu'il s'agissait d'un nouveau pataquès et lui demanda calmement :

– Et l'autre nouvelle ?

– La porchère a tordu le cou à Roupie.

Savage se mordit les lèvres pour ne pas éclater de rire.

– J'ai l'impression que vous ne vous êtes pas très bien entendus avec le personnel, déclara-t-il. Avez-vous déjeuné aujourd'hui ?

Kirinda battit des cils et secoua la tête.

Savage savait qu'il était inutile d'en faire le reproche à John Bull. Le Tamoul était si têtu qu'il aurait préféré mourir de faim plutôt que de perdre la face. Il n'avait même pas pensé à la pauvre Kirinda.

– Dans ce cas, venez avec moi.

– Il est inconcevable que nous dînions avec vous, maître.

– Puisque je suis votre maître, vous devez m'obéir. Et je vous ordonne de dîner avec moi.

– Oui, Excellence, fit-il avec soumission.

Dans la salle à manger, Savage demanda à Fenton de prévenir Mme Hogg qu'ils seraient trois à souper. Puis il fit asseoir Kirinda et ordonna à John Bull d'en faire de même.

En entrant, Mme Hogg faillit lâcher la soupière de saisissement. Sa bouche pincée montrait sa réticence.

Savage prit la parole d'un ton très aimable :

– Madame Hogg, veuillez me pardonner d'avoir installé mon mainate dans votre entrée. Je ne voulais pas vous offenser. Ayez, s'il vous plaît, l'amabilité de le monter dans ma chambre.

– Oui, monsieur.

– A propos, poursuivit-il sur le même ton. Je suis incroyablement confus que John Bull se soit adressé à vous comme à la porchère. Je vous assure qu'il n'y voyait aucun manque de respect. Ce n'était qu'une erreur de vocabulaire.

– J'accepte vos excuses, lâcha la cuisinière en jetant un regard de mépris au Tamoul.

Les paroles qui suivirent tombèrent comme un couperet :

– Maintenant c'est à votre tour.

– Mon tour ?

– Parfaitement. Vous allez vous excuser pour le mauvais traitement que vous avez fait subir à ces deux personnes. Elles n'ont rien bu ni mangé de la journée simplement parce qu'elles ne sont pas de la même couleur que vous.

Mme Hogg s'empourpra de rage mais elle dut s'incliner.

– Pardon, marmonna-t-elle.

Savage reprit son ton doucereux mais son regard resta dur :

– Madame Hogg, si le fumet qui provient des cuisines est celui des navets, je vous conseille de les déguster vous-même et de nous servir un mets plus appétissant.

Le visage apoplectique de la cuisinière n'était pas beau à voir. Elle disparut dans son domaine et ne réapparut pas. Quelques instants plus tard, Dora leur servit à souper. Trois paires d'yeux se fixèrent sur son bonnet. Il était en dentelle. Une lueur amusée pétilla dans les yeux d'Adam.

– Charmant, murmura-t-il en la voyant rosir de plaisir.

13

Watson & Goldman se révélèrent d'une aide précieuse et l'or de Savage fut mis en sûreté ; on lui trouva un jeune secrétaire du nom de Sloane et les avocats firent une offre pour l'hôtel particulier de Half Moon Street.

Au courrier il trouva l'invitation promise par Devonshire ainsi qu'une réponse de Stoke. Savage déchira l'enveloppe et parcourut le feuillet recouvert de l'élégante écriture de lord Lamb.

Cher monsieur Savage,

Merci de votre message m'informant de votre retour en Angleterre. Vous pouvez rester à Curzon Street aussi longtemps que vous le désirerez. J'ai le regret de vous annoncer que Lamb Hall est en grand deuil et que nous ne recevons personne en ce moment. Si d'aventure vous vouliez me contacter, veuillez avoir l'obligeance de passer par l'intermédiaire de MM. Watson & Goldman, avocats à la Cour.

Les enfants de Russell devaient porter le deuil de leur père mais sa mort remontait à plusieurs mois et ça n'était pas une raison valable pour interdire leur porte à leur tuteur. Adam flaira anguille sous roche. Changeant ses projets, il décida de se rendre à Stoke sur-le-champ.

Il prévint John Bull.

– Je dois m'absenter pour quelques jours. La meilleure solution serait que vous m'accompagniez tous les deux à Gravesend. Tu n'y trouveras ni meubles ni personnel, mais je pense que cela peut attendre.

John Bull, pressé d'occuper son nouveau domaine, lui affirma :

– Vous n'arriverez pas sans domestiques, Excellence. Une natte sur le sol suffira.

Savage réfléchit un instant et décida d'emmener également son nouveau secrétaire. Ce serait une excellente occasion de tester ses capacités.

Savage attela ses chevaux bais à sa voiture neuve et y installa Kirinda. John Bull montait l'un des pur-sang arabes que Savage avait ramenés de Ceylan. Jeffrey Sloane s'installa sur la banquette à côté de son nouvel employeur et admira son adresse avec les chevaux. En chemin, il nota les instructions d'Adam.

– Je n'ai encore jamais vu cette maison, lui dit Savage. Si elle n'est pas déjà habitable, nous irons à l'auberge. Il faudra parer au plus urgent : fourrage pour les chevaux, nourriture et ustensiles de cuisine ainsi que toute la literie. Le reste attendra. Laissez choisir John Bull, il a l'œil. Mais c'est vous qui tiendrez les cordons de la bourse : John Bull a toujours tendance à marchander et je ne tiens pas à me mettre à dos tous les commerçants de Gravesend.

Tandis qu'il s'approchait d'Edenwood, Adam éprouva l'impression étrange de revenir au bercail après une longue absence. La voiture déboucha d'un bouquet de chênes et soudain le château lui apparut dans toute sa splendeur. Il abandonna la voiture devant les écuries et remonta l'allée à pied. Il avait besoin d'être seul pour ce premier tête-à-tête avec sa maison. Il s'attarda dans chacune des pièces, savourant les moindres détails et se sentit tomber sous le charme d'Edenwood. Quatre à quatre il gravit le grand escalier circulaire et lorsqu'il arriva sur le balcon de sa chambre à coucher qui dominait le portique ouest, il était définitivement amoureux de sa maison.

Wyatt était un maître, un génie. Oh, avec quel amour il meublerait Edenwood ! Il eût aimé s'attarder, caresser chaque pierre une à une, mais le devoir l'appelait à Stoke. Il lui restait douze miles à parcourir avant de faire la connaissance des jumeaux qu'il considérait déjà comme ses propres enfants.

Abandonnant chacun à sa tâche, il enfourcha le pur-sang que montait John Bull et se dirigea vers Stoke. Lamb Hall lui parut complètement isolé du reste du monde. Le joli manoir en brique rouge lui plut énormément, mais Stoke n'était qu'un village modeste. Lamb Hall se tenait à l'écart au bord de la Medway, juste en amont de l'embouchure de la rivière. C'était l'endroit idéal pour y élever de jeunes enfants mais bien trop isolé pour un garçon de l'âge d'Anthony.

Par la fenêtre, Antonia aperçut l'inconnu au visage sévère sur son cheval noir. Elle devina immédiatement l'identité du mystérieux visiteur et affolée, appela sa grand-mère :

– Roz ! Le voilà ! (Elle courut s'enfermer dans sa chambre.) Débarrasse-toi de lui !

Elle s'était installée dans la chambre d'Anthony et se laissa tomber sur une chaise près de la fenêtre pour s'assurer du départ de ce visiteur indésirable. Le cœur battant, elle tenta d'ouvrir un livre pour fixer ses pensées incohérentes.

– Oh, Tony ! Pourquoi m'as-tu abandonnée ? murmura-t-elle soudain d'un ton accusateur.

Le naufrage du *Seagull* remontait à deux mois et elle se refusait à se résoudre à cette noyade. Elle se souvint de l'hostilité que son frère nourrissait pour leur tuteur alors qu'elle-même avait hâte de rencontrer l'homme qui se faisait construire une si merveilleuse demeure.

Grand Dieu ! Quelle mouche l'avait piquée d'avancer ces coûteuses suggestions en vue d'améliorer Edenwood. A présent elle se faisait passer pour son frère et Adam Savage était en bas, en chair et en os.

Dès l'instant qu'elle avait vu cet homme massif et sévère, elle avait compris qu'elle s'était fourvoyée. Elle dépendrait entièrement de lui jusqu'à sa majorité et visiblement, il n'était pas de ceux dont on se moque impunément. Son cœur chavira en comprenant qu'il lui faudrait bien l'affronter un jour. Mais pas aujourd'hui !

En ouvrant la porte, Burke sut immédiatement à qui il avait affaire. D'une voix grave, Savage déclina son identité et demanda à voir lord Lamb.

Roz s'avança.

– Bonjour, monsieur Savage. Je suis Rosalind Randoph, la grand-mère d'Anthony. Entrez, je vous en prie.

Savage ne ressemblait pas à l'idée qu'elle s'en était faite. Il la suivit jusqu'au salon et elle sentit son cœur se serrer. D'après les traits de cet homme, elle subodora un passé chargé de zones d'ombres et une scandaleuse expérience en matière de femmes. C'était un adversaire non négligeable et qui ne manquait pas de charme, pour machiavélique qu'il fût.

De son côté, Adam n'avait pu s'empêcher d'admirer Roz. Voilà de qui Eve tenait son élégance, et pourtant la beauté de Rosalind avait dû surpasser celle de sa fille. Une fois assis, il attaqua sans préambule :

– Lady Randolph, je suis venu vous rassurer. Votre fille se remet du choc causé par la disparition de lord Russell. C'est une femme très courageuse.

– Je vous remercie, monsieur Savage. Eve a une résistance que beaucoup lui envieraient.

Savage comprit qu'il s'adressait à une femme intelligente et rusée.

– Voilà longtemps que je désire faire la connaissance des jumeaux.

La gorge de Rosalind se noua et elle refoula ses larmes. Elle eut soudain une irrésistible envie de se confier à cet homme solide comme le roc.

– Hélas, monsieur Savage, un autre être cher

nous a été ravi. Vous ne connaîtrez malheureusement jamais ma petite-fille Antonia.

L'annonce de ce nouveau décès bouleversa Savage qui ne se doutait de rien. Eve serait anéantie en apprenant la mort de sa fille. Un élan d'affection le porta vers la femme courageuse qui se tenait devant lui.

– Mon chagrin, madame, n'est rien en comparaison de celui que vous devez éprouver. Que s'est-il passé ?

Sa compassion faillit la faire éclater en sanglots mais elle réussit à lui raconter le naufrage avec une maîtrise qui força son admiration.

– Vous n'avez pas retrouvé le corps ?

Elle secoua la tête.

– Deux mois se sont écoulés. J'ai fini par abandonner tout espoir. Je n'avais pas d'autre choix que d'accepter sa mort, conclut-elle douloureusement.

– Vous êtes très courageuse. C'est une qualité que j'admire par-dessus tout.

– Je vous remercie. Lord Lamb, hélas, est sous le choc. Les jumeaux étaient inséparables et il lui faudra du temps pour s'en remettre. Il ne veut pas être dérangé.

– Lady Randolph, je comprends à quel point il doit être ébranlé. Néanmoins, ce que vous venez de m'apprendre renforce le désir que j'avais de faire sa connaissance.

– Est-ce vraiment raisonnable ? invoqua Roz en espérant le faire changer d'avis.

– Et comment ! Il a été trop longtemps privé du soutien d'un père. Il serait malsain de le laisser se complaire dans son chagrin. Votre isolement ne fera que renforcer sa mélancolie. Il faut l'occuper, combler le vide qu'il ressent d'une manière ou d'une autre. Je crois que je pourrais l'y aider. Il faut lui changer les idées, n'êtes-vous pas de mon avis ?

C'était la raison qui parlait par sa bouche. Roz aurait voulu protéger Antonia et dans le même temps, elle comprenait qu'Adam Savage, avec sa force et son charisme, pouvait tous les aider à s'en sortir.

– Avec votre permission, j'aimerais monter bavarder avec lui.

Ce n'était plus une prière et devant l'intensité de ses yeux bleus, Roz se trouva dans l'incapacité de refuser.

Antonia entendit frapper à la porte et crut qu'il s'agissait de Burke.

– Entrez ! fit-elle avant d'agrandir les yeux à la vue du colosse qui pénétrait dans sa chambre.

Toute idée préconçue s'évanouit. Jamais elle n'avait vu un homme de cette taille ! Ses épaules et sa poitrine herculéennes tenaient à peine dans l'embrasure de la porte. Ses longs cheveux couleur aile de corbeau étaient noués en catogan sur sa nuque et dans son visage basané, un regard vif la transperçait.

Une cicatrice fendait son visage sans pour autant le défigurer. Au contraire, elle lui donnait un certain charme et il ressemblait à un dieu antique descendu de l'Olympe.

Toutes les idées qu'Adam s'était faites de son pupille s'évanouirent. L'adolescent élancé qui sursauta de frayeur en le voyant avait l'air si jeune, si peu viril qu'il en éprouva une profonde déception

– Tony ? Je suis Adam. Adam Savage. Je suis désolé d'apprendre ce qui s'est passé.

Le regard du garçon s'embua.

– Je sais que vous étiez très proches l'un de l'autre mais si votre sœur vous voyait, elle ne tolérerait pas que vous vous apitoyiez sur son sort. Je vais être direct : la mort fait partie de la vie et il faut savoir l'accepter. Relevez le front et battez-vous ! Pensez plutôt aux bons moments que vous avez vécus ensemble et croquez dans la vie à belles dents. Vous avez à vivre pour deux, à présent !

Antonia bouillait de rage. Comment osait-il ? Tout semblait si simple pour lui. Son jumeau était mort et il fallait continuer à vivre comme avant. Une larme perla au bord de ses longs cils mais elle soutint son regard pâle. Jamais elle n'avait rencontré quelqu'un autant dénué de sentiments. Puisqu'il aimait le franc-parler, il allait être servi !

– Je m'apprêtais à vous haïr, lâcha-t-elle. Mais ce sentiment m'est étranger. Alors je me contenterai de vous détester, acheva-t-elle en fourrant ses mains dans ses poches.

– Oh, mais vous devriez faire un petit effort, ironisa Savage. La haine est un sentiment puissant qui vous forge un homme.

Ventrebleu ! songea-t-il, dépité, il est joli comme une damoiselle ! Tony illustrait parfaitement l'injustice foncière qui régissait la nature. Non seulement cet enfant gâté était né dans un milieu aristocratique aisé mais les dieux l'avaient de surcroît doté d'une beauté exceptionnelle. Il s'en voulut tout à coup. Non, son visage balafré ne lui donnait pas le droit de ne pas aimer ce garçon simplement parce qu'il était beau.

– Alors, nous essaierons de nous supporter mutuellement, soupira-t-il.

– Cela me coûtera plus que vous ne sauriez. Vous ne pouvez pas comprendre mon chagrin, riposta Tony.

– Vous croyez peut-être que je suis insensible ? se moqua Savage.

– Que me voulez-vous ?

– Que vous supportiez votre chagrin en homme !

Le rouge de la honte monta au front de Tony qui sous son déguisement s'en voulut d'avoir laissé voir à son tuteur les larmes de lord Lamb.

Adam vit son beau visage s'assombrir et s'inquiéta des côtés efféminés de son pupille. Pour la première fois il en voulut à son ami défunt. Pourquoi Russell n'avait-il pas emmené son fils avec lui ? Le garçon n'avait vécu qu'en compagnie de femmes. Cela raffermit sa résolution. Par le Christ tout-puissant, il en ferait un homme !

– Votre père était mon meilleur ami mais je le blâme de ne pas vous avoir donné la chance de connaître les Indes. Soyez fort, pour votre mère. Pensez à sa douleur en apprenant la mort d'Antonia.

Tony n'avait pas encore écrit à sa mère. Elle espérait toujours, et pas plus que sa grand-mère, elle n'osait coucher sur le papier la supercherie qu'elles avaient montée.

Adam Savage prit une chaise et allongea ses longues jambes. Tony, perchée sur un coin de bureau, balançait nonchalamment ses bottes. Finalement, elle leva les yeux et affirma résolument :

– Je n'ai pas prévenu notre mère et je n'en ai pas l'intention. Elle est à l'autre bout du monde. A quoi cela servirait-il de lui briser le cœur ?

– Voilà un noble sentiment mais vous ne pourrez lui cacher indéfiniment la vérité. Un jour ou l'autre Eve le saura.

– Eh bien, le plus tard sera le mieux, trancha Tony.

– Cette décision vous appartient. Je m'y tiendrai.

– Merci, monsieur Savage.

– Appelez-moi Adam. (Il ramassa le livre qu'elle lisait lorsqu'il était entré.) Que lisiez-vous ? *Pamela ou la vertu récompensée*, lut-il, de Samuel Richardson.

Tony rougit.

– C'est l'histoire d'une servante qui repousse les avances du fils de la maison et qui finira par l'épouser.

Adam laissa échapper un rire sonore.

– Lisez plutôt *Les Aventures de Joseph Andrews* de Henry Fielding. C'est une parodie de votre roman. Un valet vertueux repousse les avances de sa maîtresse.

Nullement choquée, Antonia se promit de se procurer l'ouvrage en question.

Savage décida de son côté qu'il était grand temps de prendre en main l'éducation de Tony. Il fallait déniaiser ce pauvre garçon. Il aurait parié que Tony Lamb était encore puceau !

– J'ai demandé à M. Watson de doubler votre pension. Je me demande comment vous avez survécu jusqu'à présent.

Tony tombait de haut. Dire qu'elle s'imaginait avoir du mal à lui extorquer de l'argent ! Tout à coup elle songea avec horreur que Watson & Goldman avaient dû lui soumettre toutes ses factures.

– J'avais dépensé tout mon argent le mois passé pour acheter de nouveaux harnais. Je pourrai désormais régler les dépenses effectuées par ma sœur et ma grand-mère, déclara-t-elle avec raideur.

Savage esquissa un geste d'insouciance.

– J'ai tout réglé, y compris les réparations des fermes. J'aimerais y faire un tour. Mieux vaut entretenir régulièrement une maison plutôt que d'attendre qu'elle tombe en ruine.

Antonia, soulagée, espéra que leurs relations resteraient aussi franches et ouvertes. Elle avait déjà assez de mal comme ça à lui jouer la comédie.

– Je ne m'y connais pas beaucoup en matière d'argent, monsieur Sav... Adam.

– Nous allons faire fructifier votre argent.

Tony le crut d'autant plus volontiers qu'il lui paraissait homme à faire changer le cours du temps, s'il le voulait. A son corps défendant, elle admirait déjà son assurance et son autorité naturelle.

Savage tira de sa poche une boîte de cigares. Il sortit un cigarillo et impulsivement en proposa un à son pupille.

Tony, affolée, secoua la tête.

– Non merci, je ne... (Elle vit une lueur amusée briller dans ses yeux.) Je ne fume pas du tabac turc...

– Il y a un début à tout, Tony, l'encouragea Savage.

Curieusement, ces paroles chargées de sous-entendus la réconfortèrent. Elle prit le mince cigare et feignant une assurance qu'elle était loin de ressentir, elle le porta à sa bouche.

Adam alluma d'abord le sien et aspira volup-

tueusement avant d'exhaler un nuage de fumée bleue et odorante.

Tony prit son courage à deux mains et essaya de ne pas trembler en allumant son cigare. Refusant de croiser le regard amusé de Savage, elle voulut soudain gagner son estime.

Elle l'observa attentivement tandis qu'il portait le cigare à ses lèvres d'un geste négligent et très sensuel. Sans cesser d'éviter son regard, elle l'imita et savoura cette fois-ci le goût du tabac sur son palais, puis, lentement, les yeux mi-clos, elle souffla la fumée avec nonchalance.

Quand elle eut acquis plus d'assurance, elle soutint le regard bleu pâle et n'y lut ni mépris ni admiration. Il tenait pour évident que Tony sache fumer. Ils fumèrent en silence sans se quitter des yeux. Puis Savage écrasa son mégot dans un bougeoir de cuivre, Tony l'imita et se sentit tout à coup un peu barbouillée.

– Allons voir vos fermes, suggéra Adam en se levant.

Ce dirigisme horripila Tony. Il la prenait visiblement pour un incapable. Soudain, elle se sentit très mal en point.

– C'est bon, accepta-t-elle de mauvaise grâce. (Encore quelques minutes et elle allait être malade devant lui !) Pouvez-vous demander à Bradshaw de me seller Neptune. Je vous rejoins en bas.

Dès qu'il fut parti, Tony s'appuya à la porte et ferma les yeux. Maudit soit cet individu ! Elle avait bien besoin de ça ! Et pourtant, ce monstre d'arrogance avait réussi à réveiller son amour-propre.

Elle n'eut que le temps de s'emparer du vase de nuit. Dès que son estomac fut soulagé, la chambre s'arrêta de tourner devant ses yeux. Elle se lava les mains et la figure et saisit la cravache de son frère avant de descendre d'un pas mal assuré.

Roz et Burke l'attendaient dans l'entrée, le visage anxieux. Tony n'osa pas ouvrir la bouche et se contenta de croiser les doigts.

Un magnifique pur-sang piétinait devant l'écurie mais pas de trace d'Adam ni de Neptune. Elle entra en essayant de ne pas trop respirer l'odeur de crottin qui d'ordinaire ne l'importunait guère.

Savage et Bradshaw bavardaient avec animation mais Neptune n'était pas sellé. Comme Tony approchait, Savage lui tendit une selle sans cesser de parler. Message reçu ! Un garçon de dix-sept ans était capable de seller son cheval tout seul !

Intérieurement elle gémit. Cet Adam Savage personnifiait l'arrogance et la supériorité du mâle. Toutes les demoiselles devaient se pâmer devant lui. Si elle avait été Antonia, elle aurait admiré ce torse puissant, elle aurait battu des cils et minaudé tandis qu'il lui aurait sellé son cheval. Mais voilà, elle était Anthony, et il lui fallait se débattre avec cette maudite selle. Furieuse, Tony enfourcha sa monture et sans attendre, fonça tête baissée vers le parc.

Savage la rattrapa tandis qu'elle galopait à travers champs.

– Vous avez ramené votre pur-sang de Ceylan ?

– Oui. J'en ai deux mais je voudrais en acheter d'autres. Savez-vous où je peux me procurer de bons chevaux ?

– Vous n'en trouverez nulle part de semblables, coupa Tony avec irritation.

Comme s'il ignorait que les chevaux arabes valaient une fortune en Angleterre !

Arrivé à la première ferme, Adam prêta davantage attention aux bêtes et aux dépendances qu'au bâtiment lui-même. Il s'entretint un moment avec le fermier et vit ses filles lorgner Tony en pouffant. Mais il constata avec désolation que le jeune homme ne leur témoignait pas le moindre intérêt.

Adam fronça les sourcils. A dix-sept ans, tous les garçons ne pensaient qu'à trousser les filles. Ces deux-là étaient mûres à point et se languissaient visiblement pour leur jeune maître. En vain.

Ils passèrent à la seconde ferme ; sur le chemin du retour, Adam fit part à Tony de ses suggestions.

– Chaque ferme devrait se spécialiser. Fourrage et céréales pour l'une, bétail pour l'autre. Les résultats seraient meilleurs. Mais cela nécessite des investissements.

Tony écoutait et reconnut malgré elle les mérites de ces suggestions. Elle se promit d'apprendre à réfléchir à grande échelle.

– Tout le monde n'a pas autant d'argent que vous, objecta-t-elle avec dépit.

Savage observa le jeune homme à califourchon sur son magnifique cheval. Cet enfant gâté ignorait ce qu'étaient le travail, la faim ou les responsabilités. Cela ne lui aurait pas fait de mal ! Savage abandonna ses rênes et lui montra ses mains brunes et calleuses.

– J'ai tout conquis avec mes mains ! Je ne suis pas un privilégié.

Il n'ajouta pas « comme vous » mais cela coulait de source. Et il était visible que ces fameux privilèges lui auraient été odieux.

La riposte ne tarda pas.

– Si vous aviez eu le choix entre naître riche ou le devenir, vous auriez choisi la première solution.

– Bien vu, sourit Savage.

Ses dents étincelantes et ses yeux bleu clair dans son visage hâlé eurent un effet déconcertant sur Tony dont le cœur se mit à battre plus vite. Il se dégageait de cet homme une dangereuse séduction. Elle avait tout fait pour l'éviter, compté les minutes qui la séparaient de son départ, et inexplicablement, une partie d'elle-même refusait de le laisser s'en aller. Elle était agitée de sentiments totalement contradictoires.

De retour à l'écurie, Adam, imité par Tony, bouchonna son cheval. Ils se lavèrent les mains dans un seau et remontèrent ensemble vers la maison.

– Je dois partir. Mes affaires m'appellent à Londres et j'ai à peine profité d'Edenwood.

– Edenwood, souffla rêveusement Tony.

– Oui, la maison que je me suis fait construire à Gravesend.

– Je la connais ! J'y suis allée si souvent. J'adore James Wyatt, déclara-t-elle avec ferveur.

Adam, intrigué de voir un garçon s'intéresser de si près à l'architecture, la questionna :

– Vous auriez aimé être architecte ?

– Oh oui ! J'ai lu énormément d'ouvrages sur ce sujet. Mais il n'y a pas que l'architecture. Londres regorge d'artistes et d'artisans.

– Eh bien, nous avons au moins ce goût en commun, mon père était ébéniste. Il a travaillé avec Chippendale.

– Fantastique ! Mais pourquoi en parlez-vous au passé ?

Impassible, il lui répondit :

– La pauvreté l'a tué. (Il changea rapidement de sujet.) Je vais devoir meubler Edenwood, voulez-vous me prêter vos talents ?

Tony aurait volontiers sauté sur l'occasion mais elle hésita devant les pièges que cela représentait.

– Lamb Hall est un endroit charmant, insista Savage, mais vous avez besoin de vous changer les idées. Il faut que vous alliez à Londres, que vous y rencontriez des garçons de votre âge et des jeunes femmes aussi ! Le monde s'offre à vous ! N'avez-vous aucun désir de goûter à ses charmes ? Moi, à votre âge, j'étais affamé de découvertes !

Elle craignit soudain qu'il ne prenne Anthony pour un lâche à cause d'elle. Toute son énergie revint et elle décida de lui prouver ce dont elle était capable.

Tony appela Burke.

– Préparez mes affaires, je pars pour Londres.

Roz papillonnait autour de Savage comme si elle avait vingt ans et lorsque Tony eut disparu en compagnie de Burke, Adam lui confia :

– Lady Randolph, j'ai réussi à tirer Anthony de sa langueur malsaine. Il m'accompagne à Londres afin de m'aider à choisir des meubles pour ma nouvelle maison de Gravesend.

Roz connaissait la passion de sa petite-fille pour Edenwood. Elle répugnait à laisser Antonia partir seule avec cet homme mais s'y opposer aurait provoqué des soupçons chez Savage.

– Vous allez bien rester dîner avec nous, fit-elle pour gagner du temps.

– Non, merci, répondit-il distraitement. Dites-moi, lady Randolph, Anthony me paraît bien naïf pour un garçon de son âge.

Roz se mordit les lèvres.

– Les jumeaux devaient passer l'hiver à Londres mais la mort de leur père a bouleversé tous leurs projets.

– Lord Lamb est presque un homme et je suis d'avis que les jeunes gens doivent jeter leur gourme avant de prendre leurs responsabilités en tant qu'hommes. Russell m'a choisi comme tuteur et je me sens responsable de son fils.

– J'admire votre sens des responsabilités, monsieur Savage, et je suis certaine qu'il est en de bonnes mains.

Roz n'en pensait pas un traître mot. Jamais elle ne s'était sentie intimidée à ce point par un homme et elle tremblait pour Antonia. Dans quel guêpier s'étaient-elles fourrées ?

– Ah ! Voilà Burke. Servez donc à boire à M. Savage pendant que je m'éclipse pour griffonner un mot pour nos domestiques de Curzon Street.

– Oh, Roz, je me demande si je vais tenir le coup. Je n'ai jamais vu un être aussi exaspérant de ma vie. Il donne son avis sur tout et n'importe quoi. Il trouve que mon éducation est entièrement à faire et il m'a l'air bien décidé à façonner lord Lamb à son gré. Il s'est fait tout seul. Il a conquis tout ce qu'il possède à la force du poignet.

– Ma foi, la taquina sa grand-mère, tu me parais toute disposée à te soumettre à sa poigne.

– C'est faux ! J'ai même été franchement grossière. Je l'ai accusé d'être indifférent à ma douleur et je lui ai dit que je le détestais.

– Quelle a été sa réaction ?

– Il a dit que nous devrions nous supporter. Et si tu venais nous rejoindre un jour ou deux à Londres ?

– Oh, ma chérie ! Quelle bonne idée ! Il est impensable que tu restes seule avec lui.

– Mais non, Roz ! Il me prend pour un homme... enfin pour un gamin, si tu veux mon avis.

– Mais tu es une femme ! Et de ma vie, jamais je n'ai vu un homme aussi viril !

– C'est vrai ! Toi aussi tu lui trouves du charme ?

– Je suis une vieille femme, mais tu es si vulnérable, ma chérie. Prends garde à toi. Je n'arrive pas à croire que ta mère l'ait laissé partir.

La réflexion de sa grand-mère choqua Antonia qui essaya néanmoins de se mettre à sa place. A travers les yeux de sa mère, elle vit des traits taillés à la hache dans un visage couleur d'acajou. Elle brûlait de dénouer le lacet qui retenait ses longs cheveux d'un noir d'ébène et de caresser ses boucles. Etaient-elles soyeuses ou légèrement crépitantes ? Il avait un visage large avec un nez droit et des pommettes saillantes, sa mâchoire était carrée et volontaire.

Au premier coup d'œil, on le devinait décidé, implacable, dur et terrible parfois. Pour couronner le tout, il émanait de cet individu un charme au parfum de soufre. Ce qu'il y avait de plus frappant chez lui, c'étaient ses yeux bleu pâle que l'on ne s'attendait guère à découvrir dans un visage aussi basané. Des yeux capables de vous pétrifier.

Un soupir lui échappa en comprenant qu'aucune femme ne pouvait rester insensible au charme de ce don Juan diabolique.

14

Les deux cavaliers atteignirent Edenwood au crépuscule. Tony n'avait pas vu la maison achevée et resta muette d'admiration. Quelle serait la réaction d'Adam Savage en recevant les factures de ses coûteuses suggestions ? Elle haussa les épaules. Après tout, c'était une idée d'Antonia.

Les écuries où coulait une fontaine abritaient déjà deux magnifiques chevaux bais. Ils n'avaient que l'embarras du choix parmi les dizaines de stalles vides. Tony bénit le ciel d'avoir appris toute jeune à s'occuper de sa jument.

Sur le perron, une jeune Orientale en sari mauve les accueillit les bras remplis d'iris fraîchement coupés. Elle s'agenouilla et esquissa un sourire timide.

– Soyez le bienvenu, maître. Edenwood est un véritable palais. Je ne connaissais pas ces fleurs, elles sont très belles.

Savage l'aida à se relever et porta sa main à ses lèvres.

– Tony, je vous présente Kirinda. Nous l'appelons aussi Fleur de Lotus.

Il guetta la réaction du jeune homme mais ne lut que de la curiosité dans ses yeux. Aucun garçon normalement constitué ne pouvait demeurer insensible à la sensualité que dégageait la jeune femme.

Le hall d'entrée en marbre prenait des allures de cathédrale. A la vue de son maître, le mainate hérissa sa crête et glapit :

– Savage ! Pécheur ! Démon !

– Voici Roupie.

Tony éclata de rire.

– Ne me dites pas que vous avez payé pour vous faire insulter par cet oiseau !

Kirinda entreprit d'allumer les lampes et les bougies. Elle évoluait avec grâce, sans un bruit. Véritable vision des *Mille et Une Nuits*. Eclaboussé de lumière, le marbre blanc strié d'or apparut dans toute sa splendeur. James Wyatt avait bien travaillé.

– Je m'attendais à tomber sur un tigre du Bengale, plaisanta Tony.

– Je ne suis pas amateur de trophées, répondit sèchement Savage. Je ne chasse que par nécessité.

Un indigène tout de blanc vêtu s'avança. Sur son turban scintillait un rubis. Il tenait un plateau d'argent avec deux verres.

– Voici mon bras droit, John Bull. Je te présente lord Anthony Lamb.

– Je vous souhaite le bonsoir, Excellence. Bonsoir, milord. J'ai attendu de longues années avant de connaître votre beau pays. C'est un grand honneur pour moi de faire la connaissance d'un lord du Royaume.

Il balaya le sol de son turban.

– Je vous en prie, c'est à moi de m'incliner, John Bull. Vos qualités outrepassent les miennes.

– Mes qualités ? répéta le Tamoul, sidéré.

Mais Tony était sincère.

– Vous parlez l'anglais à la perfection et pourtant ça n'est pas votre langue maternelle.

Le visage de John Bull s'illumina.

– Et votre épouse est ravissante.

John Bull se renfrogna instantanément tandis qu'Adam éclatait d'un rire sonore.

– Bravo, vous avez mis dans le mille à deux reprises.

Ignorant la raillerie, John Bull se lança dans les reproches :

– Nous ne vous attendions plus, Excellence. Le repas que j'ai préparé n'est pas digne d'un lord du Royaume. De plus nous n'avons pas assez de lits.

– Seigneur ! Mais tu as avalé ton parapluie ! Qu'importent les lits ou le repas ? Nous dormirons par terre, que diable ! Tony fait désormais partie de la famille. Où est Jeffrey Sloane ?

– Votre secrétaire est très occupé par son travail. Il est dans la bibliothèque. Je ne voudrais pas jeter des pierres dans son jardin, Excellence, mais sachez qu'il n'a jamais voulu marchander avec les vendeurs.

– Merci de m'en avoir avisé, John Bull. Tony, faites comme chez vous. J'ai deux mots à dire à Sloane. Ensuite je vous ferai visiter la maison.

– Pardonnez à mon maître. Il professe un grand dégoût pour les principes, mais j'ai eu l'honneur de rencontrer votre mère et je crois que la mensahib serait ulcérée d'apprendre que le Léopard vous a fait dormir sur le sol

– Cela fait dix ans que je n'ai pas vu ma mère. A quoi ressemble-t-elle ?

– Ah ! Elle est si belle ! Belle... comme la reine d'Angleterre, proclama le Tamoul qui de toute évidence n'avait jamais vu la reine.

La beauté de sa mère n'était donc pas une légende.

– Pourquoi l'appelez-vous le Léopard ?

– C'est ainsi que le surnomment ses serviteurs à Ceylan. Sa plantation s'appelle Leopard Leap.

– Quel pays fascinant ! Il faudra que vous me parliez de votre vie là-bas, John.

– Volontiers, Votre Seigneurie. Mais c'est votre pays que je trouve fascinant.

– Nous échangerons nos informations. J'ai à Curzon Street des livres que je vous prêterai.

John Bull leva les yeux au ciel.

– J'ai fait très mauvaise impression dans votre demeure londonienne. J'ai appelé votre Mme Hogg, la porchère.

Tony éclata de rire.

– Ça n'est pas entièrement faux maintenant que vous m'y faites penser. Les noms sont parfois révélateurs. Voyez cette Fleur de Lotus. Pardonnez-moi, je l'ai prise pour votre femme.

– Le lotus n'est qu'un vulgaire nénuphar, décréta le domestique. Kirinda est la servante favorite du maître.

Tony rougit d'humiliation. Quelle idiote ! Cette jeune indigène était la concubine d'Adam. Une inexplicable jalousie la transperça. Soudain un bruit lui fit relever la tête. En voilà un autre qui méritait bien son nom.

Le Léopard descendait. Prise d'un accès de timidité, elle se rapprocha instinctivement de John Bull.

– Voulez-vous que nous soyons amis ?

– Ah, Votre Seigneurie, ça n'a pas de valeur pour moi !

– Il veut dire que votre amitié n'a pas de prix, traduisit Adam, heureux de cette marque de tolérance et d'ouverture de la part du jeune Lamb.

Tony se mit à rire.

– Jamais je ne m'étais aperçu que nos tournures étaient si sottes.

– Il fait encore un peu jour, si nous allions jeter un coup d'œil dehors ? Nous remettrons le grand tour à demain. Ce serait dommage de vous faire visiter la maison de nuit.

Elle le suivit dans le dédale des allées et des plates-bandes. Bientôt cette prairie serait transformée en pelouse. Ils s'arrêtèrent devant une allée bordée d'ifs.

– Que c'est beau ! soupira Adam. Si vous saviez comme les arbres m'ont manqué là-bas !

– Mais que peut-il y avoir d'autre dans une plantation ? questionna Tony.

– Il y a des arbres superbes en Inde : l'acajou, l'ébène, le teck ou le satiné. J'ai quitté mon pays à cause d'eux. Mais ce sont les arbres anglais qui me manquaient.

Ils débouchèrent sur un étang où glissaient deux cygnes noirs. Les gracieux oiseaux s'éloignèrent sous les yeux émerveillés de Tony.

– Ceylan peut-il rivaliser avec tant de beauté ?

– Tout y est aussi beau, mais dans un genre totalement différent, plus sauvage.

Le crépuscule étendait son manteau sombre sur la nature, le ciel et les arbres se reflétaient dans l'étang et dans le silence s'éleva le coassement des grenouilles. Le cri d'un héron déchira l'air.

La voix aux inflexions veloutées d'Adam fit tressaillir Antonia :

– A Ceylan, j'attendais toujours le crépuscule pour descendre au bord du lac. C'est l'heure où les buffles s'ébrouent dans le soleil couchant tandis que les singes jacassent au-dessus de leurs têtes. Les parfums de la nuit sont envoûtants : le camphre... le jasmin... les grenadiers. Le concert de la nuit tropicale commence : battements d'ailes, hurlements des chacals, feulements de chats sauvages. Quand j'avais la patience d'attendre jusqu'à l'aube, un léopard surgissait près du lac, comme par magie. Il se désaltérait et s'évaporait, comme il était venu.

– Cela vous manque.

– Oui, mais l'Angleterre me manquait encore plus.

L'instant était féerique. Elle se sentait transportée sous d'autres cieux. Elle mourait d'envie de le toucher, de s'appuyer contre ce corps si solide. Et il l'embrasserait très tendrement sur la nuque. Elle frissonna.

Une chauve-souris les frôla de ses ailes. Tony effrayée sursauta.

– Les chauves-souris ressemblent-elles aux nôtres à Ceylan ?

– Non, rit-il doucement. Ce sont des chauves-souris qui se nourrissent exclusivement de fruits. Elles s'enivrent de leur jus jusqu'à ce qu'elles tombent ivres mortes. Elles ignorent la modération. C'est là toute la différence : l'Angleterre est modérée tandis qu'à Ceylan, tout est poussé à l'extrême.

De retour à la maison, comme pour donner raison à Savage, Kirinda aborda son maître et lui demanda d'une voix douce s'il désirait qu'elle le baignât.

– Oui, fit Adam qui se tourna vers Tony : Voulez-vous vous joindre à nous ?

L'horreur se peignit sur le visage de Tony, scandalisée.

– Inutile de me regarder comme si j'étais un affreux proxénète. C'est une coutume en Orient de se baigner au lieu de se laver simplement. Il faut enrichir son expérience aux quatre coins du monde. Ne me dites pas que vous avez l'esprit assez étroit pour vous méfier des nouvelles expériences ?

– Non, bien sûr, répondit faiblement Tony. Mais je m'en voudrais de troubler ce rituel intime.

Savage commençait à se demander si le garçon s'était jamais déshabillé devant une femme.

– Donne-lui un de mes peignoirs, ordonna-t-il à Kirinda, et conduis-le dans une autre salle de bains. Si nous ne nous lavons pas, John Bull refusera purement et simplement de nous servir à souper.

« Je m'en voudrais de troubler ce rituel intime... » Où était-elle allée chercher une phrase pareille ? Tony tenta de chasser les images de « rituel intime », mais en vain. A quoi pouvait-il ressembler sans ses vêtements ? Et ses épaules si larges une fois dénudées ? Elles devaient être bronzées et incroyablement musclées. Sa poitrine était-elle aussi brune que ses mains et son visage ? Vraisemblablement, oui. Elle avait eu un aperçu de ses longues cuisses moulées dans ses culottes de cheval et n'eut aucun mal à se les représenter sans le pantalon.

Jamais elle n'avait vu d'homme nu. Elle l'imagina en train de se baigner avec Fleur de Lotus et rougit comme une pivoine. Au supplice, elle ferma les yeux. Elle connaissait Adam Savage depuis un jour à peine et pour la première fois de sa vie, des pensées impures la faisaient rougir. Devenait-elle folle ?

C'était comme si son déguisement d'homme décuplait sa féminité. Humiliée, elle prit soudain conscience qu'en présence de Savage, ses seins et le cœur même de sa féminité devenaient hypersensibles. Que le diable emporte cette canaille !

La ravissante Cinghalaise lui présenta tout un choix de peignoirs. Tony opta finalement pour un tissage très fin qui avait la couleur et la texture du chanvre. Elle se baigna seule en évitant soigneusement de s'attarder sur sa nudité. Puis elle enfila le peignoir de chanvre.

Le repas fut un régal. John Bull leur servit un agneau au curry sur un lit de riz au safran. Des fruits et des légumes étranges l'accompagnaient ainsi que des friandises exquises. Le thé aromatisé à l'orange provenait bien entendu de Leopard Leap.

– C'est la première fois que j'apprécie autant un repas !

John Bull était aux anges.

– Sers-nous un cognac, lui ordonna Savage.

Il portait un peignoir noir brodé de dragons dorés qui lui arrivait aux genoux. Ses mollets et ses pieds bronzés la dérangeaient plus encore qu'elle ne l'aurait cru.

Elle prit sans hésiter le cognac que lui présentait John Bull. Quant à le boire, c'était une autre paire de manches.

– Maintenant que nous sommes en Angleterre, déclara le Tamoul à son maître, il ne convient plus que Son Excellence dorme sur le plancher.

– Tu as raison, comme toujours, John Bull, répliqua Savage. Mais sache qu'un lit ne s'achète pas n'importe comment. C'est un prolongement de soi-même et de tous les meubles d'une maison, c'est le plus intime et le plus personnel. On y dort et on y fait l'amour. Je le partagerai avec ma femme. Mes enfants y seront conçus et y verront le jour. Il devra être beau, large et confortable. Ce sera mon premier achat à Londres. En attendant, déroule-nous deux nattes dans ma chambre.

Tony sentit l'affolement la gagner. Ils allaient dormir ensemble !

Savage sortit sur la terrasse et s'assit sur la balustrade. Tony l'imita et posa son cognac. Il sortit un porte-cigares en or de sa poche et lui offrit un cigarillo.

– Celui-là ne vous rendra pas malade, lui dit-il placidement.

Piquée, elle se promit désormais de rester sur ses gardes. Cet homme était décidément trop rusé ; au premier faux pas il devinerait la supercherie. Elle ne devrait surtout pas oublier de marcher en chaloupant et d'émailler ses propos de jurons. Tony avala une gorgée de cognac et faillit s'étrangler. Puis une chaleur bienfaisante se diffusa dans sa poitrine et elle se mit à flotter dans une béate quiétude.

– Dommage que vous ne puissiez me mettre au parfum des mœurs en cours dans la capitale ! Il nous faudra les apprendre ensemble.

Nul reproche dans sa voix, il énonçait simplement l'évidence. Comment pourrait-elle en prendre ombrage ? Tony n'avait jamais rencontré un homme comme Adam Savage, et pourtant... pourtant ils étaient assis là comme deux vieux amis en train de fumer et de siroter leur cognac.

– Je croyais qu'il était interdit de boire de l'alcool aux Indes ?

Une spirale de fumée bleue s'éleva dans la pénombre et sa voix grave lui répondit :

– Les drogues ont toujours existé en Orient. Les sybarites s'en servent pour leur jouissance personnelle tandis que les sages y voient un moyen d'atteindre le nirvana. La drogue aiguise les sens et épanouit la sexualité. Toute la poésie orientale en est imprégnée. Là-bas vous trouvez partout des petites boîtes en ivoire décorées de pavots. On y met l'opium.

Elle aurait dû se boucher les oreilles mais la curiosité l'emporta :

– Vous êtes-vous déjà drogué ? lui demanda-t-elle à brûle-pourpoint.

– Hélas, oui.

Tony était scandalisée mais elle perçut tout de même une note de regret dans sa voix.

– Même moi, je sais que l'opium est une abomination, ne put-elle s'empêcher d'objecter.

– Tant mieux. Mais sachez aussi que tout n'est pas tout blanc ou tout noir ici-bas. L'opium utilisé à bon escient peut être une bénédiction. Si l'on devait m'amputer, je vous assure que je serais le premier à en réclamer.

Tony jeta son cigare par-dessus la balustrade.

– Je préférerais me passer de l'un et de l'autre !

Ils éclatèrent de rire et rentrèrent dans la maison, chacun plongé dans ses propres pensées.

Tony songeait qu'elle tenait là une source inépuisable de connaissances. Pourtant ce qu'il lui apprenait n'était pas du ressort d'un tuteur ou d'un père.

Une fois dans sa chambre à coucher, elle fut brutalement confrontée à la réalité. Allait-elle vraiment dormir par terre ? Savage y voyait l'occasion d'endurcir ce petit lord Lamb si douillet ! Dieu merci, il n'alluma pas les bougies.

Au clair de lune, elle aperçut un épais tapis sur lequel était posé un coussin. Elle se laissa tomber dessus et rejeta ses bras en arrière comme elle l'avait vu faire à Anthony. Le cognac l'avait réchauffée et elle n'avait pas besoin de couverture.

En dépit de l'étranger qui dormait à ses côtés, Tony sentit ses yeux se fermer. Quelques instants plus tard, elle dormait roulée en boule en serrant son coussin.

Un puissant désir tourmentait Antonia, mais elle ignorait quel en était l'objet. Elle n'était plus déguisée en homme mais en cygne. En cygne noir. Soudain apparut un léopard qui se mit à nager dans sa direction. L'instant d'après, elle se transformait en léopard femelle. Voilà qu'elle désirait de toutes ses forces l'animal qui nageait vers elle. Au moment où il la rattrapait, le lac devint une piscine et le léopard se métamorphosa en Adam Savage.

L'eau lui arrivait jusqu'à la ceinture, sur son torse bronzé brillaient d'innombrables gouttelettes irisées.

– Venez !

C'était impossible. Si elle enlevait son peignoir, il verrait qu'elle était une femme !

Hypnotisée par son regard bleu, elle mourait d'envie de le rejoindre. Il était tout pour elle : son professeur, son père, son frère, son amant, son protecteur, son dieu. Une force irrésistible la contraignit à obéir.

Oh ! Se laisser envelopper par ces bras puissants, ne plus jamais avoir peur. Mais il se mit à la laver. Elle voulut soustraire ses seins à ce regard flamboyant, mais il l'en empêcha. Sa paume rugueuse vint se poser sur son sein et elle retint son souffle. L'eau sentait délicieusement bon. Il lui lava les épaules, le dos et la poitrine.

– Comment avez-vous pu me cacher ça ? demanda-t-il.

– Je vous ai menti. Je suis Antonia.

Un rire féroce le secoua :

– Moi aussi, je vous ai menti. Je suis bel et bien un proxénète et j'ai des tas de choses à vous apprendre. Ne me dites pas, Tony, que vous avez l'esprit assez étroit pour vous méfier des expériences nouvelles ?

– Non, bien sûr, bredouilla-t-elle.

Il la transporta dans un lit immense qui avait la forme d'un cygne. Elle reposait nue sur son corps dur comme du marbre.

Soudain elle ouvrit les yeux. Elle avait rêvé. La joue écrasée contre le tapis, elle respira un léger parfum d'encens. Ce n'était pas Savage qui lui écrasait ainsi les seins, c'était le plancher. Un soupir de soulagement lui échappa mais un lointain désir continuait à la tourmenter. Son corps réclamait un homme. Cet homme-là.

Redoutant un nouveau rêve érotique, Antonia eut toutes les peines du monde à se rendormir.

15

Eblouie par le soleil qui entrait à flots dans la chambre, Antonia referma immédiatement les yeux. Quelqu'un criait son nom.

– Tony ! Venez voir la salle de bains. Que le diable m'emporte ! Je n'ai jamais rien vu de si beau !

Tony se leva péniblement. Son corps n'était qu'une courbature. Les reins ceints d'une serviette et le visage barbouillé de mousse, Savage apparut dans l'embrasure de la porte et brandit son rasoir.

– Eh bien ! s'impatienta-t-il. Il est six heures passées !

– Six heures ! Bigre, je croyais qu'il était midi !

Ah, comme elle regrettait Burke et son chocolat matinal !

– Ne me dites pas que vous avez la gueule de bois ? Je connais un remède infaillible.

– Non, protesta faiblement Tony. Je tiens très bien l'alcool.

Son torse nu correspondait exactement à celui qu'elle avait admiré en rêve. Horrifiée, elle se surprit à imaginer le reste.

Il lui tourna le dos et elle constata que son bronzage s'arrêtait à la taille. Hypnotisée, elle le suivit dans la salle de bains.

A travers la coupole de verre, les rayons du soleil allumaient des myriades d'arcs-en-ciel. La paroi tapissée de glaces de Venise doublait la superficie de la pièce. Elle cligna des yeux à cause des reflets bleus et verts qui miroitaient dans le bassin.

– Regardez ces miniatures. Elles sont exquises ! s'écria Savage, enthousiasmé.

Çà et là, hérons, ibis, aigrettes neigeuses ou cols-verts avaient été peints sur les carreaux. Tony aperçut un cygne noir et son rêve lui revint brutalement en mémoire. Pour cacher son embarras, elle lui expliqua :

– C'est l'œuvre d'un peintre de Shepherds Market, Maximilian Robin.

Comme elle le regardait manier avec adresse la lame au manche d'ébène, il lui demanda d'un air sarcastique :

– Vous ne vous êtes jamais rasé ?

– Sssi... De temps en temps. Mais je n'en ai pas vraiment besoin, bredouilla-t-elle maladroitement.

– A votre âge, je portais la barbe, lâcha-t-il un peu dédaigneux.

Il ouvrit une mallette en cuir et lui tendit un rasoir au manche de nacre.

– Tenez, je vous l'offre. Faites-en bon usage.

Tony le prit en songeant qu'elle s'en servirait peut-être un jour pour lui couper la gorge. De mauvaise grâce, elle attrapa le savon et le fit mousser. Elle constata avec exaspération qu'il ne la quittait pas des yeux. Et si des moustaches lui poussaient après s'être rasée ?

S'habiller en homme, passe encore, couper ses cheveux, soit, fumer aussi, mais de là à cultiver un duvet disgracieux... Non, non et non ! Elle s'efforça de gagner du temps dans l'espoir de le voir quitter les lieux mais Savage attendait toujours.

Elle s'empara du rasoir à contrecœur et se tapota la joue comme elle le lui avait vu faire. Dès l'instant que la lame affilée toucha sa peau, elle se coupa.

– Crotte ! grogna-t-elle tout bas.

Savage n'en croyait pas ses yeux.

– Juste ciel ! se moqua-t-il. Si on lui pressait le nez, il en sortirait du lait !

Quand il sortit, elle lui fit une affreuse grimace dans le dos.

John Bull avait lavé et amidonné la chemise et la cravate de Tony. Jamais elle n'avait vu du linge aussi bien repassé. Elle le remercia et lui en fit compliment.

– Son Excellence est très exigeante. Edenwood

a besoin de nombreux domestiques, il nous faut un cuisinier, une lingère...

– Je doute que vous trouviez quelqu'un qui égale vos talents.

– Nous verrons. Aujourd'hui je dois engager des servantes avec de bonnes mœurs.

– De bonnes références, corrigea Tony.

Le petit déjeuner se composait de fruits servis avec du café noir. Savage donna à John Bull ses consignes pour la journée :

– Tu n'as pas besoin de moi pour embaucher ton personnel, lui dit-il. Je ne serai pas de retour avant une semaine.

– Le personnel de maison, oui, mais je préférerais que vous sélectionniez vous-même un cocher et des palefreniers.

– Tope là ! acquiesça Savage. Si j'achète cette maison dans Half-Moon Street, j'aurai également besoin de personnel. Te fies-tu à mon jugement ?

John Bull hocha vigoureusement la tête.

– Vous êtes trop malin pour engager des volailles blanches.

Des oies blanches, songea Tony qui trouvait finalement l'anglais de John Bull parfaitement compréhensible lorsqu'on s'y penchait de près. Dieu soit loué, Savage avait pris un hôtel particulier à Londres. Elle eût trouvé fort pénible de continuer à vivre sous le même toit.

Savage ne cessait de la prendre au dépourvu. Il l'attirait et la dégoûtait à la fois, et elle était partagée entre l'envie de le gifler et de l'embrasser. Blâmant sa faiblesse, elle se promit de garder ses distances : de quoi aurait-elle l'air s'il surprenait ses regards brûlant de convoitise ?

– Je suppose que vous préférez voir la maison

seul la première fois. Je suis souvent venu pendant les travaux.

Touché par sa délicatesse, il lui suggéra :

– Allez donc faire un tour à la bibliothèque. C'est une pure merveille.

Jeffrey Sloane leva le nez lorsqu'elle entra dans la bibliothèque. La mine soucieuse, le secrétaire avait un visage prématurément vieilli. Ses épaules étaient légèrement voûtées et elle devina à son teint blafard qu'il ne devait pas souvent prendre l'air.

La pièce conçue par Adam était lambrissée d'acajou. Deux pans entiers de murs étaient tapissés de livres. Une magnifique cheminée en ébène trônait en face d'immenses baies vitrées qui laissaient entrer des flots de lumière. Les chaises étaient en cuir de Cordoue vert bouteille ainsi que le dessus de l'immense table de travail. Un épais tapis indien recouvrait en partie le sol de malachite, le foyer lui aussi était taillé dans cette somptueuse pierre verte.

Elle s'approcha du manteau de la cheminée et vit que l'on avait sculpté des léopards, des cobras, des mangoustes, des éléphants, des singes et des iguanes. Elle suivit du doigt le dessin des étranges animaux : les chasseurs et leurs proies. Elle s'attarda sur l'un d'entre eux dont elle ignorait le nom.

– C'est un bandicoot ! fit une voix dans son dos.

– Vos serviteurs vous surnomment-ils le Léopard parce que vous avez le don d'apparaître comme par magie ?

– Cela aiguise les réflexes et empêche d'être surpris, répliqua-t-il. Alors comment la trouvez-vous ?

– Superbe, reconnut-elle en admirant les appliques de cuivre et les scènes de chasse accrochées au mur.

– Je n'ai ici que les livres ramenés de Ceylan et des Indes mais Londres regorge d'éditeurs et de librairies. Peut-être manquerai-je de place pour y mettre tout ce que je désire ?

– Comme ce doit être agréable de pouvoir acheter ce qu'il vous plaît !

– Plus que vous ne sauriez l'imaginer, répondit-il, énigmatique. (Puis il ajouta :) Si cela vous intéresse, je vous apprendrai à gagner de l'argent.

– Oh ! Mais cela m'intéresse beaucoup !

Un sourire cynique effleura les lèvres de Savage.

– Prouvez-moi que vous avez des tripes. Et lorsque vous aurez fait les quatre cents coups, nous briderons vos instincts et nous ferons de vous un sacré gaillard.

Tony l'aurait giflé. Pour qui se prenait-il ? Elle le dévisagea de haut en bas et lâcha lentement :

– Vous êtes une canaille, Savage !

– On me l'a souvent dit.

Savage laissa son pur-sang à Edenwood et ordonna à Tony de monter à ses côtés sur la banquette de la voiture.

– Attachez votre cheval à l'arrière et venez avec moi.

– Pourquoi ? se méfia Tony.

– Savez-vous conduire un attelage ?

– Non, fit-elle faiblement.

– Alors ce sera votre première leçon.

Tony haussa les épaules. Anthony lui non plus ne savait pas conduire une voiture. Elle observa son tuteur pendant une demi-heure et prit les rênes lorsqu'il les lui tendit sans un mot.

Graduellement elle prit confiance en elle et bientôt la voiture fonça à toute allure sur la grand-route. Un peu plus loin, elle aperçut un virage. Les chevaux bais étaient lancés au galop et elle se demanda, affolée, si elle allait réussir à les tenir.

Savage lui tendit avec décontraction une paire de gants en cuir.

– Essayez avec ça.

Tony les enfila rapidement et se pendit littéralement aux rênes. Ils ralentirent à peine. La voiture pencha dangereusement tandis que Tony sentait ses gants se mouiller de sueur. Les chevaux amorcèrent le virage et reprirent de la vitesse. Etonnée, elle se demanda pourquoi il ne lui avait pas arraché les rênes des mains en pestant contre elle. Mais à sa stupeur, elle vit qu'il avait fermé les yeux et qu'il se reposait. Le fou ! Dire qu'elle avait failli les flanquer tous les deux dans le fossé !

Au bout d'un moment, elle se décontracta et ce faisant, s'aperçut que les chevaux répondaient mieux. Adam était toujours impassible, ce qui la mit absolument hors d'elle.

Puis ses pensées se mirent à vagabonder. L'enseignement d'Adam serait-il le même en présence d'une femme ? Quelle drôle d'idée !... Pourquoi était-elle à ce point fascinée par cet homme ? Elle se demanda si en réalité elle n'était pas en train de tomber amoureuse. Que Dieu l'en préserve !

Les deux jours qui suivirent, elle le vit à peine. Il était toujours dehors pour traiter ses affaires, et elle passa une journée entière à se constituer une garde-robe masculine. Elle s'acheta une canne à pommeau d'ambre et des chaussures à boucles. Elle dédaigna la plupart des ornements à la mode qu'elle trouvait bien trop efféminés à son goût. Elle choisit six cravates en soie noire et demanda au chemisier de lui apprendre à les nouer. Puis elle s'acheta une nouvelle perruque, de la poudre et un tricorne. Elle fit également l'emplette d'un manteau à boutons de cuivre et regagna son hôtel en chaise à porteurs.

Sa gorge se noua en voyant les vêtements de son frère dans la penderie. Lorsqu'elle les portait, elle se sentait encore plus proche de lui. Elle se fit monter un plateau et finit par s'endormir sur les aventures de Tom Jones.

Le lendemain, Adam Savage lui demanda de l'accompagner dans la City. Il avait besoin de son aide pour choisir des meubles pour Edenwood. Ils se rendirent successivement chez deux ébénistes. La mode était aux chinoiseries mais cela ne plaisait guère à Savage, pas plus que le style rococo.

La préférence de Tony allait au style français si élégant et Savage se rendit à son choix. Il opta pour une salle à manger de vingt-quatre couverts que lui réaliserait Chippendale.

Lorsqu'ils quittèrent St Martin's Lane, ils se retrouvèrent pris dans la foule qui suivait un condamné à mort en route pour Tyburn.

Ebahis à l'instar des autres badauds, ils entendirent le hors-la-loi qui apostrophait la foule. Debout à côté de son cercueil, il portait un bandeau noir sur l'œil et saluait ceux qui lui offraient à boire.

Tony ne pouvait détacher son regard de ces belles dames et de leurs galants qui venaient chercher là un frisson d'excitation.

– Comment a-t-il le courage de plaisanter encore ? frémit-elle.

Savage haussa les épaules.
– Cela fait partie du jeu.
Mais le mépris se lisait dans ses yeux tournés vers les jolies femmes de la Cour.
– Les Anglais sont aussi barbares que ceux dont ils dénoncent l'absence de culture. Nous ne réussirons jamais à traverser cette foule. Allons plutôt manger un morceau.
Tony approuva et le suivit jusqu'à un endroit appelé *Jack Ketch's Kitchen*. Elle considéra avec inquiétude les tripes et les abats étalés sur la devanture. Savage leur commanda des pieds de porc.
Il sourit.
– C'était mon plat favori lorsque j'étais adolescent. A cette époque j'étais toujours affamé.
– Où habitiez-vous ?
– De l'autre côté de la Tamise, fit-il en tendant la main. Allons-y, nous mangerons tout en marchant.
Tony prit son courage à deux mains et se mit à picorer la chair blanche et flasque. C'était moins mauvais qu'elle ne l'aurait cru et elle finit par la manger sans trop de répulsion. Ils passèrent devant un homme mis au pilori pour avoir écrit des pamphlets contre le roi.
– C'est la première fois que vous venez ici ?
Tony hocha la tête et sourit.
– Ce ne sera pas la dernière.
A chaque coin de rue on leur proposait de nouvelles friandises. Pâtés de viande, pois noirs, marrons grillés ou petits pains chauds. Ils étaient sans cesse bousculés par des porteurs d'eau, des cavaliers, des marins ou des ribaudes. Ces dernières

essayèrent de les débaucher mais voyant que c'était en pure perte, elles les agonirent d'injures.

L'une d'entre elles, plus audacieuse, saisit Tony par le bras.

– Viens donc, eh, mon cœur, j'vais faire briller tes bijoux d'famille !

Tony finit par rire de bon cœur devant tant d'effronterie.

– Bravo, approuva Savage. Tu n'as pas le droit de mépriser les filles des docks sous prétexte que tu es un noble. (Il se ravisa.) Ne t'avise pas de coucher avec elles. Elles ont toutes la syphilis.

En dépit de sa naïveté, Tony connaissait la signification de ce mot mais venant de Savage, il la choqua profondément. Les hommes parlaient-ils toujours ainsi entre eux ?

– J'ai soif, déclara Adam en s'arrêtant devant une taverne.

On leur servit deux pintes de bière et ils s'installèrent à une table dans un coin tranquille. Savage but une longue rasade et s'essuya d'un revers de main.

– Un homme n'est pas fait pour vivre dans l'abstinence, déclara-t-il. Surtout quand les occasions sont si faciles ! Vous savez tout de même que la plupart des hommes riches entretiennent des maîtresses ?

– Bien sûr.

– Il est très coûteux d'entretenir une maîtresse. Surtout pour un jeune homme comme vous. Voilà pourquoi il existe des maisons, communément appelées bordels, où vous payez les services d'une femme. Dans les bonnes maisons, les femmes sont souvent très jolies et déploient des trésors d'ingéniosité pour satisfaire les hommes. En outre, et

Indian Savage avait refusé de mettre une perruque et n'avait pas poudré ses cheveux de jais. Vêtu de noir de la tête aux pieds, il n'avait fait qu'une concession à la mode : il portait une culotte en satin noir sur des bas de même couleur.

Dans le salon, la foule n'avait d'yeux que pour un jeune couple. Malade d'envie, Tony admira la jeune femme vêtue d'une robe de tulle vert d'eau. Vive et coquette, elle minaudait derrière son éventail en faisant danser ses boucles poudrées sur des épaules scandaleusement dénudées. L'homme qui l'accompagnait était d'une élégance aussi voyante. Il portait des culottes à la française en satin blanc et sa redingote pailletée de bleu était ornée d'épaulettes dorées. Elle devina à son teint clair que le beau jeune homme devait être blond. Il avait l'allure fière d'un hussard. Alors qu'il se tournait, Tony vit scintiller une étoile en diamant sur sa poitrine et sursauta : c'était le prince de Galles.

– C'était visiblement la soirée à ne pas manquer, fit une voix amusée à son oreille.

Elle se retourna et tomba sur le regard sarcastique de Savage.

L'instant d'après, le duc de Devonshire accueillait Savage avec toutes les marques de l'amitié.

– Je suis confus de vous recevoir seul mais Sa Majesté a tendance à monopoliser mon épouse.

– Votre femme est charmante, le complimenta Savage.

Tony lui aurait volontiers arraché les yeux.

– Elle est si jeune, lui répondit Devonshire pour l'excuser. Nous vivons deux vies absolument séparées. Ses amis de Carlton House m'assomment.

C'était donc la fameuse Georgiana qui défrayait

la chronique, songea Tony. Dire qu'elle devait avoir à peine deux ou trois ans de plus qu'elle.

Savage et Devonshire se mirent presque immédiatement à parler politique et oublièrent Tony. Elle observa la foule dont l'attention se détourna peu à peu du prince de Galles pour se fixer sur Adam Savage.

On annonça bientôt le souper et Tony vit toutes les femmes jouer du coude pour s'asseoir à côté du riche nabab. Le duc fit asseoir Savage à sa droite et lord Lamb qui allait s'installer à sa gauche fut proprement évincé par lady Sefton. Tony les envoya silencieusement au diable et rejoignit le camp de la belle Georgiana de l'autre côté de la table.

Celle-ci battit des cils.

– Je n'ai pas l'honneur de vous connaître, monsieur.

– Lord Anthony Lamb, Votre Grâce.

– Mes amis m'appellent Georgy, fit-elle en lui donnant un petit coup d'éventail mutin.

– Et moi Tony.

– J'y suis ! Vos parents vivaient à Ceylan et vous êtes lord depuis peu.

La coquette était maligne en dépit de sa réputation frivole.

– Sa Majesté, le prince de Galles. George, je vous présente Tony Lamb.

Antonia s'inclina cérémonieusement et le prince de Galles lui rendit son salut. Puis tout le monde se détendit et les bavardages reprirent, plus bruyants que jamais. En moins de temps qu'il n'en fallait pour le dire, Tony fut présentée à l'écuyer du prince, le comte d'Essex, et à l'auteur drama-

Savage haussa les épaules.

– Cela fait partie du jeu.

Mais le mépris se lisait dans ses yeux tournés vers les jolies femmes de la Cour.

– Les Anglais sont aussi barbares que ceux dont ils dénoncent l'absence de culture. Nous ne réussirons jamais à traverser cette foule. Allons plutôt manger un morceau.

Tony approuva et le suivit jusqu'à un endroit appelé *Jack Ketch's Kitchen*. Elle considéra avec inquiétude les tripes et les abats étalés sur la devanture. Savage leur commanda des pieds de porc.

Il sourit.

– C'était mon plat favori lorsque j'étais adolescent. A cette époque j'étais toujours affamé.

– Où habitiez-vous ?

– De l'autre côté de la Tamise, fit-il en tendant la main. Allons-y, nous mangerons tout en marchant.

Tony prit son courage à deux mains et se mit à picorer la chair blanche et flasque. C'était moins mauvais qu'elle ne l'aurait cru et elle finit par la manger sans trop de répulsion. Ils passèrent devant un homme mis au pilori pour avoir écrit des pamphlets contre le roi.

– C'est la première fois que vous venez ici ?

Tony hocha la tête et sourit.

– Ce ne sera pas la dernière.

A chaque coin de rue on leur proposait de nouvelles friandises. Pâtés de viande, pois noirs, marrons grillés ou petits pains chauds. Ils étaient sans cesse bousculés par des porteurs d'eau, des cavaliers, des marins ou des ribaudes. Ces dernières essayèrent de les débaucher mais voyant que c'était en pure perte, elles les agonirent d'injures.

L'une d'entre elles, plus audacieuse, saisit Tony par le bras.

– Viens donc, eh, mon cœur, j'vais faire briller tes bijoux d'famille !

Tony finit par rire de bon cœur devant tant d'effronterie.

– Bravo, approuva Savage. Tu n'as pas le droit de mépriser les filles des docks sous prétexte que tu es un noble. (Il se ravisa.) Ne t'avise pas de coucher avec elles. Elles ont toutes la syphilis.

En dépit de sa naïveté, Tony connaissait la signification de ce mot mais venant de Savage, il la choqua profondément. Les hommes parlaient-ils toujours ainsi entre eux ?

– J'ai soif, déclara Adam en s'arrêtant devant une taverne.

On leur servit deux pintes de bière et ils s'installèrent à une table dans un coin tranquille. Savage but une longue rasade et s'essuya d'un revers de main.

– Un homme n'est pas fait pour vivre dans l'abstinence, déclara-t-il. Surtout quand les occasions sont si faciles ! Vous savez tout de même que la plupart des hommes riches entretiennent des maîtresses ?

– Bien sûr.

– Il est très coûteux d'entretenir une maîtresse. Surtout pour un jeune homme comme vous. Voilà pourquoi il existe des maisons, communément appelées bordels, où vous payez les services d'une femme. Dans les bonnes maisons, les femmes sont souvent très jolies et déploient des trésors d'ingéniosité pour satisfaire les hommes. En outre, et c'est le plus important, elles sont en bonne santé. Cela vous évite d'attraper des maladies. Il y en a pour toutes les bourses et tous les goûts.

– Je comprends, fit Tony qui voyait s'éclaircir des points qui l'avaient toujours intriguée.

Ses joues la brûlaient un peu mais le sujet la fascinait.

Tony termina sa bière et s'essuya la bouche comme l'avait fait Savage puis elle déclara avec un cynisme calculé :

– Maintenant que vous m'avez ouvert les yeux, j'espère goûter aux charmes de la vie en société.

– Je l'espère aussi. A propos, nous dînons chez Devonshire, demain soir. Peut-être la chance nous sourira-t-elle ?

16

Quand Tony descendit déjeuner le lendemain matin, Adam Savage était déjà parti. A mi-journée, un valet lui apporta un message l'informant que son tuteur avait déménagé dans sa nouvelle demeure.

Fenton donna les bagages de Savage au valet et Tony se maudit de ne pas y avoir jeté un coup d'œil. Peut-être aurait-elle pu percer le mystère qui entourait cet homme.

Roz et Burke arrivèrent sur ces entrefaites. Tony était enchantée de revoir ses complices et retrouva un peu d'assurance. La perspective de ce dîner à l'hôtel Devonshire la terrorisait et elle faillit même prétexter un empêchement. Mais elle s'en serait voulu de passer pour un lâche auprès de Savage. En outre c'était une occasion inespérée de faire malgré tout ses débuts dans le monde.

D'ailleurs son déguisement lui permettrait de découvrir le monde comme jamais aucune femme ne pourrait le faire. L'enjeu était tel que son espièglerie et sa curiosité l'emportèrent.

Après moult hésitations, ils décidèrent que Tony porterait une culotte à la française bleu foncé sur des bas de soie blancs et les souliers à boucles qu'elle venait de s'acheter.

– Ce maudit col est tellement haut qu'il me chatouille les oreilles, se plaignit-elle à Burke qui nouait patiemment sa lavallière blanche.

Un gilet bleu-gris cachait ses seins et une perruque vint recouvrir ses boucles brunes. Pour finir, le majordome l'aida à enfiler la redingote de brocart bleu et or.

Roz la dévisagea d'un œil critique :

– Il te faudrait une tabatière, ma chérie.

– Je préfère les cigares, rétorqua Tony tandis que sa grand-mère manquait tomber de sa chaise.

Elle achevait de poudrer sa perruque quand un valet frappa à la porte pour annoncer à lord Lamb que la voiture d'Adam Savage l'attendait dehors. Voyant que son tuteur était d'une humeur taciturne, Tony resta silencieuse jusqu'à leur arrivée à l'hôtel Devonshire.

– J'ai un cadeau pour vous.

La voix grave la fit frissonner. Adam lui jeta dans les mains un objet en argent.

– Un porte-cigares ! Merci, bredouilla-t-elle.

Le chambellan annonça solennellement leurs noms et qualités et toutes les têtes se tournèrent vers l'homme qui accompagnait lord Lamb.

tique Richard Sheridan, affectueusement surnommé Sherry.

Le prince George se décida enfin à s'asseoir et ce fut la ruée sur les sièges. Tony attendait courtoisement qu'une chaise se libérât mais Sa Majesté lui prit le bras et l'obligea à s'asseoir à ses côtés.

– Asseyez-vous donc ici. Dites-moi, qui diantre est ce géant basané qui vous accompagnait ?

Affreusement intimidée sur le coup, Tony éprouva soudain l'étrange impression que le jeune homme bien réel qui se trouvait à ses côtés était parfaitement inadapté à la charge écrasante qui l'attendait. Comme elle, il jouait un personnage qui n'était pas le sien. Le prince était totalement immature, ce n'était encore qu'un enfant, un petit garçon qui rêvait d'être hussard quand il serait grand.

– Il s'appelle Adam Savage, Votre Majesté, et il arrive de Ceylan.

– C'est un de vos amis ?

– Mon tuteur, Votre Majesté.

– Veinard ! Tous ceux qui reviennent des Indes sont pleins aux as. Voilà un banquier rêvé ! Ventredieu ! Pardon, Georgy chérie, mais tout le monde en a un sauf moi. Devonshire paiera vos dettes le restant de vos jours. Savez-vous que Carlton House était en ruine lorsqu'on me l'a donnée ? J'ai dépensé une fortune pour la remettre en état et faute d'argent, je ne puis actuellement poursuivre les travaux d'embellissement nécessaires pour la rendre définitivement habitable. Holland me construit un pavillon à Brighton et je veux qu'il soit achevé avant l'été prochain. Le prince de Galles est obligé de recourir à des emprunts ! Scandaleux, non ? (Il se pencha à l'oreille de Tony.) Je suis endetté jusqu'au cou et je n'ai pas un farthing pour rembourser mes créanciers avant que le roi ne meure.

– George chéri, nous ferons une partie de faro après le souper. Cela vous divertira.

– A condition que vous me promettiez de perdre, Georgy chérie !

– Mais je perds toujours ! Je dois songer à ma réputation !

Le prince se tourna vers Tony avec un sourire radieux :

– Venez donc avec nous à Newmarket la semaine prochaine, nous nous y amuserons comme des fous. Sherry emmène sa mignonne, et mon très cher ami Charles Fox fait venir Liz. Votre maîtresse sera la bienvenue, mon cher.

Tony s'empourpra et le prince se méprit sur la raison de son trouble.

– Ne vous en faites pas pour Georgiana, fit-il en riant. Rien ne la choque. Elle connaît toutes nos faiblesses alors que nous ne savons pas le quart des siennes.

Tous éclatèrent de rire.

– Votre tuteur n'est pas trop sévère ?

– Non, sire, à ce propos, il s'intéresse de près aux chevaux. Je crois qu'il désirerait en acheter. Voulez-vous que je vous le présente après souper ?

– *By Jove !* Ce serait très aimable de votre part ! C'est toujours un plaisir de rencontrer quelqu'un à qui je n'ai pas encore emprunté d'argent !

Les convives s'esclaffèrent à nouveau.

Après qu'ils eurent tous bu et mangé en quantité impressionnante, les femmes abandonnèrent les hommes à leur porto. Tony se leva avec eux et assista au départ de ces dames. Elle frémissait d'excitation à la pensée qu'elle allait être une des rares femmes au monde à pénétrer dans le monde si fermé des hommes. Et Tony faillit s'évanouir de saisissement lorsqu'elle les vit tous se précipiter vers les placards et en sortir des pots de chambre.

Elle ouvrit des yeux agrandis par la surprise : Quoi ! Une douzaine de ces messieurs avaient déjà baissé culotte, sorti leur instrument et se soulageaient avec un gémissement de satisfaction.

– Je n'avais jamais eu une telle envie de pisser, commenta Sheridan. Ça me rappelle la dernière fois que j'ai siégé à la Chambre.

– C'est parce que tu bois trop, Sherry !

Tony ne perdait pas une miette du spectacle. Elle eut même l'insigne honneur de voir le sexe de Sa Majesté.

Tony accepta un cognac et sortit un des cigares offerts par Adam en espérant que la fumée dissimulerait le rouge qui empourprait ses joues.

Elle cessa d'écouter ce qui se disait autour d'elle pendant quelques minutes quand un ou deux jurons atteignirent enfin son cerveau. Le langage de ces messieurs s'était considérablement modifié maintenant qu'ils étaient entre eux. Elle dressa l'oreille.

Lord Sefton s'inclina cérémonieusement devant le prince, puis de l'air le plus naturel qui soit, il lui annonça :

– Votre Altesse, j'ai découvert le nom de cette jeune femme que ma femme avait invitée au théâtre l'autre soir.

– Sefton, je vous serai éternellement reconnaissant. Je brûle d'apprendre le nom de cette belle dame et j'y mettrai le prix s'il le faut.

– Je dois avertir Son Altesse qu'il s'agit d'une veuve fort prude et respectable.

– Sefton, jamais Isabelle n'aurait admis une grue dans sa loge ! Un regard m'a suffi pour comprendre qu'elle n'était pas de celles qui se laissent aisément séduire. C'est une femme à principes.

Sefton hocha la tête.

– Elle s'appelle Maria, Votre Altesse. Ma femme m'a dit que son mari, Thomas Fitzherbert, était mort en lui laissant un joli pactole et un hôtel particulier sur Park Street.

– Maria Fitzherbert, souffla rêveusement le prince.

Il se tourna vers Essex, son entremetteur habituel.

– Tâche d'apprendre tout ce que tu peux sur cette femme. Sa beauté m'a ébloui et je n'ai jamais vu pareille blondeur.

Devonshire s'approcha d'eux.

– Votre Altesse, je crains les foudres de Georgiana si nous tardons trop à rejoindre ces dames.

– Mais je vous en prie, Devonshire, fit le prince en se levant.

Les portes du grand salon s'ouvrirent à deux battants et hommes et femmes se mélangèrent à nouveau. Tony chercha Adam des yeux et l'aperçut plongé en pleine discussion avec James Wyatt. Pourvu que ce dernier ne la reconnaisse pas !

Elle flâna dans la salle de bal où l'on jouait de la musique. Elle s'attarda quelques instants dans la contemplation du plafond décoré mais en baissant les yeux, elle constata avec horreur que trois jeunes femmes l'entouraient. Visiblement elles comptaient sur Tony pour les prochaines danses. Elle se massa la jambe et murmura :

– J'ai fait une mauvaise chute de cheval la semaine dernière.

Et elle s'éloigna en boitant pour chercher refuge dans la salle de jeu.

Tony prit le vin qu'on lui offrait et se dit qu'elle apprendrait sûrement beaucoup en observant les joueurs. Georgiana l'appela immédiatement auprès d'elle :

– Tony, venez donc tenir la banque pour nous, Sherry triche toujours.

Enhardie par tout le vin qu'elle avait bu, Tony s'installa en face du prince de Galles et de son écuyer. En réalité personne ne prêtait vraiment attention aux cartes et il n'était pas étonnant que la duchesse perdît autant.

Le prince observait pensivement Georgiana. Oserait-il lui demander son aide pour conquérir Maria Fitzherbert ? Georgiana était la meilleure amie du jeune prince. Il n'avait quasiment pas de secrets pour elle.

Au début il avait été très épris d'elle. La petite duchesse avait le plus joli minois d'Angleterre. Lorsqu'ils s'étaient rencontrés, il venait de connaître un revers amoureux et sa dernière maîtresse en titre, une actrice comme les précédentes, avait essayé de le faire chanter.

Lorsqu'il vit Georgiana, il se jura désormais de choisir une maîtresse dans l'aristocratie. Il fit le siège de la petite duchesse jusqu'à ce qu'il lui arrachât un rendez-vous. Ce fut un désastre. Après moult baisers et cajoleries, elle l'avait déshabillé et ses gloussements s'étaient arrêtés net en le voyant nu.

Il avait déployé des trésors de patience pour la faire se déshabiller à son tour et ce fut alors que l'enthousiasme l'avait lui aussi déserté. En lui ôtant son corset, il lui avait également enlevé ses rondeurs appétissantes.

Il avait sous les yeux une femme au corps d'enfant : pas de seins, pas de hanches, pas de cuisses. Tout désir le quitta brutalement. Ils s'étaient néanmoins glissés sous les couvertures pour tenter de faire contre mauvaise fortune bon cœur ; en vain. Rien n'avait ranimé les ardeurs du prince. Ils étaient au bord des larmes quand l'exquise Georgiana avait eu une idée lumineuse.

– Soyons amis plutôt qu'amants. L'amitié est la relation la plus forte qui puisse exister entre deux êtres.

Elle était devenue sa meilleure amie.

– Georgy chérie, j'aimerais que vous rajoutiez le nom de Maria Fitzherbert sur la liste de vos invités. Faites savoir que je n'assisterai désormais qu'aux soirées où cette jeune femme aura été conviée.

Tony aperçut Adam qui arrivait dans le sillage de lady Sefton. Son expression était courtoise mais Tony devina qu'il s'ennuyait ferme. Elle s'arrêta pour échanger quelques mots avec la maîtresse de maison et le prince de Galles tandis que Savage attendait patiemment. Elle sentit son regard se poser sur elle et décida de ne plus attendre :

– Votre Altesse, permettez-moi de vous présenter mon tuteur, Adam Savage. Monsieur Savage, Son Altesse le prince de Galles.

– Voulez-vous jouer au faro avec nous, mon cher ? Tony m'a dit que vous rentriez juste de Ceylan.

– Je préfère le baccara, merci.

Incroyable ! Savage déclinait une invitation du prince de Galles !

Georgiana inclina sa jolie tête.

– Je suis une bien mauvaise hôtesse, monsieur Savage. Nous jouerons bien entendu à ce qu'il vous plaira.

L'allusion était claire et Adam lui sourit.

– J'en serais ravi mais vous avez déjà trois partenaires.

Tony fronça les sourcils. Malgré les vapeurs du vin, elle n'avait rien perdu de l'échange.

– Prenez ma place, Adam. J'apprendrai en vous regardant. Au... au fait... nous sommes invités aux courses la semaine prochaine. Son Altesse a des pourpoints heu... des pur-sang qu'il désire vendre.

Elle ne sut que penser du regard que lui lança Savage : mépris ou admiration ? De toute façon elle s'en fichait éperdument pour l'instant. Il s'assit et elle resta derrière lui.

Dès qu'un roi sortait, Son Altesse proférait un juron. Ils avaient surnommé cette carte « le fou ». Devant le regard intrigué de Savage, le prince George lui expliqua :

– Mon père a perdu la tête. C'est pour cela que l'on se prépare à proclamer la régence. Cela fait un moment que je devrais être régent. Figurez-vous qu'il a fait paraître un édit pour encourager la vertu et la piété et condamner le vice et l'amoralité.

Adam esquissa un sourire.

– Ce serait ôter tout piment à la vie.

Les oreilles de Tony se mirent à bourdonner, tous les bruits lui parvinrent étouffés et elle avait du mal à suivre la conversation. Il était question de lutte, de combats de boxe et d'un rendez-vous chez *Gentleman Jim* pour le lendemain.

Tony se renversa en arrière sur sa chaise et accepta toutes les invitations. Le combat de boxe risquait d'être amusant.

Le retour en calèche resta flou dans sa mémoire mais le silence de son tuteur la convainquit qu'elle avait finalement réussi à l'impressionner. En bien ou en mal, à vrai dire elle s'en moquait. Quand la voiture s'immobilisa, un hoquet sonore lui échappa et elle sentit une main solide lui prendre le bras pour l'aider à gravir les marches du perron.

Quand Burke ouvrit la porte, Savage poussa lord Lamb dans ses bras en déclarant :

– Il est soûl comme un Polonais.

Burke l'attira à l'intérieur et referma la porte. Alors elle marmonna entre ses dents :

– Un seau !

17

Comment diable s'était-elle fourrée dans ce guêpier et que fichait-elle ici ? *Gentleman Jim* était devenu le dernier endroit à la mode depuis que Son Altesse le prince de Galles s'était mise à la boxe.

C'était pour ces jeunes aristocrates l'occasion d'exhiber leurs pectoraux et d'enfiler des gants pour se mesurer – prudemment – à des boxeurs professionnels. Rares étaient ceux qui osaient monter sur le ring, la plupart se contentant de les applaudir. Mais c'était surtout une nouvelle occasion de parier des sommes folles.

Tony souffrait d'une terrible gueule de bois. L'odeur de transpiration qui flottait dans la salle lui soulevait le cœur mais ne dérangeait visiblement qu'elle. Tous les amis du prince étaient là et, à sa grande surprise, ils l'avaient adoptée. Ses paupières lourdes de sommeil et ses narines pincées de dégoût passaient pour une langueur ennuyée et comme l'indifférence blasée était le comble de l'élégance, ils l'avaient tous trouvée formidable.

Poussé par ses amis, le prince George décida de faire une démonstration de ses talents. On l'aida à se dévêtir.

Il était bien fait, mais il faisait piètre figure comparé à Savage. Plutôt gras, il avait le ventre mou et son torse blanc lui parut presque indécent à côté de la poitrine hâlée de Savage.

Le prince réussit une ou deux fois à mettre son entraîneur à terre et tout le monde applaudit même s'il était visible que le boxeur n'aurait fait qu'une bouchée du prince.

On réclama des volontaires. Tony se sentit poussée en avant et la voix de Savage s'éleva :

– Allez-y, mon vieux, montrez-nous ce que vous avez dans le ventre.

Après un moment de panique, elle foudroya son tuteur du regard :

– Je me sens à peu près aussi vif qu'un limaçon, ce matin.

– Dites plutôt que vous êtes une poule mouillée ! riposta Savage avec mépris.

En cet instant précis, Tony le haït. N'eût été la présence de tout ce monde, elle lui aurait volontiers arraché les yeux. Elle réussit à se contrôler et d'un geste nonchalant, elle repoussa son chapeau du bout de sa canne. Puis elle lâcha avec une insolence étudiée :

– Je m'en bats les fesses, Savage ! Si ce fichu sport vous plaît tant, montrez-nous plutôt ce que vous valez !

Sa proposition enthousiasma ses compagnons et Son Altesse joignit ses prières à celles des autres. A contrecœur, Savage se dévêtit et pour Angelo, l'entraîneur, il ne fut désormais plus question de retenir ses coups. Lorsqu'il eut tâté de l'allonge de Savage, il se déchaîna sans se soucier de respecter les règles du combat.

Tony se redressa soudain, vivement intéressée. Savage esquivait les attaques d'Angelo dont les coups se faisaient de plus en plus vicieux. Savage était gentleman jusqu'à un certain point et lorsqu'il reçut pour la deuxième fois un coup dans le ventre, il laissa éclater sa colère. Les dents serrées, il proféra :

– Je propose que nous enlevions nos gants.

La lutte à mains nues était beaucoup plus passionnante et les paris s'envolèrent tandis que Savage s'appliquait à réduire l'entraîneur en pièces.

Le sang qui jaillissait et la brutalité des coups firent frémir Tony qui suivait passionnément le combat. Ses yeux étaient rivés sur le corps superbe d'Adam Savage. Angelo avait trouvé son maître.

A la dérobée, elle l'observa tandis qu'il se rhabillait, aimantée par la force que dégageait cet homme. Elle ne se décida à croiser son regard que lorsqu'il fut entièrement vêtu.

– Il faut que vous appreniez à vous défendre dans ce monde, Tony. Servez-vous de votre épée ou de votre pistolet à défaut de vos poings. Je vous laisse le choix. Mais je veux que vous preniez des leçons d'autodéfense.

Elle regimba malgré le bon sens de ces paroles :

– Mon pauvre ami, se moqua-t-elle. Vous allez vraiment avoir du mal à faire de moi un homme !

Le regard qu'il lui jeta en disait long. Elle se sentit soudain affreusement humiliée, pas seulement pour elle, mais pour son frère, et elle prit une décision. Il voulait qu'elle jetât sa gourme ! Eh bien soit, elle irait jusqu'au bout. Et tant pis pour lui !

Avant de partir, le prince leur lança :

– A ce soir à Carlton House.

Cela ressemblait beaucoup à un ordre et lorsqu'ils furent seuls, elle fit observer à son tuteur :

– Jamais je n'aurais cru que vous vous laisseriez ainsi faire !

– Je suis sur le point de lui acheter son écurie de pur-sang. Un souper à Carlton House est peu de chose comparé à cela. (Il changea de sujet.) Voulez-vous m'aider à choisir des tapisseries pour Edenwood ?

Tony renifla bruyamment.

– Débrouillez-vous tout seul. J'ai un rendez-vous cet après-midi.

Adam haussa les sourcils et sourit avec ironie :

– Alors je vous laisse à vos vices.

Antonia avait rendez-vous avec sa grand-mère qui brûlait de connaître les détails sur la soirée de la veille.

– Tu as pu apercevoir Son Altesse ?

– Plus que tu ne crois, rit sa petite-fille. Ce que j'avais manqué hier soir, j'y ai eu droit ce matin chez *Gentleman Jim*. Pourquoi les hommes rêvent-ils toujours de se déshabiller et de se comparer aux autres mâles qui se trouvent dans la même pièce qu'eux ?

Roz et Tony se regardèrent et éclatèrent de rire en même temps.

– J'en sais suffisamment sur les hommes pour ne jamais regretter d'être une femme, en dépit des privilèges dont ils jouissent.

– Oh, chérie ! Nous faisons des bêtises. Nous aurions mieux fait de te trouver un mari plutôt que de te contraindre à cette supercherie.

– Je t'en prie, Roz, ne te sens pas coupable. Je ne supporterais plus de me marier et j'aime ma nouvelle liberté. (Elle lui fit un clin d'œil.) Il est si amusant d'être un homme parfois. Figure-toi que Son Altesse m'a invitée à Newmarket avec ma maîtresse !

Roz sursauta et commença dès lors à entretenir de sérieuses inquiétudes tandis que Tony riait de cette bonne farce. Elle se promit d'en toucher un mot à Savage.

– Son Altesse va bientôt prendre une nouvelle maîtresse.

– Vraiment ? questionna sa grand-mère, avide d'apprendre la nouvelle avant sa chère Frances.

– Elle s'appelle Maria Fitzherbert.

– Mais je la connais ! s'écria Roz incrédule. En es-tu bien certaine ? C'est une veuve fort respectable, vaguement apparentée à Isabelle Sefton. Elle doit bien avoir trente ans.

– Elle est blonde, ne porte pas de perruque et elle a un buste heu... spectaculaire ?

– C'est bien elle ! Elle est blonde comme les blés et ne se poudre pas... hem... c'est affreusement démodé. Mais elle a la tête sur les épaules car les deux maris qu'elle a enterrés avaient du foin dans leurs bottes !

– A ce propos, je dîne à Carlton House ce soir. Son Altesse et ses amis parlent du roi et de la reine en termes fort désobligeants. Le roi est surnommé « le fou ». Quant à Savage, il a décidé de me donner des leçons d'autodéfense pour faire de moi un homme. Il m'énerve à un point que je ne saurais te dire et je dois constamment veiller à ne pas le remettre à sa place. Sinon je vais finir par me trahir.

– Tiens ta langue, ma chérie, mais je connais un moyen infaillible pour se défouler.

Rosalind alla chercher un volume relié de cuir dans son secrétaire.

– Ecris dans ce journal tout ce que tu voudrais lui dire, les mots dont tu aimerais le traiter. Ecris tout noir sur blanc et soulage-toi, même de tes pensées les plus mauvaises, tu verras comme cela fait du bien.

– Je ne sais pas si j'oserai coucher sur ces feuilles les mots qui me brûlent les lèvres ! observa Tony en prenant le journal. Viens m'aider à choisir ce que je vais mettre ce soir.

– Raconte-moi tout demain !

Quand Adam Savage se présenta, ce fut Rosalind qui l'accueillit.

– Je suis désolée ! Tony est parti voilà plusieurs heures ! Deux jeunes débauchés sont venus le chercher. (Elle rassembla tout son courage.) Monsieur Savage, enfin... Adam... Je me fais du souci pour Tony. Toute cette clique de Carlton House a si mauvaise réputation !

Savage parut surpris :

– Mauvaise réputation ? Oh, lady Randolph, ce sont des écervelés et des libertins, je vous l'accorde, mais je crois que leur compagnie est bénéfique pour Tony. Ne vous inquiétez pas pour lui, je le surveille.

De son côté Tony ne s'était jamais autant amusée. Dès son arrivée à Carlton House elle était restée bouche bée devant le luxe tapageur qui s'y déployait. Le prince de Galles s'était découvert une passion pour la Chine. La salle à manger représentait le comble du mauvais goût.

Il l'avait voulue immense pour y recevoir ses innombrables intimes. Des colonnes en granit rouge et jaune soutenaient l'ensemble et les murs étaient recouverts de feuilles d'argent. La pièce donnait sur une salle de bal pourpre où deux estrades à chaque bout pouvaient recevoir des musiciens.

Ce soir-là, il n'y avait que des hommes. La salle de bal était néanmoins illuminée et l'orchestre jouait.

Mais la clique de Carlton House, comme on l'appelait, détourna bientôt l'attention de Tony. Outre Essex et Sheridan qu'elle connaissait déjà, il y avait là de célèbres Tories comme Charles Fox. C'était, disait-on, le meilleur ami du prince et il était à la tête de ceux qui réclamaient la régence.

Dès qu'on lui présentait un nouveau visage, Sherry lui soufflait à l'oreille tous les ragots sur la personne en question. Deux autres altesses étaient présentes : le duc d'York, frère cadet du prince, et le duc de Cumberland, leur oncle. Sheridan la mit au fait des ragots qui circulaient sur les amours de la famille royale.

Les tenues des uns et des autres étaient grotesques. C'était à qui rivalisait de satin, de dentelles et de rubans. Les gilets brodés étaient surmontés de faces enfarinées et les perruques croulaient sous le talc de Venise. Charles Fox était la seule exception et arborait une perruque brune qui empestait le parfum.

De tous les invités présents ce soir-là, Tony préféra Henry Luttrell. Elle connaissait ses poèmes satiriques et le tableau que lui brossa Sherry de l'auteur aiguisa son désir de le connaître.

– C'est le fils naturel d'un noble irlandais. Son grand-père était jardinier. Il n'a pas un sou vaillant mais, grâce à son esprit, il est reçu chaque soir dans les meilleures maisons.

Il assena une tape amicale sur l'épaule de Luttrell.

– Henry, je te présente un admirateur : Tony Lamb. Donne-nous un échantillon de tes talents, vieux !

L'intéressé s'exécuta et Sherry faillit s'étrangler de rire. Soudain un coup de feu résonna et tous s'arrêtèrent de parler.

– Enfer ! Attends-toi à un petit exercice de tir. George possède l'une des plus belles collections d'armes à feu.

Lorsqu'ils atteignirent l'autre bout de la pièce, des sommes délirantes étaient déjà en jeu.

Son Altesse fit apporter par un valet un portrait du roi son père. Les paris s'envolèrent. Tony choisit un pistolet. Elle le soupesa et s'étonna de son poids avant d'admirer la crosse ciselée.

– Voilà un garçon comme je les aime, s'exclama Son Altesse. Il sait caresser une arme.

Avant même qu'elle ait visé, son doigt pressa

involontairement la détente et le coup partit. La balle cisailla net la corde qui tenait le cadre et le portrait s'écrasa au sol. Tony horrifiée craignit d'avoir troué le mur mais un hourra s'éleva et lord Lamb fut déclaré vainqueur à l'unanimité. Mal remise de sa frayeur, elle s'assit pour recevoir les deux cents guinées des paris.

Tous se conduisirent bientôt comme une bande de mauvais garçons livrés à eux-mêmes dans une foire tandis que Son Altesse en personne encourageait ces bouffonneries. Il se calma lorsqu'un des valets reçut une balle dans l'épaule :

– Cessons ce jeu, dit-il à son ami Charles Fox. Les bons domestiques sont si rares de nos jours. Nous irons à votre tir après souper.

– Qu'est-ce qu'un tir ? demanda Tony à Sherry.

– Un endroit où l'on s'exerce à tirer au pistolet. Vous ne connaissez donc pas le code des duels ? J'ai décrit un duel formidable dans ma dernière pièce mais je cherche désespérément un titre à lui donner.

Poussée par un instinct, Tony regarda l'entrée de la salle de bal. La grande silhouette noire de Savage apparut dans l'embrasure de la porte. Sur son visage sombre se lisait un profond dédain pour toutes les puérilités auxquelles il venait d'assister. Son regard vola par-dessus les têtes et vint se poser sur Tony, puis il se détourna.

Au même instant, le souper fut annoncé. On leur servit quatre potages, quatre plats de poissons suivis de trente-six entrées. Les menus étaient rédigés en français et elle lut :

« Coq au vin, quatre grosses pièces pour le contre-flanc

« Les petites croustades de mauviettes au gratin. »

Tony, qui possédait pourtant des rudiments de français, n'y comprenait rien et se demanda si elle devait en blâmer le vin qu'elle avait déjà bu. Le repas fut arrosé de sherry, de porto et de vin d'Alsace, ce qui eut pour résultat d'enivrer copieusement tous les convives.

Frederick, le jeune duc d'York, s'écroula ivre mort et Son Altesse, qui avait le sens de l'humour, déclara solennellement :

– Ci-gît, comme aime à le répéter mon père, l'espoir de notre famille.

Tous ceux qui pouvaient encore marcher suivirent Charles Fox.

– Où se trouve son tir ? demanda Tony à Sherry.

– Dans les entrailles de l'enfer, sous son tripot.

– Il tient une maison de jeu ? s'étonna Tony.

– Ventrebleu, vous sortez des jupons de votre mère ! Nous nous exercerons d'abord à tirer en bas et ensuite nous monterons jouer jusqu'à l'aube.

Tony tâta ses gains dans sa poche.

– Fichtre ! Je pensais garder cet argent pour parier à Newmarket !

– Nous n'y allons plus. Vous ne le saviez donc pas ? Son Altesse a vendu tous ses chevaux à ce nabab qui revient des Indes !

Adam Savage observait ce qui se passait à Carlton House d'un œil critique. Ils étaient tous à mettre dans le même sac, songeait-il avec cynisme. Un beau ramassis de pique-assiette et de prodigues. Le prince de Galles avait des manières et son mécénat était utile mais il ne se rendait même pas compte que ses amis tories se servaient de lui. Savage savait que le Regency Bill ne serait jamais signé car George se préoccupait plus de son tailleur que des affaires du Royaume.

Le regard de Savage vint soudain se fixer sur son jeune pupille. Un roué à l'œil lubrique lui avait passé un bras autour des épaules et un affreux soupçon naquit dans l'esprit de Savage. Au lieu de le repousser, il y réfléchit longuement. Anthony était un très bel adolescent avec ses longues jambes et ses grands yeux rêveurs.

Savage serra les mâchoires. Etait-ce la raison du désintérêt du garçon envers les filles ? Non, Tony était un être pur. En revanche, plus tôt il serait initié aux plaisirs de la chair, mieux cela vaudrait. Il se promit d'y veiller avant la fin de la semaine. Il s'avança vers Tony mais le petit groupe se préparait à sortir.

– Vous partez déjà ? s'étonna Savage.

Tony se sentit surveillée. Vexée que son tuteur ne l'ait pas avisée de l'achat des pur-sang, elle répondit avec insolence :

– Nous allons dans un tir. Vous m'avez suggéré de choisir une arme, eh bien c'est fait : j'ai choisi le pistolet.

Savage, pensif, regarda s'éloigner ces jeunes godelureaux. Londres s'étendait sur dix miles le long de la Tamise et les mauvais lieux pullulaient dans la capitale. Les maisons de jeu aussi ; cela allait des clubs les plus respectables aux sordides tripots des faubourgs. Mais Adam devina qu'ils finiraient dans celui de Charles Fox.

A 2 heures du matin, il pénétra dans cet endroit mal famé et décida de jouer aux dés. Il tomba sur Tony, passablement gris et délesté de tout son argent. Savage salua la compagnie et remit lord Lamb sur ses jambes.

Quand Burke ouvrit la porte de Curzon Street, il crut de son devoir de protester. Savage essuya le blâme sans mot dire et avant même que le majordome ait refermé la porte, Tony grommela :

– Le seau !

18

Affalée dans un fauteuil devant la cheminée, Tony, l'air boudeur, recevait un savon de son tuteur.

– Vous êtes devenu fou ? Combien avez-vous perdu ?

– Deux cents, marmonna Tony.

– Vous n'avez pas compris qu'ils avaient décidé de vous plumer ?

Tony sentit la moutarde lui monter au nez.

– Vous n'allez tout de même pas prétendre qu'ils trichaient ?

– Je ne le prétends pas, pauvre naïf, je vous l'affirme ! Son Altesse est couverte de dettes et la belle Georgiana ne compte même plus les siennes ! Dites-moi, Tony, savez-vous au moins compter ?

Savage attrapa un jeu de cartes.

– Crénom de nom ! Voilà pourquoi je ne joue jamais au faro. Une boîte truquée et deux sous d'adresse suffisent à vider la bourse la mieux garnie.

Il lui fit une démonstration.

– Sacristi, mon garçon ! Je ne veux pas que vos compagnons vous corrompent !

– Pour l'instant, c'est vous qui m'apprenez à tricher, rétorqua Tony avec ironie.

– Je fais votre éducation ! Si vous connaissez les tours, vous saurez détecter les tricheurs. Ensuite ce sera à vous de décider, ajouta-t-il froidement.

Tony ramassa les cartes, bien décidée à apprendre ce fameux tour de passe-passe.

– La scène du quatre est terminée ?

– Elle ne fait que commencer. Vous pouvez cracher vos boyaux tous les soirs si cela vous chante mais je ne veux pas que vous vous soûliez à perdre la raison.

– Vous m'interdisez de voir mes amis ? s'insurgea Tony.

– Vous n'avez rien compris une fois de plus. Je veux que vous sachiez vous débrouiller n'importe où et avec n'importe qui. Cela va du tripot à la chambre à coucher, des fastes de la Cour aux sombres ruelles.

Tony perdit un peu de sa belle assurance en songeant à la soirée qui avait été prévue et jeta à Savage un regard en coin.

– Je me suis engagé à les rejoindre aux bains turcs à Covent Garden ! Crénom de nom, je ne peux plus me dédire. Pour six guinées, j'avais droit à un bain, un souper avec une fille en prime !

– J'ai mieux à vous proposer.

– Le contraire m'eût étonné, riposta Tony.

Savage haussa les épaules.

– Dites-leur que nous devions aller au théâtre tous les deux... et que cela vous était sorti de l'esprit.

Tony éprouva un vif soulagement. Sous l'emprise de l'alcool, elle avait également accueilli avec enthousiasme une autre proposition. Mais elle se tut prudemment. Elle se creusa la tête pour trouver un sujet de conversation plus neutre. Ses longs doigts fins saisirent les cartes et après les avoir mélangées elle aligna les quatre as.

– J'apprends vite. Quand allez-vous m'enseigner à faire fortune ?

– Pour que vous puissiez la perdre au jeu ?

– Ne faites pas l'idiot. Dorénavant je gagnerai. Que dites-vous des actions South Sea ? Tout le monde se rue dessus.

– N'en faites rien, coupa-t-il. Elles sont surévaluées.

– La seule chose dont je sois sûre, c'est que je me refuse à prendre sur mon capital, rétorqua Tony.

La voix de Savage se fit ironique :

– Comment diable réussirez-vous à augmenter votre capital si vous n'y puisez pas ?

– Je... je ne sais pas, bredouilla Tony.

– Cela fait partie du jeu. Plus le risque est important, plus les gains augmentent. Je vais vous faire une proposition en or. Réunissez tout l'argent que vous possédez et constituez-vous une cargaison que nous vendrons aux Indes. Avec le profit réalisé, vous remplirez vos cales pour le retour. Je vous prête un de mes bateaux, comptez huit semaines de voyage à l'aller comme au retour. En cinq mois, vous multiplierez votre mise.

– Mais en cas de naufrage... Cela arrive fréquemment. Je perdrai tout.

– Eh bien, j'irai jusqu'à vous assurer.

Une telle générosité dépassait Tony.

– C'est très noble de votre part, pourquoi ?

– Que vous le croyiez ou non, je vous aime bien. (Savage hésita puis poursuivit d'un ton léger :) Considérez-moi un peu comme un père.

C'était bien la dernière chose qu'Antonia désirait entendre.

– Nous reprendrons notre enseignement ce soir, la congédia Savage sur le ton de la plaisanterie.

– Vous me fichez dehors ?

Au point où ils en étaient, elle pouvait se payer le luxe d'être franche avec lui.

– Parfaitement. J'ai encore beaucoup de travail à terminer avant ce soir. (Il sortit une montre en or.) J'attends quelqu'un.

– Pardonnez-moi d'empiéter sur votre vie privée, fit-elle sarcastique.

Mais Savage haussa les épaules avec philosophie :

– Il faut du temps et de la patience pour apprendre à se moucher à un petit morveux.

Tony feignit de goûter la plaisanterie et le quitta, vexée d'être ainsi renvoyée. Elle attendit au coin de la rue et quelques instants plus tard un somptueux carrosse armorié s'arrêta devant sa porte. Savage n'avait pas menti. Mais elle se rembrunit aussitôt en voyant une femme ravissante et d'une grande élégance sortir de la calèche. Parlons-en de travail ! Il s'agissait plutôt d'une petite partie de jambes en l'air !

Quand la comtesse d'Essex pénétra dans le bureau de Savage, celui-ci ne songeait qu'à la tâche qu'il s'était fixée. Il espérait qu'elle lui ouvrirait sa bourse pour la cause qu'il défendait. Il se contenta de répondre à demi-mot aux œillades de la belle comtesse mais se garda bien de séduire la femme d'un homme dont l'appui politique lui était indispensable.

Tony s'installa dans le fauteuil d'Anthony et son journal posé sur ses genoux, elle écrivit :

« Adam Savage est un monstre. Mi-homme mi-bête. Un léopard. Je ne suis pas la seule à le dire. Lui-même le reconnaît, puisqu'il a appelé sa plantation Leopard Leap. Savage porte un masque, comme tout le monde aujourd'hui, mais derrière ce masque se cache un être impénétrable. Quand bien même je le lui arracherais, j'ignore si je découvrirais un être civilisé ou un barbare. Sous son vernis, je le soupçonne d'être sauvage et indompté.

« Il est dominateur et autoritaire et pourtant jamais oppressant. Il me pousse à bout et réussit ensuite à m'apaiser grâce à sa sagesse, sa générosité et son humour. Il a toujours raison, cela me met hors de moi sans que je sache pourquoi. Il n'y a qu'une seule chose qui me hérisse au plus haut point chez cet homme, c'est son mépris. J'ai bien l'intention de remettre ce prétentieux à sa place.

« Comme il me laisse du mou, il s'imagine que j'oublie que je dépends entièrement de lui. Cela lui fera un choc quand je lui filerai entre les doigts. Mais je ne le sous-estime pas ! C'est une main de fer dans un gant de velours, je m'en suis aperçue ce matin lorsqu'il m'a remise à ma place. Il veut faire de moi un homme mais je préférerais qu'il fasse de moi une femme. »

Tony serrait sa plume si fort qu'une tache d'encre s'étala sur la page. Elle referma sèchement son journal, affolée par les pensées qui lui venaient à l'esprit. Ce maudit journal lui faisait dire n'importe quoi. Au lieu de rêver tout éveillée de Savage, elle allait choisir ce qu'elle exporterait aux Indes.

Cet après-midi-là, elle fit le tour des magasins de Londres mais n'acheta que des meubles pour Edenwood. Les boutiques regorgeaient d'objets importés et elle s'aperçut que les gens étaient prêts à payer un prix astronomique pour un objet du moment qu'il était rare. Cela laissait imaginer quelle devait être la demande aux Indes pour les marchandises en provenance d'Europe !

A cette pensée, elle jubila. Sa mère et les autres femmes expatriées aux Indes devaient être assoiffées d'accessoires de mode européens. Surtout de ceux dont elles avaient tant besoin sous ces climats : ombrelles, capelines, éventails peints, sous-vêtements en mousseline, déshabillés de tulle, mules en satin, etc.

Après avoir pris soin de leurs personnes, les femmes aimaient à décorer leur intérieur. Tony songea aux glaces de Venise et à tous ces ravissants objets français et italiens qui feraient leurs délices. Elle avait hâte de révéler à Savage de quoi se composerait sa cargaison.

Dans la calèche qui les menait au théâtre, elle lui fit part de ses projets. Adam l'écouta les sourcils froncés tandis qu'elle lui décrivait avec animation tous les falbalas qu'elle comptait exporter. Ce jeune Lamb ne manquait pas d'idées mais Adam les trouvait beaucoup trop féminines à son goût.

Il réprima la crainte qui l'envahissait et se promit d'éradiquer ces tendances. Après le théâtre, il l'emmènerait dans un bordel où il s'assurerait que l'on initie Tony. Ensuite la nature ferait le reste.

Au lieu de se rendre comme prévu à l'Opéra, il choisit d'aller à l'Olympia où l'on jouait une grosse farce.

Au début, il ne quitta pas Tony des yeux tandis que des beautés à peine vêtues se produisaient sur scène. Mais bientôt il fut pris par le grotesque du spectacle et se mit à rire de bon cœur.

Tony riait, elle aussi, et se félicitait que l'éclairage tamisé dissimulât le rouge de ses joues.

A l'entracte, les lampes se rallumèrent et Savage se leva.

– Allons dans les coulisses ! proposa-t-il.

Savage se fraya un chemin jusqu'à l'actrice qu'il avait repérée et se faufila parmi le cercle de ses admirateurs. Lorsqu'il se présenta, la cocotte lui tendit effrontément sa main à baiser et lui dit s'appeler Angela Brown.

– Je vous présente mon jeune ami, lord Anthony Lamb.

Elle écarquilla les yeux avant d'esquisser un large sourire. Un jeune homme qui se tenait à ses côtés s'exclama :

– Par exemple ! Quelle coïncidence ! Vous êtes mon cousin, Tony. Je suis Bernard Lamb !

Antonia manqua s'évanouir. Elle le dévisagea en espérant que son effroi ne se lisait pas sur son visage. Ainsi c'était lui, ce cousin cupide qui convoitait Lamb Hall et le titre de son frère ? Pourquoi le destin s'obstinait-il contre elle ?

– Bonsoir, déclara-t-elle du bout des lèvres avant de lui tourner le dos pour amorcer une conversation avec une petite choriste.

Cette dernière, qui avait entendu les présentations, était suspendue à ses lèvres et faisait de son mieux pour se frotter contre le jeune lord. Elle bavardait avec animation mais tout ce que retint Tony fut son prénom, Dolly. Elle ne songeait qu'à fuir son cousin.

Adam Savage était outré. Il serra avec effusion la main de Bernard Lamb et tenta de racheter la conduite de Tony.

– Je crois que Tony voulait inviter cette jeune femme à souper mais vous l'avez battu au poteau.

Bernard se mit à rire :

– Angela est une vieille amie. Nous serions ravis de nous joindre à vous une autre fois.

Savage releva les manières pleines d'aisance du jeune homme et déplora que son fichu pupille n'en fasse pas autant.

– Quand ma propriété de Gravesend sera terminée, je pendrai la crémaillère et je serai heureux de vous compter parmi mes invités.

Du coin de l'œil, Savage lorgnait le décolleté audacieux d'Angela ainsi que sa bouche pulpeuse.

Celle-ci lui adressa un clin d'œil :

– Excusez-moi, mais il faut que je vous quitte, le rideau se lève.

Tout le monde regagna sa place ; Adam attrapa brutalement Tony par l'épaule et l'obligea à se retourner.

– Sale petit snob ! grinça-t-il. Vous leur avez tourné le dos simplement parce qu'il n'a pas de titre et qu'elle est une petite actrice inconnue !

Tony soutint son regard sans broncher.

– Ne voyez-vous donc pas qu'il convoite mon titre et tout ce que je possède ? Vous êtes aveugle !

– Foutaises que cela ! Je n'ai rien vu de tel !

– Vous ne voyiez que des seins !

Savage sourit tout à coup.

– Non, moi, je suis un homme à jambes !

Il y a encore quelques jours, Tony n'aurait pas compris de quoi il parlait. Et si les femmes imitaient les hommes ? Elle le regarda en se souvenant de lui tout nu, les hanches ceintes d'une serviette. Bigre ! elle aurait du mal à opérer un choix entre ces larges épaules, ce torse viril, ces mains puissantes et cette bouche sensuelle ! Elle hésitait et pourtant elle n'avait pas encore tout vu !

Le reste du spectacle acheva d'émoustiller Savage. Il se décida finalement à emmener Tony, pour ses débuts, dans un endroit où ils pourraient également s'amuser. Inutile de le braquer en l'amenant dans un établissement trop sophistiqué.

En face de Somerset House, de l'autre côté de la Tamise, se trouvait une péniche appelée *Folly*. Sur le pont inférieur, un orchestre charmait les oreilles de naïades qui dînaient avec des messieurs, baptisés tritons pour la circonstance.

– Où allons-nous ? s'enquit Tony.

– Vous voyez cette péniche éclairée ?

Tony entendit monter des rires et de la musique dans la nuit.

– C'est un tripot flottant ? fit-elle, subitement intéressée.

– Non, un bordel flottant. Nous allons dîner avec deux de ces charmantes naïades et lorsque vous serez fatigué, vous monterez au pont supérieur où des petites cabines bien commodes vous accueilleront.

Tony trébucha sur la passerelle.

– Quelle impatience ! se moqua Savage. Allez donc faire un tour pendant que je vais nous arranger ça.

Savage prit la mère maquerelle à part.

– C'est un garçon très timide. Je veux à tout prix qu'on me le dépucelle.

– Ah, milord, j'ai justement ce qu'il vous faut.

Une petite naïade très experte. Il n'aura qu'à s'allonger et se laisser faire.

Savage sortit un billet.

– Vous ne m'avez pas compris. Auriez-vous une fille timide qui puisse passer pour vierge ? Plutôt fine et distinguée.

Le visage de madame s'éclaira.

– Il y a une nouvelle, une drôle de petite. Des tas de messieurs me la réclament.

– Envoyez-la à notre table. (Il leva les yeux et vit trois jeunes femmes qui le dévisageaient.) Mesdames, faites-moi l'honneur de vous joindre à nous.

L'appétit comme le courage avaient déserté Tony. Elle savait parfaitement ce que Savage attendait de lord Lamb et se dit que seul le cran l'aiderait à tenir le coup. Elle regarda du coin de l'œil la jeune fille assise à ses côtés et s'étonna de son air craintif. Sagement assise dans son coin, elle n'écoutait pas les plaisanteries douteuses des trois autres naïades qui accaparaient Savage.

– Cela ne vous dérange pas si je fume ? lui demanda Tony.

La jeune fille s'empara d'une bougie et l'approcha du cigare de Tony.

– Comment vous appelez-vous ? interrogea Tony en cachant son regard paniqué derrière un nuage de fumée.

– Lys, monsieur.

Tony manqua s'étouffer tandis que Savage clignait de l'œil d'un air approbateur. Soudain elle eut besoin de fuir ces yeux bleus et perçants. Elle se leva.

– Venez, Lys, essayons de trouver un coin un peu tranquille.

Tony sentait ce maudit regard bleu dans son dos tandis qu'elles montaient sur le pont supérieur. Dans la cabine, il n'y avait qu'un lit, une petite coiffeuse et une chaise.

Tony s'assit sur la chaise et allongea nonchalamment les pieds sur le lit, puis elle se renversa en arrière.

Lys tomba à genoux et se mit à la supplier :

– Oh, monsieur, j'vous en prie, me faites pas de mal !

Cette pauvre fille perdait-elle la tête ? Tony écrasa son cigare et se redressa. Comme Lys reprenait sa litanie, elle la fit taire :

– Taisez-vous ! Je ne vous toucherai pas. Des hommes vous ont-ils brutalisée ? s'enquit-elle, outrée.

Lys cessa ses jérémiades comme par enchantement.

– J'essayais seulement de vous exciter, monsieur. La plupart de ces messieurs adorent ça.

– Pas moi ! Et cessez de m'appeler monsieur ! Mon nom est Tony.

– Tony, préférez-vous que je vous déshabille ? offrit Lys, obligeante.

– Grand Dieu non !

– Alors voulez-vous que je me déshabille, moi ?

– Pas davantage, répondit-elle fermement.

– Mais alors qu'attendez-vous de moi ? interrogea Lys, perplexe.

– Si nous bavardions, tout simplement ? Ecoutez, mon tuteur m'a traînée ici contre mon gré. Que le diable m'emporte, il s'obstine à vouloir faire de moi un homme !

Le visage de Lys s'éclaira soudain.

– J'ai deviné votre secret, souffla-t-elle.

Tony la dévisagea un instant avec incrédulité puis un gros soupir lui échappa.

– Ouf ! Merci, mon Dieu.

– Ce sont les bras d'un homme qu'il vous faut, poursuivit la jeune fille avec perspicacité. Peut-être même ceux de l'homme qui vous a traînée ici, n'est-ce pas ?

Tony rougit et laissa échapper un petit rire :

– Je dois reconnaître qu'il me fait de drôles de choses.

– Comme quoi, par exemple ? la pressa Lys, dévorée de curiosité.

– Je me sens devenir toute molle à l'intérieur.

– A cause de sa taille ?

– Sans doute. C'est l'homme le plus grand que j'aie jamais vu. Mais il est aussi terriblement autoritaire. Il aime qu'on lui obéisse.

– Est-ce qu'il vous bat ?

– Non, mais parfois l'envie l'en démange, je le sais. Il n'y a qu'à le voir donner des coups de cravache sur ses bottes pour comprendre qu'il brûlerait de m'assener une bonne raclée.

– Sa cravache ? répéta Lys en frissonnant de délices. Et comment est son Willie ?

– Willie ?

Lys se mit à rire.

– Chez moi, en Irlande, on l'appelle le Willie, mais les filles d'ici le surnomment Jacquot, Charles le chauve, ou zizi.

Tony savait ce qu'était un zizi. Elle devint rouge comme une pivoine et lui avoua :

– Je ne l'ai jamais vu.

– Alors ça ne fait pas longtemps que vous êtes ensemble. Pas vrai ? Mais ça ne doit pas vous plaire qu'il vienne ici ? La jalousie, hein ?

Tony savait que Lys avait raison. Secrètement, elle mourait d'envie que les rires et les taquineries de Savage lui soient destinés, que ce soit elle qu'il emmène sur le pont supérieur. Elle changea brusquement de sujet pour chasser ces idées inconvenantes.

– Et vous, Lys ? Pourquoi faites-vous ce métier ?

– Pour gagner ma vie. M'man a six gosses à nourrir. Elle s'est mise à la colle avec un boxeur irlandais qui me troussait dès qu'elle avait le dos tourné, alors quand j'ai eu treize ans je suis partie. Autant être payée pour ça.

Atterrée, Tony aurait voulu ne jamais avoir posé cette question. Au cours de ces dernières semaines et grâce à Savage, elle commençait à comprendre qu'elle avait vécu dans un cocon.

Lys se releva et lui proposa :

– Vous êtes sûre que je ne peux rien faire pour vous, pas même une petite politesse ?

– Non, merci, répondit Tony dans le doute.

– Alors ça ne vous dérange pas si je m'en vais m'occuper d'un autre client ?

– Pas du tout, Lys. Ça m'a fait plaisir de bavarder avec vous.

Tony jeta un coup d'œil sur le pont en redescendant. Savage brillait par son absence et elle avait mieux à faire qu'à battre le pavé pendant qu'il se livrait à son vice.

Quand Burke lui ouvrit la porte, il tenait déjà le seau dans la main. Elle le toisa froidement et lui jeta :

– Vous ne manquez pas de culot, mon vieux !

Elle monta dignement les escaliers tandis qu'un large sourire se peignait sur le visage du majordome : Antonia tenait son rôle à merveille.

19

A chaque fois qu'elle rentrait au beau milieu de la nuit, Tony écrivait dans son journal. Avec une grimace, elle nota que les pages se noircissaient en suivant un plan immuable. Elle commençait toujours par vilipender Savage, par l'accabler de tous les défauts et élever des doutes sur son passé, après quoi elle déversait le trop-plein de sa susceptibilité offensée. Ensuite elle excusait ses fautes et terminait – bien à contrecœur – par un éloge de sa sagesse et de ses talents. Les dernières phrases enfin prouvaient clairement qu'elle s'éprenait chaque jour davantage de cet homme.

Exaspérée, Tony soupira et décida de ne pas écrire un seul mot sur Savage ce soir-là.

« Ah, les hommes ! Depuis que j'ai changé de sexe, mes yeux se sont ouverts. Les hommes mènent deux vies séparées dans deux mondes totalement différents. En présence des femmes, ils sont constamment à leur baiser la main et rivalisent de courtoisie. Mais dès qu'elles disparaissent, alors ils tombent le masque.

« Le pire, c'est que les hommes édictent toutes les règles, pas seulement pour eux mais aussi pour les femmes. S'ils sont libres de les transgresser, nous pas ! Les jeunes filles, elles, passent de l'autorité de leur mère à celle de leur mari. Elles doivent être vierges pour que leur nouvel époux et maître puisse se livrer à un rite nuptial et hypocrite qui leur convient.

« Les hommes ont le droit et sont même largement encouragés à puiser leur plaisir partout où ils le trouvent, les femmes sont seulement autorisées à en donner à leur mari. »

Que lui arrivait-il ? Bah ! Jamais elle ne se marierait ! Antonia, songeuse, abandonna un instant sa plume. Fût-elle libre de choisir son maître, elle savait déjà qui elle prendrait.

Tony s'allongea sur son lit et croisa les bras derrière la tête. Adam Savage sortant de son bain surgit devant ses yeux. Jamais elle n'avait rencontré d'homme aussi rude et aussi vrai. Sa virilité la faisait défaillir. Tous les autres hommes lui paraissaient fades par comparaison. Leurs habits chatoyants et leurs perruques poudrées ne l'attiraient pas le moins du monde.

Les mains de Savage étaient calleuses et burinées comme celles d'un paysan, et pourtant elle mourait d'envie de les sentir sur elle. Elle aurait aimé caresser son torse bronzé et elle aurait voulu explorer le reste... tout, partout. Une chaleur se diffusa dans son corps et plus seulement sur ses joues.

Ah, s'il pouvait la regarder de la façon dont il regardait les autres femmes ! Elle aurait aimé qu'il la trouvât jolie, différente. Elle aurait voulu qu'il l'embrassât... sur les lèvres. Elle frissonna, mais ce n'était pas de froid. Ses seins étaient durs et douloureux. Soudain elle bondit de son lit pour chasser l'affreux sentiment de culpabilité qui l'oppressait.

Adam Savage passa la matinée à travailler avec son secrétaire. L'annonce de sa richesse s'était répandue dans la City comme une traînée de poudre. Chaque courrier lui apportait des propositions diverses que Jeffrey Sloane était chargé de trier.

Savage jeta à la corbeille plusieurs offres qui ne lui convenaient pas. Celles qui l'intéressaient avaient trait aux moyens de transport des marchandises. Les industries proliféraient en Angleterre mais les méthodes de transport des produits manufacturés étaient encore archaïques. Il parcourut rapidement un projet qui visait à importer des ânes d'Espagne.

– Nous en avons déjà trop en Angleterre, lâcha-t-il à l'intention de Sloane.

La lettre d'un certain Abraham Derby, qui prétendait avoir découvert le moyen de faire fondre le fer grâce au charbon, retint son attention. De même qu'une proposition visant à installer un réseau de canaux navigables sur tout le pays. Il demanda à son secrétaire de prendre rendez-vous avec les personnes concernées. Il voulait surtout rencontrer un dénommé Telford qui lui avait soumis des plans de tunnels, de ponts et d'aqueducs.

Une autre idée séduisait particulièrement Savage, celle des chemins de fer. La ville de Bath avait été construite grâce à des pierres acheminées sur des rails en provenance des carrières de Comb Hill.

Par ailleurs, il projetait d'acheter un navire qui ferait du commerce entre l'Angleterre et le continent. Edenwood était loin d'être meublé et de nombreux achats pouvaient être effectués à l'étranger. Il devait encore passer au siège de la Compagnie des Indes et à 3 heures il avait rendez-vous avec lord Bathurst pour négocier l'obtention d'un siège au Parlement. A 2 heures, il attendait la visite de lady Elizabeth Foster, une beauté à laquelle il était paraît-il difficile de résister.

Savage répondit brièvement à une douzaine d'invitations et donna à Sloane une liste de femmes à qui envoyer des fleurs puis il se résolut à attaquer le dernier point qui lui tenait à cœur : lord Anthony Lamb. Il avait repoussé toute la journée l'inévitable mais il fallait affronter le problème de face. Il jura tout bas en entendant son domestique faire entrer un visiteur.

– Débarrassez-vous de cet opportun, ordonna-t-il à Sloane.

– Trop tard, fit tranquillement Tony en entrant dans la pièce.

– Laissez-nous, Sloane.

Dès que le secrétaire eut fermé la porte, Savage attaqua :

– J'ai laissé une fortune dans cet établissement hier soir. Pourquoi n'avez-vous pas couché avec Lys ?

– Comment diable le savez-vous ? interrogea Tony, interdite.

– C'est elle qui me l'a dit.

– Salaud ! grinça Tony, prise au piège.

Le regard bleu pâle la transperçait de son mépris.

– Que vous a-t-elle dit ?

– Que les femmes ne vous intéressaient pas. Elle m'a dit que vous étiez de la jaquette.

– Qu'est-ce que cela signifie ? interrogea Tony qui comprenait seulement que cela mettait Savage dans une rage noire.

Pendant une bonne minute, Savage fut en proie à un sérieux dilemme. Si le garçon était vraiment sincère, peut-être était-il de son devoir de l'éclairer. Pareille naïveté le dépassait. Il refoula sa colère et lui demanda brutalement :

– Avez-vous déjà fait l'amour avec un homme ?

La réponse fusa :

– Non !

Puis Tony se rappela qu'elle était censée être un homme.

– Non, répéta-t-elle tout en se demandant où il voulait en venir.

– Quel effet cela vous ferait-il ?

– Drôle d'idée, songea-t-elle avant de répondre : Je serais offensé, dégoûté. Je crois que je le giflerais.

Infiniment soulagé, Savage ricana néanmoins :

– Mon vieux Tony, il va falloir apprendre à vous protéger. On ne gifle pas les gens. Cela n'impressionne guère. Souvenez-vous que tout est dans l'attitude. Regardez !

Il la saisit par les revers de sa redingote et pointa son épée contre sa gorge en grondant :

– Je vais te faire avaler ta langue !

Effrayée, Tony déglutit et se retint au dossier de sa chaise.

– A votre tour, lui dit Savage en lui tendant l'épée.

Elle s'efforça de prendre un air menaçant et agita son arme dans tous les sens en criant :

– Je vais te noyer dans ton sang !

Savage avait du mal à conserver son sérieux.

– Les menaces portent mieux lorsqu'on les susurre. Recommencez !

Tony haussa nonchalamment un sourcil et appuya sans trembler la lame contre la gorge de Savage.

– Cela vous ennuierait-il de perdre la vie ? déclara-t-elle doucereusement.

– Bravo ! pouffa Adam en lui reprenant son arme. Trêve de plaisanterie, vous ne m'avez toujours pas dit pourquoi vous n'aviez pas voulu de cette fille.

Tony enfouit ses mains dans ses poches et se détourna.

– J'avais honte. A part quelques baisers par-ci, par-là, je n'ai pas une grande expérience des rapports entre un homme et une femme.

Soudain Savage eut la mesure exacte de l'éducation qu'avait reçue le jeune garçon dans son petit univers fermé. Il avait été élevé entre une sœur jumelle et une grand-mère. Pas étonnant qu'il soit si efféminé. Il lui avait manqué la présence d'un père ou d'un frère.

– Les filles vous attirent-elles ? Je ne veux pas forcément parler des tourterelles un peu défraîchies d'hier soir, mais des autres femmes ?

– Bien sûr que oui, improvisa Tony sur-le-champ. D'ailleurs, cette petite actrice que j'ai rencontrée dans les coulisses de l'Olympia était sacrément jolie. Dolly... ça y est ! J'ai cherché son nom toute la nuit.

Adam parcourut sa bibliothèque et en tira deux ouvrages qu'il avait ramenés des Indes. L'un des livres était le *Kama-sutra*, l'autre narrait les aventures d'une concubine dans l'enceinte d'un harem.

– Essayez de ne pas vous braquer en lisant ces livres. Il y a là des choses qui risquent de vous choquer à la première lecture, lui dit-il en posant une main paternelle sur son épaule. Si vous avez des questions, n'hésitez pas. (Il sourit.) Je suis certain que votre petite Dolly serait très sensible aux avances d'un lord du Royaume, même sans expérience.

Savage la raccompagna à la porte.

– Je ne vous mets pas dehors, Tony, mais j'ai un rendez-vous d'affaires.

Tony glissa les livres sous son bras et descendit Half-Moon Street. Elle n'avait pas fait dix pas qu'une calèche noire armoriée s'arrêta devant le porche. L'estomac de Tony se noua en voyant une belle jeune femme en descendre. Soudain elle écarquilla les yeux de stupeur : ce n'était pas l'élégante de l'autre jour. Il s'agissait purement et simplement d'une nouvelle comtesse, aussi jolie que la précédente.

– Drôles d'affaires, marmonna-t-elle dans sa barbe. Sacrément louches !

Le visage de lady Randolph s'éclaira en voyant arriver Tony.

– Tu reviens de la bibliothèque ? Viens donc t'asseoir à côté de moi, chérie, que nous lisions ensemble.

– Heu... bredouilla sa petite-fille, mal à l'aise.

Elle s'assit prestement sur les livres et pria sa grand-mère de lui raconter les derniers potins.

– Voyons, voyons. Une nouvelle perruque, « la dragonne », vient de sortir, elle est affreuse ! Je vais suggérer à Frances d'en acheter une. A propos de perruques, il paraît que les Romaines viennent de lancer la mode des perruques rouges...

Elle poursuivit son babillage et l'espace d'un moment, Antonia regretta les fanfreluches et les rubans d'autrefois. Elle songea avec envie à l'élégante qui devait déjà être dans les bras de Savage. Rendez-vous d'affaires ? Mon œil !

Elle se leva brusquement, fourra ses livres sous son bras et se dirigea vers la porte.

– Que lis-tu ?

– Oh !... Heu... Un ouvrage de philosophie orientale.

– Tu fais bien, ma chérie. Il est grand temps de t'ouvrir l'esprit.

Dans sa chambre, Tony se débarrassa de ses bottes et de sa redingote, et s'allongea sur son lit avec le récit de la princesse Jemdanee. Bientôt elle fut profondément absorbée par le monde exotique que décrivait la concubine.

Tony referma le livre d'un claquement sec. Elle était rouge comme une pivoine et haletante. Elle ressentait exactement les mêmes sensations que Jemdanee qui, brûlante de désir, attendait le retour de son maître. Elle aussi avait besoin d'assouvir l'insatiable désir qui la tourmentait. Elle aussi était une princesse et son maître n'était autre que le Léopard !

Tony se sentit incapable de poursuivre le récit érotique pour l'instant et ne put résister à l'envie de feuilleter le *Kama-sutra*. Erreur fatale ! Les peintures et les positions se brouillaient devant ses yeux, elles étaient fascinantes, d'un érotisme presque pervers, mais tellement belles !

Tony s'allongea sur le dos et les yeux fixés au plafond, elle se sentit partir dans un tourbillon. La pièce tournait et soudain il lui devint impossible de contenir ses émotions, de continuer à mener cette vie mensongère. Oh, que le temps s'arrête, qu'elle puisse revenir en arrière et que tout redevienne comme avant ! Comme avant !

Tony s'obligea à respirer lentement et à se calmer. Elle avait momentanément perdu le contrôle de la situation. Elle reprit mentalement les rênes : elle tiendrait le coup. Elle garderait son sang-froid envers et contre tout.

Tout d'abord où en était-elle vis-à-vis d'Adam Savage ? Elle se sentait attirée, mais intimidée. Non, c'était faux. Elle n'était pas suffisamment intimidée pour empêcher ses pensées de vagabonder à son sujet, et l'attirance était un faible mot pour dépeindre ce qu'elle ressentait. Pourtant, ce n'était pas de l'amour. Elle n'éprouvait aucune tendresse pour cet homme. Elle ne se faisait aucune illusion à son sujet.

Il était dangereux, immoral, pervers et corrompu. Sinon comment aurait-il pu accumuler une telle richesse ? En dépit de cela – et peut-être à cause de cela – il l'attirait comme un astre. Elle avait beau se jurer de se tenir à distance, sa volonté était impuissante et elle le cherchait partout. Elle voulait le voir, l'écouter, être à ses côtés jour et nuit.

Ses sentiments se résumaient en un seul mot : la soif. Elle était assoiffée de lui. Assoiffée de le sentir contre elle, de le toucher, de l'embrasser et de se laisser embrasser. Elle avait soif de lui abandonner son corps pour qu'il lui apprenne l'amour.

Mon Dieu, quelle situation inextricable ! Mais elle en prenait l'entière responsabilité. Elle soupira en songeant à ce qui aurait pu être puis elle se pelotonna sur elle-même et tenta d'apaiser le désir qui la dévorait.

20

Le choix d'Adam Savage finit par se porter sur un clipper aux cales spacieuses qui lui parut rapide. Il avait visiblement écumé les mers et nécessitait des travaux mais son propriétaire était prêt à se battre bec et ongles pour en tirer un bon prix.

L'odeur caractéristique de l'opium flottait encore dans les cales et ne serait-ce que pour cette raison, Savage était bien décidé à ne payer que la moitié du prix exigé. Les pur-sang qu'il avait achetés au prince de Galles devaient arriver à Edenwood le lendemain et il décida de faire d'une pierre deux coups. Il testerait le bateau en se rendant à Gravesend, ensuite il ferait une offre.

Tony éprouva un vif soulagement en lisant le mot de Savage qui la prévenait de son absence. Les choses s'arrangeaient d'elles-mêmes ! C'était aujourd'hui qu'elle avait accepté de participer à la grande course de phaétons de Richmond.

Tout était parti d'une plaisanterie. Mais à bien y réfléchir, le gagnant recevrait une petite fortune et Tony ne s'attarda pas sur le fait qu'elle ne possédait ni phaéton ni chevaux. Après tout, son tuteur avait tout ce qu'il fallait et il l'avait même encouragée à conduire sa voiture.

Tony tremblait à l'idée de lui emprunter ses chevaux sans sa permission mais elle se fit une raison : Savage louait l'audace et le courage. L'admiration qu'elle espérait lire dans ses yeux à la place du mépris habituel lui donna l'envie de jouer le tout pour le tout. Elle ferma les yeux et serra les poings. L'appréhension lui nouait les entrailles.

C'était une course réservée aux couples. Sherry avait emmené Amoret, Fox avait invité sa maîtresse et l'inévitable Georgiana accompagnait le prince de Galles. Elle n'était pas sa maîtresse puisque la place était libre, ou plutôt réservée à Maria Fitzherbert qui possédait une jolie maison à Richmond. Cette dernière jouait à l'effarouchée et avait quitté Londres pour que George se précipite à sa poursuite. Ce qu'il s'était empressé de faire.

Tony griffonna un mot pour inviter Dolly à participer à la course en sa compagnie et signa lord Anthony Lamb. La petite actrice ne manquerait pas cette occasion de côtoyer tout ce beau monde. Puis sans tarder elle se rendit à Stable Yard Road où se trouvaient les chevaux et les voitures de Savage.

Des scrupules assaillirent Tony à la vue du phaéton flambant neuf. Il brillait de mille feux et n'avait pas une rayure.

Les fringants trotteurs que Savage avait achetés pour son phaéton appartenaient à une race au-dessus des chevaux qu'elle avait conduits sur la grand-route. Mais Tony dissipa son inquiétude en se disant qu'elle avait vécu toute sa vie avec des chevaux et que tout était dans « l'attitude ». Elle y croyait fermement et savait que Savage partageait sa conviction.

De toutes ses forces, elle désirait gagner la course. Non seulement pour affirmer la virilité de son frère mais aussi pour remporter le prix. Savage admirait ceux qui savaient gagner de l'argent et elle avait hâte de lui montrer qu'il n'était pas le seul à y exceller.

Le valet d'écurie harnacha les chevaux et sortit

l'équipage dans la rue. L'homme hocha la tête en désignant le long fouet.

– Ces bêtes-là sont fougueuses, milord. Ne les touchez pas avant d'être sorti de la ville.

Elle aurait déjà assez de mal comme ça à tenir les rênes et le conseil lui parut superflu. Elle grimpa sur le siège le cœur serré d'appréhension. Le plus difficile serait de le manœuvrer dans les rues de Londres ; une fois sur la grand-route, elle ne craindrait plus rien.

A sa grande stupéfaction, la traversée se déroula sans problème car tout le monde eut le bon sens de s'écarter prudemment sur son passage.

Tony réussit à passer son premier virage et lorsqu'elle franchit le second, elle tomba sur Green Park en effervescence.

Les postillons s'affairaient au milieu des voitures en donnant des avis et des conseils à tous les participants. Avec découragement, elle s'aperçut que l'attelage du prince de Galles se composait de trois chevaux mais son optimisme reprit le dessus en voyant qu'un postillon accompagnait Georgiana et le prince.

Les badauds s'étaient précipités pour avoir un aperçu des divertissements de la haute aristocratie et deux hommes recueillaient les paris. Le gagnant de la course empocherait mille guinées.

Deux proches du prince s'approchèrent pour admirer les bêtes de Tony et se dépêchèrent d'aller changer leurs paris. Les chevaux de Savage piaffaient en donnant des coups de tête et en mordant leurs harnais. Deux postillons astucieux arrivèrent à point nommé pour les calmer.

Des vendeurs proposaient des friandises et des rafraîchissements, et Tony constata que Sherry et un ou deux autres étaient déjà largement imbibés d'alcool.

On distribua les numéros et le treize échut à Tony ! Cela ne fit que renforcer sa détermination. Ce nombre lui porterait bonheur. Il fallut une bonne heure avant de restaurer un semblant d'ordre et Dolly Dawson eut ainsi tout le temps de rejoindre Tony dans la foule animée.

Tony sursauta en la voyant arriver. La petite actrice arborait une perruque de trente centimètres où elle avait piqué des coquelicots qui juraient atrocement avec le rouge de son ombrelle et celui, encore différent, de sa robe. Elle attirait tous les regards et les chevaux eux-mêmes regimbèrent en la voyant.

Tony pesta à voix basse et aida courtoisement Dolly à monter à côté d'elle. Le postillon lui glissa avec un clin d'œil malicieux :

– Ma foi ! Z'auriez dû mettre des œillères à vos chevaux !

Dolly gloussa et souleva ses jupons en montrant ostensiblement ses chevilles :

– Mazette ! J'suis drôlement excitée, m'sieur. J'en ai les sangs tout retournés. (Elle posa une main sur sa cuisse et ajouta d'un ton suggestif :) Pas vous, lord Lamb ?

– Dolly, servez-vous plutôt de vos mains pour tenir votre perruque !

On entendit un coup de feu et le prince de Galles qui avait reçu le numéro un partit sur les chapeaux de roues.

– Parole ! Mais c'est la duchesse de Devonshire, s'exclama Dolly. Ça alors, dire que j'fraie avec cette sacrée aristo.

La sacrée aristo ne tenait pas en place et adjurait le prince de planter là tous les autres concurrents. Le numéro treize partit bon dernier mais Tony n'en avait cure. En ville, il n'était pas question de se battre pour gagner du terrain. Elle retiendrait prudemment ses chevaux jusqu'à ce qu'ils aient atteint la campagne. Les plus écervelés étaient déjà hors course : elle dépassa un phaéton qui avait perdu une roue tandis qu'un conducteur ivre avait mordu la poussière.

Dès que la route s'élargit et que les premiers arbres apparurent, les pur-sang prirent de la vitesse et dépassèrent une demi-douzaine de concurrents en moins de temps qu'il n'en fallait pour le dire. Le phaéton fonçait à tombeau ouvert et Dolly, terrorisée, croyait sa dernière heure venue.

La route se rétrécit et Tony tira sur les rênes à contrecœur. Une voiture les précédait et il n'y avait pas la place de doubler. Mais le mors aux dents, les chevaux bondirent en avant et doublèrent le phaéton comme s'il n'avait pas existé. Tony alarmée reconnut au passage la voiture de Son Altesse.

Dolly poussa un cri perçant et son ombrelle rouge lui échappa des mains. Elle s'accrocha à son siège tandis que l'objet partait comme un projectile. Tony comprit qu'elle ne contrôlait plus les chevaux et se demanda comment elle allait faire pour les arrêter dans le parc de Richmond.

Elle ne se souvint même pas d'avoir dépassé d'autres concurrents et se retrouva soudain en vue de White Lodge, la résidence royale. Les grilles étaient grandes ouvertes et un petit attroupement s'était créé. Ils passèrent comme des bolides et un vivat monta dans les airs. Mais Tony ne l'entendit guère à cause du sang qui martelait ses tempes.

A la vue de la foule qui se pressait dans le parc, les chevaux ralentirent. Tony se pendit littéralement aux rênes et hurla à se briser les cordes vocales pour les faire s'arrêter. L'équipage quitta l'allée pour la pelouse tandis que Dolly frisait la crise de nerfs. Après un tour de parc, les chevaux adoptèrent un trot plus mesuré et Tony réussit enfin à les immobiliser ; au même instant deux phaétons arrivaient roue contre roue.

– Dieu m'pardonne ! gémit Dolly avec ses coquelicots en travers des yeux. Si c'est ça qui vous amuse, comptez plus sur moi !

Tony sauta à terre, attacha d'une main tremblante les rênes à un arbre et se laissa tomber dans l'herbe pour reprendre son souffle et ses esprits.

Tout à coup elle comprit avec étonnement que les acclamations lui étaient destinées.

– Bravo ! Vous avez gagné ! criait la foule.

Elle sourit et une Dolly plus amène se mit à minauder devant les hommes qui se précipitaient pour la faire descendre du phaéton.

Au cours de l'heure qui suivit, Tony, dans un brouillard et les jambes encore flageolantes, reçut les félicitations de tout le monde. Le prince de Galles, passé le premier mouvement de dépit, confia à ses amis qu'il aurait gagné si ses chevaux n'avaient pas été effrayés par un projectile rouge non identifié.

L'arrivée de Maria Fitzherbert chassa rapidement la course de son esprit. Il y avait là un prix bien plus important à remporter. Un pique-nique avait été prévu sur les pelouses de Richmond Park.

Tony baignait dans une merveilleuse euphorie.

Elle avait hâte de voir la tête d'Adam quand il saurait qu'elle avait remporté la fameuse course de Richmond. Dolly avait ôté ses coquelicots fanés et sans son ombrelle criarde, sa robe rouge devenait presque seyante. Mais l'euphorie de Tony se dissipa lorsqu'elle tomba nez à nez avec Bernard Lamb.

– Salut, cousin !

Elle avait du mal à en croire ses yeux.

– Que diable faites-vous ici ?

Dolly et Angela Brown babillaient déjà avec animation.

– La même chose que vous, cousin, rétorqua Bernard avec placidité. Que vouliez-vous que je fasse d'autre ?

C'était bien ce qui tourmentait Tony. Elle n'avait pas dépassé sa voiture, elle en aurait mis sa main au feu mais elle ne se souvenait pas non plus d'avoir doublé Sherry ni les autres.

Bernard esquissa un mauvais sourire :

– Félicitations, mais ce sont vos pur-sang qui ont fait la différence, certainement pas vos talents.

– C'est vrai que le lignage compte pour beaucoup, riposta Tony tandis que Bernard pâlissait sous l'insulte.

Elle s'éloigna en espérant que Dolly resterait avec ses amis mais la petite actrice ne la quittait pas d'une semelle. Personne n'allait lui faire lâcher prise alors qu'elle tenait le gagnant de la course.

Le prince de Galles prit la bourse que lui tendait son écuyer et insista pour que Maria Fitzherbert décernât le prix. Tony s'avança et resta éblouie par la beauté de la jeune femme. Maria avait appris l'élégance en France. Elle avait une ravissante carnation et ses magnifiques cheveux blonds tombaient en cascade sur ses épaules sans qu'elle eût besoin de les poudrer. Son opulente poitrine, bien que dissimulée sous un décolleté modeste, était un régal pour les yeux.

Elle remit la bourse à Tony qui claqua des talons et porta sa blanche main à ses lèvres. Tout le monde applaudit et Sherry s'empressa de venir lui emprunter de l'argent.

– Bas les pattes ! Trouvez un autre pigeon !

– En parlant de pigeon, pouffa Dolly, Son Altesse est partie pour roucouler cet après-midi !

– Tttt, la belle se refuse à devenir sa maîtresse, leur annonça cette commère de Sherry.

– Pfuit ! Il est prince et c'est une maligne. Elle cherche peut-être à lui soutirer quelques bijoux.

– Qu'est-ce qui vous fait croire qu'elle est si futée, ma chère ? s'enquit Sherry en souriant.

– Je suis actrice, lui confia Dolly.

– Pas possible ? s'exclama-t-il en essayant de garder son sérieux.

A cet instant, Amoret glissa un bras possessif sous le sien et l'entraîna hors de portée de l'ambitieuse Dolly.

Pendant ce temps, Son Altesse ne pouvait détourner son regard des monts marmoréens de Maria Fitzherbert et brûlait de les voir d'un peu plus près.

Maria l'avait d'abord pris pour un gamin. De six ans plus âgée, elle avait été déjà mariée deux fois. Puis elle avait été flattée. C'était la première fois qu'elle suscitait un véritable sentiment amoureux. L'impétuosité du prince l'excitait mais elle se sentait beaucoup trop mûre vis-à-vis de ce jeune admirateur, pour royal qu'il fût.

Le prince s'empara de la main de Maria et voulut lui voler un baiser. Elle sursauta et se laissa enfin persuader de le suivre à l'intérieur du château. Elle lui accorderait un baiser, certes, mais à l'abri des regards indiscrets.

– Ma chatte jolie, donnez-moi votre petite patte, supplia George.

Elle céda à sa prière et se demanda si un mariage demeurait dans la limite du possible. Elle deviendrait princesse de Galles et plus tard, reine d'Angleterre ! Mais c'était impossible à cause de cette maudite loi sur le mariage des princes. Et pourtant, si les dieux le voulaient ainsi...

George la conduisit dans un élégant boudoir et la prit dans ses bras après avoir fermé la porte. Elle lui accorda un baiser mais cela ne suffit pas à Son Altesse. Il inclina la tête et ses lèvres se firent plus audacieuses.

– Votre Altesse ! balbutia Maria, troublée.

– Mon chaton, ne soyez donc pas si formelle. Je veux que nous devenions intimes.

Maria rougit, elle n'avait jamais connu d'intimité que dans les bras d'un vieux mari.

George poussa son avantage et murmura :

– Ne soyez pas cruelle, Maria.

Un jeune homme brûlant de désir était pour elle une nouveauté. Il était l'enfant gâté de la Cour et personne ne lui avait jamais résisté. Elle mesura soudain l'étendue de son pouvoir. Elle pouvait mener ce jeune étalon par le bout du nez.

– Prince George, reprenez-vous ou je sens que je vais m'évanouir.

– Oh chérie, j'en mourrai si vous ne m'aimez !

Elle le repoussa doucement mais avec fermeté.

– Si vous promettez d'être sage, je vous laisserai

me raccompagner chez moi. Mais à présent sortons, sinon ma réputation est perdue !

– Ah, mon cœur ! Vous êtes si cruelle et si douce à la fois. Que l'on sache qu'un prince est à vos pieds et vous obéit.

Il avait fait peindre son portrait dans un médaillon qu'il comptait lui offrir, mais il attendrait le retour en calèche. Là, à l'abri des regards, elle ne pourrait plus lui échapper.

Au soleil, Tony vit qu'il était 16 heures. Elle avait désormais hâte de ramener l'équipage de Savage au bercail. Comme Dolly renâclait à la suivre, Tony s'empressa de la mettre à l'aise :

– Restez, si vous le désirez.

– J'peux pas, il faut que j'aille au théâtre. (Elle hésita.) Vous promettez d'aller plus lentement au retour ?

– A une allure d'escargot, promit Tony.

Elle testa les mors et empoigna fermement les rênes. Par miracle, les chevaux avaient adopté une conduite et bercée par le balancement du phaéton, Tony se mit à rêver d'Adam Savage.

Elle fut tirée en sursaut de sa rêverie par une galopade dans son dos. Alarmée, elle fit volte-face et aperçut Bernard Lamb qui fouettait son attelage pour la rejoindre. Elle relâcha les rênes et ses chevaux bondirent en avant.

La distance s'accrut entre les deux voitures du fait de la supériorité des pur-sang. Mais Tony avait peur, ce n'était pas la course que cherchait son cousin. Il essayait de la tuer !

Jamais il ne la rattraperait sur cette route, mais un mile seulement la séparait de Londres et en ville, elle serait obligée de ralentir. De fait, la circulation les força à freiner leur allure mais ils empruntèrent néanmoins les rues de la capitale à une vitesse terrifiante. Dieu merci, il était encore tôt et Tony espéra que son cousin n'oserait pas commettre un meurtre en plein jour.

Alors qu'ils approchaient de Constitution Hill, elle dut ralentir pour amorcer un virage. Stable Yard Road était tout proche et elle touchait presque au but. A cet instant, les chevaux de son cousin firent un violent écart et vinrent heurter son phaéton.

Sans la carriole qui était en train de livrer du charbon devant Lancaster House, Tony aurait parfaitement pu éviter le choc mais dans le cas présent, elle ne sut où aller. Le phaéton bascula, jetant Tony et Dolly sur la chaussée. Les chevaux plongèrent mais par bonheur, réussirent à ne pas se laisser entraîner par le léger véhicule.

La voiture de Bernard Lamb n'avait pas souffert le moindre dommage mais le choc les avait jetés à terre, lui et Angela. Sauvée par ses longues jambes, Tony évita de justesse de s'écraser la tête sur le trottoir. Dolly pleurait en se tenant une cheville tandis que tout le charbon se répandait dans la rue.

Un désordre monstre s'installa. Le livreur de charbon les couvrait de ses imprécations, les valets d'écurie accoururent de Stable Yard Road et tout le personnel de Lancaster House sortit dans la rue.

Tony était pâle de rage. Elle ramassa son fouet et s'approcha de son cousin qui gisait face contre terre. Il se protégea de ses bras et glapit :

– Crétin, vous m'avez cassé une côte !

– Infâme pourceau, je vais te tuer ! grinça Tony.

Soudain on lui arracha le fouet des mains.

– Nom de Dieu, que se passe-t-il ici ?

Elle croisa un regard bleu pâle et resta pétrifiée.

21

La journée de Savage avait été un succès sur toute la ligne. Ses chevaux étaient confortablement installés dans les nouvelles écuries d'Edenwood et le clipper, sous une voilure réduite, avait filé bon train jusqu'à Gravesend. Il avait réussi à imposer son prix à l'ancien propriétaire et baptisé son nouveau bateau le *Dragon volant*.

Dès qu'il descendit de cheval, il nota la disparition de son phaéton et des pur-sang.

– Où sont mes chevaux ?

– C'est aujourd'hui la course de phaétons de Richmond, milord, lui répondit le premier palefrenier.

Savage fronça les sourcils.

– Je ne vois pas le rapport.

– Lord Lamb...

Savage ne lui laissa pas le temps de poursuivre et tonna :

– Ce petit crétin n'oserait tout de même pas !

Ce fut alors qu'ils se rencontrèrent et que l'enfer se déchaîna autour de Tony.

– Ce monstre a essayé de me tuer ! accusa-t-elle.

Mais Adam, lui, était prêt à croire le contraire. Non seulement Tony lui avait emprunté ses chevaux sans sa permission et lui avait démoli son phaéton, mais il était en plus en train d'assouvir sa rage sur le dos de son cousin.

– Dommage qu'il ait manqué son coup, grinça Savage. Cela m'aurait épargné ce travail.

Savage aida une Angela bouleversée à se relever. Comme la jeune femme s'était tordu la cheville, il la prit dans ses bras et la déposa dans la voiture de Bernard. Il répéta la même opération avec Dolly. Puis il aida les palefreniers à détacher les pur-sang du phaéton fracassé. Il les inspecta attentivement, passant la main sur leurs jarrets.

Voyant qu'ils étaient couverts d'écume mais sains et saufs, il se retourna vers le charbonnier belliqueux.

– Je vous conseille de dégager avant que l'on ne vous impute la responsabilité de cet accident, déclara Savage d'une voix glaciale.

L'homme, impressionné, ravala ses imprécations et Savage s'en prit alors à Tony.

– Vous, aidez-le ! ordonna-t-il en lui jetant un regard furieux.

En quelques enjambées il rejoignit Bernard qui se relevait péniblement.

– Que s'est-il passé ?

Bernard haussa les épaules.

– Nous faisions la course. Le charbonnier s'est jeté dans nos pattes.

Il se tenait le côté en grimaçant.

– Vous sentez-vous en état de conduire ?

– Il en faut plus pour m'arrêter, sourit Bernard.

– Bravo, le félicita Savage qui se tourna vers les deux filles dont les larmes avaient laissé la place à un vif intérêt.

– Vous sentez-vous mieux ? leur demanda-t-il avec sollicitude.

– Je ne vais pas pouvoir jouer de la semaine ! geignit Angela en lui montrant sa cheville enflée.

Savage sortit une poignée de billets de sa poche et les glissa dans leurs mains. Puis il veilla à ce que Bernard et les deux actrices se fussent éloignés avant que Tony et le charretier n'achèvent de ramasser les boulets.

– Prenez ça dans votre charrette et je vous dédommagerai.

L'homme toucha sa casquette d'une main noircie et attrapa les billets neufs de l'autre. Quand les morceaux épars du phaéton furent chargés, Savage déclara à Tony d'un ton coupant :

– Quand vous aurez fini, présentez-vous chez moi.

Et il partit à grandes enjambées sans lui faire l'aumône d'un regard.

Après son départ, les quolibets se mirent à pleuvoir sur le jeune lord.

– Quand vous aurez fini, ma cheminée a besoin d'un ramonage, ricana un valet de Lancaster House.

– Ferme-la ! lui jeta Tony en le visant avec un morceau d'anthracite.

Ce fut les jambes lasses qu'elle gravit les marches du perron de Savage. Mais elle était bien décidée à tout lui raconter sur les tentatives de meurtre de Bernard Lamb.

Tony monta dans la bibliothèque et se félicita de l'absence de Sloane. Assis dans un fauteuil, Savage fumait tout en sirotant un cognac. Elle se jeta à l'eau :

– Mon cousin m'a suivi jusqu'à Richmond dans la seule intention de me...

– Votre conduite est inexcusable, la coupa froidement Savage.

Elle rougit.

– Je sais que je n'aurais pas dû vous emprunter vos chevaux sans votre permission mais j'étais sûre que vous refuseriez.

– C'est juste.

– Jamais je n'aurais accepté de participer à cette course si je n'avais pas bu.

– C'est toujours exact.

Seuls le silence et la fumée planaient dans la pièce.

Quel gâchis ! Elle aurait dû s'en douter à partir du moment où elle avait tiré le numéro treize. A quoi bon accuser son cousin, il ne la croirait pas. Que le diable l'emporte, on n'apaise pas les fauves !

Elle releva bravement le menton et déposa la lourde bourse sur son bureau.

– Pensez ce que vous voudrez, je m'en moque. J'ai remporté cette fichue course et je peux vous dire qu'il m'a fallu des tripes. (Elle ricana amèrement.) Tenez. Cela remboursera votre précieux phaéton.

Savage cessa de mordiller son cigare et répliqua :

– Décidément vous ne comprenez rien à rien. Vous avez failli tuer mes chevaux, sans parler des deux filles. Dieu merci, les pur-sang sont sains et saufs, ces dames aussi.

– Ces « dames », reprit Tony d'une voix sarcastique, souffrent seulement d'une vague entorse. Elles survivront !

La voix et le regard d'Adam se firent plus froids que jamais.

– Contrairement à votre petite personne, elles doivent gagner leur vie. Elles ne remonteront pas sur les planches avant une bonne semaine. (Ses yeux se posèrent sur la bourse.) Ceci devrait les empêcher de mourir de faim.

Tony serra les mâchoires.

– Elles peuvent encore gagner leur vie au lit !

– Ce que je déteste par-dessus tout chez vous, siffla Savage ulcéré, c'est votre snobisme.

Ces paroles cruelles et injustes firent à Tony l'effet d'un coup de poignard en plein cœur. Sa gorge se serra et pour cacher les larmes qui montaient, elle s'essuya le nez d'un revers de main, laissant une traînée de charbon noire sur ses lèvres.

Savage hocha la tête avec mépris.

– Vous n'êtes que deux petits dandys qui cherchez à impressionner les dames ! Hors de ma vue !

Au même instant, un autre dandy essayait d'impressionner une autre dame. Son Altesse Royale se tenait dans un carrosse devant Marble Hills. Sa jambe gainée de satin bleu se pressait contre la douce cuisse de Maria Fitzherbert.

– Chérie, laissez-moi rester cette nuit avec vous, suppliait-il.

– Prince George, s'écria-t-elle, feignant d'être outragée. Vous m'insultez !

– Ne m'appelez pas ainsi, ma chatte d'amour. Et je ne veux pas vous insulter mais vous honorer, au contraire. Vous honorer avec mon corps, chuchota-t-il en se pressant contre elle.

– Cela ne peut se concevoir que dans le mariage, ne vous moquez pas de cette institution, sire.

– Mais je ne me moque pas, Maria, et vous seriez ma femme, si seulement c'était possible.

Le cœur de Maria fit un bond dans sa poitrine.

– Hélas, sire, c'est impossible. Il se fait tard et je dois rentrer.

– Ne m'appelez pas sire, ma chatte chérie. Vous n'avez donc aucune pitié pour moi ? Restez encore un peu.

– Soit, concéda-t-elle. Comment voulez-vous que je vous appelle ? J'aurais l'impression de vous manquer de respect en vous appelant par votre prénom.

– Chérie, je n'ai que faire de votre respect, c'est votre cœur que je désire, murmura-t-il avec ferveur en avançant la main vers un sein alléchant.

– Puis-je vous appeler mon louveteau ? suggéra-t-elle.

– Oh oui ! La chatte et le louveteau ! J'ai un petit cadeau pour vous, déclara-t-il en sortant le médaillon de sa poche. Je suis un incorrigible romantique, ma chatte aimée, et mon cœur est entre vos mains. Ceci est un symbole.

– Vous me faites trop d'honneur, dit-elle en soulevant ses belles boucles dorées pour le laisser nouer le médaillon.

Une fois en contact avec sa peau douce, ses mains ne purent s'en détacher. Il déboutonna sa robe et enfouit son visage dans ses seins glorieux.

Maria n'osa pas provoquer un scandale et le laissa faire, à moitié consentante. Ce plaisir était nouveau pour elle et elle y prenait goût. Mais elle le repoussa avant qu'il ne soit trop tard et versa quelques larmes en se rhabillant.

– J'ai honte. Je suis une dévergondée et vous allez vous détourner de moi, désormais.

– Oh ! ne pleurez pas, ma douce, je vous en prie, vous me brisez le cœur. Vous n'êtes pas une dévergondée, mon amour, c'est moi qui suis un être vil et licencieux.

Elle le laissa sécher ses larmes et lui souhaiter une bonne nuit. Elle avait passé une excellente soirée, songea-t-elle. Particulièrement fructueuse !

C'était loin d'être le cas pour Tony Lamb. Elle lavait ses mains et son visage noirs de charbon et se mordait les lèvres de rage en songeant à la douceur avec laquelle Savage avait porté Dolly et Angela. Il traitait les prostituées comme des dames et elle, qui était une vraie dame, il la traitait comme un laquais. Elle était surtout ulcérée qu'il l'ait accusée de snobisme. Tout était la faute de ce gredin de Bernard Lamb. Ce garçon était mauvais, et dans son cœur elle savait que c'était lui qui avait saboté leur bateau, provoquant ainsi la mort de son jumeau.

Elle essuya ses larmes d'un revers de main, se mit du savon dans les yeux et déversa un chapelet de jurons. Si seulement Bernard pouvait mourir de ses blessures ! Son imagination vagabondait : Bernard était mort et elle n'avait plus rien à craindre. Elle pouvait redevenir une lady... enfin plus vraiment une lady car elle en savait désormais trop sur le monde, mais au moins une femme. N'était-ce pas mille fois préférable à l'état de lady ?

Elle rougit et releva le menton. Un jour Adam Savage ramperait à ses pieds et elle l'écraserait de son mépris ! Elle coupa court à ses illusions. Son cousin détesté ne succomberait pas d'une côte cassée et si elle désirait vraiment sa mort, elle devrait le tuer elle-même. Mais oui ! Un duel ! Voilà la réponse à ses angoisses. Elle le défierait et le tuerait en duel !

Elle frissonna et sortit de l'eau. Elle vengerait son frère jumeau ! Œil pour œil, dent pour dent : c'était dans la Bible !

Adam hésitait sur la conduite à tenir avec Tony. Une fois de plus, il secoua la tête en songeant au culot de ce jeune démon. Non seulement il lui avait pris ses chevaux pour faire la course, mais il avait gagné !

Tony avait au moins raison sur un point : il fallait du cran. Il était définitivement temps de canaliser cet enthousiasme. Savage décida de l'emmener avec lui en voyage sur le continent.

Tony pourrait y choisir ce qu'il voulait exporter en Indes et ce serait la couverture idéale pour l'opération de contrebande qu'il préparait. Il pourrait découvrir des œuvres d'art pour Edenwood et ils tomberaient pile pour le carnaval de Venise. Dans ce haut lieu de la décadence européenne, les hommes et les femmes masqués couraient les rues à la recherche d'aventures faciles.

Le lendemain à l'aube, Savage était sur les quais pour recruter un équipage. Pendant qu'on armerait le *Dragon volant*, il donnerait une grande réception à Edenwood. Toute la noblesse aurait ainsi un aperçu de sa richesse.

Au petit déjeuner, il tendit à Sloane la liste des invitations à faire partir. A 11 heures, il était à Curzon Street pour inviter lady Randolph à Edenwood et il pria Tony de lui meubler les chambres de ses invités.

Tony fut sidérée de voir qu'il ne lui tenait pas rancune de l'incident de la veille.

– Descendez quelques jours à Edenwood pour

épauler John Bull. C'est sa première réception en Angleterre et il est un peu débordé, suggéra-t-il.

John Bull accueillit Tony comme l'enfant prodigue. Tels deux conspirateurs, ils s'arrangèrent pour que tout soit prêt à l'arrivée de Savage dont ils redoutaient l'œil critique. Inlassables, les domestiques transportaient les meubles dans les escaliers en attendant patiemment les décisions du jeune lord.

A la tombée de la nuit, tout était en place. Adam arriva très tard et l'aurait-il voulu, il eût été bien en peine, en parcourant Edenwood, d'y découvrir la moindre faute de goût. Sa maison ressemblait à un véritable palais.

Rouge de plaisir, Tony était ravie mais épuisée. La présence de Savage la troublait plus encore que de coutume et elle préféra monter se coucher. Elle se pelotonna dans son lit et songea qu'elle ne s'était pas sentie aussi heureuse depuis longtemps. Son imposture avait des avantages. Adam Savage permettait à Anthony de partager sa vie et elle doutait qu'Antonia ait bénéficié de telles privautés. Elle soupira, bâilla et s'endormit en espérant rêver de lui.

Ce ne fut évidemment pas le cas. Dans la lueur d'une aube blafarde, elle se tenait masquée et enveloppée d'un long manteau. Ses doigts glacés tenaient un pistolet. Lentement, elle marchait tandis que son témoin comptait jusqu'à dix. Mais son adversaire n'avait pas d'honneur, car à neuf il se retourna et fit feu. Elle sentit la balle pénétrer sa poitrine et déchirer la chair, le sang vermillon se mit à couler.

Bernard Lamb enleva son masque et murmura :

– Amen. Merci, mon Dieu.

En s'éveillant au petit matin Tony eut l'impression de ne pas avoir fermé l'œil de la nuit. Elle sauta du lit et fit une grimace, elle n'était que courbatures. Mais le petit mot que lui apporta Kirinda la rasséréna :

« Tony, mets un vieux pantalon et viens voir mes pur-sang. »

Une petite promenade matinale lui ferait le plus grand bien. Elle avait été trop occupée jusqu'alors pour visiter les écuries et se dépêcha d'enfiler une culotte de cheval. A l'instar d'Adam, elle attacha ses cheveux en catogan sur la nuque.

Trente-cinq des quarante stalles abritaient de pures merveilles. Une douzaine de valets et de palefreniers astiquaient vigoureusement les harnais et une voix grave s'éleva :

– Bigre ! Ça ne vous fatigue pas de vous lever si tard ?

Piquée, Tony fit volte-face. Il n'était pas 8 heures. Elle aperçut Savage les manches retroussées jusqu'aux coudes et vêtu d'un vieux pantalon. Armé d'une pelle, il nettoyait les stalles.

– Vous ne croyez pas que vos palefreniers pourraient s'en charger, observa-t-elle.

L'éclat qui brillait dans les yeux de Savage n'augurait rien de bon.

Sans cacher son amusement, Savage lui annonça :

– S'il y a bien une chose qui vous forge la santé en même temps que le tempérament, c'est de ramasser le crottin. (Il lui jeta une pelle dans les bras.) Les deux vous seront utiles, Tony.

Elle songea d'abord à lui envoyer une pelletée de crottin au visage mais sut immédiatement qu'elle lui donnerait ainsi une raison de lui mettre le nez dedans. Ravalant sa fierté, elle serra les dents et pesta de toutes ses forces contre cet homme qui connaissait si bien ses réactions. Elle prit la pelle et se mit nonchalamment à l'ouvrage. Elle s'offrit même le luxe de siffloter gaiement pour le priver d'une partie de son plaisir.

– Oh ! mais vous ne m'en avez laissé que neuf ! s'exclama-t-elle tandis qu'il sortait chercher de la paille fraîche.

– Neuf ! gémit-elle tout bas quand il eut disparu.

Après ce qui lui parut une éternité, elle entendit un bruit de bottes derrière elle. Elle avait déjà nettoyé six stalles et touchait la limite de ses forces. Elle se redressa péniblement et se retrouva nez à nez avec Bernard Lamb qui ricanait.

– Qu'est-ce que vous fichez là ?

– Vous vous répétez, mon cher cousin, lâcha ironiquement Bernard. Vous m'avez tenu exactement les mêmes propos à Richmond l'autre jour.

Soudain Tony retrouva toute son énergie pour ramasser une pleine pelletée de crottin.

– Tony ! (Une voix impérieuse retint le crottin à mi-chemin de sa course.) M. Lamb est mon hôte. Vous feriez bien d'aller prendre un bain.

Tony renifla avec mépris :

– Je doute que vos sels de bain parfumés réussissent à chasser la puanteur qui m'incommode !

22

Tony se baigna, se changea et décida de rester en tenue de cheval malgré les allées et venues des invités. Sa seule concession fut de mettre une perruque.

Pour éviter son cousin, elle se rendit aux cuisines et resta bouche bée devant la quantité de nourriture prévue. La cuisine anglaise traditionnelle prédominait mais des plateaux de friandises et autres sucreries orientales avaient été prévus pour les plus audacieux.

Tony respira avec délice les odeurs épicées qui flottaient dans la pièce.

– Puis-je vous être utile ? demanda-t-elle à John Bull.

– Oh oui, Votre Seigneurie. Si vous vouliez avoir l'amabilité de faire l'inspection des troupes. Vous saurez mieux que moi si leur livrée est digne de votre valeureux pays.

Il ouvrit une porte et Tony se sentit devenir écarlate à la vue d'une douzaine d'hommes à moitié nus. La livrée était gris tourterelle avec des bas blancs et des souliers noirs.

John Bull fit entendre un petit reniflement de mépris :

– J'avais commandé une livrée écarlate soutachée d'or mais Son Excellence m'a obligé à en changer.

Tony aurait adoré abonder dans son sens mais une fois de plus Savage avait raison.

– Je crois que vous pouvez faire confiance à son jugement.

– Ah mais, pas toujours ! objecta John Bull. Il se fourvoie parfois en piètre compagnie et prend des risques inconsidérés. Il est grand temps pour lui d'abandonner la contrebande et de s'assagir.

– Savage... Contrebandier ?

Cela expliquait beaucoup de choses ! Ses navires, sa richesse, sa cicatrice !

– Quand vous aurez fini de me disséquer, j'aurai

besoin de votre aide, déclara tranquillement Savage.

Tony ironisa :

– C'est étonnant, habituellement vous vous suffisez à vous-même. N'est-ce pas, John Bull ?

– C'est exact, il rejette toujours nos services.

– Je l'aurais parié, ricana Tony.

Savage ignora la raillerie.

– Puisqu'il est de bon ton que les maris et les femmes s'évitent en public, j'ai pensé que vous pourriez vous occuper du comte d'Oxford pendant que...

– ... Vous preniez en main la comtesse ? le coupa-t-elle avec insolence.

– L'image est grossière mais j'ai effectivement besoin de lui parler en tête à tête une petite demi-heure. Soyez bon bougre et emmenez Oxford voir les chevaux.

Tony se répéta intérieurement qu'elle n'était pas jalouse, mais lorsque le même scénario se renouvela avec lord Grosvenor, le comte d'Hutingdon et lord Shelbrune, elle se mit à bouillir de rage.

Toutes ces belles élégantes manifestaient une curiosité dévorante et montaient visiter les chambres d'Edenwood tandis que leurs vaillants époux galopaient manu militari en direction des écuries. Ce pourceau lubrique qu'était Savage poussait l'audace jusqu'à cocufier ses nobles invités sous leur nez.

Tony ne décolérait pas de le voir si volage. Etaient-elles toutes si irrésistibles que cela ? Mais peut-être était-ce pour ce roturier un moyen de s'affirmer auprès de tous ces aristocrates ? Ou encore une forme de mépris ?

L'arrivée de quatre carrosses la tira de ses

réflexions. Rosalind et lady Jersey en descendirent ainsi que Georgiana Devonshire. Tony se promit de ne pas laisser Savage aux mains de la petite reine du microcosme londonien. Savage discutait alors avec animation avec plusieurs messieurs et elle comprit qu'il lui revenait de prendre en main les nouvelles venues.

– Anthony, gloussa Frances Jersey. Mais vous avez encore grandi, mon cher ! (Elle lui murmura à l'oreille :) Je brûle de faire la connaissance de sa concubine !

– Kirinda n'est pas sa concubine, protesta misérablement Tony.

Mais Frances lui tapota affectueusement la joue.

– Comme il est innocent, ce petit !

Georgiana et lady Jersey échangèrent des regards si amusés que Tony en conclut qu'elles avaient sans doute raison. Fleur de Lotus était bel et bien la concubine de Savage. Comment pouvait-elle être aussi sottement naïve ?

Tony les conduisit dans la salle à manger. Les murs étaient tendus de soie rose pâle et à chaque extrémité de la pièce une cheminée sculptée était insérée dans une paroi entièrement composée de miroirs. S'y reflétait un lustre de cristal qui éclairait l'ensemble de ses trois cents bougies parfumées à l'eau de rose.

– Oh ! souffla Georgiana, émerveillée. Il faut absolument que je fasse la même chose chez moi.

Frances Jersey lui donna un petit coup d'éventail.

– Votre mari est très indulgent, Georgiana. Non content de fermer les yeux sur vos frasques, il vous passe tous vos caprices !

– Pffuit ! Il ne sait même pas que j'existe, Frances. Les affaires et la politique accaparent tous ses instants et je puis vous assurer qu'il monopolise M. Savage à tel point que nous en sommes à peine au stade du flirt !

– Vous ne tarderez pas à approfondir vos relations, coquine ! déclara lady Frances en feignant d'être choquée. (Puis elle baissa à nouveau le ton.) Toutes les femmes ici présentes rêvent d'apprivoiser ce fauve. Il vient à peine d'arriver et jouit déjà d'une solide réputation de libertin.

– Roz, viens donc voir les serres, proposa Tony, désireuse de changer de sujet.

Mais Georgiana et Frances ne voulaient pas en démordre.

– On prétend qu'il s'intéresse à la politique.

– Ça ne m'étonnerait pas, lâcha négligemment Tony. Il a fait monter tous les jupons Whig dans sa chambre.

Georgiana ne put cacher son dépit et Tony savoura ce bref instant de félicité.

Au lieu de suivre Frances et Georgiana, Roz prit Antonia à l'écart et l'interrogea :

– Que signifient ces allusions, Tony ? Tu perds la tête ?

– C'est un coureur invétéré ! Tous les jours il reçoit des femmes chez lui.

Ses yeux se remplirent de larmes tandis que sa grand-mère la regardait avec incrédulité.

– Oh, chérie, tu es amoureuse de lui !

– Ne dis pas de bêtises ! grommela Tony.

– Tu ne réagirais pas comme ça si tu ne l'étais pas.

– C'est cette maison... renifla Tony. J'adore Edenwood...

– Comme quantité d'autres femmes, coupa sèchement sa grand-mère.

– C'est bien ce qui m'ennuie ! maugréa Tony en essuyant avec irritation toute trace de larmes d'un revers de manche.

– Si tu continues comme ça, il va découvrir que tu n'es pas Anthony.

Tony reprit instantanément ses esprits et déposa un baiser sur la joue de sa grand-mère.

– Ne t'inquiète pas. Je reconnais qu'il m'horripile mais je te promets de ne pas piquer de crise de nerfs. Je me défoulerai dans mon journal.

Elle grimaça un sourire et conduisit Roz dans les serres.

C'était un autre monde. L'atmosphère lourde et moite était chargée d'odeurs et de parfums inconnus. Une immense coupole en verre teinté abritait une réplique en miniature de la jungle de Ceylan. Palmiers, bambous, bananiers y croissaient à l'envi. Plus de trente variétés d'orchidées dont les couleurs allaient du vanille pâle au noir veiné d'or et de pourpre.

Au milieu de toute cette verdure, Kirinda, assise sur la margelle d'une fontaine, expliquait de sa voix chantante le nom des orchidées à lady Jersey et à la duchesse de Devonshire. La beauté brune de la délicate Fleur de Lotus fit à Tony l'effet d'un coup de poignard.

Une voix grave résonna près de la porte :

– A Ceylan, tout est un enchantement pour les sens.

Toutes les femmes se turent, captivées, mais le charme fut brutalement rompu par Roupie qui vint se percher sur l'épaule de son maître et glapit :

– Engeance de démon ! Repens-toi !

– Comme il est drôle ! s'exclama Georgiana. Adam chéri, il faut que vous me donniez cet animal !

Tony retint son souffle : Adam venait de lui adresser un clin d'œil complice.

– Cet oiseau m'a coûté une fortune, confia-t-il à Georgiana. Jamais je ne me séparerai de Roupie.

Soudain Tony sentit sa bonne humeur revenir sans savoir pourquoi. Savage venait de lui prouver qu'en plus d'être contrebandier et amateur de courtisanes, il était menteur... Cela complétait le tableau !

– Monsieur Savage, Edenwood est superbe, le félicita Roz. Je n'ai jamais rien vu de pareil.

Pour une fois, lady Jersey partageait l'avis de son amie.

– Vous avez fait preuve d'un goût exquis !

– Tout le mérite revient à lord Lamb. C'est lui qui a conseillé Wyatt durant les travaux et il a choisi la plupart des meubles. Cette serre est une idée de Tony.

Tony rougit de plaisir.

Georgiana se tourna vers lui, vivement intéressée :

– Voulez-vous m'aider à décorer ma maison de Bath et ma villa de Chiswick ?

Plutôt mourir, songea Tony qui rendit son clin d'œil à Savage avant de répondre :

– Tournez-vous vers l'Orient. Je vous prédis que le style chinois va faire des ravages d'ici peu !

– C'est juste, concéda Georgiana. Son Altesse a décoré son pavillon de Brighton à l'orientale et tout le monde sait qu'il a beaucoup de goût.

Lady Jersey, éternelle rivale de Georgiana, lui susurra d'une voix mielleuse :

– Son Altesse ne vous a pas accompagnée

aujourd'hui. Mon petit doigt m'a dit qu'il était encore à Richmond.

Georgiana lui jeta un regard suffisant et se tourna vers Savage :

– A ce propos, très cher Adam, George m'a chargée d'un message pour vous. Il passera demain à Edenwood pour vous entretenir d'une affaire.

– J'en serai très honoré, Son Altesse est la bienvenue à toute heure du jour ou de la nuit.

– Allons, venez ! Je n'ai encore rien vu du parc et des jardins. Si vous selliez un de vos pur-sang pour m'emmener faire un tour ?

Adam lui sourit :

– Tony vous fera les honneurs du parc. Je vais aller prévenir ceux qui désirent se promener à cheval.

Tony obéit à contrecœur. Les palefreniers toutefois avaient anticipé les désirs des invités et une douzaine de chevaux sellés les attendaient. Savage les rejoignit avec une dizaine de ses hôtes. Il souleva galamment Georgiana pour l'installer sur son cheval et ses mains s'attardèrent sur sa taille tandis qu'il contemplait en souriant son exquis minois.

– Vous allez m'en vouloir, mon cœur, mais mes voisins viennent d'arriver et je vais bientôt avoir besoin de leurs voix à la Chambre.

Georgiana esquissa une jolie moue.

– La politique me prive de tous mes cavaliers. C'est une maîtresse bien exigeante.

Tony crut déceler entre eux une tendre connivence et frémit. Seigneur Jésus, avait-il aussi couché avec Georgiana ?

Ecœurée, elle se détourna et partit aider les autres femmes à monter en selle. L'une d'entre elles était toute jeune. Antonia sentit son cœur se soulever de dégoût en voyant le vieil homme qui l'escortait et respira de soulagement en constatant que lord Harvey accompagnait tout bonnement sa fille. Charlotte ne pouvait détacher ses yeux de Tony. Elle avait entendu parler de lui dans les gazettes à scandales et voyant l'univers dans lequel il vivait, elle avait jeté sur lui son dévolu.

Georgiana éperonna sa monture et tous les hommes la suivirent. Tony, de mauvaise humeur, traînait derrière. Charlotte en profita pour s'approcher du séduisant jeune lord.

– A l'ouverture de la saison, mon père donnera un bal, me ferez-vous l'honneur d'être des nôtres, lord Lamb ?

Tony allait lui envoyer une fin de non-recevoir quand la douceur et la vulnérabilité de la jeune fille la touchèrent.

– J'en serais très heureux si je suis à Londres à cette date, mademoiselle. (Pour la décourager, elle suggéra :) Vous devriez rejoindre les autres.

Mais la jeune fille rougit et battit des cils.

– Je préfère chevaucher avec vous dans les bois, monsieur.

Allons bon, les hommes ne feraient qu'une bouchée de cette tendre enfant. Depuis qu'elle avait pénétré dans l'univers des mâles, Tony ne se faisait plus d'illusions. Tous les hommes étaient des débauchés et menaient une vaste conspiration pour laisser les jeunes filles dans l'ignorance la plus totale des plaisirs de la chair.

Tony s'échauffait et fit à peine attention au projectile qui passa en sifflant contre son oreille. Son cheval se cabra et Charlotte poussa un cri strident :

– Qu'était-ce donc ?

Tony se figea soudain et un affreux soupçon l'effleura. Une minute plus tard, le même sifflement se fit entendre et une balle vint se loger dans un arbre derrière Tony.

– On nous tire dessus !

Charlotte lâcha à nouveau un cri perçant quand Tony saisit ses rênes et éperonna vigoureusement son cheval. Elles galopèrent à bride abattue en direction de la Tamise et ralentirent seulement lorsque le groupe de Georgiana fut en vue. La jeune fille était affolée tandis que Tony dissimulait son effroi. Pour la rassurer, elle lui dit :

– Ce devait être un braconnier. Ne vous éloignez pas des autres, je vais m'occuper de ce sinistre imbécile.

La peur diminua pour donner naissance à une rage froide. Elle n'avait aucun doute sur l'identité du tireur. Il lui fallait absolument convaincre Adam Savage que Bernard essayait de la supprimer. Comment osait-il mettre ses jours en danger en invitant ce gredin à Edenwood ?

Elle entra dans les immenses écuries et confia son cheval à un valet. Elle allait se lancer à la recherche de Savage quand elle entendit un rire monter d'une stalle. Elle le reconnut sur-le-champ. Un chuchotement féminin suivit ainsi qu'un petit gloussement.

Aveuglée de rage, elle fonça vers le box et se pencha par-dessus la porte. Ce qu'elle vit la cloua sur place. Savage, le dos couvert de paille, tendait la main à Angela Brown impudiquement allongée dans le foin.

– Je vous avais bien dit que nous serions surpris, fit tranquillement Savage en aidant la jeune femme à se relever. Dieu merci, ce n'est que Tony et non Bernard !

– Mon cousin était bien trop occupé à me tirer dessus comme un lapin !

Pas une seconde Adam ne crut sérieusement que Bernard menaçait Tony. Son pupille avait été un peu trop gâté et il reprochait à Bernard sa pauvreté.

– Pour l'amour du ciel, Tony, vous faites une fixation ! lui lança Adam, excédé.

Tony contempla l'actrice avec un dédain non dissimulé. Elle arborait une robe jaune et rouge du plus mauvais goût mais sur Angela, elle était ravissante.

– Votre cheville va mieux ? s'enquit-elle, sarcastique.

Adam lui répondit le plus sérieusement du monde :

– Je viens d'y jeter un coup d'œil. Elle est encore mieux qu'avant.

Angela lui lança un regard effronté et épousseta sa robe.

– Tant mieux ! grinça Tony. Elle va pouvoir travailler debout !

– Morbleu, quelle mouche vous pique ?

Bernard Lamb apparut sur ces entrefaites avec un petit sourire narquois :

– Il a peut-être avalé son hochet en argent quand il était petit ?

Adam et Angela éclatèrent de rire.

Outrée de voir son tuteur prendre le parti de son ennemi, Tony se rua sur Bernard et lui cingla le visage avec sa cravache.

– Espèce de canaille, si tu veux ma peau, rendez-vous à Battersea et nous en finirons ! Je t'enverrai mes témoins.

Et elle tourna les talons.

Bernard Lamb essuya le sang qui coulait de sa joue et agonit son cousin d'insultes.

Savage, songeur tout à coup, se garda bien d'intervenir. Il mènerait son enquête de son côté pour savoir d'où venait cette haine entre les deux cousins. Tony était visiblement hors de lui et il était inutile d'essayer de le raisonner. Une chose en revanche était bien sûre : il n'y aurait pas de duel.

– Vos affaires ne me regardent pas mais vous êtes mon hôte et je déplore cet incident. Rentrez donc vous faire soigner.

– Ce n'est rien... juste une égratignure, protesta Bernard.

Malgré lui, Savage fut impressionné.

Tony rentra d'une seule traite à Londres avec sa grand-mère. Pour éviter de répondre à ses questions, elle s'installa à côté du cocher. Roz ne devait se douter de rien sans quoi elle empêcherait Tony de prendre sa revanche. Elle serra les poings dans ses poches. Elle n'avait qu'une certitude : ce duel aurait bel et bien lieu !

23

Antonia se réveilla en nage. Pour la troisième nuit consécutive, elle avait fait le même rêve. Il lui fallut quelques minutes pour comprendre qu'il faisait nuit noire.

Elle rejeta les couvertures et frissonna au contact de l'air froid contre sa peau moite.

Elle se déplaça silencieusement dans l'obscurité. Si Burke l'entendait, elle était perdue. La veille, elle avait préparé ses vêtements avec soin sans oublier la cruche d'eau pour ne pas troubler le silence.

Elle ôta la chemise de nuit trempée d'Anthony et la pressa contre son visage pour y puiser des forces. Nue et frissonnante, elle murmura :

– Tony, aide-moi.

Un grand calme l'envahit soudain. Non seulement elle se préparait à venger son jumeau mais elle agissait en état de légitime défense. Toutes les fibres de son corps lui criaient que Bernard Lamb la tuerait si elle ne le supprimait pas la première.

Elle se lava pour chasser le souvenir poisseux de ce rêve qui s'accrochait à elle. C'était toujours le même. Ils se préparaient à se battre en duel sur une prairie à l'aube et elle comptait. A neuf, Bernard Lamb se retournait et faisait feu.

Tony s'habilla avec un sang-froid qui la surprit. Elle obéissait à une force qui la dépassait et malgré sa peur, elle était très calme. Elle tenait son destin entre ses mains. Tout était réglé d'avance. Si elle ne faisait rien, elle perdrait. Si elle agissait, elle gagnerait. Là résidait le secret de la vie... et de la mort.

Tony se sentit reconnaissante à l'égard de Savage. Il lui avait appris que la première des vertus était le courage. Il voulait faire un homme de Tony et il avait atteint son but : elle avait le cran d'un homme, la persévérance et la détermination d'un homme. Sa vivacité et son intuition pallie-

Elle savait exactement ce qui allait se passer. avança posément tout en comptant. A neuf, fit volte-face et tira. Son adversaire avait œuvré de la même façon et elle constata avec faction que son intuition ne l'avait pas trom-

ny esquissa un mauvais sourire en le voyant ondrer. Mais soudain, dans la lueur pâle de e, jaillit un homme immense, il la rejoignit à des enjambées. Elle essaya d'esquiver la poi- de fer qui la saisissait au collet et la poussait une voiture.

e voix grave et irritée proféra :

Je vais vous donner une correction dont vous souviendrez toute votre vie !

e se retrouva propulsée si violemment contre quette de cuir qu'elle en eut le souffle coupé. e mit à trembler convulsivement et à claquer ents. C'était une réaction normale après le Savage lâcha un juron et jeta sa cape sur ses s.

vous l'avez tué, vous irez en prison, qui sait si ce ne seront pas les galères ! Espèce de rétin !

ne répondit rien. Elle souhaitait de tout ur la mort de son cousin mais elle songea qu'en prison, elle serait obligée de révéler ntité. Le scandale serait immense. Tant pis, ait au moins la satisfaction de savoir que Bernard ne volerait ce qui aurait dû appar- Anthony.

s n'êtes qu'un vaurien incapable de pitié ! la Savage.

Tony laissa éclater son indignation :

ocrite ! Vous auriez fait comme moi si l'on

raient l'absence de force physique. Bernard Lamb ne ferait pas le poids.

Elle savait Adam bloqué à Edenwood par ses invités et la visite annoncée du prince de Galles.

Tony avait choisi comme témoins le jeune Southampton et le colonel Dan Mackinnon qui possédait une magnifique collection d'armes à feu. Elle leur fit jurer le secret.

C'était à l'adversaire le plus haut placé dans l'échelle sociale de lancer le défi. Lord Lamb avait choisi l'heure et le lieu et laissé à Bernard le choix des armes. Ce serait un duel au pistolet, on ne se battait plus à l'épée depuis des années.

Comme elle redoutait de rêver, le sommeil la fuyait et elle écrivit jusque tard dans la nuit, couvrant les pages de son journal de ses doutes et de ses craintes. En se relisant, elle s'aperçut qu'elle avait accumulé au fil des pages plus de griefs contre Savage que contre son cousin détesté. Le plus grotesque, c'était qu'elle admirait passionnément Adam. Il n'y avait que ses innombrables conquêtes qui la dérangeassent.

Elle finit par admettre la vérité. Elle était atrocement jalouse. Elle le désirait comme jamais elle n'avait rien désiré. Elle voulait qu'il lui fasse l'amour. Elle en mourait d'envie.

Tony prit son manteau et traversa la rue pour éviter la lumière du réverbère. Dans Greenpark, il faisait noir comme dans un four. Des rires d'ivrognes atteignirent ses oreilles alors qu'un groupe de jeunes gens sortaient du *White Club* à St James. Prestement elle traversa Stable Yard Road où Southampton devait l'attendre dans un fiacre de location.

Personne. Elle sortit sa montre avec anxiété.

Etait-elle en avance ou eux en retard ? Jamais elle ne s'était trouvée dehors à cette heure. La rue déserte avait un aspect fantomatique. Un chat la fit sursauter. Et s'ils ne venaient pas ? Son imagination galopait. Savage avait tout découvert et il allait empêcher le duel ! Mais non, il ne se doutait de rien.

Un fiacre noir apparut au coin de la rue. Le cœur battant, elle s'avança. La porte s'ouvrit et elle sentit un bras l'attirer à l'intérieur. L'un des coffrets de pistolets du colonel se trouvait sur la banquette de cuir et à côté, elle aperçut une mallette qui contenait une flasque et des gobelets d'argent.

– Voici Keate. Le chirurgien de Son Altesse.

Tony lui jeta un regard inquiet.

– Je vous avais demandé le plus grand secret !

– Sacristi, il fallait tout de même un chirurgien ! Il vous sauvera peut-être la vie, Tony. Tenez, j'ai là un bon petit remontant, lui dit Southampton en lui versant une rasade de whisky.

Elle secoua la tête et il vida le verre en haussant les épaules.

Le trajet fut bref. Pour Tony, le temps parut s'accélérer brutalement. Elle se demanda même si elle ne rêvait pas encore. Mais quand le fiacre s'immobilisa, elle comprit que c'était bel et bien la réalité.

Southampton lui lança un domino noir.

– Mettez ça !

– Pourquoi ?

– Simple précaution, mon cher. Vous risquez la prison, le savez-vous ? Les duels sont tolérés mais parfaitement illégaux.

Quand Tony descendit sur la pelouse de Batter-

sea, une peur panique la gagna. D
brouillard flottaient encore dans
odeur âcre de cheval mélangée à
prit aux narines. Elle ferma les yeu
Non ! Sacrebleu, elle n'allait pas s
haiter que Bernard manquât leur
viendrait. C'était pour lui une occ
la dernière tentative visant à s'ap
dont il rêvait. Elle allait l'expédie

Elle savait au fond d'elle-même
dement assassiné son frère jumeau
sans états d'âme. Des hommes s'éta
au beau milieu d'une clairière ; sa
se dirigea vers eux. D'une main
dénoua sa cape et laissa Southampto
rasser.

Comme dans son rêve, les pre
l'aube apparaissaient et elle att
moins aient achevé leur concili
tres hommes masqués. Mackinn
der si elle désirait se rétracter.
elle se souvint que cela faisait
régissait les duels.

La lumière était à présent
les adversaires puissent se voi
le coffret et les témoins s'assu
lets étaient bien chargés.

Deux silhouettes s'avancè
arme. Deux paires d'yeux b
rent à travers les fentes du
était palpable. On les plaç
cousins pointèrent leurs p
armèrent le chien.

Tony avait tellement ima
avait l'impression d'y assi

avait menacé de vous prendre votre bien ! Toutes les occasions sont bonnes pour faire de moi un homme ! Faudra-t-il aussi que je me batte avec vous ? Morbleu oui, je le ferai ! Je me battrais avec la terre entière s'il le fallait !

Ebranlé par la sincérité qui vibrait dans sa voix, Savage comprit que Tony n'avait agi ainsi que par nécessité. Et il finit par admettre qu'il lui avait fallu du courage pour affronter Bernard en duel.

– Je vous emmène à bord du *Dragon volant*. Après quoi j'irai m'assurer de l'état de votre cousin. Qu'il soit mort ou vivant, il vous faut quitter le pays pour un moment. Je ne comptais pas m'embarquer avant la fin de la semaine mais vous ne me donnez pas le choix.

Un silence oppressant s'installa. Tony était reconnaissante à Savage de sa présence rassurante. Elle était au bord des larmes. Oh ! si seulement elle avait pu épancher son chagrin contre son épaule, se laisser bercer par ses bras. Une grosse boule dans sa gorge menaçait de l'étouffer et elle finit par murmurer d'une voix enrouée :

– Merci d'être là, même si mes explications ne vous convainquent pas.

– Votre père était mon ami. J'essaie de le remplacer.

Elle faillit hurler qu'elle ne voulait pas de lui comme père mais par bonheur ils arrivaient sur les quais.

Lorsqu'ils grimpèrent à bord, Savage prévint l'équipage qu'ils profiteraient de la marée du soir pour gagner la France et ordonna au chef de gamelle de faire le plein de vivres. A la vue de ces hommes patibulaires, Tony réprima un frisson. Il y en avait de toutes les nationalités et probablement de toutes les origines, des bandits sûrement.

Savage ouvrit la porte d'une petite cabine éclairée d'un hublot mais sans couchette.

– C'est pour vous seul, déclara-t-il comme s'il lui offrait une suite princière.

– Mais... il n'y a même pas de lit, protesta Tony.

Savage lui jeta un regard méprisant et lui désigna un casier :

– Vous avez un hamac là-dedans. Remerciez-moi plutôt de ne pas vous le faire accrocher à côté de ceux de l'équipage.

Tony se réjouit alors de cette relative intimité.

– Sur mes bateaux, tout le monde travaille pour gagner son pain mais je ne veux pas que vous quittiez votre cabine aujourd'hui.

– Merci, fit Tony soulagée.

– Nous lèverons l'ancre ce soir. Demain vous aurez tout le temps de frotter le pont.

Elle lui jeta un regard en coin. Savage ne plaisantait pas.

– Roz n'est au courant de rien. Pourriez-vous la prévenir ? pria Tony pleine d'espoir sans oser lui demander de lui faire préparer quelques affaires par Burke.

Savage acquiesça :

– Je vais en avoir pour des heures. Figurez-vous que moi aussi j'ai des affaires à régler, grommela-t-il sans lui cacher qu'il était furieux de ce contretemps.

Après son départ, Tony contempla tristement le tas de chanvre qu'il avait pompeusement baptisé hamac. C'était la première fois qu'elle en voyait un. Elle découvrit des crochets sur le mur et finit tant bien que mal par l'installer dans un coin. Puis elle s'y assit et lorsqu'il eut cessé de bouger, elle s'allongea prudemment en passant une jambe après l'autre. Elle se sentait affreusement seule dans ce trou à rats si sombre et ne put retenir une larme qu'elle écrasa résolument.

Savage partit à la recherche du Dr Keate et apprit avec un vif soulagement que Tony avait seulement blessé son cousin. Bernard ne souffrait que d'une égratignure à l'épaule. Mais le chirurgien lui annonça en revanche que le jeune Lamb avait provoqué un scandale en tirant sur le coup de neuf. Une telle lâcheté ne s'était encore jamais vue.

Savage lui fit remarquer d'une voix neutre :

– J'étais présent. Ils ont tiré en même temps.

– Simple coïncidence. Tout le blâme retombe sur celui qui a blessé l'autre. Si Tony avait été blessé, son adversaire aurait été châtié.

– Il est joli, votre code, gentleman de mes fesses ! Dieu soit loué, je n'en suis pas un.

Et pourtant tu te démènes pour obtenir un titre, lui chuchota une petite voix ironique. *Moi, mais je m'en moque,* se défendit-il. *C'est seulement pour Eve que je le fais.* Mais la voix le railla à nouveau : *Tu parles comme l'autre Adam : ce n'est pas moi, c'est la femme qui m'a tenté !*

Adam, le front toujours soucieux, se rendit à sa banque. Il demanda qu'on lui sorte un coffre de bijoux et choisit des diamants et des saphirs très clairs. Il le glissa dans un étui en velours et se dirigea directement vers Carlton House.

Il avait la ferme intention de manipuler le prince George. Tout avait commencé la veille quand Son Altesse avait abordé le sujet des bijoux. Il voulait offrir une somptueuse parure à sa chère Maria. Il avait déjà offert des babioles à ses précédentes maîtresses mais avec Maria, c'était différent. Il voulait que les bijoux soient à la hauteur de la vénération qu'il lui portait. Il lui fallait quelque chose d'exceptionnel pour la faire capituler.

Le seul problème, c'était l'argent. Le prince de Galles avait confié à Savage qu'il avait un demi-million de dettes. Savage savait qu'il minimisait le chiffre. Le prince avait entendu parler des bijoux rapportés par Savage et espérait pouvoir effectuer une sorte de troc avec le nabab. Comme il l'avait fait pour ses pur-sang.

A moitié pour rire, Savage lui avait dit qu'il ne manquait de rien, si ce n'était d'un titre.

Alors Son Altesse avait tristement hoché la tête en répondant que ces choses-là n'étaient pas en son pouvoir. Mais quand le prince avait une idée dans la tête...

Savage gravit les marches de Carlton House en souriant. Rien n'était impossible. Surtout quand George aurait vu les pierres. Il dissimula son amusement quand Son Altesse lui révéla qu'il avait consulté son ami Charles Fox au sujet d'un éventuel anoblissement. Adam réussit à lui reprendre des mains les pierres précieuses et les rangea dans leur poche de velours.

– Je quitte l'Angleterre pour environ trois semaines. (Il haussa les épaules.) Peut-être qu'à mon retour Son Altesse aura réuni la somme nécessaire. Je pourrais en demander deux cent cinquante mille livres, mais pour Votre Altesse, je les laisse à cent mille.

Savage savait que George ne réunirait jamais l'argent, mais il lui laissait trois semaines pour lui procurer un titre.

Quand Savage passa à Curzon Street, il put vérifier que lady Randolph n'était pas au courant du raient l'absence de force physique. Bernard Lamb ne ferait pas le poids.

Elle savait Adam bloqué à Edenwood par ses invités et la visite annoncée du prince de Galles.

Tony avait choisi comme témoins le jeune Southampton et le colonel Dan Mackinnon qui possédait une magnifique collection d'armes à feu. Elle leur fit jurer le secret.

C'était à l'adversaire le plus haut placé dans l'échelle sociale de lancer le défi. Lord Lamb avait choisi l'heure et le lieu et laissé à Bernard le choix des armes. Ce serait un duel au pistolet, on ne se battait plus à l'épée depuis des années.

Comme elle redoutait de rêver, le sommeil la fuyait et elle écrivit jusque tard dans la nuit, couvrant les pages de son journal de ses doutes et de ses craintes. En se relisant, elle s'aperçut qu'elle avait accumulé au fil des pages plus de griefs contre Savage que contre son cousin détesté. Le plus grotesque, c'était qu'elle admirait passionnément Adam. Il n'y avait que ses innombrables conquêtes qui la dérangeassent.

Elle finit par admettre la vérité. Elle était atrocement jalouse. Elle le désirait comme jamais elle n'avait rien désiré. Elle voulait qu'il lui fasse l'amour. Elle en mourait d'envie.

Tony prit son manteau et traversa la rue pour éviter la lumière du réverbère. Dans Greenpark, il faisait noir comme dans un four. Des rires d'ivrognes atteignirent ses oreilles alors qu'un groupe de jeunes gens sortaient du *White Club* à St James. Prestement elle traversa Stable Yard Road où Southampton devait l'attendre dans un fiacre de location.

Personne. Elle sortit sa montre avec anxiété.

Etait-elle en avance ou eux en retard ? Jamais elle ne s'était trouvée dehors à cette heure. La rue déserte avait un aspect fantomatique. Un chat la fit sursauter. Et s'ils ne venaient pas ? Son imagination galopait. Savage avait tout découvert et il allait empêcher le duel ! Mais non, il ne se doutait de rien.

Un fiacre noir apparut au coin de la rue. Le cœur battant, elle s'avança. La porte s'ouvrit et elle sentit un bras l'attirer à l'intérieur. L'un des coffrets de pistolets du colonel se trouvait sur la banquette de cuir et à côté, elle aperçut une mallette qui contenait une flasque et des gobelets d'argent.

– Voici Keate. Le chirurgien de Son Altesse.

Tony lui jeta un regard inquiet.

– Je vous avais demandé le plus grand secret !

– Sacristi, il fallait tout de même un chirurgien ! Il vous sauvera peut-être la vie, Tony. Tenez, j'ai là un bon petit remontant, lui dit Southampton en lui versant une rasade de whisky.

Elle secoua la tête et il vida le verre en haussant les épaules.

Le trajet fut bref. Pour Tony, le temps parut s'accélérer brutalement. Elle se demanda même si elle ne rêvait pas encore. Mais quand le fiacre s'immobilisa, elle comprit que c'était bel et bien la réalité.

Southampton lui lança un domino noir.

– Mettez ça !

– Pourquoi ?

– Simple précaution, mon cher. Vous risquez la prison, le savez-vous ? Les duels sont tolérés mais parfaitement illégaux.

Quand Tony descendit sur la pelouse de Batter-

sea, une peur panique la gagna. Des lambeaux de brouillard flottaient encore dans la nuit et une odeur âcre de cheval mélangée à celle du cuir la prit aux narines. Elle ferma les yeux. Pourvu que... Non ! Sacrebleu, elle n'allait pas s'abaisser à souhaiter que Bernard manquât leur rendez-vous. Il viendrait. C'était pour lui une occasion inespérée, la dernière tentative visant à s'approprier tout ce dont il rêvait. Elle allait l'expédier en enfer !

Elle savait au fond d'elle-même qu'il avait froidement assassiné son frère jumeau et elle le tuerait sans états d'âme. Des hommes s'étaient rassemblés au beau milieu d'une clairière ; sans hésiter, elle se dirigea vers eux. D'une main assurée, elle dénoua sa cape et laissa Southampton l'en débarrasser.

Comme dans son rêve, les premières lueurs de l'aube apparaissaient et elle attendit que ses témoins aient achevé leur conciliabule avec les autres hommes masqués. Mackinnon vint lui demander si elle désirait se rétracter. D'abord interdite, elle se souvint que cela faisait partie du code qui régissait les duels.

La lumière était à présent suffisante pour que les adversaires puissent se voir. Mackinnon ouvrit le coffret et les témoins s'assurèrent que les pistolets étaient bien chargés.

Deux silhouettes s'avancèrent pour choisir une arme. Deux paires d'yeux brillants se rencontrèrent à travers les fentes du masque. Leur haine était palpable. On les plaça dos à dos. Les deux cousins pointèrent leurs pistolets vers le ciel et armèrent le chien.

Tony avait tellement imaginé cette scène qu'elle avait l'impression d'y assister en tant que spectateur. Elle savait exactement ce qui allait se passer. Elle avança posément tout en comptant. À neuf, elle fit volte-face et tira. Son adversaire avait manœuvré de la même façon et elle constata avec satisfaction que son intuition ne l'avait pas trompée.

Tony esquissa un mauvais sourire en le voyant s'effondrer. Mais soudain, dans la lueur pâle de l'aube, jaillit un homme immense, il la rejoignit à grandes enjambées. Elle essaya d'esquiver la poigne de fer qui la saisissait au collet et la poussait vers une voiture.

Une voix grave et irritée proféra :

– Je vais vous donner une correction dont vous vous souviendrez toute votre vie !

Elle se retrouva propulsée si violemment contre la banquette de cuir qu'elle en eut le souffle coupé. Elle se mit à trembler convulsivement et à claquer des dents. C'était une réaction normale après le duel. Savage lâcha un juron et jeta sa cape sur ses épaules.

– Si vous l'avez tué, vous irez en prison, qui sait même si ce ne seront pas les galères ! Espèce de petit crétin !

Tony ne répondit rien. Elle souhaitait de tout son cœur la mort de son cousin mais elle songea soudain qu'en prison, elle serait obligée de révéler son identité. Le scandale serait immense. Tant pis, elle aurait au moins la satisfaction de savoir que jamais Bernard ne volerait ce qui aurait dû appartenir à Anthony.

– Vous n'êtes qu'un vaurien incapable de pitié ! grommela Savage.

Alors, Tony laissa éclater son indignation :

– Hypocrite ! Vous auriez fait comme moi si l'on

avait menacé de vous prendre votre bien ! Toutes les occasions sont bonnes pour faire de moi un homme ! Faudra-t-il aussi que je me batte avec vous ? Morbleu oui, je le ferai ! Je me battrais avec la terre entière s'il le fallait !

Ebranlé par la sincérité qui vibrait dans sa voix, Savage comprit que Tony n'avait agi ainsi que par nécessité. Et il finit par admettre qu'il lui avait fallu du courage pour affronter Bernard en duel.

– Je vous emmène à bord du *Dragon volant*. Après quoi j'irai m'assurer de l'état de votre cousin. Qu'il soit mort ou vivant, il vous faut quitter le pays pour un moment. Je ne comptais pas m'embarquer avant la fin de la semaine mais vous ne me donnez pas le choix.

Un silence oppressant s'installa. Tony était reconnaissante à Savage de sa présence rassurante. Elle était au bord des larmes. Oh ! si seulement elle avait pu épancher son chagrin contre son épaule, se laisser bercer par ses bras. Une grosse boule dans sa gorge menaçait de l'étouffer et elle finit par murmurer d'une voix enrouée :

– Merci d'être là, même si mes explications ne vous convainquent pas.

– Votre père était mon ami. J'essaie de le remplacer.

Elle faillit hurler qu'elle ne voulait pas de lui comme père mais par bonheur ils arrivaient sur les quais.

Lorsqu'ils grimpèrent à bord, Savage prévint l'équipage qu'ils profiteraient de la marée du soir pour gagner la France et ordonna au chef de gamelle de faire le plein de vivres. A la vue de ces hommes patibulaires, Tony réprima un frisson. Il y en avait de toutes les nationalités et probablement de toutes les origines, des bandits sûrement.

Savage ouvrit la porte d'une petite cabine éclairée d'un hublot mais sans couchette.

– C'est pour vous seul, déclara-t-il comme s'il lui offrait une suite princière.

– Mais... il n'y a même pas de lit, protesta Tony.

Savage lui jeta un regard méprisant et lui désigna un casier :

– Vous avez un hamac là-dedans. Remerciez-moi plutôt de ne pas vous le faire accrocher à côté de ceux de l'équipage.

Tony se réjouit alors de cette relative intimité.

– Sur mes bateaux, tout le monde travaille pour gagner son pain mais je ne veux pas que vous quittiez votre cabine aujourd'hui.

– Merci, fit Tony soulagée.

– Nous lèverons l'ancre ce soir. Demain vous aurez tout le temps de frotter le pont.

Elle lui jeta un regard en coin. Savage ne plaisantait pas.

– Roz n'est au courant de rien. Pourriez-vous la prévenir ? pria Tony pleine d'espoir sans oser lui demander de lui faire préparer quelques affaires par Burke.

Savage acquiesça :

– Je vais en avoir pour des heures. Figurez-vous que moi aussi j'ai des affaires à régler, grommela-t-il sans lui cacher qu'il était furieux de ce contretemps.

Après son départ, Tony contempla tristement le tas de chanvre qu'il avait pompeusement baptisé hamac. C'était la première fois qu'elle en voyait un. Elle découvrit des crochets sur le mur et finit tant bien que mal par l'installer dans un coin. Puis

elle s'y assit et lorsqu'il eut cessé de bouger, elle s'allongea prudemment en passant une jambe après l'autre. Elle se sentait affreusement seule dans ce trou à rats si sombre et ne put retenir une larme qu'elle écrasa résolument.

Savage partit à la recherche du Dr Keate et apprit avec un vif soulagement que Tony avait seulement blessé son cousin. Bernard ne souffrait que d'une égratignure à l'épaule. Mais le chirurgien lui annonça en revanche que le jeune Lamb avait provoqué un scandale en tirant sur le coup de neuf. Une telle lâcheté ne s'était encore jamais vue.

Savage lui fit remarquer d'une voix neutre :

– J'étais présent. Ils ont tiré en même temps.

– Simple coïncidence. Tout le blâme retombe sur celui qui a blessé l'autre. Si Tony avait été blessé, son adversaire aurait été châtié.

– Il est joli, votre code, gentleman de mes fesses ! Dieu soit loué, je n'en suis pas un.

Et pourtant tu te démènes pour obtenir un titre, lui chuchota une petite voix ironique. *Moi, mais je m'en moque,* se défendit-il. *C'est seulement pour Eve que je le fais.* Mais la voix le railla à nouveau : *Tu parles comme l'autre Adam : ce n'est pas moi, c'est la femme qui m'a tenté !*

Adam, le front toujours soucieux, se rendit à sa banque. Il demanda qu'on lui sorte un coffre de bijoux et choisit des diamants et des saphirs très clairs. Il le glissa dans un étui en velours et se dirigea directement vers Carlton House.

Il avait la ferme intention de manipuler le prince George. Tout avait commencé la veille quand Son Altesse avait abordé le sujet des bijoux. Il voulait offrir une somptueuse parure à sa chère Maria. Il avait déjà offert des babioles à ses précédentes maîtresses mais avec Maria, c'était différent. Il voulait que les bijoux soient à la hauteur de la vénération qu'il lui portait. Il lui fallait quelque chose d'exceptionnel pour la faire capituler.

Le seul problème, c'était l'argent. Le prince de Galles avait confié à Savage qu'il avait un demi-million de dettes. Savage savait qu'il minimisait le chiffre. Le prince avait entendu parler des bijoux rapportés par Savage et espérait pouvoir effectuer une sorte de troc avec le nabab. Comme il l'avait fait pour ses pur-sang.

A moitié pour rire, Savage lui avait dit qu'il ne manquait de rien, si ce n'était d'un titre.

Alors Son Altesse avait tristement hoché la tête en répondant que ces choses-là n'étaient pas en son pouvoir. Mais quand le prince avait une idée dans la tête...

Savage gravit les marches de Carlton House en souriant. Rien n'était impossible. Surtout quand George aurait vu les pierres. Il dissimula son amusement quand Son Altesse lui révéla qu'il avait consulté son ami Charles Fox au sujet d'un éventuel anoblissement. Adam réussit à lui reprendre des mains les pierres précieuses et les rangea dans leur poche de velours.

– Je quitte l'Angleterre pour environ trois semaines. (Il haussa les épaules.) Peut-être qu'à mon retour Son Altesse aura réuni la somme nécessaire. Je pourrais en demander deux cent cinquante mille livres, mais pour Votre Altesse, je les laisse à cent mille.

Savage savait que George ne réunirait jamais l'argent, mais il lui laissait trois semaines pour lui procurer un titre.

Quand Savage passa à Curzon Street, il put vérifier que lady Randolph n'était pas au courant du duel. Il la prévint qu'il emmenait Tony naviguer avec lui en Europe et que leur absence durerait trois semaines.

– Je vais lui faire préparer une malle. Quelle insouciance de la part de Tony !

– Oh ! il n'a pas besoin de grand-chose. J'ai l'intention de le faire travailler, je ne veux pas de bouche inutile à mon bord. Demandez simplement à Burke de fourrer quelques vêtements dans un sac.

Roz, alarmée, le dévisagea :

– Monsieur Savage... heu, Adam... j'espère que vous ne parlez pas sérieusement. Tony est de constitution fragile et je crains qu'il ne supporte pas...

Adam sourit.

– Vous ménagez trop ce garçon, madame. Et vous le sous-estimez. A Edenwood, je lui ai fait récurer les stalles des écuries ! C'est aussi bon pour le corps que pour le caractère.

Roz pâlit.

– Les marins sont réputés pour être dangereux et brutaux. Ça ne me plaît pas de le voir frayer avec ces gens-là.

Adam, sérieux cette fois-ci, la rassura :

– Ne vous faites pas de souci pour lui, Rosalind. Je l'ai pris sous mon aile et personne ne lui fera de mal. Je le considère comme mon fils.

Roz se demanda si elle ne devait pas plutôt lui conseiller de considérer Tony comme sa fille. A la place, elle demanda à Burke de préparer un sac pour Tony et soupira d'inquiétude.

Adam passa les deux heures qui suivirent avec son secrétaire pour régler les affaires courantes. Le clipper se rendrait d'abord à Gravesend, mouillerait devant Edenwood et il demanderait à John Bull de lui préparer ce dont il avait besoin pour le voyage.

Tony ne réussissait pas à se détendre. Elle s'aperçut même qu'elle avait les poings serrés et qu'elle grinçait des dents. Au bout de deux heures passées à se balancer dans son hamac, elle finit par descendre et se mit à arpenter le plancher de la petite cabine.

Le duel n'avait pas chassé sa tension ; elle n'en connaissait pas l'issue et à se terrer ainsi dans cette cabine, elle se sentait prisonnière. Pendant deux heures elle arpenta la petite chambre et lorsque enfin elle s'arrêta, il n'était pas encore midi. Elle n'avait pas faim mais son gosier était tout desséché. Prudemment, elle ouvrit la porte et jeta un coup d'œil dans la coursive. Des odeurs de cuisine et de marée l'assaillirent. Une autre odeur aussi qu'elle ne put identifier vint effleurer ses narines, un parfum un peu écœurant, exotique et insidieux.

Empruntant la coursive, elle arriva dans l'une des cales où flottaient plus fort encore les effluves de ce parfum étrange. Pourtant la cale était vide. Le claquement d'une écoutille dans son dos la fit sursauter. Un petit homme noueux au visage de furet lui demanda :

– Z'avez perdu quequ'chose, m'sieur ?

– Heu... non, je flânais. Simple curiosité, j'espère que je ne vous dérange pas, monsieur... ?

– McSwine, Paddy McSwine. Oh ! mais ça m'regarde pas. C'est vos oignons. Moi j'suis l'cuistot. Vous voulez tâter de ma gamelle ?

– Je boirais volontiers quelque chose, s'aventura Tony.

McSwine cligna de l'œil.

– Ma foi, comme nous autres ! V'nez jusqu'à la cambuse.

Tony essaya de poursuivre la conversation.

– Nous allons acheter des marchandises sur le continent pour les vendre aux Indes.

McSwine leva la main.

– M'dites pas c'que vous passez en fraude. Moi j'ai rien vu, rien entendu !

Tony suivit McSwine jusqu'à la cambuse et s'apprêtait à protester quand soudain elle se mordit la langue. Elle n'avait aucune idée des motifs qui poussaient Savage à effectuer cette traversée. Savage ne connaissait d'autre loi que la sienne.

McSwine lui offrit un petit coup de rhum.

– Vous n'avez pas d'eau ?

Le cuistot parut sincèrement horrifié.

– Oh moi, j'touche jamais à c'truc-là. C'est bon pour se noyer.

Il s'empara d'un pichet et lui versa une goutte d'eau dans son rhum. Sans oser lui dire qu'elle voulait de l'eau à la place du rhum, Tony avala lentement le breuvage.

Sur ces entrefaites, une dizaine de gaillards firent irruption dans la cambuse et elle s'écarta prudemment de leur passage. Ils regardèrent avec ironie la perruque poudrée et le costume élégant. Elle allait s'éclipser quand un matelot au visage grêlé l'apostropha avec un épouvantable accent écossais :

– Quelque chose va pas, mon joli ? T'es trop distingué pour grailler avec nous autres ?

– Mais non, voyons.

– Alors pose ton cul, beau gosse ! Paddy, qu'est-ce que tu as mijoté dans ton chaudron de sorcière ? Pauvres de nous !

– Des rognons de porc en salade, répondit gaiement McSwine.

Quelques ricanements accueillirent cette déclaration.

– Ooh ! et moi qu'espérais une p'tite poule bien dodue à la crème.

Tous s'esclaffèrent bruyamment, à l'exception de Tony.

– Eh ! beau gosse, t'sens surtout pas obligé d'rire !

McSwine prit la défense de Tony.

– Pauvre couillon, ils parlent pas comme ça dans l'beau monde !

Paddy coupa de grosses tranches de pain croustillant et versa un alléchant ragoût dans leurs gamelles. Tony y trempa son pain et le goûta avec circonspection. Une énorme tape dans le dos faillit la faire s'étouffer. Ils étaient visiblement décidés à se payer sa tête.

– McSwine, t'as demandé à ce joli cœur s'il avait jamais eu une balle dans le canon ?

Dieu merci, Tony ne comprenait pas un traître mot de ce qu'ils disaient, en revanche elle se doutait bien qu'ils racontaient des horreurs. Deux solutions s'offraient à elle : retourner s'enfermer dans sa cabine ou jouer le jeu. Ce matin, elle avait eu l'occasion de voir de très près le canon d'un pistolet et elle était fermement décidée à ne pas se laisser intimider par des matelots ignorants. Elle devait absolument renchérir dans la vulgarité si elle voulait la paix. Elle se souvint d'un petit poème de Luttrell :

– Vous connaissez l'histoire de l'Ecossais qui avait coincé un ours dans un arbre ?

Elle se tailla un franc succès et les marins hilares portèrent un toast à lord Lamb.

24

En fin d'après-midi, Savage les rejoignit. Comme il avait l'intention de commander lui-même le clipper, il inspecta le bateau de fond en comble en compagnie du second, M. Baines. Puis satisfait, il donna l'ordre de hisser l'ancre et se mit à piloter le *Dragon volant* sur la Tamise.

Dans sa petite cabine, Tony comprit qu'ils avaient levé l'ancre. Savage était forcément à bord. C'était lui tout craché ! Il la laissait mijoter dans son trou sans la délivrer de ses inquiétudes. Soit ! Elle irait le trouver pour savoir ce qui était arrivé à Bernard Lamb.

Savage n'était pas dans sa cabine ni dans la cambuse. Elle décida de monter sur le pont et aussitôt qu'elle fut à l'air libre les odeurs et les bruits se modifièrent. Quelqu'un aboyait des ordres pour couvrir le claquement des voiles et les mouettes voltigeaient autour des mâts en poussant des cris stridents.

La panique la guetta lorsque le clipper cingla vers l'océan. Elle n'avait pas remis les pieds sur un bateau depuis ce jour fatidique avec Anthony. Elle maîtrisa sa peur tout en sachant qu'elle resurgirait de plus belle s'ils rencontraient du mauvais temps.

Soudain Tony s'aperçut qu'Adam tenait la barre. Ce diable d'homme savait-il donc tout faire ? Il ignora sa présence et elle s'énervait devant son visage impassible et son mutisme. Elle l'observait sans se douter de l'admiration qui peu à peu se peignait sur son visage. Il avait dénoué ses cheveux et le vent jouait avec ses boucles noires. Sa peau mate ressortait dans l'échancrure de sa chemise et chacun de ses gestes trahissait l'orgueil et la confiance en soi. Il était le maître de ce bateau de la même manière qu'il contrôlait tout ce qu'il faisait.

Du regard, Tony caressa ses muscles souples. Comme elle aurait aimé ne faire qu'un avec lui ! Sa gorge lui faisait mal et elle dut se détourner. Malgré une voilure réduite, le clipper filait bon train grâce au courant. A Woolwich, la Tamise s'élargissait et elle songea qu'ils approcheraient bientôt d'Edenwood. De la Tamise, ils auraient une vue imprenable.

A Gravesend, Savage se rapprocha de la rive droite et Tony retint son souffle en apercevant Edenwood. Les derniers rayons du soleil éclaboussaient d'or ses hautes fenêtres et elle sentit monter en elle un désir presque aussi fort que celui qu'elle éprouvait pour le propriétaire de ces lieux féeriques. Elle venait de commettre un nouveau péché mortel : « Tu ne convoiteras pas le bien d'autrui. » Ses lèvres s'entrouvrirent et un soupir s'en échappa.

– Mouillez ! rugit Savage.

Tony entendit le cliquetis de la chaîne qui défilait. Puis elle se retourna vers lui et il lui fit signe de le suivre.

Il disparut derrière le plat-bord et elle remercia le ciel de lui avoir donné de longues jambes lorsqu'elle dut à son tour enjamber le bastingage pour descendre dans le canot. Savage s'empara des avirons et se mit à ramer vigoureusement contre le courant.

En approchant de la rive, Tony sauta à terre et attacha le chaînon à un arbre. Puis ils remontèrent ensemble jusqu'à la maison et alors seulement il lui apprit ce qu'elle mourait d'entendre depuis des heures.

– Votre balle n'a fait qu'effleurer votre cousin, mais vous avez provoqué un scandale en tirant à neuf. Tous vous traitent de lâche.

Elle protesta avec véhémence :

– Je ne suis pas un lâche !

– Je sais, lui répondit placidement Savage. Comment saviez-vous qu'il ferait feu à neuf ?

Elle se creusa la tête pour trouver une réponse plausible et n'en trouva aucune.

– J'ai vécu ce duel en rêve à plusieurs reprises.

Qu'il la croie ou non, elle s'en fichait éperdument.

– L'instinct, approuva-t-il. Cela paie toujours de laisser parler les tripes.

Son chaleureux soutien la combla et soudain elle se réjouit de ne pas avoir commis un meurtre. Bernard Lamb n'en valait pas la peine !

Le regard pâle de Savage vint se poser sur elle :

– Cela vous est égal que vos amis disent du mal de vous ?

– Je m'en moque, rétorqua-t-elle en haussant les épaules. Moi je connais la vérité et c'est tout ce qui compte.

L'attitude du garçon plut à Savage.

John Bull apparut comme par enchantement dès qu'ils pénétrèrent dans la maison.

– Trouve des pantalons blancs comme les tiens pour Tony. Nous partons pour la Méditerranée. Je monte préparer mon sac. Il faut nous dépêcher à cause de la marée.

John Bull conduisit Tony dans l'aile réservée aux

domestiques et lui tendit une pile de vêtements immaculés.

– Essayez donc ceci.

Tony se rendit dans le cabinet de toilette. John Bull était petit et ses pantalons étaient à peine trop grands pour elle. Elle s'en accommoderait. Soudain elle aperçut tout un assortiment de fards et d'onguents qui devaient appartenir à Kirinda. Elle lutta contre la tentation. Les jeunes filles de bonne famille ne se fardaient pas en Angleterre et jamais elle n'aurait l'occasion de s'en servir. Pourtant Londres était rempli de femmes qui se peignaient le visage pour séduire les hommes et qui y réussissaient parfaitement.

Mais les attraits du khôl, de la poudre, du rouge à lèvres et des fards argentés furent trop grands pour Tony qui succomba. Elle les avait essayés et se débarbouillait la figure quand elle entendit la voix rude de Savage :

– Nom d'une pipe, où est encore passé ce garnement ?

Elle enveloppa les pots dans le pantalon de cotonnade et fourra le tout sous son bras. Elle attendrait d'être dans sa cabine. Soudain elle se rendit compte de l'aventure qu'elle se préparait à vivre à bord du *Dragon volant*. Seuls les jeunes garçons voyageaient en Europe. Il y avait des avantages non négligeables à se déguiser en homme.

Savage transportait un petit coffre et John Bull le suivait une valise à la main. Cela éveilla immédiatement des soupçons chez Tony. Dans le canot, son regard revenait irrésistiblement se poser sur le mystérieux coffre.

– La curiosité est un vilain défaut, se moqua Savage.

Vexée, elle releva le menton. Savage rama jusqu'au clipper et se leva pour prendre appui contre la coque.

– Passez-moi le coffre, ordonna-t-il.

Tony se pencha mais ne réussit pas à le soulever.

– Vous n'y arrivez pas parce qu'il est rempli d'or gagné à la sueur de mon front. C'est pour payer votre fichue cargaison.

Bouche bée, Tony le vit soulever le coffre sans effort et grimper à bord. Il se dirigea vers la proue du navire.

– Relevez l'ancre, monsieur Baines. Paré à hisser la grand-voile !

Sa voix grave résonnait encore dans ses oreilles quand elle emporta son butin dans sa cabine.

Elle le cacha dans le sac que lui avait préparé Burke, au milieu des vêtements d'Anthony. Elle se félicitait d'avoir une cabine à elle toute seule. Jamais elle n'aurait supporté la promiscuité de ces marins si grossiers.

L'idée de les rejoindre pour le dîner ne lui plaisait qu'à moitié mais elle se rappela les paroles de Savage. Il avait promis de la faire travailler et elle craignait de se voir encore assigner une tâche dégradante.

Elle entendit frapper à sa porte et fut très étonnée de se retrouver nez à nez avec McSwine qui lui apportait un plateau.

– Ordre du captain'. Il veut pas vous avoir dans les pattes ce soir.

– Merci, Paddy. Humm ! Ça sent rudement bon !

Quand il souriait ainsi, il ressemblait vraiment à un furet.

– Le captain' me découperait en morceaux et me flanquerait par-dessus bord si j'lui servais d'la mauvaise boustifaille. C'est pas la première fois qu'j'navigue avec lui !

Tony se débarrassa de sa perruque et de ses bottes, et s'installa dans le hamac avec son plateau. Le repas était simple mais succulent. Qui aurait pu deviner que McSwine était si bon cuisinier ?

Elle s'endormit avant la dernière bouchée. Ses rêves furent agités : elle passait son temps à accomplir à bord des tâches exténuantes et maudissait Savage tant qu'elle pouvait.

Au petit matin, elle descendit de son hamac en redoutant les travaux qui l'attendaient. Elle brossa ses cheveux et les attacha avec un lacet de cuir. Puis elle enfila ses bottes et monta sur le pont.

Stupéfaite, elle constata qu'ils étaient dans un port. Savage venait de remonter à bord et elle arrondit les yeux de surprise en le voyant sale et pas rasé.

– Nous ne sommes pas déjà en France ?

– Bien sûr que si. Nous sommes sur un clipper et voici Boulogne, ajouta-t-il en lui montrant la ville.

Elle fit appel à tout son courage et attendit ses ordres qui se révélèrent très différents de ce qu'elle croyait.

– Faites-vous beau. Nous serons au Havre avant midi. Si vous avez toujours envie d'acheter des babioles parisiennes, les entrepôts du Havre en regorgent. Je préfère vous accompagner pour choisir les sous-vêtements. Vous êtes aussi ignorant de ce que les femmes aiment porter sous leurs jupes que de ce qu'elles aiment faire au lit.

– Vous risquez d'être surpris, rétorqua sèchement Tony, furieuse de le voir faire étalage de ses expériences amoureuses. Où étiez-vous ?

– Ça ne vous regarde pas !

– Simple curiosité, marmonna Tony.

– Je suis parti en reconnaissance. La France n'est pas sûre en ce moment et le vent du boulet souffle sur une aristocratie décadente. Le Havre est encore préservé mais à Paris, les nobles craignent pour leur vie.

– Leurs excès ne doivent rien envier aux nôtres.

– Les Anglais sont des amateurs comparés aux Français. Vous n'imaginez pas jusqu'où ils ont poussé la débauche et l'extravagance. Pour les opportunistes de mon espèce, il y a des fortunes à gagner.

– Et moi ?

Savage secoua la tête et sourit ironiquement en faisant ressortir sa cicatrice. Cela lui donnait un air sinistre et bestial qui la fit frémir.

– Votre âme n'est pas suffisamment noire pour tirer profit des faibles et des oppriméss, lord Lamb.

Tony se hâta d'abandonner ce sujet scabreux.

Elle garda un merveilleux souvenir de son après-midi dans les entrepôts. C'eût été le paradis si elle avait aussi pu choisir des affaires pour elle. Elle camoufla ses regards envieux tandis qu'elle sélectionnait ses achats. Ses yeux brillaient à la vue des étoffes exquises. Soie, gaze, mousseline, satin, taffetas, dentelle, tulle de toutes les couleurs et de toutes les formes... Séduite, elle commanda un modèle de chaque sorte. A Savage qui lui conseillait d'en prendre deux douzaines, elle expliqua que les femmes privilégiaient avant tout l'exclusivité d'un modèle. C'était la loi de l'offre et de la demande qui jouait. Un modèle unique pourrait se vendre dix fois plus cher.

Savage finit par se ranger à son avis et la laissa compléter ses achats avec des chapeaux, des ombrelles, des parasols, des mules, des gants et des bas. Mais quand il la vit s'arrêter devant la boutique d'un grossiste en perruques, il argua qu'il faisait beaucoup trop chaud sous les tropiques et que les femmes se contentaient de poudrer leurs cheveux.

– Oh ! mais je pensais aux élégantes de Londres ! Si vous saviez à quel point Georgiana et la comtesse d'Oxford sont esclaves de la mode. Elles se battront comme des chiffonnières pour ces ridicules perruques françaises.

A dessein elle avait cité deux de ses maîtresses.

Savage lui apprit à marchander. Il se sépara de son or seulement lorsque les marchandises furent livrées à bord.

Les emplettes de Tony remplirent toute une cale, puis elle l'interrogea sur leur prochaine escale. Pour éviter la traversée souvent houleuse du golfe de Gascogne, il lui dit qu'il avait décidé de longer la côte jusqu'à Bordeaux où il achèterait du vin pour la cave d'Edenwood.

Dans sa cabine, Tony ôta sa redingote. Il faisait une chaleur étouffante et elle se dépêcha d'enfiler un des pantalons de John Bull.

En montant remplir un seau sur le pont pour faire sa lessive, elle vit Adam Savage quitter le navire en tenue de matelot. Sans sa chemise blanche et ses habits bien coupés, il avait l'air d'un brigand. Il allait probablement exécuter une tâche dangereuse et illégale, peut-être même criminelle. Elle l'imaginait parfaitement en train de tuer quelqu'un. Elle-même n'avait-elle pas commis quelque chose de parfaitement illégal en prenant la place de son frère ? Mais ça n'était pas la même chose.

Elle lui trouvait des excuses parce qu'elle l'aimait. Quelle idiote ! Jamais cet homme volage ne pourrait rendre une femme heureuse.

Soudain, elle devint soucieuse. L'insécurité régnait en France ? Alors pourquoi cette témérité, pourquoi risquait-il stupidement sa vie ? C'était probablement le risque en lui-même qui lui plaisait. Elle-même ne connaissait que trop l'attrait du danger. Ils souffraient l'un et l'autre de la même maladie.

Elle trompa son angoisse en s'activant dans sa cabine. Elle fit sa lessive et attrapa ensuite une lanterne pour jeter un coup d'œil à ses achats. Elle souleva les couvercles les uns après les autres en admirant les ravissants vêtements. Son regard tomba sur une robe particulièrement jolie et originale. Elle était composée de deux parties : une jupe et un corsage minuscule. Le tissu était un fil d'or tissé merveilleusement fin et elle le caressa en soupirant.

Tony ne put résister et elle subtilisa la robe qu'elle essaya dans sa cabine. Soudain la jeune adolescente se transforma une en femme aux formes appétissantes. Elle dénoua ses cheveux et s'aperçut alors qu'ils avaient beaucoup poussé. Elle se regarda dans la porte vitrée de la penderie et se mit à virevolter dans sa petite cabine.

Les yeux fermés, elle s'imagina en train de valser dans les bras d'Adam Savage. Comme ce serait amusant de marivauder tandis qu'il ignorerait qui elle était ! Cela faisait si longtemps qu'elle n'avait pas porté de robe qu'elle avait oublié à quel point il était délicieux de se sentir féminine.

Elle en avait assez d'être un homme. Elle voulait redevenir une femme, une vraie femme. Tout son être y aspirait. Elle se déshabilla à contrecœur et accrocha la robe dans sa penderie. Pas question de s'en séparer. Dès l'instant qu'elle avait caressé l'exquis matériau, la robe lui avait appartenu.

Bercée par le balancement du hamac, elle se mit à rêver. Sa mère, plus belle que jamais, recevait des invités. Tous la complimentaient puis les gens se tournaient vers Antonia et secouaient tristement la tête. Dans un miroir, la jeune fille voyait ses cheveux courts et la tenue masculine qui camouflait sa féminité. Mais, comme pour Cendrillon, Roz lui trouvait un masque et une robe dorée qui la métamorphosaient en princesse de conte de fées.

Quand elle se réveilla, ils étaient en mer. A quelle heure Savage était-il rentré ? Ce diable d'homme ne dormait-il jamais ? Tel le léopard, c'était une créature de la nuit.

Soudain, une idée germa dans sa tête. Puisqu'ils se rendaient au carnaval de Venise, ne serait-ce pas l'endroit idéal pour provoquer une rencontre entre Adam et Antonia ? Petit à petit, l'idée prit forme dans son esprit et se précisa...

25

A Bordeaux, Savage acheta des bouteilles de grands crus français et plusieurs caisses de ce champagne tellement à la mode. Tony envisagea d'en acheter pour le revendre en Angleterre et lui demanda son avis. Il approuva d'autant plus que les troubles qui menaçaient en France risquaient de freiner la production, ce qui se traduirait par une flambée des prix.

De Bordeaux jusqu'aux côtes du Portugal, Tony resta dans sa cabine, en proie au mal de mer. Après deux jours de traversée, ils arrivèrent dans la magnifique rade de Lisbonne. Dire qu'en Angleterre, c'était l'hiver ! Ils embarquèrent deux cents caisses de madère, le seul vin qui se conservât sous les températures tropicales.

A Cadix, en Espagne, Tony connut la vraie chaleur. Ils y achetèrent des bottes et des selles en cuirs espagnol et marocain. Le *Dragon volant* franchit le détroit de Gibraltar et fit une brève escale sur le « caillou » pour faire le plein de vivres : dattes, figues et oranges juteuses avant de voguer pour Carthagène afin d'y acheter des lames de Tolède à l'acier si réputé.

Tony rendait service à la cambuse en aidant McSwine à préparer les repas, mais sur le pont elle évitait soigneusement les marins dont elle redoutait les railleries obscènes. Elle se tenait également à distance de Savage, de peur qu'il ne lui confiât une tâche impossible à exécuter.

Même de loin, elle demeurait très sensible à sa présence. Savage était un capitaine exigeant et ses hommes lui obéissaient au doigt et à l'œil.

En Sardaigne, ils visitèrent l'île. Les maisons d'un blanc éclatant étaient coiffées de tuiles rouges comme partout en Méditerranée. Les collines couvertes de fleurs exotiques dominaient la mer d'un bleu azuréen. Comme de vieux camarades, ils s'arrêtèrent un moment pour fumer et admirer la vue magnifique. Tony sentait le soleil chauffer ses épaules à travers sa chemise et, amollie par le climat, elle se laissa aller à des pensées sensuelles.

Dès qu'elle regardait Adam Savage, elle se sentait défaillir de désir. Elle mourait d'envie de le toucher, de connaître la texture de sa peau, de suivre du doigt cette mâchoire carrée qu'une ombre brune durcissait encore. Ses doigts la démangeaient de déboutonner sa chemise et de caresser les muscles plats de sa poitrine. Ses lèvres se desséchaient de ne pouvoir se presser contre les siennes. Rougissant de son audace, elle songea qu'elle adorerait lécher le sel qui recouvrait sa peau.

Un peu plus tard, elle le vit lorgner du coin de l'œil deux jolies paysannes aux yeux de biche. Pieds nus, elles transportaient des paniers remplis d'huîtres. Il leur fit signe d'approcher. D'abord intimidées par son visage balafré, elles se laissèrent vite apprivoiser et finirent par leur vendre quelques-uns de leurs coquillages. Bientôt elles riaient et flirtaient en les éclaboussant gaiement.

– Un petit bain ? proposa Savage à Tony en ôtant sa chemise.

– Non, merci, répondit Tony avec raideur. (Puis d'un air contraint, elle ajouta :) Cela vous est-il déjà arrivé de rencontrer une femme qui vous résiste ?

– Mais oui, lui dit Savage. Souvent. Alors j'utilise tous mes talents de séducteur.

– Et si vous ne parlez pas sa langue ?

– Le langage de l'amour est universel, Tony. Vous n'avez pas lu les livres que je vous ai donnés ?

Tony devint rouge comme une pivoine.

– Je vois que si, sourit Savage. Seigneur, ne

soyez donc pas si prude et timoré ! Tenez, mangez ces huîtres, c'est un excellent aphrodisiaque.

Tony ramassa les coquillages et laissa Savage aux mains des paysannes. Il n'était qu'un ignoble coureur, un roué prêt à baisser culotte dès qu'il voyait un jupon. De retour à bord, elle fut à deux doigts de jeter la robe dorée à la mer ! Mais bien sûr, elle s'en garda bien !

Sous un ciel sans nuages et sur une mer violette, le *Dragon volant* franchit le détroit de Messine qui séparait la Sicile de l'Italie. Paddy McSwine s'était procuré des petits fromages délicieux et de belles olives noires ainsi que tout un lot d'épices.

Tony l'aida à préparer une bouillabaisse parfumée au fenouil et l'écouta lui vanter les mérites de la marjolaine et de l'origan. Elle ramassa une poignée de feuilles odorantes et sut par McSwine que c'était du curry.

– C't épice, le captain y dit pas non ! Rien de tel pour augmenter la production dans l'monde ! ajouta Paddy avec un clin d'œil entendu.

Tony décida sagement de quitter la cambuse. Elle commençait à croire que les hommes ne pensaient vraiment qu'à ça. Mais elle rougit. Récemment, elle était elle aussi très préoccupée par le sujet !

A chaque escale, Savage achetait des merveilles destinées à Edenwood. En Italie, il trouva des statues en marbre d'un réalisme saisissant. A Corfou, il tomba sur un petit temple grec qu'il fit démonter pierre par pierre pour le ramener en Angleterre.

Quand ils revinrent à bord, tout l'équipage nageait et batifolait dans les eaux bleues et chaudes de l'Adriatique. Les marins étaient nus comme des vers et Adam se décida à les rejoindre. Tony déclina l'invitation qui lui était faite et s'attira une pluie de quolibets.

Adam ne comprenait pas que l'on puisse résister à l'attrait d'un tel lagon. Connaissant lord Lamb, il n'avait pas de mal à comprendre pourquoi il supportait difficilement l'humour de ses matelots. Il en conclut que Tony ne s'était jamais déshabillé en dehors de sa chambre et qu'il craignait que l'on ne se moquât de son corps fluet.

Sous le pont, la salle aux vivres jusqu'alors fermée était grande ouverte. On venait d'y entreposer le temple grec soigneusement mis en caisses. Tony était désormais certaine que Savage avait cessé ses escapades nocturnes qui d'ailleurs ne s'étaient pas reproduites depuis leur départ des côtes françaises. A quelle contrebande s'était-il livré dans ce pays ? Des armes et des munitions, à coup sûr !

A cette idée, elle frémit. Quel être corrompu, il n'était qu'un marchand de mort ! Un bruit dans son dos la fit sursauter. C'était McSwine et sa tête de furet qui traînait comme toujours dans les parages.

– Je... je vous croyais dans l'eau avec les autres.

– Non, m'sieur ! J'vous l'ai d'jà dit. J'aime pas l'eau ! C'est bon qu'à se noyer !

– Qu'y avait-il dans cette cale ?

– Oh ! moi j'ai rien vu, rien entendu ! Ça aussi j'vous l'ai d'jà dit !

– Cette drôle d'odeur qu'on y sentait avant est presque partie. Savez-vous ce que c'était ?

– M'est avis qu'c'était d'l'opium, m'sieur.

– De l'opium, répéta Tony, horrifiée.

– Un chargement d'opium imprègne les cales pour toujours. On la sent moins à cause de la chaleur mais dès que l'humidité reviendra, c't'odeur réapparaîtra comme celle d'un cadavre.

– Un cadavre ? fit-elle en se prenant pour le mainate de Savage.

– Faut avoir navigué sur un négrier pour connaître c'te puanteur. Et tenace avec ça !

Tony recula d'un pas, épouvantée.

– Moi non plus, je n'ai rien vu et rien entendu, McSwine. Ce que vous dites est affreux !

Tout en se balançant machinalement dans son hamac, elle se remémorait les mots de Savage :

« Votre âme n'est pas suffisamment noire pour tirer profit des faibles et des opprimés, lord Lamb. »

Elle frissonna. S'était-il livré à des pratiques aussi abominables ? A côté, la contrebande n'était qu'un jeu d'enfant. Ces horreurs marquaient à jamais une âme. Elle se refusa à poursuivre plus loin ses investigations. Elle ne l'en croyait tout simplement pas capable, c'était impossible.

Le lendemain, M. Baines vint frapper à sa porte.

– Le capitaine veut vous parler.

Tony le remercia. C'était le seul membre de l'équipage qui fût civilisé. Elle attacha ses cheveux et monta sur la dunette.

Savage, plus buriné que jamais, l'attendait à la barre.

– Demain nous serons à Venise. Cette remontée de l'Adriatique entre l'Italie et les îles dalmates est une pure merveille. Je ne veux pas que vous la manquiez.

Brusquement intimidée, elle fixa la côte magnifique qui défilait sous ses yeux.

– Nous avons eu de la chance, nous n'avons pas essuyé un seul coup de vent.

Savage fronça les sourcils. Tony avait-il encore peur ?

– Tôt ou tard nous rencontrerons le mauvais temps. Mais pas de quoi s'inquiéter.

Tony comprit qu'il essayait de la rassurer et se creusa la tête pour trouver une réplique.

– Nous avons bien marché.

Il hocha la tête.

– C'est un bon bateau. (Puis il changea de sujet :) Vous allez adorer Venise. C'est une ville splendide qui regorge de trésors des siècles passés. Toute l'architecture est superbe, mais chaque maison est unique. Vous verrez les ponts et les piazzas. Les après-midi sont longs et langoureux, propices aux flâneries...

– Vous avez l'intention d'acheter des tableaux ?

– Morbleu oui ! Je rêve d'un Canaletto ou d'un Corrège.

– Et moi j'aime le Titien et Bellini, fit rêveusement Tony.

– Le carnaval ne commence que dans deux jours. Nous aurons tout le temps d'aller chez les souffleurs de verre et d'acheter tous les miroirs dont vous rêviez. Le cristal aussi est un excellent investissement.

– Je... j'ai pensé... A Venise, je n'ai pas envie de dormir à bord. J'aimerais descendre dans l'un de ces fabuleux palais byzantins.

– Bonne idée, approuva Savage. Nous prendrons une suite sur la place Saint-Marc avec vue sur le grand canal et le lagon. Avec un peu de chance, nous réussirons à apercevoir le dôme de la basilique et le palais des Doges.

Tony hésita un instant.

– Nous ne sommes peut-être pas obligés de descendre au même endroit ?

Savage lâcha un grand éclat de rire.

– Alors comme ça vous me faites jouer le rôle de chien de garde ! Allez où cela vous chante. Je vous laisse à vos fantasmes dès l'instant que vous me promettez de les assouvir à l'ouverture du carnaval.

Les yeux bleus de Savage pétillaient dans le soleil. Elle soutint longuement son regard et lui répondit :

– Je vous le promets.

Elle se sentait si troublée qu'elle dut s'éloigner de l'objet de son désir avant de faire un geste qui ne trahisse sa féminité.

Elle se jura d'abandonner toute réserve la nuit où elle redeviendrait Antonia, à la faveur du carnaval. Appuyée sur la rambarde, elle offrit son visage à la caresse du soleil et frissonna malgré la chaleur. Aurait-elle le courage de mener son offensive de séduction jusqu'au bout ?

Venise ne la déçut pas. Au contraire. Où qu'elle tournât son regard, elle ne voyait que beautés et merveilles. La première chose qu'elle aperçut fut le lion vénitien en haut de sa colonne. Le soleil couchant faisait flamboyer les palais byzantins et les dômes des églises.

Le *Dragon volant* mouilla devant l'île de Giudecca. Savage comptait descendre à terre le soir même.

– Vous n'avez pas hâte d'explorer cette terre bénie ?

Tony sourit :

– Je crois que j'attendrai demain matin.

– Tenez, prenez cet or. Il parle un langage universel. Si vous avez besoin de moi, je suis à la Casa Frolo. Bonne nuit, petit prince.

Peu de temps après son départ, Tony s'aperçut que des armes circulaient entre les membres de l'équipage. Chaque matelot portait un pistolet et un couteau glissés dans sa ceinture. La cargaison du clipper valait une fortune et Savage avait dû laisser des consignes très strictes.

Une à une les lumières de Venise s'allumèrent et la cité s'auréola de mystère. Tony, rêveuse, s'accouda au bastingage. Des fragrances parfumées flottaient dans la nuit : citrons, oranges, amandes... Ah ! la Méditerranée l'avait bel et bien envoûtée.

Elle chercha dans la cale une boîte d'une taille bien spécifique. Un peu plus volumineuse qu'un carton à chapeaux, elle contenait des perruques. Elle retourna dans sa cabine, enleva les perruques et y rangea à la place la robe dorée. Puis elle prépara un sac avec ses vêtements d'homme. Tout serait ainsi prêt lorsqu'elle quitterait le navire à l'aube.

Ensuite elle se déshabilla, sachant qu'elle s'endormirait instantanément, bercée par le doux balancement du hamac qui représentait un merveilleux moyen de détente.

Au lever du soleil, elle sauta de son hamac, se débarbouilla le visage et enfila ses vêtements. Lorsqu'elle quitta le navire chargée de son sac et de sa précieuse boîte, elle savait que la moitié de l'équipage avait les yeux braqués sur elle mais elle n'osa pas se retourner.

Elle n'eut pas à aller loin. Une file de gondoles attendait les passagers pour les transporter au cœur de la cité des Doges. Tony choisit un gondolier au hasard – ils se ressemblaient tous avec leur costume noir et leurs chapeaux à large bord. Puis elle s'adossa aux coussins rouges et goûta sans réserve au charme de cette promenade matinale.

La place Saint-Marc grouillait de marchands. Tony leur acheta un petit pain croustillant, du fromage et des fruits puis elle s'assit sur une marche pour déjeuner tout en admirant les dômes dorés à la feuille qui dominaient la place.

Elle aperçut un hôtel et décida de ne pas chercher plus loin. A l'intérieur de la Casa Danielli, elle vit des domestiques en perruque vêtus d'une somptueuse livrée. Le sol était de marbre rose pâle et les murs tapissés de miroirs soutenaient un plafond peint par le Tintoret. Tony prit la petite clé dorée qu'on lui tendait et murmura un des rares mots d'italien qu'elle connaissait :

– *Grazie.*

A compter de cet instant, elle redevenait Antonia !

L'excitation l'envahit tandis qu'elle admirait sa chambre. Elle était située au quatrième étage et la première chose qu'elle fit en arrivant fut de tirer les rideaux pour laisser entrer le soleil et admirer la vue magnifique.

Il y avait un petit balcon en fer forgé et elle s'y pencha. Toutes les maisons s'élevaient sur quatre ou cinq étages au-dessus des étroits canaux et elle vit de nombreux balcons comme le sien décorés de banderoles, de rubans et de fleurs. Les gens préparaient déjà le carnaval.

Tony revint dans la pièce et jeta un coup d'œil autour d'elle. La chambre était richement ornée dans le style baroque avec des dorures à profusion, des chérubins et des miroirs. La baignoire était en marbre avec des robinets dorés en forme de cygne.

Sur le côté elle découvrit tout un assortiment de savons, d'huiles parfumées et une pile de serviettes moelleuses brodées de cygnes dorés.

Tony était partagée entre le désir de prendre un bain et celui de partir explorer la ville et ses boutiques. Elle décida finalement que le bain attendrait, toutefois, avant de ressortir, elle tira soigneusement la robe de son carton et l'accrocha dans la penderie. Puis elle prit son peigne, sa brosse et alla chercher au fin fond de son sac les précieux cosmétiques qu'elle avait « empruntés » à Fleur de Lotus. Elle disposa le tout sur la coiffeuse en bois doré. Alors elle soupira de satisfaction. C'était le cadre idéal pour une opération de séduction.

26

Les Vénitiennes étaient très élégantes. Dotées d'un goût très sûr, elles se fournissaient dans les innombrables boutiques qui se spécialisaient chacune dans un type d'article. Dans l'une on ne vendait que des velours, dans l'autre des perles de verre, ou encore des masques... Les parfumeries surtout étaient irrésistibles ainsi que les boutiques de perruques. Celles-ci existaient dans toutes les teintes y compris le bleu lavande, le rouge incarnat ou même le vert. On y trouvait aussi de la poudre de toutes les couleurs.

Dès qu'elle la vit, Tony sut qu'il lui fallait cette poudre qui ressemblait à de la poussière d'or. Dans une boutique de lingerie, elle ne put résister à l'achat de pantalons faits dans un tissu presque identique à celui de sa robe et quasi transparents. Elle se demanda si elle oserait les porter mais paya sans protester.

Dans toute la ville, les gens faisaient leurs emplettes pour mettre la dernière main à leur déguisement. Les vitrines étaient savamment conçues pour attirer le chaland et le métamorphoser en diable, en satyre ou en prince.

Vers midi, Antonia, qui étouffait dans ses vêtements d'homme, acheta une robe de mousseline blanche toute simple et une capeline ornée de roses blanches. Puis elle revint à la Casa Danielli, les bras chargés de ses trésors. Elle y avait ajouté des mules, des bas et des chemises arachnéennes.

Tony remplit la baignoire à ras bord et se plongea avec délice dans un bain parfumé au freesia. Elle se lava les cheveux en chantonnant et s'enveloppa ensuite dans une serviette pour faire sécher ses boucles au soleil.

Elle enfila avec une joie un peu perverse la chemise transparente et passa par-dessus sa robe de mousseline blanche. C'étaient les premiers vêtements de femme qu'elle portait depuis des mois et elle virevolta, enivrée par ce contact soyeux contre sa peau. Elle se sentait libre, légère !

Puis pour la première fois de sa vie, elle se mit du rouge à lèvres. Elle recula pour juger de l'effet et n'en crut pas ses yeux ! Elle était devenue une femme ! La dernière fois qu'elle s'était contemplée dans une glace, elle était encore une adolescente. Sa bouche rouge et ses boucles noires soulignaient l'éclat des yeux verts qui lui mangeaient le visage. Par pure coquetterie, elle battit des cils. Un rire cristallin lui échappa et fut emporté au-dessus de la lagune.

Elle mit son chapeau en s'arrangeant pour masquer partiellement ses traits et sortit. Antonia savait parfaitement ce qu'elle allait faire. Elle allait vérifier à la Casa Frolo qu'Adam Savage y était bien descendu. Demain soir le carnaval commencerait et il fallait qu'elle trouve le moyen de faire sa connaissance. Ce plan devait être infaillible. Elle ne pouvait plus attendre ; elle se consumait de désir.

Etonnée, elle constata que la place était déserte et se souvint que c'était l'heure de la sieste. Une chaude langueur pesait sur la ville assoupie. Elle fit du lèche-vitrines et passa un moment délicieux. En traversant un pont pittoresque elle demanda à un gondolier :

– Casa Frolo ?

Il hocha la tête :

– *Si, dona,* fit-il en désignant la lagune. *Giudecca.*

Elle apprit avec joie que le grand canal la séparait de Savage. Son secret serait bien gardé. La gondole s'arrêta à quelques mètres de la Casa Frolo. La vue était splendide et Antonia comprit pourquoi Savage avait choisi cet endroit. On eût dit que le palais flottait sur la lagune.

Tony aux aguets feignit de passer nonchalamment devant un magasin. Ne voyant pas Savage sur le chemin qui bordait le canal, elle entra dans le palazzo et se mit à passer en revue tous les clients qui se trouvaient dans le foyer.

Elle ne vit qu'un ou deux hommes seuls. La plupart étaient accompagnés. Il y avait beaucoup de couples enlacés indifférents à leur entourage. Antonia, oisive, flânait en feignant d'admirer le mobilier et les peintures. Mais le temps passait et toujours pas de Savage.

Elle se rendit compte que sa présence étonnerait le personnel si elle s'attardait trop longtemps. Au second étage, sur la galerie, un restaurant dominait le foyer. Elle monta lentement les escaliers de marbre et s'installa à une table. Quand le serveur s'approcha, elle murmura :

– *Vino ?*

– *Si, signora. Chianti ?*

Dans le doute, elle approuva mais il lui apporta un gobelet de vin amer qui lui déplut. Elle fit semblant de le boire tout en observant les rendez-vous galants qui avaient lieu en bas.

Soudain une pensée affreuse la traversa. Savage devait sûrement mettre cette sieste à profit et elle, pauvre naïve, qui le guettait en vain ! Mais oui, il devait passer cet après-midi paresseux dans les bras d'une belle signora aux yeux de velours.

La panique l'envahit. S'il apparaissait au bras d'une Vénitienne, elle ne le supporterait pas ! Elle devait partir avant qu'il ne soit trop tard. Quelques illusions à son sujet subsistaient encore chez la jeune fille et son cœur se refusait à abandonner l'objet de ses désirs. Elle avait perdu la tête, pauvre folle qu'elle était ! Elle ferait mieux de se rhabiller en homme et de se contenter de son amitié.

Non ! C'était bien pire encore ! Dire qu'elle était venue ici pour y trouver l'amour de sa vie. Quelle naïveté ! Et ce, malgré tout ce qu'elle avait appris des hommes au cours de ces derniers mois !

Savage, lui, n'était venu que dans un but : jouir d'une liaison sans lendemain. Elle devait partir. Elle repoussait sa chaise et s'aperçut soudain des regards dont elle était l'objet.

Trois hommes la buvaient des yeux. Son regard égaré passa de l'un à l'autre : le premier hocha la tête, le second lui sourit et le troisième haussa un sourcil.

Comment osaient-ils ? Ils allaient l'aborder, la suivre peut-être... Antonia était atterrée. Loin d'elle tout désir d'attirer les autres hommes, c'était Savage qu'elle voulait. Adam Savage. Et personne d'autre !

Antonia décida d'attendre qu'ils soient partis. Le serveur lui apporta un petit mot mais elle secoua la tête. Quelques instants plus tard, l'un des messieurs se leva en soupirant et partit. Un autre l'imita peu de temps après. Antonia soulagée ferma les yeux, la chaleur se faisait moins pesante et Venise se réveillait. Des couples commencèrent à descendre. Arrivés au rez-de-chaussée, ils se séparaient, les hommes partaient d'un côté, les femmes de l'autre.

Antonia ouvrit les yeux et c'est alors qu'elle le vit. Son cœur s'arrêta de battre. Il entrait dans la Casa Frolo et il était seul. Le cœur d'Antonia fit un bond dans sa poitrine. Il était seul !

De loin elle l'observa attentivement sous sa capeline. Il monta à la galerie et disparut dans un couloir où devait se trouver sa suite. Demain, elle n'aurait qu'à arriver tôt et à s'installer à une table. Il serait déguisé, bien entendu, mais Antonia savait qu'elle reconnaîtrait entre mille ce corps puissant et incomparable.

Elle retraversa la lagune le cœur en fête. Elle était si jeune, si gaie et si jolie que tous se retournaient sur son passage. D'un pas dansant, elle passa devant la boutique qui vendait des masques. Pensive, elle s'arrêta. Quel masque choisirait-elle pour le lendemain ? Certains étaient de véritables œuvres d'art, incrustés de perles, ornés de plumes ou d'éclats de miroir.

Antonia, indécise, fronça son joli front. Elle ne voulait pas d'un masque encombrant ni malcommode. Son regard rencontra un mannequin sur le visage duquel on avait peint un masque. Avec un peu de peinture et des paillettes, on pouvait se confectionner un masque que l'on n'avait pas besoin de retirer. Elle entra dans la boutique et en ressortit avec un sachet de paillettes et une colle spéciale. Grâce à ses fards orientaux, elle se créerait son propre masque !

Antonia dîna sur son balcon en contemplant la cité comme une impératrice sur son trône.

Le crépuscule tombait et les lumières de la ville aux mille torches s'allumèrent. Les gondoles glissaient sur la lagune, sous les ponts et se faufilaient dans les étroits canaux. Certains, qui n'avaient pas la patience d'attendre le carnaval, avaient déjà revêtu leurs costumes.

Des musiciens habillés en pages de la Renaissance pinçaient les cordes de leurs instruments et même les gondoliers portaient des dominos noirs sous leurs canotiers. Venise la mystérieuse se métamorphosait sous ses yeux ravis.

Antonia se coucha tard, trop excitée pour trouver le sommeil. Quand elle bascula enfin dans le royaume des songes, elle rêva qu'elle se retrouvait masquée dans un lupanar dont la clientèle se composait exclusivement de riches aristocrates. Barons, ducs et princes de toutes les nations se retrouvaient dans ces salons décadents et scintillants.

Les autres femmes, voluptueuses et peu vêtues,

riaient à gorge déployée. Elle avait du mal à respirer dans cette atmosphère chargée d'effluves capiteux. Les hommes, tous masqués, la dévisageaient et trois d'entre eux s'avancèrent. Elle savait qu'elle devait les suivre dans le sombre labyrinthe qui conduisait aux chambres. Pétrifiée, elle s'arrêta devant la porte : la poignée de cuivre incandescent lui avait brûlé la main. Mais elle n'avait pas le choix, c'était son destin ; elle n'avait fait que glisser sur la pente depuis qu'elle avait choisi cette voie fatale. Elle redressa les épaules et tourna la poignée. Alors elle croisa un regard bleu pâle qui lui glaça l'âme.

Elle hurla et son cri la réveilla.

Elle se pelotonna dans son lit. Dehors il faisait nuit et l'aube était encore loin. Elle repoussa ses cheveux soyeux et frissonna : nul besoin d'explication, c'était la voix de sa conscience qui lui criait qu'elle s'apprêtait à commettre un péché !

Comment elle, une jeune fille vierge, pouvait-elle songer à se donner à un homme pour une nuit d'amour ? Ah ! pouvait-on même parler d'amour, ce n'était que fornication ou luxure ! Elle voulait qu'Adam Savage la séduise, qu'Adam et lui seul l'initie aux troubles mystères de la sexualité. Elle aurait dû rougir de honte. Etait-ce vraiment cela qu'elle cherchait : le supplier de la laisser jouer à la courtisane pour une nuit ?

Oh oui ! Oui !

Antonia se recroquevilla dans ses oreillers et se laissa emporter par une délicieuse rêverie. Quand elle se réveilla, elle était allongée en travers du lit et le soleil était déjà haut dans le ciel. Il faisait un temps magnifique. Le plus grand jour de sa vie était arrivé !

A grand renfort d'éclaboussures, elle se baigna en chantonnant. Puis elle enfila ses bas, les fameux pantalons transparents et se glissa dans sa robe. Elle se pavana devant son miroir et constata que son décolleté frisait l'indécence. Ensuite elle poudra ses magnifiques cheveux pour en dissimuler la couleur sombre et les aspergea de poudre d'or. Elle alluma les torchères de sa coiffeuse pour bien éclairer son visage tandis qu'elle se maquillait. Des milliers de petites poussières d'or se mirent à briller dans ses cheveux relevés.

Elle se métamorphosa en princesse de conte de fées et se regarda longuement dans la glace pour savoir exactement ce qu'elle allait dessiner sur son visage. Elle choisit finalement d'être un papillon. Ses immenses iris verts seraient les « yeux » sur les ailes du papillon. Elle se farda soigneusement à l'aide du khôl et des fards qu'elle avait achetés, se dessinant des antennes délicates sur le front et collant des paillettes aux extrémités. Le résultat était sensationnel et son costume parfait. Elle n'avait plus qu'à monter sur la scène de Venise et à jouer son rôle.

La mer n'avait pas encore englouti l'astre flamboyant quand Antonia se joignit à la foule. Partout, ce n'était que gaieté, rires et chansons. La barrière des masques faisait s'effondrer toutes les autres. Les étrangers se parlaient comme s'ils étaient tous les acteurs d'une même pièce dont ils prononçaient les répliques avec un sourire, un contact furtif ou même une caresse.

L'humeur était gaie et grisante, mais lorsque le crépuscule aurait enveloppé Venise de son voile, ce serait l'abandon qui prévaudrait. Les costumes et les déguisements étaient extraordinaires. Certains très ingénieux, d'autres d'une audace à couper le souffle. Beaucoup allaient quasiment dévêtus. Les sexes se confondaient. La plupart des costumes étaient très voyants, d'autres tapageurs, beaucoup étaient grossiers et pour certains d'entre eux franchement obscènes. Tous se donnaient en spectacle, enivrés par l'atmosphère de cette nuit féerique ou parce qu'ils avaient déjà bu.

Cette gaieté était contagieuse, les rires montaient dans la nuit et se transmettaient d'un groupe à l'autre, les liant tous dans une semblable quête effrénée du plaisir. Antonia avait peur. Elle évitait les mains tendues vers elle et les bouches sensuelles qui lui criaient :

– *Donna ! Bella ! Grazioso ! Per favore !*

La foule s'entassait gaiement en attendant les gondoles pour traverser la lagune. Quelques vestiges de civilités subsistaient mais Antonia savait qu'il en fallait peu pour mettre le feu aux poudres et déchaîner les passions. A dessein, elle choisit une gondole où ne se trouvaient que des femmes mais, horrifiée, elle dut repousser la main indiscrète d'une de ses compagnes. Toutes les femmes de Venise ressemblaient ce soir à des courtisanes, songea-t-elle avant de rougir ; elle-même n'échappait pas à la règle.

Le foyer de la Casa Frolo était illuminé. Des musiciens jouaient en haut sur la galerie pour les danseurs qui tournoyaient à leurs pieds sous une pluie de confettis et de serpentins. Antonia scruta tous les visages à la recherche d'un seul homme. Comme elle ne le voyait pas, elle se fraya un chemin à travers les danseurs en comprenant à quel point il lui était facile de le manquer dans cette foule de travestis. Elle s'assura qu'il n'était pas dans le foyer et décida de gagner la galerie puisqu'elle savait que sa chambre se trouvait au même étage.

Elle montait l'escalier de marbre quand elle croisa un superbe travesti. Il portait un turban pourpre orné d'une plume de paon sur une tunique orientale. Elle croisa son regard et son cœur s'arrêta de battre en le sentant se fixer sur elle. La distance qui les séparait diminua et elle s'aperçut soudain qu'il avait une vue imprenable sur ses seins dans leur écrin doré.

– *Voi siete belle* (Vous êtes ravissante), *tesoro* (chérie). *Baciami !* (Embrassez-moi.)

Une main avide s'empara de la sienne.

– Non ! Non ! s'écria-t-elle en le repoussant.

Mais son refus ne fit qu'exciter l'inconnu qui voulut l'embrasser.

Elle se débattit follement en criant :

– *No, no, no, signore, no !*

Une main bronzée s'abattit sur l'épaule du radjah :

– Je crois que *no* a le même sens en italien qu'en anglais.

Antonia faillit s'évanouir de soulagement. Elle avait reconnu le timbre clair de Savage ; même susurrée d'une voix douce, la menace était palpable.

– *Per Dio !* s'exclama le radjah en pliant les genoux sous la pression exercée par Savage.

Adam prit alors la main d'Antonia et l'aida à descendre les marches. La chaleur de sa paume se ressentait jusque dans son bras. Adam était vêtu de noir et un masque de léopard recouvrait tout son visage jusqu'aux lèvres, cachant sa cicatrice. Une cape sombre flottait sur ses puissantes épaules et elle comprit qu'il était bien plus redoutable que le radjah.

– Comment vous remercier, monsieur ? dit-elle d'une voix oppressée.

– Je vais y réfléchir, joli papillon. Mais... vous êtes anglaise ?

Il paraissait intrigué.

Sa bouche esquissa un sourire exquis et ses longs cils battirent avant de révéler des yeux d'émeraude.

– M'offrez-vous votre protection, monsieur ?

– Contre tous à l'exception de votre serviteur, ma chère.

Bien qu'elle fût grande, elle devait renverser la tête pour le regarder. Il porta sa main à ses lèvres et tout son être vibra quand ses lèvres chaudes effleurèrent sa peau.

– Vous aussi vous êtes anglais, chuchota-t-elle.

– D'origine certes, mais pas de tempérament.

– Vous vous sentez plus proche de celui du léopard, fit-elle en passant sa langue sur ses lèvres.

Le désir assombrit les yeux bleu pâle d'Adam à la vue de ce bout de langue rose et pointu.

Elle frissonna... tout en brûlant intérieurement.

Leurs mains étaient toujours soudées. Sa beauté, mais surtout sa jeunesse et sa nationalité continuaient d'intriguer Adam.

– J'ai une proposition à vous faire, milord.

Comme c'était cocasse. Voilà qu'elle inversait les rôles !

– Je serais ravi de vous consacrer une heure ou deux, chère amie. Comment vous nomme-t-on ?

Elle secoua la tête et lui sourit, mutine.

Il embrasserait les commissures de cette jolie bouche après avoir mordu dans cette lèvre sensuelle. Il faillit la prendre dans ses bras et la monter dans sa chambre séance tenante pour profiter de la nuit qui s'offrait à eux. Mais il contint sa hâte. Il lui offrirait d'abord une coupe de champagne, elle avait l'air si jeune et il ne voulait pas l'effrayer.

Il passa un bras protecteur autour de sa taille et l'entraîna vers son repaire. C'était un bar qui donnait sur la lagune. Sous un ciel violet, les bougies faisaient scintiller une poussière d'étoiles sur ses cheveux poudrés d'or. Il commanda du champagne.

Savage leva son verre en cristal de Venise :

– A votre mystérieuse beauté, ma reine.

Les doigts d'Antonia jouaient avec le rebord de sa coupe.

– Alors quelle est cette proposition que vous aviez à me faire ? murmura-t-il avec sollicitude.

– J'ai échappé à mon tuteur le temps d'une nuit. Je cherche un amant.

Même dans la pénombre, il vit ses joues s'empourprer. Une étincelle amusée brilla dans ses yeux :

– Laissez-moi deviner. Vous avez été mariée de force à un homme que vous n'aimez pas et vous voulez connaître les plaisirs de la chair avant que votre beauté ne se flétrisse.

Elle rit de bon cœur.

– Je ne pourrai jamais me marier.

Il passa rapidement en revue les diverses raisons qui pouvaient expliquer une telle réponse : Le couvent ? Un parent invalide ?

– On ne sait jamais de quoi est fait le lendemain. Si j'acceptais d'être votre amant pour une nuit, vous le regretteriez peut-être un jour ?

– Jamais ! fit-elle fermement.

– Combien de propositions semblables avez-vous faites à d'autres qu'à moi ? s'enquit-il, perplexe.

– Aucune, répondit-elle faiblement.

Savage se leva pour prendre congé.

– Oubliez-moi, chérie, c'est impossible.

– Je vous en supplie, restez ! Je suis vierge et lasse de l'être. Serait-ce si honteux de réclamer une seule nuit de plaisir ?

– Il n'y a pas de honte à cela, chérie. Mais je n'aurai tout simplement pas le temps de vous initier à tous les plaisirs pour lesquels vous vous consumez.

– Vous m'en dévoilerez les mystères.

– La première fois vous souffrirez, il y aura du sang et des larmes. L'homme que je suis en tirerait du plaisir, pas la femme. Croyez-moi.

Elle écarquilla les yeux de stupeur et il faillit succomber à l'éclat humide de ces yeux d'émeraude.

– Faites-moi l'amour ce soir, le pria-t-elle en passant à nouveau une langue rose sur sa lèvre gorgée comme un fruit mûr.

Le désir le gagnait. Quel idiot, dire qu'il avait projeté une nuit de débauche avec une femme expérimentée ou peut-être même plusieurs, et voilà qu'il tombait sur une petite Anglaise candide qui quémandait ses faveurs !

– Quel âge avez-vous ?

– Dix-s... dix-huit ans, mentit Antonia.

Morbleu, comme il la désirait ! S'il la repoussait, elle irait en voir un autre. *Tu ne vas tout de même pas prétendre que c'est pour la protéger !* se moqua une voix intérieure. Il fit une dernière tentative pour la faire renoncer à ses projets.

– Je suis couvert de cicatrices sur le visage et sur le corps. Vous éprouverez de la répulsion.

– Jamais, promit-elle avec ferveur en glissant sa main dans la sienne.

– Alors buvons à votre santé, ma reine, et éclipsons-nous. Je vais enfin savoir s'il est vrai qu'il vaut mieux donner que recevoir.

Il se jura que c'était bien la dernière fois qu'il volait au secours d'une demoiselle en péril.

27

Le Léopard l'entraîna vers une gondole et adressa quelques mots en italien au gondolier.

– Toute votre vie vous vous souviendrez des gondoles à Venise.

Il mit un pied dans le bateau et la souleva dans les airs. Leurs pouls enfiévrés battaient à l'unisson.

Il la fit asseoir contre lui sur la banquette arrière.

– Venez, ordonna-t-il d'une voix grave et veloutée.

Il dénoua le fermoir de sa cape et lui offrit refuge contre sa poitrine. Les jambes tremblantes, elle se laissa tomber sur les coussins.

– Où m'emmenez-vous ? souffla-t-elle.

– Au bout du monde...

Adossée à lui, Antonia sentait la chaleur de son corps se communiquer au sien et une flamme dévorante la ravager. Son cœur battait à tout rompre dans sa poitrine tandis que ses lèvres effleuraient son oreille pour lui murmurer des mots doux.

– *Tesoro.*

Elle se sentit fondre dans ses bras et le feu se propagea dans tout son corps.

La gondole glissait sur la lagune drapée de brouillard et emprunta un canal enchanteur, loin du bruit et des danseurs, pour gagner un endroit calme et silencieux, intime. Les édifices baroques de la Renaissance dressaient leurs façades rococo au-dessus de leurs têtes et les enveloppaient au cœur même de la cité enchanteresse.

– C'est ainsi qu'il faut découvrir Venise, en explorant ses charmes cachés, murmura Adam en découvrant un sein dont les courbes laiteuses apparurent au-dessus du décolleté en couronne.

Il pencha la tête et souffla dessus. Dès qu'il cessa, le froid en durcit à nouveau la pointe et il sourit :

– La flèche de Cupidon.

Elle retint son souffle et il comprit qu'elle ressentait déjà les prémices du plaisir.

– *Amore mìo.* Petit papillon de nuit, murmura-t-il en lui mordillant le lobe de l'oreille tandis que des frissons de plaisir couraient le long de sa colonne vertébrale.

Chacun mourait d'envie de se fondre en l'autre, de n'être plus qu'un seul souffle, qu'un seul corps, qu'un seul esprit.

Ils tombèrent dans les bras l'un de l'autre et s'abandonnèrent à ce désir instinctif de fusion. Savage fut à deux doigts de la prendre là, sur place. Il reprit son sang-froid et la repoussa doucement. Un délicieux murmure de protestation lui fit l'effet d'une décharge. Mais il se défendit de la faire souffrir et tâcha au contraire de la cajoler pour calmer et prolonger leur ardeur.

Il ne pouvait détacher son regard de ses lèvres et elle retint son souffle en voyant le Léopard se pencher. Il effleura sa lèvre inférieure, gonflée et savoureuse comme une cerise, et elle frissonna en le sentant s'en délecter comme d'un fruit tendre et juteux.

Elle le grisait comme un vin léger mais capiteux. Elle sentait la femme. Il la prit dans ses bras et se laissa retomber sur les coussins. Elle s'abandonna sans réserve, douce et alanguie. Une main avide s'empara de son sein nu et la caresse de sa paume calleuse éveilla chez elle un tourbillon de sensations exquises.

L'autre main poursuivait son exploration. Elle se glissa sous la ceinture de sa jupe et descendit le long de son ventre plat, faisant naître à ce contact contre sa peau satinée une joie sans mélange.

Elle soupira de plaisir tandis que le Léopard ronronnait à son oreille :

– Nous passons sous le pont des Soupirs.

Elle releva la tête et murmura :

– Quel nom merveilleux !

– Hélas, *cara,* au-delà, ce sont les prisons et ceux qui passaient ce pont soupiraient après leur liberté perdue.

Antonia frissonna.

– Ne soyez pas triste, chérie. Cette nuit est consacrée au plaisir. (D'une voix forte il ordonna au gondolier :) *Casa Frolo.*

Antonia gravit comme dans un rêve les escaliers de marbre du palazzo. Elle sentait s'approcher la révélation. Pourtant elle devinait qu'elle ne connaîtrait jamais entièrement Adam. Ce qui n'était peut-être pas plus mal.

Il ouvrit la porte de sa suite et elle aperçut deux pièces immenses reliées par une arche de marbre blanc. Sur le balcon en fer forgé, des grappes de fleurs tombaient en cascade sur le canal.

Il referma la porte avec une petite clé dorée et se retourna pour l'admirer à son aise. Puis il lui tendit la clé.

Elle rit.

– Est-ce pour que je vous retienne ?

Mais il lui répondit gravement :

– Prenez-la. Quand vous aurez vu mes cicatrices, vous aurez peut-être envie de fuir. Vous êtes libre de partir quand vous le voudrez.

Un petit frisson la traversa. Jamais plus elle ne se sentirait libre. Elle prit la clé et alla la déposer sur une petite colonne en marbre à côté de la porte.

Alors il lui prit la main et la conduisit dans sa chambre. Il enleva sa cape noire et retira son masque de léopard.

Antonia avait beau connaître ce visage par cœur, le choc la fit presque défaillir et elle se laissa tomber sur le rebord du lit. Pour la première fois, elle allait pouvoir contempler à l'envi ses traits rudes et implacables. C'était lui qui l'y conviait.

Ses sourcils étaient noirs comme de l'encre, son nez droit avec des narines légèrement dilatées. Ses pommettes et sa mâchoire paraissaient sculptées dans du marbre. Une moue sensuelle modelait ses lèvres. Mais à un endroit, le ciseau du sculpteur avait dérapé et profondément entaillé la chair de la narine gauche à la lèvre supérieure. Sa peau était sombre, comme passée au brou de noix, et plus brune encore sur le menton. Par contraste son regard bleu était saisissant.

– Vos yeux sont bleus comme le golfe de Gascogne.

Elle vit briller l'étincelle moqueuse qu'elle connaissait si bien.

– Vous n'êtes qu'une enfant rêveuse et romantique.

Il passa une main dans ses cheveux noirs. Ses mains étaient puissantes, adroites. Savaient-elles être douces ? Peut-être. Faire souffrir ? Sûrement. Procurer du plaisir ? Assurément.

Du doigt, elle suivit les petits sillons creusés dans sa paume et sourit du plaisir que lui procurait ce simple contact. Ses yeux verts, taquins, le défièrent.

– Ce ne sont pas les mains ni le visage d'un gentleman.

– Non, confirma-t-il. Mais je suppose, hélas ! que j'ai affaire à une jeune femme noble.

Elle retint son souffle.

– Ne prenez pas cet air désolé ! (Une lueur espiègle brilla dans ses yeux.) Je ne voudrais pas que vous en tombiez sur votre noble postérieur ! (Il poursuivit en lui caressant la joue :) Vous m'intriguez. Quel est votre nom ?

Subjuguée par sa caresse, elle en perdit la tête :

– An...

Elle avait failli se trahir :

– Ann, murmura-t-il tendrement.

Que lui arrivait-il ? Dans cinq minutes, elle allait l'appeler Adam.

– Comment vous appelez-vous, milord ?

– Je ne suis lord que s'il plaît à votre imagination, belle dame.

– Bien sûr que non, rit-elle. Ce serait grotesque.

– Vous seriez surprise d'apprendre à quel point les titres importent à la plupart des femmes, objecta-t-il. Adam vous convient-il ?

– A merveille, soupira-t-elle en se réjouissant qu'il ne lui ait pas gâché son plaisir en s'affublant d'un autre prénom.

– Parfait, nous serons donc Ann et Adam, conclut-il comme si tout était réglé entre eux.

Dans un sens, c'était juste. Il porta sa petite main à ses lèvres et baisa ses doigts fins. Puis il chuchota contre son cou :

– Etes-vous prête à jouer le jeu de l'amour ?

Antonia hocha la tête, incapable de prononcer un seul mot.

Il referma alors ses bras autour de son corps tendre et auréolé d'or. Il la serra contre lui de toutes ses forces, poitrine contre poitrine, hanche contre hanche, toute sa musculature mâle et dure contre ses courbes douces et tendres. Elle s'abandonna sans réserve à son étreinte et il frotta contre elle son sexe tendu.

Elle eut l'impression que son corps se liquéfiait et qu'une coulée de lave en fusion se répandait dans ses veines. Il ne la quittait pas des yeux pour voir exactement ce qu'elle ressentait. Puis soudain il la relâcha un peu et plongea son regard dans le décolleté en couronne.

Sous son regard avide, ses seins à peine voilés frémirent et se durcirent dans l'attente du plaisir. Alors il releva les yeux, parfaitement conscient que son regard seul suffisait à procurer du plaisir. Il n'était que mâle domination et elle, douce et féminine sensualité.

Son baiser se fit longtemps attendre. Il commença par la caresser longuement des yeux, sans cacher son désir. Puis il suivit du doigt le dessin de ses lèvres, s'attarda sur cette lèvre inférieure légèrement bombée et alors seulement il se pencha et la mordilla doucement. Puis il s'abandonna sans retenue au plaisir de goûter au suc de ce fruit délicieux.

Antonia baissa ses longs cils noirs et gémit pour la première fois. Ensuite seulement, il l'embrassa. Ses lèvres étaient fermes, caressantes, exigeantes, elles donnaient et prenaient en même temps. Timidement, elle tenta de répondre à son baiser.

Savage était sous le charme, proche de succomber. De toute évidence, elle était très jeune et innocente et pourtant elle s'abandonnait sans la moindre réserve, sa réaction spontanée à ses caresses révélait une nature sensuelle. Il éprouvait une vague sensation de déjà-vu, comme si ce soir il scellait des fiançailles que tous deux appelaient ardemment depuis longtemps... des mois, des années, toute une vie ?

Il refoula un puissant désir de la posséder, de la marquer de son sceau, pour qu'elle soit sienne à jamais. Sans la lâcher, il l'attira à reculons vers le lit. Puis il défit d'une main experte les boutons minuscules qui retenaient sa jupe.

– Débarrassez-vous donc de cette robe encombrante, pour jolie qu'elle soit. Pendant ce temps, je nous verse un peu de champagne.

La jupe tomba à terre et elle enjambait les mètres de tulle doré quand Adam se retourna.

Bouleversé, il faillit lâcher les coupes et gronda tout bas :

– Seigneur Jésus !

Antonia devint écarlate et balbutia :

– Je sais, ces pantalons sont indécents...

– Nenni, ma douce, fit-il en secouant la tête, ce sont vos jambes !

– Mes jambes ? souffla-t-elle, interdite.

– Elles sont sublimes.

Son regard s'attarda sur les chevilles délicates, les jolis mollets galbés et les cuisses fuselées, satinées, interminables...

– Jamais je n'ai vu d'aussi belles jambes de ma vie ! s'émerveilla-t-il en reposant les coupes. Elles ont été faites pour s'enrouler autour d'un homme, ajouta-t-il d'une voix rauque.

Docile, elle noua ses longues jambes autour de sa taille et se pressa contre lui. Il grogna de plaisir tandis qu'elle glissait ses bras autour de son cou pour l'embrasser comme il l'avait fait un peu plus tôt.

Que n'avait-il eu la présence d'esprit de se déshabiller ! Il la porta lentement jusqu'au lit et la déposa sur les draps de satin noir.

Ses cheveux d'or, son corsage doré et ses pantalons mordorés offraient un contraste saisissant sur le satin noir.

– Vous avez l'air parfaitement libertine, ma chérie, murmura-t-il.

Elle regarda ses yeux qu'assombrissait la violence de son désir.

– C'est vous qui me rendez ainsi.

Tandis qu'il se déshabillait, elle ne le quitta pas des yeux. Dans sa chambre à Edenwood, elle l'avait vu à moitié nu et ce soir elle allait enfin pouvoir admirer sa puissante musculature dans toute sa splendeur. Elle avait soif de le voir nu, soif de le toucher, de le goûter, de le dévorer.

Lorsqu'il enleva son pantalon, elle écarquilla ses yeux d'émeraude : son ventre était zébré de cicatrices. Mais son regard ne fit qu'effleurer ces marques livides et se posa comme aimanté sur sa virilité.

Le cœur d'Adam bondit dans sa poitrine en voyant qu'indifférente à ses cicatrices, elle concentrait ses regards sur son sexe en érection. Sa fascination était telle qu'il sourit et lui déclara en ouvrant les bras en grand :

– Me voici, êtes-vous prête ?

– Je suis prête, Adam, répondit-elle, parfaitement sérieuse.

Avec un grand éclat de rire il se laissa tomber sur le lit et la coinça sous lui. Puis il l'immobilisa avec ses genoux et plongea un regard espiègle dans ses yeux de papillon.

– Vos cheveux d'or sont ravissants sur ces draps sombres mais je parierais mille guinées que vos tresses brunes sont bien plus belles encore.

Il lut l'étonnement dans ses beaux yeux verts.

– Comment savez-vous que je suis brune ?

Une telle innocence le désarmait.

– A cause des boucles brunes que je vois entre vos cuisses.

– Oh ! s'exclama-t-elle en rougissant. (Puis elle renversa la tête en arrière et éclata de rire.) Vous devez me trouver tellement sotte !

– Trésor, vous êtes irrésistible.

– Alors pillez-moi ! supplia-t-elle.

– Ce serait du gâchis ! Je vais vous déguster.

Ses doigts agiles déboutonnèrent son corsage.

Pendant qu'il libérait ses seins, elle ne le quittait pas des yeux. Elle le vit retenir son souffle, les lèvres sèches tout à coup, et se tendit tout entière vers son baiser.

Comme s'il lisait dans ses pensées, il se pencha vers sa bouche en emprisonnant au passage les rondeurs exquises qui s'offraient à lui. A ce contact, elle poussa un cri qu'il étouffa d'un baiser.

Antonia n'aurait jamais cru que les seins d'une femme puissent être aussi sensibles. Elle les cachait depuis si longtemps qu'elle jouissait du simple fait de pouvoir révéler leur existence. Elle les trouvait trop petits mais dans la paume d'Adam, ils étaient parfaits. Sous sa caresse, ils gonflèrent et se durcirent tandis qu'elle retenait un gémissement de plaisir.

– Votre corps s'éveille à l'amour pour la première fois. Laissez-moi vous masser au champagne, ensuite vous vous sentirez merveilleusement bien.

Il se mit à genoux pour attraper une coupe de champagne tandis qu'allongée sous lui, Antonia fermait les yeux en savourant d'avance le plaisir de sentir ses mains sur son corps. Quand elle les rouvrit, il faisait glisser ses pantalons de soie transparente le long de ses cuisses. Instinctivement elle se cambra et Adam ne put s'empêcher de déposer au passage un baiser sur son pubis.

Il se délectait de la voir jouir déjà alors qu'il n'avait même pas commencé à jouer avec elle. Il la fit s'allonger sur le ventre et renversa le champagne pétillant sur son dos. Après une impression de fraîcheur, elle sentit rapidement monter une chaleur délicieuse sous la caresse de ses mains contre sa peau si douce. Bientôt tout son corps fut embrasé.

Ses mains descendirent jusqu'à ses chevilles et entamèrent un lent mouvement de va-et-vient sur ses jambes. Elle possédait les plus jolies jambes qu'il lui ait été donné de voir. Interminables, elles s'achevaient en apothéose sur le plus mignon postérieur dont on puisse rêver. Ce fut là qu'il acheva son massage.

Antonia gémissait et criait alternativement. Ses mains expertes la détendaient et l'excitaient en même temps. C'était pour la jeune fille une sensation entièrement nouvelle. Son excitation culmina lorsqu'il posa ses lèvres sur sa peau satinée et qu'il entreprit de la savourer exactement comme on le fait d'un mets rare et particulièrement fin. Comme ses mains, la langue du Léopard était délicieusement râpeuse.

Il s'allongea sur elle en la mordillant doucement, subjugué par la beauté de son corps.

– Vous donnez au champagne un goût exquis, murmura-t-il à son oreille d'une voix rauque.

Son souffle chaud contre sa peau la fit frissonner. Ses doigts et ses lèvres coururent sur son dos jusqu'à ce que sa bouche arrive au niveau de ses ravissantes rondeurs postérieures. Alors elle crut devenir folle sous ses audacieuses caresses.

Elle se cambrait, accrochée aux draps, et finit par se mettre à genoux en criant son nom sans fin.

D'une main possessive, il la fit se retourner sur le dos.

– J'ai gardé le meilleur pour la fin, murmura-t-il en lui versant le champagne sur les seins.

Elle avait adoré le contact de ses mains lorsqu'il les avait emprisonnés et soupesés avant de les caresser. Mais lorsqu'il se mit à les lécher et à les mordiller, toutes ses sensations furent décuplées.

Sa jeune beauté l'excitait mais il savait que sa virginité n'était pas étrangère à cet appétit sexuel qui menaçait de rompre ses digues. Il était le premier homme à la toucher et stupidement, il se prit à souhaiter d'être le seul et le dernier. Il refoula cet élan romantique. Cette liaison ne durerait qu'une nuit et à l'aube, elle se dissiperait avec les derniers lambeaux de la nuit. Il n'en resterait qu'un souvenir qui viendrait le hanter la nuit. C'était le destin.

28

Tandis que la bouche d'Adam effleurait son ventre, Antonia referma sur lui ses longues jambes pour l'attirer à elle. Lorsqu'elle sentit son sexe entre ses cuisses, elle perdit tout contrôle d'elle-même et se mit à mordre les muscles de sa poitrine. Il sourit en voyant sur sa chair la marque de ses petites dents perlées. Le Léopard avait trouvé un fauve à sa mesure !

Il délia doucement l'étau de ses jambes et l'obligea à les écarter, puis très doucement il caressa sa douce toison triangulaire. Elle cambrait les reins sur les draps sombres, les paupières lourdes de plaisir mais sans cacher le feu qui brûlait dans ses yeux.

– C'est bon ?

– C'est... merveilleux.

Cette délicieuse tension monta jusqu'à un crescendo puis elle s'épanouit dans tout son être. Le souffle coupé, elle haleta :

– Oh ! Comme c'était bon !

Adam sourit, complice. Il n'avait pas l'intention de détruire ce joyau : sa virginité resterait intacte et préservée pour son futur mari. Ce soir il n'y aurait ni sang ni souffrance, seulement l'envoûtant plaisir des sens. Il leva ses jambes et les noua autour de son cou, puis il approcha ses lèvres du cœur de sa féminité.

– Nnnon... Oui... Oh oui... encore, je vous en supplie.

Le plaisir devenait presque insoutenable. Soudain, un parfum de violette remplit la chambre et Adam sut qu'il montait de leur lit. C'était elle qui sentait la violette. Ses cris de passion le transpercèrent et jamais femme en proie au désir ne parut plus belle à ses yeux.

Antonia se laissa retomber sans forces sur les draps. Mais soudain elle recouvra toute son énergie et se jeta sur lui en se demandant par où elle allait commencer.

Adam immobile la laissait faire et jouir de ses nouveaux pouvoirs.

Elle s'allongea sur lui de tout son long, se pressant sur son sexe et déposant de petits baisers furtifs sur ses lèvres.

– J'adore votre bouche. Sous vos baisers, je me sens belle.

– Mon cœur, vous êtes belle. Ravissante, exquise.

– Vous n'êtes pas trop mal non plus, rit-elle. Je brûle de curiosité de connaître votre corps.

– Allez-y. Vous pouvez satisfaire votre curiosité, l'invita Adam.

Elle se releva et s'installa les jambes croisées à ses côtés. Timidement, elle commença par caresser son torse en s'émerveillant de sa mâle puissance.

Comme ce serait facile de l'aimer ! Antonia se savait amoureuse depuis des mois mais elle se refusait à admettre qu'elle l'aimait de peur de souffrir. Son regard tomba sur les cicatrices de son ventre. Si ses mains hésitaient, il croirait à un dégoût de sa part. Elle n'éprouvait rien de tel. Ces entailles dans sa chair faisaient partie de lui, de son passé surtout et elles avaient certainement contribué à construire son extraordinaire personnalité.

Elle les effleura tendrement puis elle releva les yeux et croisa son regard rivé sur elle.

– Vous font-elles souffrir ?

Après un long silence, il lui répondit :

– Leur souvenir seul est douloureux et m'empêche à jamais de commettre à nouveau semblable erreur.

Tout en caressant les chairs meurtries elle se félicita au fond qu'il ne soit pas parfait. Il eût été trop dangereux.

Enfin ses yeux trouvèrent ce qu'ils cherchaient. Elle regarda longtemps l'objet de sa curiosité sans oser y toucher.

– Eh bien ? s'enquit-il sans cacher son amusement.

– C'est un peu différent de ce que je croyais.

Il lui prit la main pour l'encourager et la conduire à lui, et le voile du mystère se souleva enfin grâce à ses tendres explications.

Leurs regards se croisèrent et chacun lut le désir dans les yeux de l'autre. Les mots jaillirent de sa bouche sans qu'elle puisse les retenir :

– Je veux être à vous.

Il la prit dans ses bras et l'attira à lui.

– Ann, ma douce, je le désire aussi plus que vous ne croyez, mais ce serait égoïste de ma part. Je serais le seul à en tirer du plaisir.

– Mais vous m'avez donné du plaisir et je suis sûre que ce n'est rien comparé à cela.

– Mille fois meilleur, mon amour, mais il vous faudra d'abord souffrir et nous n'avons pas assez de temps. Le rite de l'hymen est sacré et je veux que le vôtre reste intact.

– Mais je ne me marierai jamais ! protesta-t-elle.

– Jamais... c'est un bien grand mot, sourit Adam. Et même si vous ne vous mariez pas, vous aurez sûrement un amant.

– Qu'en savez-vous ? s'écria-t-elle.

– Après cette nuit, votre corps appellera les caresses d'un amant. Vous ne tarderez pas à vous en rendre compte et à aimer quelqu'un.

– Je vous ai trouvé, vous !

– Nous vivons un rêve, bientôt l'aube le dissipera.

– Adam, je veux être à vous.

– Non, chérie. Que feriez-vous si vous attendiez un enfant ?

– Ah ! Pourquoi faut-il toujours payer si chèrement ses actes ?

– Qui sait si ce n'est pas le risque qui rend ce jeu si excitant ?

– Alors je suis prête à tout risquer ! s'exclama-t-elle avec l'énergie du désespoir.

– Je le sais et cela ne fait qu'ajouter à votre charme, mais vous êtes si jeune et ce soir je suis responsable de vous.

– Vous m'avez promis de m'aimer !

– Non, j'ai seulement promis de vous initier aux mystères de l'amour.

Elle soupira en maudissant son sens de l'honneur.

– Alors, montrez-moi comment vous faire plaisir.

Il lui attrapa les mains et les posa sur son sexe en disant :

– Jouez simplement avec moi.

Antonia le caressa et joua fascinée jusqu'à ce qu'Adam gémisse tout bas du plaisir qu'elle lui donnait. Mais cela ne suffisait pas à Antonia qui approcha ses lèvres. Ce fut alors au tour d'Adam de gémir et de se tordre dans les affres d'une exquise agonie. Elle découvrit son pouvoir sur lui et finit par lui arracher une plainte :

– Arrête, mon amour, arrête !

Mais elle lui jeta un regard ensorceleur qui lui prouva qu'elle n'avait aucune intention de s'arrêter là.

Adam se retint longtemps et lorsqu'il n'en put plus, il se dégagea et s'abandonna à la délivrance.

– Etes-vous toujours aussi impulsive ? lui demanda-t-il d'une voix rauque.

– J'ai appris à saisir l'occasion au vol.

Il sauta du lit et la jucha sur ses épaules avant de se mettre à galoper dans la chambre comme un enfant. Il s'arrêta devant la glace et caressa ses longues jambes satinées, savourant leur contact sur ses épaules et la pression de son sexe sur sa nuque.

Antonia comprit que le désir le reprenait déjà et écarquilla les yeux en voyant son sexe se dresser devant la glace.

Adam s'agenouilla pour la faire descendre et la

rattrapa à l'instant où elle allait lui échapper. Il se laissa tomber sur le tapis et entreprit de l'embrasser avec une ardeur décuplée.

Elle avait dû s'endormir car lorsqu'elle ouvrit les yeux, ils reposaient enlacés dans le lit.

Tandis qu'elle somnolait, Adam était resté immobile mais le cœur en émoi. Il savait qu'il désirait cette jeune fille cent fois plus que la femme frigide qui l'attendait à Ceylan. Il faillit céder à la tentation de la réveiller pour lui arracher son nom et son secret. Peut-être de l'argent suffirait-il à aplanir ses difficultés et leur permettre de ne plus se quitter.

Non. Il n'avait pas le droit. Elle était trop jeune, trop innocente pour un homme au passé aussi chargé. Mieux valait en rester là. Une brève liaison était infiniment préférable à une jeune existence saccagée. Il soupira en songeant à ce qui aurait pu être.

Antonia remua et ouvrit les yeux. Une aurore lumineuse se levait. Il pressa ses lèvres contre ses cheveux.

– Ne partez pas. Restez encore un peu.

Dans son cou, les lèvres d'Antonia esquissèrent un silencieux « toujours ».

Lorsqu'il voulut se lever, ce fut elle qui protesta contre cette séparation. D'un regard possessif, elle l'admira étirer son corps souple et passer une main dans ses cheveux ébouriffés. Nu, il sortit sur le balcon pour admirer l'aurore. Il fit un geste à quelqu'un en bas. Elle comprit alors qu'il demandait de la nourriture.

Il saisit un panier, l'attacha à un cordon de passementerie et le fit descendre par-dessus la balustrade. Lorsqu'il remonta, il jeta quelques pièces à l'homme qui se mit à lui poser des questions auxquelles il répondit en riant. Elle entendit le mot *donna*.

Un rire s'éleva.

– *Quell' animale.*

Ils le traitaient de bête sauvage d'une voix approbatrice.

Soudain Adam revint dans la chambre.

– Ils ne nous renverront le panier plein que s'ils vous voient.

Antonia d'abord effarée finit par capituler. Elle enfila rapidement la chemise d'Adam et courut se jeter dans ses bras. Il l'embrassa devant un public admiratif tandis qu'Antonia s'enveloppait prestement dans les pans de la chemise.

– *Bene ! Bellissimo ! Vai siete bella.*

– Ils disent que vous êtes belle, chuchota Adam. Et très dévêtue.

– Oh ! Démon ! s'écria-t-elle en courant se réfugier dans le lit tandis qu'Adam en profitait pour admirer ses jambes magnifiques.

– Que vous ont-ils donné ?

– Des fruits, du pain frais et des saucisses italiennes.

– Miam, miam !

– Eh là ! C'est à moi. C'est moi qui l'ai payé.

– Je n'ai pas d'argent. Que voulez-vous ?

– La chemise que vous avez sur le dos suffira.

Elle l'ôta et la tendit instantanément à Adam que ce naturel ravissait.

– Servez-vous, ma chérie, fit-il en lui présentant le panier.

Elle feignit d'hésiter avant d'y plonger la main.

Ensuite, il l'installa commodément sur ses genoux pour qu'ils puissent se donner la becquée comme deux tourtereaux. Même le simple fait de se nourrir devenait avec Adam une nouvelle expérience sensuelle. Ils savaient l'un et l'autre que leur nuit touchait à sa fin et essayaient désespérément de retarder l'échéance. Elle toucha et caressa toutes les parties de son corps pour les graver dans sa mémoire. Elle souffrait qu'il eût refusé de l'aimer comme il l'eût fait avec une femme mais son refus avait été catégorique.

Il caressait ses jolis seins ronds quand son regard bleu pâle la transperça :

– Si nous prenions un bain ? Vous pourrez laver vos cheveux de cette poussière d'or et nettoyer votre ravissant visage afin que je puisse vous admirer dans toute votre beauté !

– Non ! Je n'ai pas le temps. Il faut que je m'en aille.

– Rien qu'un bain, mon cœur ! Vous ne pouvez pas partir comme ça !

Mais elle secoua la tête.

– Il doit être midi alors que je devais vous quitter à l'aube. Aidez-moi plutôt à m'habiller.

Il lui boutonna son petit corsage de fée mutine mais les pantalons d'or diaphanes restèrent introuvables. Elle finit par abandonner la partie et enfila sa jupe de tulle. A contrecœur, elle se dirigea vers la porte. C'est alors qu'elle vit que la petite clé dorée avait disparu. Au bord des larmes, elle tourna vers Adam un regard implorant.

– Je ne vous rendrai la clé qu'en échange de votre nom.

– Lam... beth, souffla-t-elle.

Mieux valait une semi-vérité. Elle savait déjà qu'elle ne serait plus jamais la même. Il dressa devant elle son ombre brune. Alors, les mains posées sur sa poitrine, elle se haussa sur la pointe des pieds pour l'embrasser.

– Merci, Adam, pour ce cadeau inestimable.

Quand leurs lèvres enfin se séparèrent, il glissa la clé dans sa main.

29

De retour à la *Casa Danielli*, Antonia demanda qu'on lui préparât un bain. Il lui fallut une demi-heure pour se décider à y entrer. Elle aurait voulu conserver sur elle son odeur et le goût de ses baisers sur ses lèvres meurtries.

Elle lava ses cheveux et les noua en catogan. Puis elle remit ses vêtements d'homme.

Elle fit son sac en cachant soigneusement ses fards sous les habits et au dernier instant, elle y glissa le corsage de fée. Elle laissait la robe de tulle dans la penderie, dépouille fantomatique d'une nuit dorée qu'elle devait désormais chasser de sa mémoire.

Avant de refermer la porte sur son déguisement, elle fit le point sur ses sentiments. Elle ne regrettait rien. Elle avait décidé de le séduire mais c'était lui qui l'avait séduite. Elle se sentait merveilleusement bien, plus vivante que jamais.

Sur le trajet de retour au bateau, elle acheta une grosse quantité de talc vénitien pour le revendre en Angleterre.

Soulagée, elle constata en arrivant à bord que Savage n'était pas encore rentré. Elle resta dans sa cabine et n'en ressortit que pour superviser la livraison du talc. A cet instant Savage revint. Il ne lui posa aucune question sur ce qu'elle embarquait à son bord et alla vaquer à ses propres occupations, le visage fermé. Ses pensées étaient ailleurs et pourtant, pas un détail de la vie du bateau ne lui échappa. Quand il eut achevé son inventaire, il ordonna rapidement de hisser les voiles. Savage n'avait visiblement qu'une hâte, rentrer en Angleterre.

Les deux jours qui suivirent il resta vissé à la barre, seul. Le visage impassible, presque hostile. Pour une fois, Antonia s'en réjouit. Elle préférait se tenir prudemment à distance.

Pendant le voyage de retour, il constata avec un amusement teinté de sarcasme que le jeune lord Lamb avait bien changé. Un foulard noué autour de la tête à l'instar des autres matelots, il grimpait dans le gréement comme un vrai singe. Le soleil avait bruni sa peau et ses gestes étaient plus hardis. Cette insouciance provenait d'une nouvelle confiance en soi. Quelque chose avait dû se produire à Venise qui l'avait fait mûrir tout d'un coup. Souvent Savage l'entendait siffler ou chanter et même la tempête qu'ils essuyèrent dans le golfe de Gascogne n'entama pas sa fougue ni son entrain.

Pour Savage, il n'en allait pas de même. Bien au contraire. Il cherchait les mots pour décrire son humeur : non qu'il fût morose, plutôt pensif. Il s'était rendu à Venise en quête d'aventures libertines et voilà qu'il était tombé amoureux.

Amoureux ! C'était le comble. Et pourtant il n'aurait pas échangé sa nuit d'amour à Venise contre toute la production de Leopard Leap. Alors qu'ils longeaient les côtes françaises, il se renferma sur lui-même. A son retour des Indes, il avait soigneusement établi un plan. Il avait fait construire Edenwood et choisi la femme qui y régnerait. Son avenir était tracé une fois pour toutes. Il lui avait suffi de croiser la route d'une petite fée vénitienne deux fois plus jeune que lui pour tout remettre en question. Avec un juron, il la chassa de son esprit. Il avait passé un moment merveilleux mais tout était fini ! Qu'on n'en parle plus !

Il décida de passer la nuit au Havre pour y faire le plein d'eau. Il ordonna à l'équipage de ne pas quitter le bord après le crépuscule et accepta de fermer les yeux quand deux prostituées montèrent à bord.

Tony resta seule sur le pont à écouter les chants et les rires des matelots. La Manche seule la séparait de l'Angleterre. Le scandale du duel s'était-il dissipé pendant cette croisière ou devrait-elle affronter le mépris général à son retour à Londres ? Quant à Bernard Lamb, où l'attendrait-il désormais ?

Tony rêvait encore lorsqu'une ombre furtive se faufila derrière elle. Elle resta immobile et retint son souffle quand brusquement elle comprit que c'était Adam qui quittait le navire. Elle avait reconnu son agilité de félin. Il était vêtu de hardes sombres et informes. Elle le laissa se glisser à terre sans mot dire. A quelle nouvelle contrebande se livrait-il ? Elle se refusait à l'imaginer et ne voulait même pas le savoir.

Soudain elle chercha la tranquillité de sa petite cabine. Elle s'allongea dans son hamac et se balança rêveusement en se remémorant les ports qu'ils avaient visités. Bientôt elle s'endormit et se mit à rêver de son frère.

Au beau milieu de la nuit une main énergique la tira de son sommeil. Elle sursauta de frayeur.

– Tony, n'ayez pas peur. Ce n'est que moi, murmura Savage.

La cabine était plongée dans la pénombre. Elle se leva à demi et maugréa :

– Qu'est-ce que vous voulez ?

– Votre aide. Je ne veux pas déranger l'équipage. Alors, vous venez ?

– Je n'ai pas vraiment le choix, riposta-t-elle en pensant qu'il embarquait une marchandise en fraude.

Sur la pointe des pieds, ils gagnèrent la cabine de Savage et ce dernier tâtonna à la recherche de la lampe à pétrole qu'il finit par allumer.

Tony le vit se dépêtrer d'un vieux manteau noir, mais elle ne s'attendait certes pas aux paroles qui suivirent :

– J'ai une balle dans l'épaule et je veux que vous essayiez de me l'extraire.

– Mon Dieu ! s'exclama-t-elle, bouleversée. Pourquoi ne me l'avez-vous pas dit tout de suite ? Voilà ce qu'on récolte quand on traîne dehors la nuit !

– Epargnez-moi vos conseils, mon vieux, répliqua tranquillement Savage.

Mais lorsqu'il ôta sa chemise noire, elle vit son épaule ensanglantée et constata qu'il avait perdu beaucoup de sang.

On frappa à la porte. C'était le second qui apportait de l'eau bouillante.

– Merci, monsieur Baines, fit-elle en prenant l'eau.

– Vous saurez vous débrouiller seul, mon garçon ?

– On se débrouillera, coupa Savage. Vous, faites le guet.

M. Baines obéit et disparut. Quand Tony se retourna, Savage chauffait à blanc la lame de son couteau. Les yeux obstinément baissés, elle nettoya son épaule. Tandis que ses mains touchaient les muscles tant aimés, elle songea tristement qu'elle ne pensait pas les revoir de sitôt. Puis elle inspecta attentivement la plaie.

– La balle n'a pas touché l'os, elle s'est logée dans le muscle.

Sans ajouter un mot, elle empoigna le couteau et réunit tout son courage. Il lui fallait agir vite et chercher la balle au plus profond du muscle. Elle se mordit les lèvres et plongea résolument le couteau dans la blessure.

Le sang vermeil se mit instantanément à couler et elle lâcha un ouf ! de soulagement quand la balle tomba dans le récipient métallique. Vite, elle s'empara d'une bouteille de rhum et la posa sur la table. La voyant hésiter, Savage lui déclara calmement :

– Je saurai faire abstraction de la douleur.

Elle versa l'alcool pur dans la plaie et le vit se raidir. Elle ne put s'empêcher d'éprouver une satisfaction mauvaise : tant pis pour lui, il le méritait, quel que fût le crime dont il s'était rendu coupable.

Il lui montra où trouver des bandes et des pansements. Elle finissait de le bander quand un bruit de pas résonna sur le pont.

– Vite, commanda Savage. Cachez tout et passez-moi ma robe de chambre.

Tony jeta la chemise et les linges ensanglantés dans la penderie ainsi que la boîte de pansements et le bol d'eau rougie. Puis elle l'aida à enfiler un peignoir de brocart bordeaux. Il nouait sa ceinture quand on frappa à la porte.

– Vite, cachez-vous dans ma bannette !

Sans réfléchir, elle obéit. Savage vérifia une dernière fois la cabine avant d'ouvrir. M. Baines impassible lui annonça :

– Excusez-moi, sir, mais ce gendarme affirme qu'un criminel se cache à bord du *Dragon volant*. Il l'a suivi jusqu'ici.

Savage fixa sur les deux hommes un regard bleu et glacial avant de déclarer tranquillement :

– Puisque vous nous avez dérangés, je vous suggère de jeter un coup d'œil dans ma cabine. Mon jeune ami et moi-même n'avons pas quitté cet endroit de la nuit.

Le Français regarda avec dégoût le jeune garçon sur sa couchette. Puis il se retourna vers l'homme en robe de chambre et lui déclara avec un fort accent français :

– J'aimerais fouiller le navire.

– Mais faites donc, lui accorda Savage, magnanime. Je vous donne une demi-heure.

Dès que la porte se referma, Tony bondit, pâle de colère :

– Goujat ! siffla-t-elle. Comment avez-vous osé ?

– Du calme, Tony, je ne vous ai pas touché, se moqua Savage.

Ecarlate, elle fit un pas vers lui en serrant les poings quand, à sa stupéfaction, il trébucha.

Elle lâcha un juron et l'aida à s'allonger sur sa couchette.

– Tenez, buvez ça, bougonna-t-elle en approchant de ses lèvres la bouteille de rhum.

La lueur moqueuse qui brillait dans les yeux d'Adam s'évanouit.

– Merci, fit-il, sincère.

Tony s'assit à ses côtés et ne regagna sa cabine qu'une fois Savage endormi. Elle s'étendit mais finit par s'avouer la vérité : tant qu'elle le saurait blessé et loin d'elle, elle ne fermerait pas l'œil. Elle se releva, décrocha son hamac et réussit à le traîner jusqu'à sa cabine. Là, elle l'accrocha dans un coin et, laissant la lampe allumée, s'allongea en écoutant sa respiration régulière.

Elle avait dû somnoler mais Savage qui s'agitait dans son sommeil l'avait réveillée. Elle courut à son chevet et posa sa main sur son front. Il était brûlant de fièvre. Avec un linge humide elle lui tamponna le front pour tenter de faire tomber la fièvre. Savage commençait à délirer et elle ne prêta guère attention à ce qu'il murmurait jusqu'à ce qu'il appelle :

– Ann... Ann... vous êtes là ?

Ses joues s'empourprèrent lorsqu'elle comprit que c'était elle qu'il appelait. Il répétait inlassablement son nom et s'agitait de plus en plus. En désespoir de cause, elle glissa sa main dans la sienne et murmura :

– Je suis là, Adam.

– Ann ?

– Oui. Je reste avec vous. Essayez de dormir.

Il s'apaisa en effet, mais la fièvre ne tombait pas. Affolée, elle se demanda ce qu'elle ferait s'il continuait à délirer jusqu'au lendemain et si les autorités françaises montaient à bord. Elle s'appuya le dos contre la couchette, bouleversée et ravie qu'il l'ait appelée dans son délire. Si seulement elle n'avait jamais pris la place de son frère. Si seulement Adam Savage ne se livrait pas à des activités douteuses et illégales... Si seulement ce n'était pas un coureur de jupons... si seulement...

Elle retira sa main et retourna à son hamac. Deux heures plus tard, on frappait à nouveau à la porte. Tony fut réveillée par la voix de Savage, qui disait :

– Entrez, monsieur Baines.

Le second entra et embrassa la scène d'un coup d'œil placide.

– Marée haute, sir, profiterons-nous du courant portant ?

Savage sauta de sa couchette et acquiesça :

– Oui, monsieur Baines. Ramenez-nous à bon port.

– Ravi de voir que vous allez mieux, grommela Tony avant de disparaître sur les talons de M. Baines.

Tony ne revit plus Savage jusqu'à leur arrivée à Londres. Il semblait parfaitement remis de sa blessure et avait retrouvé toute son arrogance. Elle se jura qu'un jour elle chasserait cet air suffisant de son visage.

– Votre duel ne doit plus être qu'un souvenir. A Londres les gens ont besoin de se mettre des ragots frais sous la dent. Mais j'apprécierais grandement que vous vous absteniez de commettre de nouvelles fredaines. Je n'ai ni le temps ni l'envie de me porter perpétuellement à votre secours.

Adam craignait, en chapitrant trop sévèrement Tony, d'obtenir l'effet inverse. Il avait pris son parti de la haine qui existait entre les deux cousins mais en revanche il se refusait à croire aux arguments de Tony. Il était grotesque de penser que Bernard veuille l'assassiner.

Tony contint son envie de lui arracher les yeux et serra les dents. Puisqu'il considérait une tentative de meurtre et un duel comme de simples fredaines, elle n'allait pas perdre son temps à en discuter avec lui. Le seul problème c'était qu'Adam ne prenait pas au sérieux le danger que Bernard représentait pour elle. Ah, si elle avait pu faire preuve de la même insouciance ! Hélas, elle savait que c'était sérieux. Mortellement sérieux. Et que cela se terminerait obligatoirement par la mort de l'un ou de l'autre.

Dans le salon de Curzon Street, Antonia put enfin se débarrasser de sa redingote et de sa cravate en présence de sa grand-mère. Elle retroussa ses manches et écouta les derniers commérages.

– Chérie, c'est ton anniversaire la semaine prochaine. Qu'est-ce qui te ferait plaisir ?

Tony n'avait aucune envie de fêter ses dix-sept ans sans son jumeau.

– Tu oublies que je ne porte plus de robes, fit-elle, laconique.

Roz s'abstint de tout commentaire et enchaîna comme si de rien n'était :

– Les robes à paniers sont tombées aux oubliettes. Finis les arceaux et les baleines. Cet hiver, toutes les femmes porteront des manteaux amples. Et on prétend que la mousseline triomphera au printemps prochain.

Tony frissonna. Le climat anglais ne s'y prêtait guère.

– Les femmes n'ont aucun sens pratique, rétorqua-t-elle comme si elle était un homme. Des châles en lainage et des jupons de flanelle seraient plus appropriés.

– En parlant de châles, les cashmeres indiens sont très prisés aujourd'hui.

– Vraiment ? fit Tony, songeuse, en réfléchissant déjà à ce qu'elle importerait des Indes.

Tandis que sa grand-mère bavardait avec esprit, Burke entra avec du thé et des sandwiches. Mais Tony, prompte comme l'éclair, leur versa à chacun un verre de cognac et déclara :

– J'ai une confession à vous faire. Je suis d'ailleurs surprise que vous n'ayez eu vent de rien.

Soudain ils furent tout ouïe.

– Vous vous rappelez votre visite à Edenwood ? Bernard Lamb était là et le même jour quelqu'un m'a tiré dessus dans les bois. Comme j'étais certaine que c'était lui, j'ai décidé de me débarrasser de lui au plus vite.

– Mon Dieu, qu'as-tu fait ? interrogea Roz, horrifiée.

– Je l'ai attaqué en duel et comme je me méfiais de ce fourbe, j'ai tiré à neuf au lieu de dix. Malheureusement, je l'ai manqué, il n'a été que blessé.

Roz ouvrit des yeux ronds comme des soucoupes et Burke resta bouche bée.

– Adam Savage est arrivé pour tout empêcher mais il était trop tard. En revanche il a eu le temps de voir que Bernard avait bel et bien triché et qu'il avait tiré à neuf. Il m'a fait quitter le pays pour calmer les esprits.

– Oh, ma chérie, ce petit jeu n'a que trop duré. Qui sait ce qu'imaginera ce fou la prochaine fois ? Prévenons les autorités, qu'on le mette en prison.

– C'est moi qu'ils arrêteront ! J'ai enfreint la loi

en me battant en duel et ce fourbe est capable de jurer sur l'honneur qu'il a tiré en l'air.

– Adam Savage réussirait peut-être à impressionner Bernard Lamb et à le dissuader de recommencer, suggéra Burke.

– Adam Savage ne m'a pas crue quand je lui ai dit que c'était lui qui avait saboté le *Seagull* pour faire disparaître Anthony et s'emparer de son titre. Ce duel l'a mis hors de lui et il m'a dit qu'il n'avait ni le temps ni l'envie de rattraper mes fredaines.

– A partir d'aujourd'hui je vous accompagne partout où vous allez, décréta Burke.

– Dieu tout-puissant, vous n'allez tout de même pas me tenir en laisse, protesta-t-elle.

Roz inclina la tête et déclara pensivement :

– Tu as changé, Antonia. J'ignore pourquoi et comment. On prétend que les voyages forment la jeunesse, mais chez toi c'est plus que cela. Tu es plus décidée, plus sûre de toi, comme si tu t'étais découvert un pouvoir que tu ignorais.

Antonia sourit.

– Dieu merci, je ne serai plus jamais la même. En un mois j'en ai plus appris sur la vie et sur moi qu'au cours de toute une vie.

– Juste ciel ! En général ce changement se produit chez une jeune fille lorsqu'elle se marie et qu'elle devient femme, observa sa grand-mère, soucieuse.

Antonia se leva en claquant des talons et les salua avec ces mots énigmatiques :

– N'en dis pas plus.

30

Pour un homme qui avait décidé de chasser une femme de ses pensées, Adam Savage fit une chose bien étrange. Dès son retour à Londres, il demanda à Watson & Goldman de mettre la main sur une dénommée Ann Lambeth. Il leur fit miroiter une bonne prime s'ils réussissaient à localiser la belle.

Tony se promena dans Londres tout en restant sur ses gardes. En passant devant *White's*, elle aperçut le colonel Mackinnon et Sherry qui lui firent un accueil des plus chaleureux.

– Parle-t-on encore du duel ? s'enquit Tony sans s'embarrasser de préambules.

– Que vous êtes sot ! Vous imaginez-vous de telles effusions d'amitié si vous étiez encore en disgrâce ! répliqua Sherry en lui fourrant une liasse de papiers sous le bras. Je suis en train d'écrire une nouvelle pièce et vous allez peut-être pouvoir m'aider. J'ai besoin de noms pour mes personnages.

– Allons manger un morceau. Il paraît que l'on sert un curry divin au *Coffee Shop* de Norris Street ! suggéra Mackinnon.

– Tiens, tiens, le curry est à la mode ? demanda Tony en l'ajoutant à la liste des marchandises à importer.

– Au fait, il paraît que cet Indian Savage a pris la parole à la Chambre hier. Une fois n'est pas coutume, on aurait entendu voler une mouche.

Tony savait que Savage avait réussi à obtenir un siège au Parlement mais qu'il ait pris la parole la surprit.

– De quoi vous a-t-il entretenu ?

– J'ai oublié. J'étais gris hier. Je bois trop à cause de cette maudite pièce. Dites, ça ne vous dérange pas si j'appelle mon héros Anthony ?

– Pas le moins du monde.

– Bigre ! pesta Mackinnon en se jetant sur sa bière. Ce curry a été cuisiné dans le chaudron du diable !

– Le prince George est-il toujours aussi épris de sa Maria ?

– Plus que jamais. Ils sont devenus inséparables, ironisa Sherry.

– Attention, Sherry, tu finiras au pilori ! gloussa son ami.

– Les places sont prises. On en a épinglé un l'autre jour parce qu'il avait surnommé Maria la vice-reine au moment où des rumeurs circulaient sur un éventuel mariage.

Tony, amusée, écouta ensuite un sonnet satirique que leur lut Sherry.

– Excellent, applaudit-elle en riant. Mais vous êtes sûr que ça n'est pas de vous, Sherry ?

Il lui fit un clin d'œil.

– Grand Dieu, non, mais je ne serais pas étonné d'y reconnaître la patte de notre ami Luttrell.

Tony remarqua qu'autour d'eux tous les hommes portaient des perruques exagérément poudrées et se souvint alors du chargement de talc de Venise et de perruques qui dormait dans les cales du *Dragon volant*. Elle n'avait d'autre choix que d'aller voir Adam.

– Je dois partir, déclara-t-elle en repoussant sa chaise.

– Irez-vous au combat de Marybone demain soir ? s'enquit Mackinnon.

– Peut-être, répondit Tony. Mais je ne raffole pas de la boxe.

– Oui, mais cette fois il s'agit d'une femme, Mme Stoke, qui attire les foules.

– Quelle mouche pique donc aujourd'hui les femmes, on dirait qu'elles cherchent toutes à imiter les hommes ! fit Sherry en secouant tristement la tête.

– Cela me dépasse, Sherry, approuva Tony tout en sentant qu'elle devenait écarlate.

Tony gravissait quatre à quatre les marches de Half-Moon Street quand la porte s'ouvrit sur un majordome très stylé.

– Bonjour, je suis Tony Lamb. Ne vous dérangez pas, je connais le chemin.

– Non, mon jeune monsieur, mon maître travaille avec son secrétaire et il vaut mieux que vous repassiez plus tard.

Tony piquée s'apprêtait à passer outre quand une pensée lui traversa l'esprit : Adam était avec une femme ! Elle n'avait aucun désir de le surprendre en flagrant délit mais se ferait un plaisir d'interrompre ses ébats.

– Je suis le pupille de M. Savage en même temps que son associé. Annoncez-moi et je suis sûr qu'il me recevra séance tenante.

– Très bien, monsieur. Si vous voulez bien passer au salon.

Quelques instants plus tard, le majordome revint l'informer que Savage l'attendait dans son bureau.

Tony le trouva plongé jusqu'au cou dans des papiers en compagnie de Jeffrey Sloane.

– Désolé de vous interrompre, marmonna-t-elle,

mais je viens de me souvenir que j'avais acheté des marchandises que je désirais vendre en Angleterre.

Evasif, Savage agita la main.

– Le champagne est déjà revendu avec un bénéfice de deux cents pour cent. Sloane vous en fournira le décompte exact.

– Non, non. Les profits ne m'intéressent pas.

– Vous avez bien tort, riposta Savage.

– J'essayais juste d'être poli, rétorqua Tony du tac au tac.

– Quant aux perruques, vous avez le choix entre les revendre à un grossiste ou procéder à une vente aux enchères à Rosemary Lane. Cette dernière solution représente beaucoup de travail mais les gains sont énormes.

– C'est vous l'expert. Mais je crois que je préfère le grossiste.

– Vous avez raison. Nous ferons de vous un homme d'affaires !

Le majordome réapparut.

– Monsieur, une jeune femme demande à être reçue. J'ai essayé de l'en dissuader mais elle insiste.

– Seigneur Jésus, qu'est-ce encore ? Eh bien, faites-la monter, plus on est de fous plus on rit !

Jeffrey Sloane s'éclipsa comme s'il connaissait la musique dès lors qu'une femme s'annonçait.

Tony et Adam sidérés virent entrer Dolly, la petite actrice de l'Olympia. Très décidée et sûre d'elle, elle faillit toutefois perdre contenance à la vue de lord Lamb. Elle hésita une seconde puis redressa les épaules et attaqua :

– Je porte l'enfant de lord Lamb !

– Quoi ! Sale petite garce, vous mentez ! s'exclama Tony qui la gifla.

En un éclair, Savage lui envoya un revers de main en pleine figure et l'envoya atterrir dans un fauteuil à l'autre bout de la pièce. Puis d'une voix coupante, il lui dit :

– Ne vous avisez jamais plus de frapper une femme en ma présence, sale petit prétentieux !

Tony, les yeux pleins de larmes, pressa sa main contre sa bouche qui enflait déjà.

La cupidité brillait dans le regard de Dolly. Si Savage volait à son secours, cela signifiait qu'il avait avalé son mensonge.

– Asseyez-vous, tous les deux, ordonna Savage.

Déchirée, Antonia obéit. Adam l'avait frappée !

– Je vous avais demandé de mettre un terme à vos fredaines, mais c'était trop demander à un jeune aristocrate débauché comme vous !

Puis son regard méprisant se détourna de Tony et vint se fixer sur la jeune femme.

– Un médecin a-t-il confirmé votre état ?

– Oui, monsieur, répondit Dolly avec aplomb.

– Puisqu'un mariage est hors de question, je suppose que c'est de l'argent que vous voulez ?

Dépitée, Dolly se mordit les lèvres. Ça lui aurait bien plu d'épouser un lord et de se faire appeler lady Lamb, mais elle savait dès le début qu'un homme comme Indian Savage ne se laisserait pas intimider. Il avait visé dans le mille : elle voulait de l'argent.

– Je ne lui donnerai pas un sou, affirma Tony. Et d'abord, qu'est-ce que vous fichez ici ? Je vais vous dire pourquoi... parce que toute cette histoire ne tient pas debout ! Vous vous êtes précipitée chez mon tuteur parce que vous voulez de l'argent et que vous savez que c'est lui qui tient les cordons de ma bourse !

– Je suis v'nue trouver M. Savage parce que j'savais qu'il me rendrait justice !

– A combien l'estimez-vous ? lui demanda tranquillement Savage.

Elle prit sa respiration et lâcha :

– Cinq mille.

Savage lâcha un rire sarcastique. Il griffonna une traite tirable sur sa banque qu'il lui tendit.

– Deux mille suffiront amplement, Dolly. C'est à prendre ou à laisser.

Elle fourra la traite dans son réticule et se tamponna les yeux. Elle n'avait même pas espéré en obtenir mille. Comme elle se disposait à prendre congé, le regard bleu et glacial d'Adam Savage la transperça :

– Il est bien entendu que l'affaire est définitivement réglée.

Elle fit une petite révérence et quitta précipitamment les lieux.

– C'est donc ainsi que vous tenez les femmes, ricana Tony. Avec la carotte et le bâton.

– Pauvre imbécile, vous n'avez donc rien compris ! Si vous aviez compromis une innocente, je vous l'aurais fait payer, et cher ! Mais Dolly est d'une autre espèce et elle est bien trop maligne pour tomber enceinte, à moins de vouloir vous passer la bague au doigt. Sinon les filles comme elle savent prendre leurs précautions. Pour l'amour du ciel, Tony, sortez des jupons de votre grand-mère !

– Quand vous aurez fini de m'éreinter, pourrai-je prendre congé ? articula-t-elle avec difficulté tant sa bouche était sèche.

– Je n'ai aucune intention de m'excuser. Vous l'avez bien mérité.

– Un jour, vous me demanderez pardon de m'avoir frappé, lui promit-elle d'une voix suave. Je vous le garantis.

Tony réussit à rentrer chez elle sans se faire voir et baigna longuement son visage tout en maudissant Savage. Quand Roz verrait sa bouche enflée, elle exigerait que Burke ne la quitte plus d'une semelle. Soudain elle eut envie de retourner à Lamb Hall. Edenwood était tout proche et elle mourait d'envie de voir la ravissante propriété en ce début de printemps. Comment Savage pouvait-il s'en passer ? C'était le palais de ses rêves et il y venait toujours en coup de vent. En vérité cet homme avait besoin d'une épouse qui aimerait Edenwood et remplirait sa maison d'enfants. Elle se tança vertement. Comment pouvait-elle désirer épouser un homme qui venait de la frapper au visage ?

Tony n'était pas la seule femme à Londres qui aspirât au mariage et dont les souhaits parussent aussi irréalisables. A Carlton House, Maria Fitzherbert soupait en tête à tête avec le prince de Galles. Elle ne doutait plus de l'amour de George qui avait fait d'elle la petite reine de la capitale. De sa présence dépendait le succès de la moindre réception.

Maria jouait une partie serrée. Une fois déjà elle avait soupé avec George dans l'intimité de sa suite et ne s'était échappée qu'en échange de baisers et de caresses et à grand renfort de protestations offensées.

Depuis ce jour, ils s'étaient retrouvés un nombre incalculable de fois dans le carrosse du prince et elle avait pu vérifier que le jeune homme ne se contenterait pas longtemps des rondeurs jumelles grâce auxquelles elle avait coutume de l'apaiser. Etonnée et non sans plaisir, elle avait découvert le charme d'être aimée d'un homme de vingt ans.

Ce soir, sa vertu était une fois de plus menacée. Trop avisée pour ignorer qu'elle ne pourrait jouer impunément à ce jeu, elle était décidée à faire payer au prince le prix de ce qu'il lui réclamait. Et le prix fort.

– Ah, ma chatte, comme je suis heureux de voir que nos goûts sont semblables !

– Le chef de Son Altesse n'a pas son égal, rétorqua-t-elle en riant nerveusement.

– Je vous en conjure, Maria, pas d'« Altesse » avec moi. Restons la chatte et le louveteau, mon amour.

– Oui, mon louveteau, je ferai tout ce que vous voulez pour vous rendre heureux.

Elle se mordit la langue mais il était trop tard. George fit le tour de la table et lui prit la main. Maria n'osa pas la lui retirer. Tout en la couvrant de baisers, il l'obligea à se lever et la conduisit vers un sofa moelleux.

– Ma chatte, je suis à bout, insista-t-il. Sous mes vêtements princiers, je ne suis qu'un homme.

– Mais un prince est au-dessus des autres hommes, mon louveteau.

– C'est vrai, ma chatte chérie, et ses désirs aussi dépassent ceux des hommes. Oh, mon cœur, comme elle est douloureuse l'abstinence que vous m'imposez ! Vous ne cherchez tout de même pas à me faire souffrir, Maria ?

– Votre Altesse, je ne puis me donner qu'à mon époux devant la loi, dit-elle d'un petit air sage.

– Je vois que je suis redevenu « Son Altesse »... observa-t-il tristement. Ô cruelle Diane chasseresse, vos flèches ont transpercé mon cœur, ne passerez-vous point de baume sur ma blessure ?

– Mon louveteau, je vous aime ! s'exclama-t-elle. Mais ne me poussez pas au déshonneur !

– Mais mon corps ne désire que vous honorer !

– Oh, vous vous moquez, mon prince !

– Pas du tout, ma chérie. Vous êtes l'épouse de mon cœur et je donnerais tout pour devenir votre véritable époux.

Perdant toute retenue, il se mit à la caresser. Elle le laissa ouvrir son corsage et s'emparer des globes voluptueux dont Maria connaissait le pouvoir de persuasion.

Mais rien désormais ne pouvait freiner la passion de George ; Maria sentait des traînées de feu embraser son corps et suffoquant, elle supplia :

– Ooh ! Georgie...

Mais sa robe, qui lui était tombée autour de la taille, gênait les progrès de George qui dut se contenter de ce qu'il pouvait attraper. Il étouffa ses plaintes d'un baiser et l'allongea sous lui sur le sofa.

Maria, conquise par une si ardente vigueur, le serrait contre sa poitrine et sentit qu'il avait enfin réussi à éveiller sa sensualité endormie. Après des transports aussi intimes, il ne restait plus qu'un pas à franchir. Elle ne l'y autoriserait qu'après une demande en mariage en bonne et due forme.

Arriva le moment où il ne put se retenir davantage.

– Chaton, oh, ma chatte, je vous adore ! Je veux passer le restant de mes jours à vous rendre heureuse.

– Votre Altesse, lui répondit doucement Maria. Ma robe est perdue.

– Oh, chérie ! Je vous offrirai des robes par milliers. Papa arrangera tout...

Il se dépêcha d'aller chercher une serviette dans la salle de bains et découvrit à son retour une Maria en larmes.

– Là, là, mon cœur, ne pleurez pas, murmura-t-il en essuyant ses beaux seins et la tendre vallée qui les séparait. Vous avez fait de moi le plus heureux des hommes, Maria. Pourquoi pleurez-vous ?

Elle leva vers lui un visage baigné de larmes.

– Je suis déshonorée. Comment ai-je pu vous accorder ce rendez-vous ? Jamais plus je ne vous reverrai.

– Chatte, ma chatte ! Sans vous je mourrai. Je veux que vous veniez vivre avec moi. Si je ne vous ai pas à mes côtés jour et nuit, ma vie n'a plus de sens !

– Non, George, je vous en supplie à genoux ! Ne m'obligez pas à vivre dans le péché !

– Mais je vous aime, mon cœur ! Et comment pouvez-vous dire que la vie aux côtés du prince de l'Angleterre est une vie de péché ?

Maria, très digne, réajusta son corsage de satin parme.

– Fussiez-vous roi, je refuse de vivre dans l'adultère !

Ils se trouvaient dans une impasse et ce fut alors que le prince de Galles prit la décision d'acquérir les magnifiques bijoux d'Indian Savage. De cette manière, il prouverait à Maria en quelle estime il la tenait.

De son côté, Maria décréta que ce serait tout ou rien.

– Ramenez-moi chez moi, Votre Altesse.

31

A son retour, Tony tomba sur Rosalind et son amie Frances. Elle essaya de se faufiler à l'étage mais personne n'avait jamais réussi à échapper aux griffes de l'élégante lady Jersey.

– Anthony, très cher, ne me dites pas que vous essayez de m'éviter ?

– Lady Jersey ! Comme je suis content de vous revoir ! En vérité vous êtes un peu sorcière, vous êtes chaque jour plus jeune et plus rayonnante !

– Quel flatteur ! minauda Frances.

– Voyons, lady Jersey, c'est la pure vérité !

– Anthony, vous êtes le garçon le plus charmant que je connaisse et je veux que vous m'accompagniez à Almack's ce soir. Nous manquons de cavaliers pour toutes ces jeunes débutantes.

Tony fit la grimace.

– Ce sont leurs mères, leurs tantes et leurs grands-mères que je redoute.

– Je vous le demande comme une faveur, mon cher. Roz a promis de venir comme chaperon et vous pourrez ainsi l'accompagner.

Tony escorta donc sa grand-mère chez Almack's ce soir-là et resta jusqu'à ce qu'elle n'en puisse plus. Elle était horrifiée par la naïveté des jeunes filles de son âge. A la fin, écœurée, elle s'excusa auprès de Roz et décida de rentrer à pied à leur hôtel.

Elle n'avait pas tourné le premier coin de rue qu'elle éprouva la désagréable sensation d'être suivie. Elle jeta un coup d'œil derrière elle mais ne vit rien. Elle accéléra toutefois le pas et se gourmanda. Son imagination lui jouait des tours. Elle était à l'affût du moindre bruit mais seuls lui parvenaient les battements de son cœur.

Elle s'obligea à reprendre son calme et jeta un nouveau regard en arrière. Cette fois elle crut apercevoir une ombre fugitive. L'image de Bernard Lamb qu'elle tentait d'écarter surgit devant ses yeux. Elle traversa la rue qui était mieux éclairée de l'autre côté et tenta de se raisonner. Comment Bernard aurait-il su qu'elle se trouvait chez Almack's ce soir ? A moins qu'il ne l'ait suivie depuis son retour à Londres.

Elle soupira de soulagement en apercevant un groupe de jeunes gens devant elle. En s'approchant elle reconnut les pantalons rayés d'Eton. Ils étaient ivres et démolissaient tous les réverbères de la rue. Pour les éviter, elle coupa par Clarges Street qui donnait directement dans Curzon Street. Au coin de la rue elle faillit pousser un cri de terreur en voyant une haute silhouette brandir ce qui ressemblait à une canne-épée. Elle fit un bond en arrière mais ce n'était qu'un gentleman qui la saluait au passage avec sa canne.

Elle prit ses jambes à son cou et franchit en courant les quelque cent mètres qui la séparaient du perron de leur hôtel particulier. Elle se suspendit au marteau sans prendre la peine de chercher sa clé et frappa jusqu'à ce que Burke lui ouvrît. Voyant la pâleur d'Antonia, il lui proposa immédiatement :

– Vous voulez un seau ?

– Non ! s'exclama-t-elle en se laissant tomber dans ses bras, mais un cognac me ferait le plus grand bien.

Avant d'aller se coucher, elle consigna sur son journal les délires de son imagination. Puis, soulagée, elle se glissa dans ses draps en riant de sa propre crédulité.

Deux jours plus tard, un raout auquel tout le gratin était convié se tenait dans les jardins de Vauxhall. Le spectacle qui aurait lieu en plein air comportait un concert, un banquet, un bal et même une pièce de théâtre. Le clou de la soirée devait être un feu d'artifice qui racontait l'histoire de la descente d'Orphée aux Enfers.

A la tombée du jour, toute une foule se pressait pour traverser la Tamise afin de gagner Vauxhall. Un léger brouillard flottait déjà à la surface de l'eau et ne faisait qu'ajouter aux dangers de ces lieux publics. Vauxhall était généralement fréquenté par les prostituées et leurs souteneurs, ce qui pimentait l'aventure pour tous ces aristocrates assoiffés de frissons.

Tony retrouva des connaissances qui attendaient les barques pour traverser la Tamise et se joignit prudemment à leur groupe. Elle se mit à bavarder avec Philip Frances, un jeune ami du prince de Galles qui devait avoir le même âge qu'elle. Celui-ci à vrai dire ne voulait l'entendre parler que de son duel et de la collection d'armes du colonel Mackinnon, aussi, dès qu'ils eurent gagné les jardins, elle alla retrouver Sheridan et Amoret.

On ne débattait que des amours du prince George et de Mme Fitzherbert, et Amoret lui confia que George avait sollicité l'avis de ses amis sur un éventuel mariage. La plupart lui avaient opposé la loi qui empêchait qu'un prince se mariât sans le consentement du roi avant vingt-cinq ans révolus.

– Pourquoi n'attendent-ils pas tout simplement qu'il ait atteint l'âge requis ?

– Mme Fitzherbert préfère la mort au déshonneur. Elle voue un véritable culte aux convenances.

– Elle n'est donc pas encore sa maîtresse ? s'étonna Tony. Maintenant, je comprends l'ardeur du prince !

Tony remarqua que la brume légère se transformait en brouillard qui enveloppait les jardins d'un voile fantomatique, atténuant l'éclat des centaines de lampes qui illuminaient habituellement les lieux. Elle eut la vision fugitive d'un grand homme brun accompagné d'une femme en robe écarlate. Ce n'étaient pas forcément Adam Savage et Angela Brown mais Tony sentit son cœur se briser.

– Il fait trop humide ici. Si nous rentrions dans le théâtre ? suggéra-t-elle.

Certains des bâtiments étaient ornés de statues et de peintures tandis que sur les autres on avait reproduit le soleil, les étoiles et les constellations. Leur petit groupe diminua au fur et à mesure que l'on passait devant des échoppes à vins ou que d'autres se laissaient séduire par la fanfare ambulante.

– Si nous dînions avant de rentrer dans le théâtre, proposa Amoret.

Tony haussa les épaules.

– Il y a trop de monde, jamais nous ne trouverons de sièges.

– Juste, approuva Amoret. Tout le monde veut une place avec vue sur la loge royale ainsi que la scène.

– George, lui, ne souhaite qu'une bonne place sur le mont de Vénus, plaisanta Sherry.

Tony mit quelques minutes à comprendre l'allusion, puis elle rougit.

– Je meurs de faim, se plaignit Amoret.

– Soit. Moi aussi d'ailleurs. Tony, pourquoi n'iriez-vous pas nous garder des places, puisque vous n'avez pas faim ?

Tony, qui aurait préféré rester en groupe, se taxa de pusillanimité. Dehors le brouillard s'épaississait et la foule s'était dispersée. Ou peut-être n'était-ce qu'une impression due à cette purée de poix qui isolait les gens.

Elle emprunta une allée, contourna un petit temple et traversa un portique couvert de vigne. Soudain elle entendit dans son dos un bruit de pas sur les graviers. Elle s'immobilisa et fit volte-face mais elle ne vit que la lumière pâle d'un lampion qui se balançait dans le brouillard. Elle se hâta vers le théâtre mais elle ne reconnaissait plus rien et commença à craindre de s'être perdue. La musique et les bavardages de la foule s'atténuaient au fur et à mesure qu'elle avançait.

Les pas résonnaient toujours derrière elle et son cœur se mit à battre la chamade. Sans cesse elle regardait par-dessus son épaule pour se rassurer mais elle ne voyait rien.

Essoufflée et désorientée, elle se mit à courir. Elle comprit bien vite son erreur en se retrouvant très loin dans les jardins.

Tony méprisait par-dessus tout la lâcheté. Elle s'obligea à marcher calmement pour reprendre son sang-froid. Elle avait l'impression que ses poumons allaient éclater après cette course folle dans le brouillard. Prenant son courage à deux mains, elle avança sur la pelouse et cria :

– Bernard Lamb, montrez-vous à découvert, espèce de lâche !

Silence.

– Venez vous battre comme un homme, fils de chienne !

Silence de mort.

Tony tâta son couteau dans sa poche.

– Je vais te noyer dans ton propre sang !

Rien, absolument rien.

Son pouls ralentit et elle retrouva un souffle régulier. Si personne ne la poursuivait, elle avait été bien sotte de proférer de telles menaces dans la nuit. Elle décida de rentrer. Les jardins de Vauxhall n'avaient plus aucun charme pour elle.

Tony prit calmement le chemin du retour. Elle restait à l'affût du moindre bruit, du moindre mouvement insolite et tous ses sens étaient aux aguets tandis qu'elle gagnait la sortie.

Une fois qu'elle eut franchi les grilles, elle soupira de soulagement. La route qui conduisait à la Tamise fourmillait de voitures et de passants. Dans la foule, elle sentit ses craintes se dissiper. Ce fut alors que cela se produisit !

Elle sentit qu'on la poussait violemment dans le dos et tomba en poussant un cri de terreur sous les roues d'une voiture. Epouvantée, elle vit les sabots mortels qui allaient la piétiner.

Antonia ferma instinctivement les yeux tandis que les chevaux essayaient désespérément d'éviter l'obstacle. Elle les rouvrit à l'instant où la voiture passait au-dessus de sa tête. Elle savait qu'elle allait mourir. Il était trop tard pour prier. Une femme hurla. Mais ce n'était pas elle. Des hommes se précipitèrent pour l'aider à se relever. Dans sa chute, elle s'était fait mal à l'épaule et à la hanche mais elle n'y prêta aucune attention. Sa perruque gisait sur la chaussée et ses chausses de satin bleu étaient déchirées de bas en haut mais elle était vivante. Avec l'aide de quelqu'un, elle boitilla jusqu'à un réverbère contre lequel elle s'appuya. Tout à coup, elle s'effondra, enfouit sa tête dans ses genoux et se mit à sangloter.

La foule interdite recula d'un pas. Secouée de sanglots, elle claquait des dents. Les badauds en déduisirent que le jeune lord devait être soûl comme un Polonais et qu'il s'était jeté sous les roues de cette voiture. Hâtivement, ils se dispersèrent avant qu'on ne les prît pour témoins.

Tony pleura jusqu'à l'épuisement. Au début, c'était à cause du choc, ensuite ce fut par désespoir. Jamais Bernard Lamb n'abandonnerait. Il n'aurait de cesse de la tuer. Nulle part, jamais, elle ne serait à l'abri de sa haine. Elle resta longtemps accroupie sur le trottoir. Enfin elle se leva et regagna les berges en se demandant si Bernard la suivait encore.

En débarquant sur l'autre rive, elle héla une voiture qui la ramena jusque chez elle. Dieu merci, Roz était sortie. Probablement à Vauxhall. Bien qu'elle ait utilisé sa clé, l'œil averti de Burke décela son trouble. Elle lui fut extrêmement reconnaissante de n'en rien dire.

Elle prit un bain en grimaçant à la vue des marques violettes sur sa hanche. Puis elle s'enfouit sous les couvertures en réfléchissant à ce qu'elle allait faire. Elle avait décidé de rentrer à Lamb Hall quand soudain elle changea d'avis. Isolée en pleine campagne, elle serait une cible rêvée pour son cousin. Elle était plus en sécurité à Londres. La crainte l'empêchait de prendre une décision et rien ne semblait pouvoir résoudre son problème. Seigneur, qu'allait-elle faire ? De façon inexplicable, c'était à Adam Savage qu'elle en voulait le plus. Pourquoi ne la protégeait-il pas ? Pourquoi professait-il un tel mépris à chaque fois qu'elle attirait son attention sur la perfidie de Bernard Lamb ? Pourquoi fréquentait-il ces garces d'actrices ?

Ce n'était pas Savage que Tony avait vu à Vauxhall. Ce soir-là, il traversait la Manche en plein cœur de la nuit. C'était la troisième fois de la semaine. Savage goûtait la même ivresse qu'en ces nuits où il se transformait en contrebandier pour gagner sa vie. Mais cette fois, les motifs étaient différents et il n'y avait plus seulement l'espoir de profit. Néanmoins, il ne pouvait réprimer un frisson d'excitation en transportant ces marchandises interdites. Les risques inhérents à ce trafic illicite lui procuraient un plaisir indéniable mais dont il espérait pouvoir bientôt se passer.

Soudain ses pensées revinrent sur l'inconnue de Venise. Elle était insaisissable. Il n'avait pas retrouvé la trace d'Ann Lambeth et avait brusquement compris qu'elle lui avait donné un faux nom. Il y pensait de plus en plus et toujours aux moments les moins opportuns. Le mystère ne faisait que renforcer son obsession. Il en était de cette jeune fille comme d'une drogue, maintenant qu'il y avait goûté, il ne pouvait plus se passer d'elle et tout son être la réclamait. Il maudit sa propre folie et serra les mâchoires : il n'avait besoin de personne. Elle n'était pas la seule femme au monde à posséder de longues jambes et d'immenses yeux verts. Quoi qu'il en soit, il avait passé un marché avec Eve et entendait s'y tenir pour des raisons purement pratiques. Il avait trop d'expérience pour se laisser prendre au piège du romantisme.

En outre, et si son flair ne le trompait pas, il était bien près d'obtenir cet anoblissement qu'exigeait Eve.

Au même instant, Son Altesse faisait sortir Maria Fitzherbert de sa loge scintillante de Vauxhall. Le brouillard avait empêché le feu d'artifice mais George n'avait pas été trop déçu puisque cela lui avait permis de se retrouver seul avec sa belle plus tôt que prévu.

Bien à l'abri dans son luxueux carrosse, il effleura sa cuisse et glissa un bras autour de sa bien-aimée.

– Mon chaton, viendrez-vous chez moi ce soir ?

– Vous savez bien que je ne le peux point. Je suis veuve et j'ai une réputation à tenir. Une nuit sous votre toit et les gens raconteront partout que nous vivons dans le péché. Pour votre salut et pour le mien, je dois rentrer chez moi.

– Alors laissez-moi louer une maison à votre nom à St James Square où vous me recevrez, moi et mes amis. Les mauvaises langues n'y trouveront rien à redire.

– Une maison à St James Square coûte une fortune et vous avez déjà tant de dettes, mon louveteau chéri.

Blessé, il enleva son bras.

– Ainsi M. Fitzherbert a eu le droit de vous donner un toit et vous me le refusez, à moi !

– M. Fitzherbert était mon mari, lui répondit gravement Maria.

– Ma chatoune, je vous considère comme ma femme mais vous hélas, vous ne me considérez pas comme votre mari, se plaignit-il avec des trémolos dans la voix.

– Mon louveteau chéri, ce sont le roi et le Parlement qui ne vous considèrent pas comme tel. Jamais votre père ne voudra de moi pour bru et le Parlement ne me laissera pas porter les bijoux de la Couronne.

Elle n'avait pas tort et George, profondément affligé, le savait. En revanche il était résolu à lui offrir des bijoux dignes d'une princesse.

Maria posa une main sur son genou et déclara d'une voix douce en pesant chacun des mots qui suivirent :

– Si nous passions devant un prêtre, vous deviendriez, n'en doutez point, mon très cher époux.

– Donnez-moi votre menotte, ma chatte chérie. Je connais quelqu'un qui se languit de vos caresses. Voyons si vous saurez le persuader de sortir de sa cachette.

Maria, docile, se rendit en riant aux désirs de son prince.

32

A la lecture du billet du prince de Galles, Adam Savage esquissa un sourire cynique. Il retira les bijoux du tiroir où il les avait enfermés et se rendit à pied à Carlton House. Là-bas, l'anxiété du prince n'échappa pas à son regard bleu.

– Mon cher Savage, j'espère que vous avez apporté les bijoux.

– Soyez rassuré, sire, répondit ce dernier en se gardant bien de les sortir.

– Sachez que les marquisats vacants ne courent pas les rues et qu'il est encore plus difficile d'y faire admettre un gentleman, mais il semble que votre influence à la Chambre soit considérable et grâce à mon appui, j'ai toutes les raisons de croire que vous serez très prochainement anobli.

George s'interrompit pour laisser à Savage le temps de sortir les bijoux. Mais Adam n'en fit rien.

Son Altesse desserra le nœud de sa cravate et toussota. Le matin même, il s'était fait appliquer des sangsues pour rendre son teint plus pâle mais il avait perdu son temps car il était à l'heure présente excessivement rouge. Il fit un pas en direction d'une mappemonde et poursuivit :

– A ce propos, mon cher, il faudra vous contenter de la pairie irlandaise. (Voyant que Savage ne protestait pas, George se rasséréna.) Vous avez le choix entre le marquisat de Blackwater dans le comté de Waterford ou... hum... voyons, quel était l'autre ? Ah oui ! Le marquisat de Kinsale sur les côtes de Cork.

Les yeux bleus de Savage suivaient l'index du prince sur le globe.

– Je ne sais comment vous remercier, Votre Grâce, fit-il en sortant la bourse en velours et en dévoilant comme par un tour de passe-passe les merveilleuses pierres précieuses.

Le visage de George rayonna et il ne put résister à l'envie de les soupeser pour en admirer le feu et l'éclat.

– Ils sont superbes. Ils sont à la hauteur de la passion que j'éprouve pour cette jeune femme.

– Serait-ce présomptueux de ma part de vous faire une suggestion, sire ? Un diadème ferait de cette jeune femme une princesse et tous ceux qui la verraient l'honoreraient comme telle.

Le visage de George s'illumina comme s'il venait de recevoir une révélation.

– Possédez-vous un tel diadème ?

Savage esquissa l'un de ses rares sourires.

– Oui, sire.

George ferma les yeux sans oser imaginer le prix qu'en réclamerait Savage. Mais il savait d'ores et déjà qu'il paierait. Au fond de son cœur il n'ignorait pas que Maria ne serait jamais princesse et que ce serait à lui de la couronner. La voix de Savage le tira de ses rêveries.

– Je suis très occupé, mais je visiterai ces deux propriétés le plus tôt possible et ferai savoir à Votre Altesse où va ma préférence.

– Parfait. Mais ce sont de vieilles pierres, et quel que soit votre choix, il vous faudra puiser dans vos coffres pour les entretenir, le prévint George.

Savage s'inclina et prit congé. Ses coffres contenaient tout le nécessaire.

Le prince de Galles décida que le jour était enfin venu de cueillir le fruit défendu, et même s'il avait pris plaisir aux travaux d'approche, il jugea qu'il avait assez attendu.

– George, je ne puis monter dans votre chambre, ce serait inconvenant.

– Donnez-moi votre menotte, ma chatte.

Le prince de Galles emprisonna la main de Maria dans la sienne et l'entraîna à sa suite.

– J'ai une question très personnelle à vous poser, mon chaton, et c'est le seul endroit où nous serons à l'abri des oreilles indiscrètes.

Maria, jouant à l'effarouchée, se laissa néanmoins persuader.

George l'installa sur une chaise dorée recouverte de soie de Chine et mit un genou en terre.

– Cher ange, je ne suis pas digne de vous mais si vous consentiez à devenir ma femme, je serais le plus heureux des hommes. Je vous aimerais et vous chérirais pour toujours et je dépose à vos pieds ma flamme et mon amour.

– Oh ! George chéri, vos paroles font monter en moi des larmes de bonheur. Ma réponse serait oui, oui, mille fois oui, si seulement cela était possible.

Il plia l'autre genou.

– J'ai tout arrangé avec l'aide de quelques amis sûrs. La cérémonie aura lieu vendredi matin dans votre petite maison de Park Street. Vos deux oncles seront nos témoins.

– Mon bien-aimé, que faites-vous de la loi sur le mariage des princes de sang ? interrogea une Maria très terre à terre.

– Bien que secret, notre mariage est parfaitement légal aux yeux de l'Eglise. Dès que je serai roi, j'abolirai cette loi et nous nous remarierons pour que tout soit légal aux yeux de la Couronne. Le révérend Robert Burt a accepté de nous marier.

Il se garda bien d'ajouter qu'il l'avait soudoyé en échange de cinq cents livres et d'une promesse d'avancement rapide.

Maria contempla les diamants qui brillaient à ses doigts et l'étoile rutilante accrochée sur sa poitrine, et comprit qu'elle ne rêvait pas. Le prince de Galles en personne lui demandait bel et bien de l'épouser. Il s'agissait certes d'un mariage hors normes, mais d'un mariage tout de même.

– Oh ! George ! Mon amour ! Je ne puis me refuser à vous plus longtemps.

Tout rouge et pénétré de sa victoire, George se releva et sortit de sa poche une bourse en velours qu'il déposa dans la main de Maria.

– Vous êtes le plus beau joyau de ce royaume et vous éclipsez tous les autres, mais que ce collier soit la preuve du respect que je vous témoigne, Maria.

A la vue des diamants et des saphirs, elle retint son souffle.

– Ce ne sont pas des bijoux, mais vous que je veux, George. Mais si cela peut vous rendre heureux, j'accepte votre présent pour vous prouver mon amour.

Il l'enlaça et s'écria :

– Mon chaton, je suis le plus heureux des hommes. Jusqu'alors j'ignorais que le bonheur puisse exister. (Bouleversé, il l'embrassa longuement tandis qu'une larme roulait sur sa joue empourprée.) Ah, ma chatte chérie ! Comme nous allons nous amuser tous les deux ! Savez-vous qu'enfant, mes précepteurs me fouettaient dès qu'ils me surprenaient en train de m'amuser ? Je me souviens qu'un jour, j'ai reçu une terrible correction pour avoir été pris en train de sauter sur mon lit.

– Oh, mon pauvre amour ! J'essaierai de vous faire oublier tout le mal qu'ils vous ont fait.

L'amour rendait le prince d'humeur folâtre et il décida de jouer aux cartes. Il tricha, bien sûr, obligeant Maria à se dévêtir à chaque fois qu'elle perdait. De temps à autre, il la laissait gagner pour pouvoir ôter à son tour son gilet, sa chemise et le reste.

Quand ils furent tout à fait dévêtus, Maria pouffante et rougissante et George rieur et assoiffé de désir, ils oublièrent les cartes et se livrèrent à des jeux plus voluptueux.

Allongée sur le dos, Maria voyait le reflet de leurs corps nus dans les miroirs. Jamais elle n'avait éprouvé semblable plaisir. Ses deux précédents maris étaient âgés alors que George quittait à peine l'adolescence. Et le corps de Maria l'avait transformé en un vigoureux amant.

Un peu plus tard, comme il dormait pelotonné dans ses bras tièdes, elle songea que la vie était bizarrement faite. Elle avait servi d'infirmière à ses deux vieux maris et voici qu'à l'inverse, aujourd'hui, elle devenait la camarade de jeu d'un enfant qui deviendrait le roi.

Quand Tony se réveilla, les horreurs de la nuit précédentes resurgirent. Elle perdit tout de suite courage et se sentit prise de nausées. Le fardeau de son secret était trop lourd mais elle ne voulait pas effrayer sa grand-mère.

Elle décida de tout raconter à Burke ; au petit déjeuner elle le prévint qu'elle souhaitait lui parler en tête à tête. Le fidèle domestique, qui se tracassait depuis longtemps au sujet de sa jeune maîtresse, s'en réjouit.

Tony se dirigea vers un boudoir où Burke la rejoignit quelques minutes plus tard. Il ferma la porte à clé pour prévenir la curiosité des servantes.

– Il m'est arrivé quelque chose d'épouvantable, hier soir. Mon cousin a dû me suivre jusqu'à Vauxhall. J'avais pris soin de rejoindre un groupe d'amis, mais je me suis retrouvée seule dans le brouillard et j'ai compris que j'étais suivie. J'ai paniqué. Je me suis égarée et j'ai couru. Oh,

Burke, je me sentais piégée comme un lièvre pourchassé par une meute !

Sa voix s'étrangla tandis qu'elle revivait ce cauchemar.

– Continuez, chère enfant, vous pouvez tout me dire.

– Il fallait absolument que je sorte des jardins, le danger m'attendait tapi à chaque détour du chemin, sous chaque arbre, j'ai fini par trouver la sortie et soulagée j'ai rejoint la foule dans la rue. Mon répit fut de courte durée. Quelqu'un me poussa violemment dans le dos et me projeta sous les roues d'une voiture qui arrivait au même instant. Par miracle, j'ai échappé à la mort cette fois encore.

– Mon Dieu, vous étiez donc blessée quand vous êtes rentrée hier soir, dire que je n'ai rien fait !

Mais Tony secoua la tête.

– Je n'ai que des bleus et des égratignures, mais ce n'est rien en comparaison de la peur que je ressens. Je suis terrorisée, Burke. Je ne crains pas d'affronter Bernard Lamb. Je me suis déjà battue en duel avec lui mais aujourd'hui il me traque et je n'ai aucune idée du moment où il frappera. Je me sens affreusement vulnérable.

Les lèvres de Burke se pincèrent et il serra les poings d'impuissance.

– Le lâche ! L'immonde individu ! C'est un être pervers et foncièrement mauvais. Il faut en informer votre tuteur, mademoiselle. Il a le devoir de vous protéger. A compter d'aujourd'hui, je vous accompagne partout où vous irez et je serai armé, croyez-moi !

Voilà un moment que Burke jugeait le fardeau trop lourd pour les épaules de la jeune fille. Cette mascarade, plausible au départ, ne pouvait plus durer et il s'en voulait de l'avoir cautionnée. Il aurait dû se douter qu'après la mort d'Anthony, les jours d'Antonia seraient à leur tour en danger.

Les épaules d'Antonia s'affaissèrent.

– La seule idée de tout lui avouer et d'encourir son mépris m'est insupportable. Mais je crois hélas, que je n'ai plus le choix. Vers qui d'autre puis-je me tourner ? M'accompagnerez-vous jusque chez lui ?

Burke lui proposa plutôt de la suivre afin d'être en mesure d'observer quiconque la filerait et aussi pour protéger ses arrières.

Tony arriva à l'hôtel particulier de Mayfair sans encombre et attendit Burke dans le hall d'entrée.

Adam Savage descendait justement les escaliers et s'apprêtait à sortir.

– Tony ! Vous êtes l'homme qu'il me fallait. Comme d'habitude, je vais être en retard à la Chambre mais je ne suis plus à une minute près. Voulez-vous me rendre un immense service ? Il faudrait que vous alliez en Irlande.

– En Irlande ? répéta Tony.

C'était inespéré. L'occasion rêvée de fuir Londres et d'échapper à Bernard Lamb.

– Figurez-vous que je suis sur le point de rejoindre les rangs bénis de l'aristocratie, ironisa-t-il. Bien qu'il s'agisse de la noblesse irlandaise, Son Altesse, à qui j'ai graissé la patte, m'offre le choix entre plusieurs châteaux. Mon expérience est limitée, en revanche je suis sûr que vous vous y connaissez...

A cette excellente nouvelle, Tony reprit immédiatement courage.

– Il est vrai que j'ai gâché ma jeunesse en me passionnant pour l'architecture ancienne...

– Alors nous allons mettre vos connaissances à l'épreuve. J'aimerais que vous visitiez Blackwater dans le comté de Waterford et que vous me donniez votre avis. La semaine prochaine, j'essaierai de trouver le temps de visiter cet autre domaine près de Cork. Je vous rejoindrai à Blackwater et nous rentrerons ensemble.

A cet instant précis, Burke arriva.

– Bonjour, Burke. Peut-être pourriez-vous accompagner Tony en Irlande ? Montez donc, nous allons demander à Sloane de nous arranger tout cela et de vous donner des fonds. Le mieux est de s'embarquer à Bristol.

Burke comprit qu'Antonia n'avait rien dit à Savage des événements de la veille. Elle s'imaginait sauvée par ce voyage en Irlande mais cela ne faisait que retarder l'inévitable confession, il le savait. Mais le majordome était la discrétion personnifiée et le secret d'Antonia resterait bien gardé. La décision revenait à la jeune fille.

Tony emprunta le chemin du retour d'un pas nettement plus léger.

– Merci, Burke, de n'avoir rien dit. Je me sentirai tellement plus en sécurité loin d'ici. Cela ne vous ennuie pas de venir avec moi ?

– Il est normal que je vous accompagne et je suis ravi de revoir ma terre natale.

Tony jeta un coup d'œil nerveux par-dessus son épaule.

– Il faut être sûr que mon cousin ne nous suit pas. Sinon l'Irlande serait encore plus dangereuse que Londres.

Ils tombèrent sur Roz qui prenait son petit déjeuner.

– C'est à cette heure-ci que vous rentrez ?

– Nous nous sommes levés tôt. Mon tuteur m'a appelée et j'ai demandé à Burke de m'accompagner comme vous me l'aviez recommandé, mentit Antonia. (Ce n'était qu'un demi-mensonge.) Adam Savage va devenir membre de la pairie irlandaise et me demande d'aller visiter pour lui un château à Waterford. Bien entendu, j'emmène Burke avec moi, s'empressa-t-elle d'ajouter en devançant les protestations de Roz.

Lady Randolph et le majordome échangèrent un regard chargé de sous-entendus.

– Antonia, je ne voudrais pas t'inquiéter mais hier je crois bien que j'ai vu Bernard Lamb au coin de la rue. Assure-toi que vous n'êtes pas suivis.

Soudain ce voyage en Irlande perdit tout son charme pour Antonia, que la panique reprit.

– J'ai une idée, leur confia Burke. Pourquoi ne remettez-vous pas vos vêtements féminins ?

– Excellente idée, approuva Roz. Je vous accompagne. Achetez des billets pour Bath au lieu de Bristol. Une fois à Bath, vous achèterez le complément jusqu'à Bristol. Tout le monde vous prendra pour Antonia et pensera que vous retournez dans cette ville d'eaux comme toutes les jeunes filles de votre âge.

La proposition était ingénieuse et quand Antonia ouvrit sa malle pour y ranger les affaires d'Anthony, elle tomba sur le corsage doré de Venise. Il évoquait des souvenirs si intimes qu'elle le cacha à Roz et s'empressa de le recouvrir avec les vêtements de son jumeau. Puis elle prépara un sac avec ses propres affaires.

Elle choisit de voyager dans une robe vert pâle sur laquelle elle jeta simplement une pelisse de velours vert jade. Elle se contenta de poudrer ses cheveux en laissant négligemment tomber une longue boucle sur son épaule gauche et se coiffa d'un coquin chapeau orné de tulle, de ruban et de plumes d'autruche. Il lui parut étrange de porter à nouveau un corset et des jupons, et bizarrement elle se sentit gênée. En pantalons, elle pouvait marcher à grandes enjambées ou bien flâner. En jupes, elle était contrainte à plus de décorum.

Dès son arrivée en Irlande, elle reprendrait son déguisement masculin.

Ils devaient passer la nuit dans une auberge à Bristol et Tony se félicita d'avoir emmené Burke avec elle. Sa verve tout irlandaise lui permit de ne pas voir passer les longues heures de diligence. Ses vêtements la gênaient et elle aurait préféré monter sur la banquette à côté du cocher mais elle devait reconnaître qu'en tant que femme, le sexe opposé lui témoignait beaucoup d'égards et de galanterie. Tout le monde les prit pour le père et la fille.

Au fur et à mesure qu'elle s'éloignait de Londres, sa peur diminuait. A Bath elle l'avait chassée de son esprit et se promit de ne plus y penser jusqu'à son retour à Londres. Elle avait la ferme intention de savourer ce répit.

Bristol était un port où grouillaient les marins et les navires étrangers. Les vaisseaux de la marine anglaise étaient mouillés côte à côte avec les galions espagnols et les navires marchands des Indes, tandis qu'au milieu de ces géants, se faufilaient des petits bateaux de pêche qui déversaient leurs prises.

Dans une auberge sur le port, Antonia redevint

Anthony et Burke n'eut aucun mal à leur réserver deux places pour Dungarvan. La belle saison s'annonçait mais la mer celtique se révéla houleuse. Le lendemain matin lorsqu'ils montèrent sur le pont, le navire entrait dans la rade de Dungarvan. Le soleil brillait et à l'encontre du monde cosmopolite de Bristol, la petite bourgade irlandaise n'était habitée que par des natifs. Avec leur pile de bagages déposés sur le quai, Antonia et Burke attiraient tous les regards.

Ils se renseignèrent. Le château de Blackwater se trouvait à l'aplomb d'une vallée à une douzaine de miles à l'intérieur des terres. Ils ne trouvèrent qu'une charrette tirée par un poney et Tony prit les rênes en riant de la mine déconfite de Burke. Ebahi, il l'écouta lui narrer la course de phaétons de Richmond. En se souvenant de la tentative de meurtre perpétrée par son cousin, elle grinça des dents. Mais elle se rappela alors le regard d'Adam devant son phaéton tout neuf et ne put s'empêcher de sourire.

La vallée était plus verdoyante que nulle part ailleurs en Angleterre. Les arbustes et les buissons épineux fourmillaient d'oiseaux. Dans l'atmosphère printanière, un parfum de fleurs, de menthe et de mauve flottait au-dessus du chemin qui serpentait entre les prairies et la rivière Blackwater. Au loin, ils aperçurent les remparts crénelés et les tourelles d'un château, puis le château lui-même se dressa devant eux sur un escarpement boisé au pied duquel coulait la rivière.

La charrette passa sous une arche celtique, longea des murailles recouvertes de lierre jusqu'au corps de garde hérissé de deux tours jumelles et franchit enfin le portail médiéval qui donnait sur une cour.

Intrigués, les gardiens s'approchèrent lentement. Un palefrenier, un jardinier et une gouvernante, tous fort amènes, s'avancèrent pour dévisager les visiteurs.

– Bonjour, je suis lord Lamb. Le nouveau marquis de Blackwater m'envoie visiter son château.

Ces paroles lui étaient venues tout naturellement car elle savait au fond d'elle-même que le choix était déjà fait.

Ces quelques mots produisirent un effet magique sur les gardiens. La gouvernante plongea dans une profonde révérence et les hommes soulevèrent leur bonnet.

– Je vous présente mon majordome : M. Burke, il est à mon service depuis des années.

Au patronyme irlandais, les visages s'illuminèrent. Burke se chargea de la malle tandis que Tony attrapait un des sacs et que la gouvernante s'emparait de celui qui restait. Ils pénétrèrent dans un hall seigneurial où crépitait un feu de bois.

Mme Kenny – la gouvernante s'était présentée – les conduisit ensuite dans ce qu'elle appelait la salle des banquets où se trouvait une autre cheminée. Sur le manteau sculpté, on pouvait lire : « *Cead mille failte* », ce qui voulait dire : « Soyez cent mille fois bienvenu. » Tout le mobilier était en chêne séculaire.

– Vous devez sûrement avoir envie de voir vos chambres, proposa Mme Kenny. Cette aile contient sept chambres doubles et, bien sûr, la chambre de la tour.

– Je prendrai celle-ci, décréta Tony.

Elle suivit Mme Kenny dans un escalier en colimaçon qui débouchait sur un couloir interminable. Le pauvre Burke suivait tant bien que mal avec sa malle.

Une fois arrivée dans la pièce, Mme Kenny demanda :

– A quelle heure voulez-vous souper, monsieur ?

– A l'heure qui conviendra à la cuisinière, répondit gentiment Tony.

– Alors puisque c'est moi la cuisinière, nous dînerons à six heures si cela vous va ?

– C'est parfait. Merci beaucoup.

Dès qu'elle fut partie, Tony se précipita à la croisée.

– Regardez cette vue magnifique ! On voit toute la vallée jusqu'aux marais de l'autre côté de la rivière. Oh ! Voyez ces montagnes juste en face !

– Ce sont sans doute les monts Knockmealdown.

Quand Antonia se détourna de la fenêtre, Burke songea qu'elle n'avait jamais été aussi radieuse.

– Blackwater est parfait, il n'y a pas d'autre mot, déclara-t-elle d'une voix admirative.

Pendant les jours qui suivirent, Tony explora le château et ses jardins de fond en comble. Il y avait deux salons, une salle de billard, une petite bibliothèque et même une chapelle, malheureusement décrépie. A l'extérieur, les jardins s'étendaient sur deux niveaux avec un verger. Tony s'amusa comme une petite folle à emprunter l'escalier dérobé qui partait du corps de garde pour déboucher dans les allées fleuries d'une charmille de roses.

Dans le jardin clos sur lequel donnait le petit salon, Tony découvrit un trésor. Il s'agissait d'un hamac accroché à l'ombre de deux arbres. Les tendres pousses printanières laissaient passer les rayons du soleil et une température estivale régnait dans cet endroit délicieux.

Un jour, après le repas, elle prit quelques papiers relatifs à l'histoire du château qu'elle avait trouvés dans la bibliothèque et s'allongea dans le hamac pour les lire. L'histoire des lieux était fascinante et elle se mit à rêver éveillée. Mais bientôt, bercée par le doux balancement du hamac, elle s'endormit.

A la fin de la semaine, Adam Savage s'était embarqué à destination de Cork. Il s'était rendu en France à deux reprises au cours de la même semaine et commençait à avoir hâte de marcher sur la terre ferme. A son arrivée à Kinsale, il fut impressionné par le vaste domaine sur lequel le château était construit. Les côtes étaient sauvages et déchiquetées et il laissa le vent ébouriffer ses boucles noires en contemplant l'horizon. Le site lui plut mais il songea qu'en hiver, il devait être lugubre et fouetté par le vent. Il s'exerça à prononcer son nouveau titre : « Marquis de Kinsale ». Cela sonnait plutôt bien. Il décida d'acheter un cheval pour se rendre à Blackwater dans le comté voisin.

Tandis qu'il galopait vers l'intérieur des terres, il constata que le climat était plus doux que sur la côte. Le printemps était déjà là, les fleurs embaumaient sur les haies et l'aubépine s'enroulait autour des murets de pierre.

Savage suivit le même chemin que celui qu'avait emprunté la charrette de Tony. Lui aussi vit apparaître les tourelles et les remparts crénelés qui se dressaient au sommet d'une falaise boisée au-dessus de la rivière. Il franchit l'arche celtique, dépassa le corps de garde et déboucha dans la cour.

A sa prestance, le palefrenier reconnut immédiatement le nouveau marquis et se précipita pour s'occuper de son cheval. Comme Savage pénétrait dans la demeure seigneuriale, il eut l'impression de rentrer au foyer. Mme Kenny s'abîma dans une profonde révérence mais il la releva aussitôt en lui disant qu'il voulait visiter tout seul les lieux. Ce qu'il vit le conquit et Kinsale pâlit dans son souvenir.

De la fenêtre du petit salon, il aperçut Tony qui sommeillait dans son hamac et il sortit dans le jardin clos. Comme il contemplait la silhouette endormie, un effet de lumière l'obligea à cligner des yeux. Il vit de longs cils bruns qui reposaient sur des joues couleur de pêche et une main fine recroquevillée sur sa poitrine. La délicatesse de ses traits intrigua Savage qui fronça les sourcils.

A cet instant précis, Tony ouvrit les yeux et se renfrogna, furieuse de s'être laissé surprendre. Elle sauta sur ses pieds, fourra une main dans sa poche et ramassa les feuilles éparses.

– Bienvenue à Blackwater. Inutile de chercher plus loin. L'endroit est divin. Au départ, c'était une abbaye et le roi Jean a fait construire ce château. Jean sans Terre, vous vous rendez compte ! s'exclama-t-elle avec fougue. Venez jeter un coup d'œil à la salle des banquets.

Adam Savage le scrutait attentivement du regard. Tony aurait facilement pu se faire passer pour une femme. Ses cils recourbés et ses lèvres charnues, presque sensuelles... Tandis qu'il lui emboîtait le pas, Adam l'examinait de la tête aux pieds. Ses cheveux noués en catogan étaient très longs et le postérieur qu'il avait sous les yeux lui parut bien rembourré. Ventredieu, était-il possible que Tony fût une femme ? Non, c'était grotesque ! Il chassa cette idée saugrenue.

Savage admira la beauté de ces vieilles pierres mais son regard revenait irrésistiblement sur Tony. Ah, s'il pouvait voir à travers cette chemise de batiste. Etait-ce un effet de son imagination ? Il avait cru voir se dessiner la forme d'un sein.

– Regardez-moi ça ! insistait Tony.

Furtivement Savage observa la main de Tony qui caressait amoureusement le manteau de la cheminée. Son geste était typiquement féminin et le doute s'insérait de plus en plus dans l'esprit de Savage. Une envie folle le démangeait d'arracher le lacet qui retenait ses longs cheveux bruns et il chercha un prétexte.

– Diable, on n'y voit goutte ici. (Il dénoua le lacet de ses cheveux et attacha une des tentures.) Donnez-moi le vôtre.

Tony hésita, leva une main puis la reposa, de peur de se trahir avec ses cheveux flottant sur les épaules. Finalement, elle dénoua ses cheveux d'une main ferme et lui tendit le lien.

Sa rougeur n'échappa pas à Savage lorsque leurs doigts se touchèrent. Avec ses cheveux libres sur les épaules, le garçon était pour ainsi dire ravissant. S'il s'agissait d'un garçon. Savage s'en voulut de ses soupçons ridicules tandis qu'il repassait dans son esprit tout ce qu'ils avaient vécu ensemble.

– Et vous n'avez pas vu la salle de billard ! le pressa Tony.

Cet homme était irrésistible. Ses cheveux noirs bouclaient sur sa nuque et elle se souvenait d'y avoir passé les doigts. L'atmosphère romantique de Blackwater déteignait sur elle et elle était affreusement troublée. Elle mourait d'envie qu'il la prenne dans ses bras, elle brûlait de sentir ses lèvres sur les siennes. En cet instant précis, elle n'aspirait qu'à une seule chose : faire l'amour avec cet homme dans ce château seigneurial.

– Je veux d'abord descendre jusqu'à la rivière, répondit Savage qui voulait en avoir le cœur net.

Si Tony était une femme, il n'y avait qu'une seule façon de s'en assurer. L'obliger à se déshabiller.

Tony suivit Adam tout en discutant.

– La rivière déborde de saumons. On pourrait presque les pêcher de la fenêtre du salon !

Sur la berge, Savage contempla l'onde vert foncé et décréta :

– Je suis tout suant et poussiéreux après ce voyage, si nous nous baignions ?

Tony recula instantanément.

– Non merci, allez-y si vous voulez. L'eau doit être glaciale malgré le soleil.

– Eh ! l'eau froide n'a jamais fait de mal à personne, rétorqua Savage en s'avançant.

Avant qu'elle n'ait pu deviner son intention, il la saisit par les poignets et l'entraîna fermement vers la rivière.

Tony se débattit de toutes ses forces, en vain. Nul ne pouvait résister à un homme doué d'une telle force. Instinctivement, elle sut qu'il allait la déshabiller et quand il s'empara de sa chemise, elle se mit à lutter avec l'énergie du désespoir jusqu'à ce qu'une main large lui attrape un sein.

Savage était pétrifié. Sa main avait rencontré un sein d'une fermeté incomparable. Encore incrédule, il voulut que ses yeux lui confirmassent ce que ses sens lui affirmaient déjà. Il lui arracha sa chemise.

Il se retrouva avec une femme à moitié nue dans les bras. Son regard émeraude jetait des étincelles de rage et sa bouche semblait prête à le mordre. Il eut l'impression d'avoir capturé une chatte sauvage.

Le cœur de Tony battait la chamade : il avait enfin percé son secret. Un regard pâle et froid se posait sur ses seins.

– Mordieu, qui êtes-vous ? souffla Savage.

– Antonia Lamb ! sanglota Tony. Qui d'autre voulez-vous que je sois !

Et elle s'enfuit vers la colline pour se réfugier au château.

33

Antonia regagna sa chambre de la tour en tremblant de tous ses membres. Elle arracha sa chemise en lambeaux et saisit une robe. Ses cheveux dénoués tombaient en une cascade désordonnée sur ses épaules. La porte s'ouvrit brutalement et Savage fit irruption dans la pièce. Elle fit volte-face en serrant sa robe contre sa poitrine nue et recula, effrayée par la rage qui se lisait sur son visage contracté. Elle allait affronter le diable en personne et sentait déjà une odeur de soufre !

Savage ralentit le pas et essaya de brider sa colère en comprenant dans un éclair de lucidité qu'il n'avait plus le droit de faire ainsi irruption dans sa chambre.

– Descendez, mademoiselle ! Je vous attends en bas dès que vous aurez retiré cette tenue scandaleuse !

Il tourna les talons et claqua à nouveau la porte à toute volée en faisant vibrer les appliques de cuivre.

Antonia se laissa tomber contre l'armoire, les yeux remplis de larmes. Elle essaya de reprendre son sang-froid et respira profondément. Elle avait intérêt à soigner son apparence avant de descendre. Lorsqu'elle lui aurait expliqué sa situation inextricable, il comprendrait tout. Il aurait honte de sa conduite à son égard. En fin de compte, c'était aussi bien comme ça. Désormais il la protégerait contre son cousin.

Antonia s'assit sur le lit et enfila ses bas d'une main tremblante. Elle se glissa dans la robe vert pâle et brossa vigoureusement ses cheveux emmêlés avant d'examiner son visage dans le miroir. Ses cils étaient encore humides de larmes et ses lèvres exsangues. Elle les peignit soigneusement de rouge en accentuant leur modelé sensuel. Allait-elle pousser l'audace jusqu'à nouer un ruban dans ses cheveux ? Seigneur, mieux valait ne pas trop en faire ! Ses talons hauts la grandissaient et lui donnaient l'assurance dont elle avait cruellement besoin pour l'affronter.

Savage l'attendait devant la majestueuse cheminée de la salle des banquets. Il fallut du courage à Antonia pour traverser l'immense pièce dans toute sa longueur.

– A quoi jouez-vous ? l'apostropha-t-il d'une voix cinglante.

Elle se mordit la lèvre et prit son courage à deux mains :

– Voilà, c'est très simple. C'est Anthony et non Antonia qui a disparu en mer lors de ce terrible orage. J'ai pris la place de mon frère pour ne pas perdre Lamb Hall.

Une expression à la fois horrifiée et incrédule se peignit sur le visage de Savage.

– Sale petite garce !

Sous le choc, elle écarquilla les yeux.

– Mais vous ne comprenez donc pas ? Le titre et notre propriété passaient aux mains de Bernard Lamb à la mort d'Anthony !

– J'ai parfaitement compris, petite intrigante ! Vous êtes encore plus vénale que je ne l'aurais cru !

Hors d'elle, Antonia le gifla à toute volée.

En proie à une rage folle, il se dressa devant elle et elle réalisa trop tard son erreur. Mais la peur lui ôta toute prudence :

– Allez-y ! Frappez-moi comme vous l'avez fait quand vous avez cru que j'avais engrossé cette Dolly ! Je croyais que vous aviez pour principe de ne jamais frapper une femme !

Ses paroles blessantes exacerbèrent le dégoût qu'il avait de lui-même, en partie pour s'être laissé duper, et par une femme qui plus est !

– Ventredieu ! Comment aurais-je pu me douter que vous étiez une femme ?

– Vous voulez que je vous dise ? Jamais vous ne m'avez vraiment regardée. Vous n'avez fait qu'effleurer Tony du regard, comme à votre habitude, et vous l'avez rejeté avec dédain. Vous l'avez écrasé de votre mépris parce qu'il ne correspondait pas à l'idée que vous vous faites d'un homme.

– Silence ! rugit-il. Votre langage et votre attitude sont choquants ! Indignes d'une femme.

– Oh, mais vous m'avez donné un si bel exemple, ironisa-t-elle. C'est vous qui m'avez appris à jurer et à boire, c'est bien vous qui m'avez traînée dans tous les bordels de Londres !

– Seigneur Jésus, marmonna Savage accablé en songeant à la façon dont il avait veillé sur la jeune Antonia Lamb.

– Pour vous, un homme doit coucher avec une catin tous les soirs. Eh bien, pour moi, un homme se doit avant tout d'être brave ! Moi j'ai eu le courage d'affronter en duel mon assassin de cousin, et sacrebleu, je suis prête à me battre avec vous si vous avez quelque chose dans le ventre !

Adam Savage serra les poings pour s'empêcher de la frapper. Jamais de toute sa vie il ne s'était senti aussi furieux. Il tourna les talons pour mettre entre eux une distance raisonnable avant qu'il ne l'étrangle.

Savage fonça droit à la rivière, ôta ses habits et plongea dans l'eau glacée pour se calmer. Elle était sa pupille ! La fille d'Eve dont il pensait faire sa propre fille. Sacredieu, ça n'était pas une enfant mais une femme adulte. Une vraie beauté, brune comme la nuit et qui se conduisait comme un sale gamin. Elle méritait une bonne correction !

La petite peste s'était bien moquée de lui ! Dire qu'il lui avait allumé ses cigares et versé du cognac. Elle avait frayé avec cette bande de roués de Carlton House, couru le trophée de Richmond et oh ! par Judas ! Elle avait même assisté à la séance de pots de chambre !

Cette dévergondée avait violé tous les principes. Son attitude était scandaleuse. Et pour couronner le tout, elle s'était battue en duel. C'était déjà choquant pour un jeune lord, que dire alors d'une femme ! Il lui avait fallu l'éloigner du pays. Soudain il pâlit en songeant à la faune qu'il lui avait fait côtoyer à bord du *Dragon volant* !

Savage sortit de la rivière et s'ébroua comme un jeune chien. Il repoussa ses cheveux trempés en arrière et se rhabilla. Il avait retrouvé son sang-froid. Il allait chapitrer lady Antonia Lamb. En tant que tuteur, il avait la charge morale de cette jeune fille. Si le scandale était découvert, sa réputation était perdue. Tout le monde lui tournerait le dos et jamais elle ne trouverait à se marier. Sa vie serait brisée. Oui, cette fille avait sacrément besoin d'être prise en main.

D'un pas décidé, il revint dans la salle des banquets et constata avec une certaine satisfaction qu'elle n'avait pas bougé depuis qu'il l'avait quittée.

– Antonia.

Sa voix était grave et sans appel.

Elle fit volte-face dans un bruissement de soie verte et il ouvrit des yeux horrifiés. Elle fumait ! Tout son calme s'évanouit, en une enjambée il la rejoignit et lui arracha son cigare des mains.

– Comment osez-vous ? fulmina-t-il. Vous êtes une lady et non une vulgaire catin !

– Je croyais que vous préfériez ces dernières, répliqua-t-elle avec insolence.

– Taisez-vous ! rugit Savage. Je suis votre tuteur. Encore une insolence et je vous donne une bonne correction.

Antonia faillit riposter qu'il n'oserait pas, mais les mots lui restèrent dans la gorge. Elle savait pertinemment qu'Adam Savage en était bien capable. Ses yeux verts lancèrent des éclairs mais elle tint sa langue.

– A compter d'aujourd'hui, lady Lamb, j'entends régler votre conduite et vous avez intérêt à m'obéir. Cette comédie est ter-mi-née ! Plus d'insolence. Un chaperon vous accompagnera partout où vous irez. Je ne veux plus jamais vous voir boire, fumer ni vous entendre jurer. En d'autres termes, mademoiselle, vous vous comporterez en lady digne de ce nom.

– Jamais !

– Que dites-vous ? fit-il d'une voix menaçante.

Elle recula en se protégeant instinctivement.

– Vous ne vous doutez pas à quel point c'est assommant d'être une lady ! Déguisée en Anthony, je pouvais aller où je voulais, dire ce qui me plaisait. Choisir mes amis. Parier. Boire ou manger ce qui me chantait. Je pouvais être sobre ou boire pour oublier. Je pouvais citer Shakespeare ou m'esclaffer en écoutant un sonnet satirique. Bref j'étais libre ! Libre de mener ma vie à ma guise ! Antonia, elle, devra être sage, innocente et bien élevée. Les femmes vivent dans des prisons dorées ! Jamais on ne leur laisse le choix !

– Il suffit, ordonna-t-il. Lady vous êtes née et par le Christ, lady vous resterez tant que je serai votre tuteur. Je n'arrive pas à croire que lady Randolph ait cautionné pareille supercherie.

Un souverain mépris se lisait dans ses yeux bleus comme les mers arctiques.

– Vous n'êtes qu'un imbécile ! Bernard Lamb avait saboté notre voilier ! Il a tué mon frère jumeau et il a essayé de me supprimer à plusieurs reprises. La nuit qui a précédé mon départ pour l'Irlande, il m'a poussée sous les roues d'une voiture ! Regardez !

Elle souleva ses jupes et arracha son bas pour lui montrer un énorme bleu sur sa cuisse.

Abasourdi par son manque de pudeur, Savage ne put s'empêcher d'admirer au passage les longues jambes fuselées.

La bouche sèche, il lui ordonna :

– Regagnez votre chambre, mademoiselle !

Le cœur broyé par tant d'incompréhension, elle sortit en toute hâte.

Savage se dépêcha de trouver Burke, qu'il découvrit en train d'écailler des saumons. A son visage impassible, Savage comprit qu'il savait tout.

– Burke, je n'irai pas par quatre chemins, vous étiez au courant de la comédie que me jouait Antonia. J'attends vos explications car je n'arrive pas à croire que Lamb Hall soit une telle maison de fous. Et pas de manières, je veux que nous parlions d'homme à homme.

– Je suis indirectement responsable de cette situation. Les jumeaux étaient sortis en mer habillés de la même façon. Après la tempête, lady Randolph et moi-même les avons inlassablement attendus et cherchés. Finalement le ressac nous a rejeté l'un des jumeaux, à moitié mort de froid. J'ai cru que c'était Anthony. Roz aussi.

« Quand nous l'avons déshabillée, elle a repris connaissance et nous avons réalisé avec stupéfaction notre erreur. C'était le troisième accident qui se produisait en moins d'une semaine et Bernard Lamb venait de passer pour nous présenter ses condoléances. La mort du père des jumeaux faisait de leur cousin l'héritier direct du titre après Anthony. Nous soupçonnâmes que ces accidents n'étaient pas fortuits.

« Lady Randolph savait ce que cela signifiait. A

supposer qu'Anthony se fût bel et bien noyé, Bernard Lamb héritait de tout, titre et propriété.

« Notre plan était audacieux mais Antonia sauta sur cette idée simplement pour conserver à son frère ce qui lui appartenait de droit. Il lui fallut longtemps pour admettre qu'il ne reviendrait pas.

Savage passa une main dans ses cheveux. Son regard n'avait rien perdu de sa dureté et sa mâchoire était contractée de colère.

– Vous vous imaginez vraiment que Bernard Lamb a quelque chose à voir dans cette histoire ?

– J'en suis convaincu, monsieur. Voilà des jours qu'il traque Antonia. La pauvre enfant était terrifiée après qu'il l'eut poussée sous cette voiture. Quand nous sommes venus vous voir l'autre jour, c'était pour implorer votre protection. Elle a vu dans ce voyage en Irlande une issue. Une alternative à l'inévitable confession.

– Tout cela est grotesque. On se croirait dans une pièce de Sheridan !

– Je n'ai pas le cœur à rire, monsieur, et loin de moi l'idée de vous manquer de respect. Jamais je n'ai vu un tel cran chez une femme !

– Je m'en contrefiche ! Vous n'auriez pas dû la laisser prendre la place de son frère. Vous n'imaginez pas les débauches que se permettent les jeunes lords à notre époque ! Antonia est déshonorée !

– Oh, voilà longtemps que j'ai compris notre erreur. Non seulement c'était inconvenant, mais en plus mortellement dangereux.

– Je vois que nous sommes au moins d'accord sur un point. Mais rassurez-vous, Burke. Le spectacle est terminé.

– Que le ciel vous entende, monsieur !

– Voudriez-vous avoir l'obligeance de prévenir

lady Lamb que je désire lui parler ? Sous la charmille. Cela se passera peut-être mieux.

De sa chambre, Antonia contemplait les montagnes dans le lointain. Pourquoi la méprisait-il à ce point ? Et quand elle lui avait montré ses bleus, pourquoi ne l'avait-il pas prise dans ses bras pour la consoler ? La souffrance l'obligea à fermer les yeux mais les larmes roulèrent sur ses joues. Quel gâchis ! Jamais il n'aurait pour elle les yeux qu'il avait eus pour Ann. Plus jamais !

Chaque nuit, elle revivait leur intimité de Venise. Elle sentait encore le goût de ses baisers sur ses lèvres. Elle frissonna.

Soudain elle sursauta en entendant frapper à sa porte. Burke entra et lui déclara calmement :

– Je lui ai tout raconté. Il vous attend dans le jardin pour vous parler. Je ne crois plus qu'il soit fâché, Antonia. N'ayez pas peur.

– Merci, Burke. Que ferais-je sans vous ?

Tony sécha ses larmes et songea un instant à le faire attendre. Puis elle changea d'avis ; au dire de Burke, sa colère s'était apaisée et mieux valait profiter de cette accalmie.

Dans le jardin, elle ralentit le pas en voyant que son visage était toujours fermé. Le délicieux parfum des fleurs monta à ses narines et la beauté de cette charmille destinée à des amants lui serra le cœur. A nouveau ses yeux se remplirent de larmes.

– J'ai parlé avec Burke et j'ai compris que vous croyiez sincèrement que Bernard Lamb était responsable de la mort de votre jumeau.

Antonia pesa ses paroles et sa colère se ralluma instantanément :

– Apparemment, vous n'en croyez pas un mot !

– Je vais livrer ma propre enquête. Ne vous est-il jamais venu à l'esprit que vous n'aviez rien à craindre de votre cousin si vous ne vous étiez pas fait passer pour votre jumeau ?

Savage à son tour s'emportait de nouveau. Il était visible qu'entre eux deux la moindre discussion provoquait des étincelles.

– Je n'avais pas le choix. Vous vous figurez peut-être que j'allais abandonner tous les biens d'Anthony au profit de son assassin ? Vous n'avez pas plus de cervelle qu'un oiseau !

– Taisez-vous, petite insolente !

Sa cicatrice accentuait la dureté de ses traits. Dans ses yeux, elle ne lisait aucune pitié.

Sans prêter attention à ses derniers mots, elle s'emporta au contraire et le défia :

– Parce que je suis une femme, vous voulez m'ôter la liberté de parole ! Ah, plaise à Dieu que je fusse un homme !

– Vous mentez, petite garce ! Vous êtes femme jusqu'à la moelle des os. Et comme toutes les femmes vous voulez le beurre et l'argent du beurre. Ce n'était qu'un jeu pervers de votre part : courir en chausses, dire ce qui vous passait par la tête et ridiculiser tous les hommes que vous rencontriez !

Antonia secoua violemment la tête sans se soucier du désordre de sa coiffure. Ses yeux scintillaient comme des émeraudes et elle tempêta :

– Ils n'ont pas besoin de moi pour se ridiculiser !

Savage n'était plus courroucé, il la provoquait pour le seul plaisir de la regarder. Furieuse, Antonia était la plus belle femme qu'il eût jamais vue.

– Et vous ne vous embarrassez pas de scrupules ! renchérit-il.

– Moi ? Moi je n'ai pas de scrupules ! Espèce de goujat ! (Elle se jeta sur lui toutes griffes dehors et se mit à le labourer de coups de poing.) Dites plutôt que c'est vous ! Il n'y a que l'argent qui compte pour vous, parce qu'il vous procure le pouvoir. Vous bafouez la loi. Vous passez des marchandises en contrebande. L'après-midi, vous couchez avec toutes les femmes influentes de la capitale et la nuit vous courez les bordels. Et en parlant de scrupules, vous venez de vous acheter un titre, lord Blackwater de mes fesses !

Savage était à nouveau fou furieux. Cette fille avait le don de le faire sortir de ses gonds. Il lui prit les mains et l'immobilisa. Puis sans desserrer son étau, il susurra d'une voix suave :

– Cette farce grotesque ne rimait à rien, mademoiselle la dévergondée. Il vous suffisait, pour conserver votre chère maison, de raconter que votre frère était parti à Ceylan consoler votre mère.

Antonia pétrifiée le dévisageait. C'était si simple. Comment n'y avait-elle pas pensé ?

– A présent, je vais vous débarrasser de ma présence si dénuée de scrupules. Les Londoniennes attendent désespérément le retour de l'insatiable lubrique que je suis.

Un sourire moqueur déforma sa cicatrice et il agita la main.

– Profitez tant que vous voudrez de l'hospitalité de Blackwater. J'ai encore une opération de contrebande qui m'attend sur les côtes françaises.

Il ne mentait pas.

34

A la tombée du jour, Adam galopa jusqu'à Dungarvan et s'embarqua à destination de l'Angleterre. Il essaya en vain de chasser les frasques de lady Antonia de son esprit. Il revivait intensément chaque pensée, chaque mot à compter du moment où il l'avait vue endormie dans le hamac.

Sa découverte l'avait stupéfié et pourtant tout au fond de son esprit, quelque chose l'intriguait. Mais il n'arrivait pas à mettre le doigt dessus. Chaque fois qu'il se croyait sur le point de résoudre ce mystère, la solution lui échappait.

Pendant la traversée de la mer d'Irlande, il revécut ces moments passés avec Tony. Il gémit en songeant à toutes les fois où il l'avait déposée ivre morte dans les bras de Burke. Il se souvint avec acuité de cette matinée où il l'avait obligée à récurer les stalles d'Edenwood. Soudain il éclata de rire. Bigre, il fallait reconnaître qu'elle avait du cran, à elle seule elle avait nettoyé six stalles !

Honteux, il se rappela la nuit où il lui avait demandé de monter dans sa couchette et où il avait délibérément fait croire aux autorités françaises qu'ils étaient homosexuels. La rage de Tony ne l'avait pourtant pas empêchée de rester et de le soigner avec dévouement.

Pas étonnant qu'elle ait décoré sa maison avec tant de goût, et voilà pourquoi elle avait pensé à faire de l'import-export de robes et de perruques ! Comment avait-il pu se laisser berner à ce point par cette fille ! Fort jolie et désirable de surcroît.

Il mit immédiatement le holà à de telles pensées. Il était son tuteur et elle sa pupille. La fille la plus exaspérante et la plus irritante qui fût. Ses sens le travaillaient, mais d'où venait cette sensation de déjà-vu ?

Il résoudrait l'affaire Bernard Lamb. Et si celui-ci représentait vraiment un danger pour Antonia, il l'en débarrasserait vite. Une chose était certaine : les hommes allaient se précipiter aux pieds d'Antonia. Une femme aussi belle et animée d'une telle flamme était rare. Eve, sa mère, était insignifiante à côté de sa fille. Ces grands yeux rêveurs qui pouvaient se transformer en émeraudes scintillantes en quelques secondes, des jambes interminables... Non, c'était impossible ! Ann ! Ann Lambeth ! Il n'avait pu retrouver la trace d'Ann Lambeth, parce qu'elle s'appelait en réalité Antonia Lamb !

Cette pensée l'horrifia. Il fulminait. Plus encore que lorsqu'il avait découvert que Tony était une femme. La petite garce perverse ! Grand Dieu ! Il était fiancé à sa mère ! Il était son tuteur ! Elle allait devenir sa belle-fille. Cela frôlait l'inceste ! Un tuteur qui couchait avec sa pupille, c'était une hérésie ! Moralement condamnable. Sa fureur ne connut plus de bornes et, aveuglé de colère, il se rua sur le capitaine qui tenait la barre.

– Je veux rentrer immédiatement en Irlande.

Le capitaine ouvrit des yeux ronds.

– Mais je ne peux pas faire demi-tour au beau milieu de la mer d'Irlande !

– Pourquoi pas ?

– J'ai un horaire à tenir. Nous sommes en pleine nuit et vous n'êtes pas le seul passager à bord !

– Je paierai ce qu'il faudra !

Le capitaine le regarda pensivement et ils finirent par tomber d'accord.

L'aurore étirait ses doigts de rose quand Savage refit les douze miles qui le séparaient de Blackwater.

– « Ciel rouge le matin, orage en chemin », murmura-t-il.

Blackwater se réveillait à peine. Le coq chantait, le bétail meuglait. Sur l'herbe, les gouttes de rosée scintillaient comme autant de diamants et chaque toile d'araignée frémissait sous le poids de ces perles translucides.

Dès qu'il eut mis le pied dans le hall seigneurial, une délicieuse odeur de jambon rôti et de pain frais le prit aux narines. Il grimpa un escalier quatre à quatre, entra dans une chambre et posa son sac. Elle donnait sur l'à-pic de la falaise. Conquis par la pièce, il admira l'immense lit à baldaquin taillé dans du chêne massif. Il aperçut son reflet dans le miroir : il n'était pas rasé et sa tenue froissée accentuait son aspect intimidant.

« Tant mieux, se dit-il. Aujourd'hui elle n'osera pas me tenir tête. Elle ignore que je suis revenu et ce sera une attaque par surprise. »

Mais son amour-propre eut le dessus et il finit par se raser et se changer pour ne pas paraître à son désavantage devant Antonia.

Burke ne put s'empêcher de sursauter en le voyant. La veille, il avait entendu Antonia pleurer dans sa chambre après le départ de Savage. Il était donc revenu pour le deuxième round !

Savage contenait difficilement sa colère et une étincelle aurait suffi à déclencher un éclat.

Antonia descendit. Elle portait une robe de mousseline crème et elle avait piqué des roses ivoire dans ses cheveux noirs. Elle était l'image même de l'innocence et de la douceur. Les battements de son cœur s'accélérèrent mais bientôt sa colère prit le dessus. Il avança d'un air menaçant dans sa direction.

– Il faut que je sois crétin ou aveugle pour ne pas avoir reconnu vos yeux de chat.

– La lucidité est un cadeau inestimable, déclara-t-elle d'une voix douce où perçait l'ironie.

– Percevez-vous l'ampleur de vos actes ? fit-il d'une voix cinglante. Je suis votre tuteur. Vous ne comprenez donc pas que toute intimité entre nous est inconcevable ?

– Inconcevable, acquiesça-t-elle suavement.

Sa colère redoubla :

– Ce que vous avez fait est scandaleux !

– Scandaleux, approuva-t-elle sans se départir de sa douceur.

– Je suis responsable de votre moralité, rugit-il. Vous m'avez attiré dans un piège, une situation interdite par la loi.

– Interdite, répéta Antonia d'une voix vibrante de désir.

– Taisez-vous ! Vous vous comportez comme une courtisane !

– J'ai suivi les leçons du *kama-sutra*, répliqua-t-elle avec un sourire enjôleur.

– Mon Dieu, vous n'avez pas honte ?

– Vous m'avez appris que lorsqu'un homme et une femme se retrouvaient dans un lit, il n'y avait pas de place pour la honte.

– Vous n'avez que dix-sept ans ! cria-t-il.

– A Venise, cela n'a rien changé.

– Bien sûr que si, sacrebleu ! Votre virginité est demeurée intacte ! Pour quelle autre raison me serais-je ainsi comporté ?

– Vous avez dit que cela devait être un cadeau pour mon futur amant.

Il la prit par les épaules pour lui faire entendre raison. Ses mains la serraient et la rage décomposait son visage. Il la secoua sans ménagement mais dès qu'il cessa, elle se lova contre lui et plongea ses yeux dans son regard pâle.

– Nous n'avons pas terminé, Adam.

A présent un désir insidieux et puissant se mêlait à sa colère. Il s'enfuit. Elle jouait le jeu de la séduction et il se sentait sur le point de la prendre ici même, sur le tapis.

Adam galopait au cœur de la vallée pour se débarrasser de sa colère et de son désir. La beauté du paysage eut tôt fait de dissiper son irritation. Ce recoin d'Irlande qui lui appartenait désormais semblait prisonnier d'un charme. Ou était-ce Blackwater qui l'avait envoûté ? Sa beauté médiévale lui était allée droit au cœur.

La vision d'Antonia ne le quittait pas. Sa colère s'était dissipée, mais pas son désir. Il lui parut presque naturel d'avoir retrouvé sa fée dorée ici puisqu'elle était une véritable enchanteresse. A Venise, elle lui avait jeté un charme. Dans la cité éternelle, ils avaient connu l'amour. Dès qu'il fermait les yeux, son visage surgissait devant ses paupières. Il sentait son parfum de violette des bois. Et pourtant Adam savait que ce n'étaient pas ses yeux verts ni ses jambes ravissantes qui l'avaient subjugué. C'était la spontanéité merveilleuse avec laquelle elle s'était jetée dans ses bras. Il lui plaisait et elle n'en faisait aucun mystère. Ses cicatrices ne la repoussaient pas, au contraire.

Il se força à considérer les faits. Jamais un

tuteur ne pourrait faire de sa pupille sa maîtresse ! C'était immoral. Or il était ambitieux et il aurait besoin du soutien de ses pairs s'il venait à jouer un rôle politique.

De toute façon, Antonia méritait mieux. Il lui fallait un mariage splendide. Qui la mît à l'abri des Bernard Lamb et autres individus de son espèce. Elle avait des goûts de luxe que seul comblerait un mari fortuné. Ils ne s'affronteraient plus, ils deviendraient amis. Tant qu'elle avait joué le rôle d'Anthony, ils avaient été à couteaux tirés. Désormais ce serait le contraire. Oui, ils parleraient de son avenir... Le marquis de Blackwater regagna son château en paix avec lui-même.

Il ne put mettre la main sur Antonia de tout l'après-midi et en profita pour explorer son domaine.

A l'heure du dîner, quand il entra dans la salle des banquets, il vit que l'on avait allumé un feu. Antonia était déjà assise à la table éclairée de bougies. Il prit un siège en face d'elle et arrondit les yeux de stupeur en voyant qu'elle portait le corsage doré de Venise. Son pouls battit plus vite et il refoula le désir qui l'assaillait.

Quand il eut retrouvé son sang-froid, il sourit avec ironie. Il voyait parfaitement où elle voulait en venir. Elle essayait de le séduire. A Venise, elle avait réussi, mais ce soir il en irait autrement.

Il parla le premier et déclara d'une voix très ferme :

– Antonia, que ce soir marque le début de nouveaux rapports entre nous. Nous nous connaissons trop bien pour prendre des gants et je suis sûr que nous nous entendrons parfaitement.

Antonia se garda bien de le détromper et elle

but ses paroles avec ravissement dans l'espoir que cette atmosphère romantique, alliée à son corsage provocant, suffirait à amorcer un badinage amoureux.

– Je vous demande pardon pour tout ce que j'ai exigé de vous lorsque je vous prenais pour votre frère.

Il attendit poliment.

Elle aurait voulu lui dire qu'elle acceptait ses excuses mais craignit de le blesser. Adam Savage n'était pas de ceux qui s'excusent.

– A compter d'aujourd'hui, reprit-il, il nous faut songer à votre réputation. J'ai déjà raconté à Mme Kenny que vous aviez voyagé en tenue masculine pour éviter les ragots puisque vous n'aviez pas de chaperon.

Burke apporta le saumon fumé accompagné de petits légumes nouveaux. Une salade complétait le plat. Pendant qu'ils savouraient le poisson, on retirait du four une terrine de lièvre et des perdrix.

Adam regardait le jeu des ombres et des lumières sur les épaules nues et le ravissant visage d'Antonia et se demanda à quoi songeait la jeune fille. Elle trempa son doigt dans la sauce et le lécha. Adam n'en pouvait plus de désir et s'agita, mal à l'aise. Il avait beau essayer de refouler ses instincts, ceux-ci n'en avaient cure, surtout lorsqu'il se souvint d'avoir mordillé cette lèvre si sensuelle. L'appétit définitivement coupé, il sentit une autre faim, plus charnelle, lui nouer les entrailles.

Il refusa le plat suivant que lui présentait Burke et prit la parole. Sa voix était subitement devenue très rauque. Il toussota :

– A notre retour à Londres, vous ferez vos débuts dans le monde en tant que lady Antonia

Lamb. Vous n'aurez qu'à dire que vous étiez chez des amis à la campagne. Quant à moi, je ferai courir le bruit que lord Anthony est parti pour Ceylan.

Antonia le dévisageait sans l'écouter tandis qu'il lui arrangeait sa nouvelle vie. Assis dans cette salle immense, il avait fière allure et ressemblait à un guerrier barbare avec ses longs cheveux et sa cicatrice. Un frisson imperceptible la parcourut lorsqu'elle repensa au corps hâlé qui l'avait conquise et soumise. Elle aurait donné tout ce qu'elle possédait pour revivre cette nuit dans ses bras.

Adam repoussa sa chaise et attendit qu'elle se levât. Il avait l'air si sûr de lui et si arrogant qu'elle voulut faire éclater cette assurance en mille morceaux. Elle se leva lentement de table ; Adam eut alors du mal à conserver son sang-froid. Sous l'exquis corsage de tulle doré, elle portait des chausses moulantes et des mules à talons hauts. Les pantalons soulignaient le galbe de ses longues jambes et moulaient à ravir son ravissant postérieur. Il se souvint alors de ses jambes enroulées autour de son corps nu : il était perdu.

Toute idée de la marier à un autre s'évanouit. Elle était sienne et le resterait à jamais.

En une enjambée, il la rejoignit et l'enveloppa de ses bras musclés. D'une voix veloutée, il lui murmura :

– Nous n'avons pas terminé, Antonia.

35

Antonia noua ses bras autour de son cou et glissa avec délice les doigts dans ses cheveux. Sa joue reposait contre son épaule et elle entendait battre son cœur tandis qu'il se dirigeait vers les escaliers. Soudain, elle se sentit défaillir de désir et ferma les yeux, grisée par son odeur.

Il la porta dans les escaliers sans desserrer l'étau autour de son corps ; elle éprouva une sensation de puissance en voyant qu'elle était capable d'éveiller ainsi ce corps superbe.

Tout à coup elle eut peur. Que se passerait-il si elle n'était pas suffisamment femme avec Savage ? Elle le regarda à la dérobée tandis qu'il la portait jusqu'à sa chambre et croisa un regard d'une telle intensité qu'elle se sentit comme consumée et transie en même temps. Une mimique farouche se dessinait sur ses traits. Elle retint son souffle : jamais elle ne lui avait vu pareille expression. Dure, féroce, indomptée... Il ressemblait à une bête sauvage, à un léopard...

Son cœur fit un bond dans sa poitrine. Elle était folle de le laisser faire ! Cet homme était trop dangereux ! C'était un libertin, un être immoral et débauché, corrompu et pervers.

Adam, aveuglé par le désir, transportait son trophée jusqu'à son lit. Les longs cheveux d'Antonia, noirs comme les siens, retombaient tel un voile soyeux sur son bras. Il se perdait dans les lacs verts de ses yeux. Il voulait les voir s'assombrir de désir, s'embrumer de plaisir et briller de langueur voluptueuse.

Elle embaumait la femme et la violette. Il mourait d'envie de goûter à cette fleur mais ne s'aventura pas à baiser ces lèvres qui l'induisaient à la tentation, de peur de devenir fou. Le fait qu'elle s'accrochât à lui décuplait son ardeur. Mais en la déposant sur son lit, il lut l'effroi sur son visage et comprit brutalement qu'elle avait peur. Une bouffée de tendresse monta dans sa poitrine. Il s'assit auprès d'elle et attendit qu'elle se calmât. Puis il prit ses mains dans les siennes et murmura :

– Chérie, avez-vous peur de moi ou de l'acte que nous nous apprêtons à commettre ?

– Je... je ne sais pas, souffla-t-elle faiblement.

– Les deux, je crois, murmura-t-il.

– Vous... vous avez l'air dangereux, brusquement.

Il haussa un sourcil.

– Quand on joue avec le feu, il ne faut pas s'étonner si l'on se brûle.

– Adam, cette nuit à Venise a été la plus belle de ma vie. Pouvez-vous recommencer ?

– Je vais essayer, chuchota-t-il en lui caressant tendrement la joue. La dernière fois et parce que je m'y refusais, vous mouriez d'envie d'être à moi. Et ce soir, parce que je suis prêt, vous hésitez. Là réside la complexité de la nature humaine et vous êtes la femme la plus complexe qu'il m'ait été donné de rencontrer.

Elle sourit tandis qu'un délicieux frisson la traversait. Ce regard affamé qu'il portait sur elle lui donnait l'impression d'être belle et désirable, plus que n'importe quelle autre femme.

Adam comprit qu'il devrait encore contenir son désir et se pencha au-dessus de la jeune fille. Ses lèvres s'approchèrent des siennes et il la taquina :

– Vous m'exhibez vos belles jambes dans le but avoué de me rendre fou de rage et de désir.

Il effleura ses lèvres d'un baiser.

– Y suis-je parvenue ? souffla-t-elle.

– Et comment ! répondit-il d'une voix rauque. Je vais vous retirer vos pantalons mais je ne sais pas encore si je dois fesser ou embrasser votre joli postérieur.

A ces paroles, le cœur d'Antonia fit un bond dans sa poitrine. Elle entrouvrit les lèvres et il prit immédiatement possession de cette bouche si désirable. Son baiser fut ardent et voluptueux. Conquise, elle se sentit prête à tout pour plaire à ce maître tant aimé.

Sans la quitter des yeux, il se dévêtit et vit ses yeux verts se dilater de plaisir à la vue de sa splendide nudité. La nature lui avait façonné le plus beau des hommes pour qu'elle l'aimât.

Antonia se languissait d'être nue elle aussi, de sentir le contact de sa peau contre la sienne et aspirait de toutes ses forces à la fusion de leurs bouches et de leurs corps jusqu'à ce qu'ils deviennent fous de désir. Un désir qui tendait encore pour la jeune fille vers quelque chose de mystérieux et d'interdit.

Il lui enleva ses mules et fit glisser les chausses le long de ses jambes élancées. En dessous, elle ne portait rien. Puis il lui ôta son corsage, et sans la quitter des yeux, effleura ses mamelons pour le plaisir de les sentir se raidir sous ses doigts.

Il s'allongea sur elle en gémissant de plaisir et elle enfouit son visage dans son cou, enivrée par son odeur et couvrant de baisers la peau bronzée qu'elle rêvait de toucher depuis Venise. Ses mains avaient tout loisir d'explorer ce torse puissant, de caresser cette toison si douce qui le recouvrait. Elle sentit son sexe se dresser entre leurs corps et le caressa. Puis elle frissonna d'appréhension.

Elle se souvint du plaisir qu'elle lui avait donné à Venise et se laissa glisser le long de son ventre pour recommencer. Mais il l'en empêcha et prit son visage entre ses mains.

– Pas ce soir, mon amour.

Les yeux embrumés de désir, elle se laissa caresser et dévorer de baisers. Puis il l'obligea à écarter ses longues jambes et entreprit de la caresser avec dextérité. Elle cambra les reins en poussant de petits cris incohérents et il la prépara doucement à le recevoir.

Engourdie de baisers, elle ne ressentit aucune douleur quand il la pénétra, seulement une joie intense d'être enfin réunie à ce corps superbe.

Il darda sa langue dans sa bouche et soudain elle le voulut tout entier à elle. Elle enfonça ses ongles dans ses épaules, enroula ses jambes autour de sa taille et se souleva à moitié.

Grisé de la voir aussi rapidement consentante, il mordilla ses belles lèvres et quand, au faîte du désir, elle le mordit, il la pénétra plus profondément.

Elle poussa un cri et il demeura immobile en attendant que la douleur se dissipe. Mais Antonia, après une pause craintive, se mit à supporter la douleur et à l'aimer même. Elle se sentait dotée d'un merveilleux pouvoir sur lui et les paroles tendres qu'il murmurait à son oreille parvinrent lentement jusqu'à son cerveau.

Il commença à bouger et elle agrandit les yeux de surprise tandis que l'exquise torture commençait. Ils haletaient, emmêlés dans leurs boucles noires et soudain la nuit explosa autour d'eux. Antonia poussa un nouveau cri, mais de bonheur cette fois.

Adam lui aussi cria tout bas et s'agrippa à elle de toutes ses forces comme incapable de se rassasier d'elle. Il la serra violemment contre lui, puis ils retombèrent ensemble sur le lit. Les yeux verts d'Antonia se remplirent d'un indicible bonheur et se refermèrent tandis qu'elle basculait entre ciel et terre.

Savage réfléchissait en silence à l'acte qu'il venait de commettre. Il avait franchi le point de non-retour. Mais il n'en éprouvait aucun regret en dépit de l'extrême jeunesse d'Antonia. Ils étaient de la même race et survivraient au scandale. Il était trop riche et elle trop bien née pour qu'on leur en tienne rigueur. D'ailleurs il se fichait éperdument du qu'en-dira-t-on, sauf pour Antonia, et il se doutait qu'elle aussi s'en moquerait. Depuis qu'il connaissait Antonia, la seule perspective d'un mariage avec Eve l'horrifiait.

Il aurait été préférable d'éviter une situation familiale aussi difficile mais on ne pouvait changer le passé et il avait appris depuis longtemps à vivre avec une réputation détestable.

Lentement, Antonia revint à elle. Il effleura ses tempes de ses lèvres et la laissa se dégager de son étreinte. Sur son visage se lisait une expression nouvelle et ses yeux resplendissaient comme des escarboucles. Ensemble, ils aperçurent le sang sur ses cuisses. Il voulut l'essuyer mais elle l'en empêcha et déclara fièrement :

– Je vous adoube, noble Savage.

Il l'attrapa et ils retombèrent sur le lit en riant et en s'embrassant. Elle déployait presque autant d'énergie que lui. Et avant la fin de la nuit, ils s'étaient épuisés l'un l'autre et dormaient, repus d'amour.

A l'aube, Antonia se réveilla mais n'osa pas ouvrir les yeux. Qu'avait-elle fait là ? Tout, songea-t-elle, tandis qu'une rougeur se diffusait de ses joues jusqu'à la pointe de ses seins. Si, en croisant son regard bleu pâle, elle apercevait la plus petite étincelle de mépris, elle en mourrait.

Mais le premier geste d'Adam en se réveillant fut une caresse. Elle ouvrit craintivement les yeux et vit son visage au-dessus du sien. Son baiser réveilla la passion de la nuit dernière.

Quand il l'eut encore aimée, il l'empêcha de basculer une fois de plus dans les bras de Morphée et la souleva dans ses bras pour la transporter dans sa chambre de la tour.

– Je veux que Mme Kenny vous trouve dans votre lit. Evitons de choquer les domestiques. Elle n'est pas encore très sûre que vous soyez une femme.

Elle passa la main dans ses longs cheveux et l'attira sauvagement à elle.

– Vous le savez, vous, affirma-t-elle avec l'assurance de celle qui connaît son pouvoir.

Il lui répondit par un baiser qui la fit défaillir sans laisser le moindre doute sur qui des deux était le maître.

Plus tard, dans la matinée, ils explorèrent ensemble le château, puis, main dans la main, ils empruntèrent l'escalier dérobé de la tour de garde pour gagner le jardin. Les fleurs embaumaient l'air et ils flânèrent dans le verger où les arbres fleuris offraient leurs bourgeons à peine éclos aux abeilles butineuses.

Antonia s'appuya contre son épaule et il l'enlaça.

– Faisons la promesse de revenir à l'automne pour en cueillir les fruits.

Il la serra dans ses bras. Il avait déjà cueilli son fruit. A midi, ils pique-niquèrent sur la falaise pour profiter de la vue.

Ensuite, ils descendirent à la rivière et s'assirent sur un ponton de bois aménagé sous les arbres. Adam s'empara d'une canne à pêche.

– Voyons si vous savez pêcher ?

– Le diable emporte la pêche à la ligne, rétorqua-t-elle en enlevant ses souliers et ses bas. Désormais je n'ai plus à me plier à ces assommantes distractions masculines.

– Alors je vais pêcher et vous vous contenterez d'être belle, lui dit-il en s'adossant à un arbre et en plissant les yeux à cause de la réverbération de l'eau.

L'après-midi était chaud et langoureux, à peine troublé par le vrombissement des insectes.

Antonia souleva sa jupe et trempa ses orteils dans l'eau, puis elle la releva encore plus haut et plongea carrément les pieds.

– Arrêtez-vous, la prévint Savage, espiègle. Ou vous allez vous retrouver allongée dans l'herbe.

– Vous pêchez ou vous me regardez ?

– Les deux, sourit-il.

– C'est vous qui m'avez appris à être belle, fit-elle, songeuse.

– Venez ici, ordonna-t-il.

Elle obéit docilement. Il caressa la cheville fine et remonta vers la cuisse.

– Coquine ! Vous ne portez pas de pantalons !

– J'étais sûre que vous ne tarderiez pas à découvrir mon secret ! le taquina-t-elle.

Oubliant sa canne à pêche, il la prit sur ses genoux et glissa la main sous sa jupe tandis qu'elle l'embrassait dans le cou.

Il se dévêtit rapidement mais se retint longtemps avant de satisfaire son désir. Puis, lorsqu'il la sentit prête à exploser de plaisir et de passion, il s'abandonna.

Encore frissonnante de plaisir, Antonia gisait dans l'herbe dans un abandon impudique. Puis ils refirent l'amour avec une intensité presque brutale. Comme deux léopards dans la jungle.

36

Ils ne se quittaient plus. Pendant des après-midi entiers ils arpentaient les collines et les vallées et lorsque Antonia s'essoufflait, il la portait sur ses épaules.

– C'est aussi pour moi que je le fais, riait-il. J'adore sentir vos jambes autour de moi, j'ai l'impression de toucher le paradis.

– Vous en êtes pourtant bien loin !

– Ne vous vantez pas trop. J'ai imprimé sur vous mon sceau et vous aussi vous êtes damnée.

Elle souleva ses cheveux noirs et les laissa retomber avec volupté sur ses épaules.

– Oh moi, je suis perdue pour le monde !

– Je me demande, fit-il gravement, si vous direz toujours la même chose !

Antonia frissonna comme si une main jaillie de

l'ombre l'avait effleurée. Elle chassa ce funeste pressentiment et se refusa à songer au lendemain, alors qu'il leur restait encore aujourd'hui... et ce soir.

Ils sillonnèrent la campagne dans la petite charrette tirée par le poney, visitèrent les bourgs alentour et il l'emmena à la foire de Tallow où il lui acheta une jolie pouliche blanche à la crinière soyeuse.

– Nous la ramènerons à Edenwood, déclara-t-il distraitement.

– Edenwood, murmura-t-elle, rêveuse.

Visiblement, elle serait la bienvenue à Edenwood, mais il ne l'avait pas invitée à s'y installer. Il ne l'avait pas demandée en mariage. Elle repoussa ces pensées pour ne pas gâcher ces moments merveilleux. A Venise elle avait trouvé un amant, mais en Irlande elle avait rencontré l'amour. Elle l'aimait à la folie.

Perplexe, il la dévisagea.

– Edenwood ! C'était donc cela. Je m'émerveillais qu'une jeune fille belle et de si noble lignée s'intéressât à la brute que je suis, mais c'est à cause d'Edenwood !

– C'est faux, protesta-t-elle avec véhémence. Il n'y a pas qu'Edenwood, mais aussi votre or, vos bateaux et Blackwater, bien sûr !

– Petite garce !

Mais il était aux anges de voir qu'elle aussi aimait Edenwood car la propriété incarnait le rêve de toute une vie. Il comprenait aujourd'hui ce qu'était l'instinct de propriété.

Savage savait bien qu'Antonia devenait petit à petit une autre partie de lui-même. Jamais il n'avait aimé auparavant et jamais il ne s'était laissé tenter par l'amour. Il jura intérieurement. Pourquoi fallait-il que les choses fussent si compliquées ? Pourquoi fallait-il qu'elle fût la fille d'Eve ? Il haussa les épaules. « Le cœur a ses raisons que la raison ne connaît pas », voilà tout.

Son estomac se nouait à chaque fois qu'il pensait à Bernard Lamb. Antonia vivait sous cette épée de Damoclès depuis des mois et il avait refusé d'y croire, il avait méprisé ses craintes. Il se jura que plus jamais elle n'aurait besoin de se défendre. De retour à Londres, il s'occuperait en priorité de ce scélérat. Il devait absolument rentrer.

Du chemin de ronde de Blackwater, ils contemplaient le coucher du soleil. Le ciel violet virait au vermillon et s'embrasa soudain.

Adam attira Antonia contre lui et elle posa sa tête sur son épaule.

– Blackwater déploie toute sa splendeur pour notre dernière nuit.

– Nous partons demain ?

– Je pars demain. Mes affaires m'appellent, je ne les ai que trop négligées depuis une semaine. Restez encore quelques jours ici.

Il se pencha sur son visage et caressa du doigt les cernes mauves sous ses yeux.

– Reposez-vous. Burke vous raccompagnera à bon port. Je ramène votre pouliche blanche à Edenwood.

– Burke sait que je suis votre maîtresse, il n'est pas dupe.

– Tout le château est au courant. Cela crève les yeux.

Bien que Burke n'ait rien dit, Adam savait qu'il désapprouvait la situation. Le majordome attendait qu'il se conduisît de façon honorable. C'était ce qu'il comptait faire, lui aussi. Mais hélas, l'honneur l'empêchait d'épouser la fille avant d'avoir rompu avec la mère.

Même endormi, Adam sut qu'ils ne faisaient plus un comme ces derniers jours. Il ouvrit les yeux dans le noir et sans allonger la main, il devina qu'elle était partie. Peu à peu ses yeux s'accoutumèrent à la pénombre et il l'aperçut à la croisée.

Il sortit du lit souplement et sans faire de bruit, l'enlaça par surprise. Puis il l'obligea à tourner la tête et fronça les sourcils. Des larmes argentées brillaient sur ses joues. Il les essuya d'un baiser et murmura :

– Tony, ma chérie, ne pleure pas à cause de moi. Je n'en vaux pas la peine.

Elle ravala ses larmes. Dans une heure, peut-être deux, il serait parti, et il ne lui avait toujours pas dit qu'il l'aimait. Elle aurait encore supporté qu'il ne la demandât pas en mariage. Un homme comme lui ne se plierait jamais à jouer le rôle du mari aimant et attentif. Mais son amour... Sinon elle en mourrait. Pourquoi, alors qu'elle l'aimait si passionnément, si intensément, pourquoi ne l'aimerait-il pas ?

Il la serra contre lui et elle sentit son désir. Elle se détourna.

– Donne-toi à moi, supplia-t-il.

Elle scruta son visage : point d'amour dans ses yeux, seulement le désir.

– Je vous ai déjà... tout donné, murmura-t-elle, déchirée.

Il la souleva dans ses bras et chuchota :

– Laisse-moi te prouver le contraire.

Il l'embrassa avec une passion vorace, sauvage. Puis quand leurs lèvres meurtries n'en purent plus, leurs bouches se séparèrent. Mais pour Adam ce n'était qu'un prélude, ses lèvres assaillirent sa tendre poitrine.

– Dis-moi que c'est ce que tu veux. Dis-moi que tu aimes ça !

– Oui, je le veux ! Oui, j'aime ça ! gémit-elle.

Ses lèvres descendirent vers son ventre.

– Dis-moi que c'est ce que tu veux. Dis-moi que tu aimes ça ! répéta-t-il.

Le désir la fit écarter les jambes et se cambrer :

– Vous savez ce que je veux ! Vous savez ce que j'aime !

Savage se redressa au-dessus de ce corps au goût de violette et pendant un moment qui lui parut une éternité, il demeura ainsi suspendu avant de s'abîmer en elle. Le cri sauvage qui franchit ses lèvres se fondit avec ses plaintes et une vague d'une puissance inouïe les dressa au faîte du plaisir. Elle crut qu'il lui avait transpercé le cœur et ils tournoyèrent au bord du vide avant de basculer ensemble dans l'extase et les profondeurs ténébreuses de la sensualité.

Il grogna tout bas :

– Maintenant, tu m'as tout donné.

Trop alanguie pour parler, elle sentit alors sa bouche effleurer le lobe de son oreille et murmurer :

– A mon tour maintenant : Je te donne mon cœur. C'est toi que je veux. C'est toi que j'aime.

Elle soupira de bonheur. Elle avait réussi l'impossible. L'orgueilleux Savage, le farouche Léopard lui avait déclaré son amour. Comblée de bonheur, elle ferma les yeux. Quand elle les rouvrit, il était habillé et prêt à partir.

Il s'approcha du lit et elle se suspendit à son cou, nue.

– Mon amour, venez me retrouver à Edenwood. J'essaierai d'y être à la fin de la semaine, et si je n'y suis pas, attendez-moi.

Elle effleura sa cicatrice du bout des doigts. Cette bouche qui jamais ne suppliait, cette bouche faite pour commander.

– Je vous attendrai, chuchota-t-elle en savourant le plaisir d'être femme et de lui obéir.

Deux nuits plus tard, Adam Savage riait à gorge déployée en écoutant Angela Brown se pavaner sur la scène en tenue légère tout en chantant un air grivois. Sans attendre la fin du spectacle, Savage alla dans sa loge et tomba sur Bernard Lamb.

– Ça alors, quelle coïncidence ! s'exclama-t-il en feignant la surprise. C'est justement vous que je cherchais.

– Savage ! Je me demandais où vous étiez passé ! lui répondit affablement ce dernier.

– Oh, j'ai voyagé, fit Savage évasif.

– Mon cousin vous accompagnait-il ? s'enquit Bernard, l'air de rien.

– Non, il est parti à La Haye pour affaires. Son bateau doit arriver incessamment à Wapping.

Bernard sourit.

– Vous disiez que vous vouliez me voir ?

– En effet, voilà, vous me semblez très... lié à Angela mais je me demandais si je pouvais... hum, vous l'emprunter pour une soirée ?

Le sourire de Bernard s'accentua.

– Mais bien sûr, pourquoi pas ce soir si vous le désirez ?

– Oh, ce soir, j'ai rendez-vous avec Tony. Mais

Angela pourrait souper avec moi dans une bonne auberge de Wapping.

– J'ai une meilleure idée. Pourquoi n'irais-je pas attendre mon cousin pendant que vous emmenez Angela dans un endroit qui la mettrait de bonne humeur ? Je peux m'esquiver avant qu'elle n'arrive.

– Vous êtes trop aimable de me laisser le champ libre pour cette nuit, le remercia Adam d'une voix suave.

– A quoi serviraient les amis ? riposta Bernard, grand seigneur. Comment s'appelle le bateau de Tony ?

– Le *Dragon rouge*.

Quand Angela découvrit dans sa loge Savage à la place de Bernard, elle se jeta à son cou :

– Adam ! Quelle bonne surprise !

Il dénoua ses bras de son cou et sans la lâcher, lui demanda en la fixant de ses yeux clairs :

– Cinq mille livres pour vous en échange d'un service.

Elle se pourlécha les lèvres d'avance.

– Tout ce que vous voudrez, haleta la jeune actrice.

– J'ai seulement besoin d'un petit renseignement.

Elle tressaillit d'étonnement et il accentua sa pression.

– Pourquoi accordez-vous vos faveurs à Bernard Lamb alors qu'il est sans le sou et endetté jusqu'au cou ?

Elle humecta à nouveau ses lèvres, de peur cette fois. Savage n'était pas de ceux qui s'en laissaient conter.

– Il héritera un jour d'un titre et d'une vaste propriété. Vous devez sûrement le savoir.

– Cela me semble assez hasardeux dans la mesure où le tenant du titre est plus jeune que lui ! souligna Savage.

Angela se mordit les lèvres. Après tout, Bernard était un fourbe cruel et elle ne lui devait rien. Et pourtant elle devinait que cet homme au regard bleu et menaçant pouvait être infiniment plus cruel que Bernard.

– Un accident est si vite arrivé, risqua-t-elle.

– Est-ce une suggestion, un sous-entendu ou une prédiction ? demanda-t-il froidement.

– Rien de tout cela, répliqua Angela qui décida de soulager sa conscience avec une joie mauvaise. Bernard veut éliminer son cousin. Il a déjà essayé mais il a échoué à chaque fois. A la prochaine occasion, il se servira de son poignard. Il est très adroit.

Adam Savage la lâcha et fouilla dans sa ceinture. Il entendait sa respiration saccadée et savait qu'elle avait peur.

– S'il sait que j'l'ai balancé, il va m'zigouiller moi aussi, cria-t-elle en retrouvant ses intonations populaires.

Savage lui prit le menton.

– Mais ne vous l'ai-je pas dit ? Bernard m'a chargé de vous transmettre ses adieux. Il part ce soir pour un très long voyage.

Après son départ, Angela resta interdite à contempler l'argent qu'il lui avait laissé. Si Bernard quittait le pays, ce n'était certainement pas de son propre gré.

Une grande ombre descendit silencieusement les marches du quai et se tapit contre le mur de Wapping. L'ombre disposait visiblement d'une infinie patience. Plus bas, six navires dansaient au bout de leur ancre. Des ponts éclairés s'élevaient des plaisanteries amicales tandis que l'équipage d'un bateau terminait de charger des marchandises empilées sur le quai.

Bernard Lamb accéléra le pas en espérant que sa future victime n'avait pas encore quitté le bord. Il essayait déjà de déchiffrer le nom des navires au mouillage et passa devant l'ombre sans la voir. Celle-ci se dressa terrible et menaçante derrière lui et l'assomma proprement. Savage dut faire appel à toute sa volonté pour ne pas le réduire en bouillie.

Un lascar torse nu apparut sur une passerelle et vint sans un mot ramasser le corps inanimé. Puis il regagna le bateau. Savage laissa passer un moment, puis il monta à son tour à bord du *Dragon rouge*. A minuit, il avait terminé l'inspection des cales à l'exception de la dernière marchandise que l'on avait mise sous clé. Il donna à son équipage l'ordre de déposer Bernard Lamb à Madagascar, à des milles d'ici.

Tous les ravissants articles sélectionnés par Antonia étaient bien arrimés dans les cales et Savage se réjouit que le *Dragon rouge* appareillât avant le retour de Tony. Elle aurait voulu veiller elle-même au bon chargement de ses marchandises.

Il se mit à rire tout bas, elle lui avait vraiment fait perdre la tête. Ventredieu, elle lui donnait mille fois moins de soucis lorsqu'elle était déguisée en homme et Dieu seul savait ce qui l'attendait.

Heureusement, elle lui avait obéi, cette fois, et il avait pu régler le problème de Bernard Lamb en la sachant bien à l'abri en Irlande.

Mais en Irlande, Tony se morfondait. Après le départ de Savage, la pluie s'était mise à tomber. En outre, elle avait senti chez les domestiques une désapprobation générale. Peut-être n'était-ce que le fruit de son imagination mais il lui semblait que Burke lui-même avait pris ses distances.

Comme le mauvais temps persistait, elle essaya de se distraire en visitant le château mais les pièces vides et privées de lumière déteignaient sur son humeur. Pourquoi l'avait-il laissée seule ? Ils auraient aussi bien pu voyager de concert. Quelle tâche urgente à Londres pouvait-elle l'emporter sur leur amour ? Mmmm... Drôle d'affaire encore, si elle en jugeait d'après ses précédents rendez-vous. Elle avait été bien sotte de ne pas lui avoir posé la question. L'amour l'aveuglait-elle donc à ce point ? Et pourquoi fallait-il lui poser toutes ces questions ? S'il n'avait rien à cacher, il lui aurait dit pourquoi il devait rentrer.

Antonia s'en voulut de son manque de confiance. Ne lui avait-il pas ouvert son cœur ? Ne lui avait-il pas dit qu'il l'aimait ? Elle franchit le seuil de sa chambre et sa gorge se noua. Sa présence imprégnait encore la pièce.

Elle allait effleurer les draps quand elle se ravisa brusquement, craignant de réveiller de trop brûlants souvenirs. A la place, elle s'approcha de la fenêtre qui dominait la falaise. Sa résolution prise, elle alla trouver Burke.

– Nous partons aujourd'hui !

– Oui, mademoiselle.

– Ne vous imaginez surtout pas que je lui cours après !

– Je ne vous le souhaite pas, mademoiselle.

Elle crut déceler un reproche dans le ton cérémonieux du majordome.

– Vous serez moins fier lorsque je serai lady Blackwater !

Il parut surpris et s'enquit courtoisement :

– Quand le mariage doit-il avoir lieu, mademoiselle ?

Sa question la cloua sur place.

– Ça ne vous regarde pas ! riposta Antonia, furibonde.

Elle réunit ses vêtements d'homme et se jura de ne plus jamais les porter. Certes, ils étaient plus confortables que des robes mais elle ne courait aucun risque en étant Antonia. Une autre raison venait s'y ajouter. La concurrence était serrée entre toutes les femmes qui quêtaient les faveurs d'Adam Savage. Maintenant qu'il devenait marquis de Blackwater, les prétendantes afflueraient. Le combat serait rude pour conserver la préférence. D'autant qu'il avait quinze ans de plus qu'elle ! C'était un homme mûr qui avait vécu en Orient, le berceau de l'érotisme. La vision de Fleur de Lotus prenant son bain avec son maître surgit devant elle.

Elle referma d'un claquement sec le couvercle de sa malle. Il n'avait même pas abordé le sujet du mariage. Peut-être ne serait-elle qu'une conquête parmi tant d'autres. Non ! Non ! Il l'aimait et tout espoir n'était pas perdu. S'il l'épousait et s'il l'emmenait avec lui à Edenwood, elle vivrait heureuse à jamais.

Un affreux pressentiment l'envahit. Dès que Bernard Lamb apprendrait qu'elle avait survécu au naufrage, il essaierait de s'approprier Lamb Hall. La seule alternative consistait à épouser Savage !

Durant le voyage du retour, Tony réussit à se mettre dans tous ses états. Pour se préparer à un rejet de la part de Savage, elle passait en revue toutes les raisons qu'elle avait de ne pas vouloir l'épouser. Et elles ne manquaient pas. Il était dangereux. Son passé mystérieux dissimulait des crimes épouvantables. C'était un scélérat dénué de scrupules, un vil contrebandier qui se livrait à Dieu savait quelles activités douteuses dans le seul but de s'enrichir.

Mieux valait être sa maîtresse que de s'enchaîner à lui par les liens du mariage. Il lui avait dit qu'il l'aimait et elle le croyait. Mais elle était bien placée pour savoir que les hommes et les femmes n'avaient pas la même conception de l'amour. Pour celles-ci, l'amour était inséparable du mariage. Pour les hommes, l'amour se confondait avec le désir. Une épouse passait après une maîtresse, parfois même après une prostituée, du moment que celle-ci comblait leurs sens.

En arrivant à Curzon Street, elle avait réussi à se convaincre que rien au monde ne lui ferait épouser Adam Savage.

37

– Antonia, le ciel soit loué ! Te voilà enfin ! s'exclama Roz avec des trémolos dans la voix.

Le moral de Tony s'effondra. Que se passait-il encore ?

– Nous avons reçu une lettre d'Anthony !

– Anthony ? balbutia-t-elle.

– Oh, chérie ! Il ne s'est pas noyé ! Il est vivant ! Oh, le méchant garçon, dire qu'il a tellement attendu !

– Comment ?... Où ?

– Tiens... Lis par toi-même, oh, ma chérie !

D'une main tremblante, Antonia déplia les feuillets couverts des pattes de mouche de son frère.

– Seigneur ! Il est avec notre mère à Ceylan !

Ses jambes ne la portant plus, elle se laissa tomber sur le sofa pour lire l'incroyable récit du sauvetage de son frère par un navire en route pour Madras.

Les mots dansaient devant ses yeux :

« Ils m'ont fait travailler comme un nègre et j'ai bien changé. Finalement ce fut une bénédiction et en arrivant aux Indes, j'étais devenu un autre homme. Il valait mieux car je n'avais pas un sou vaillant et j'ai eu toutes les peines du monde à rejoindre Ceylan. Six mois se sont écoulés depuis cette fameuse tempête et il faudra bien deux ou trois mois avant que cette lettre ne te parvienne. J'espère que vous ne vous êtes pas trop tracassées pour moi. Ceylan est un pays fascinant. J'aimerais que tu sois avec moi. Je t'aime. Tony. »

Elle sauta en l'air, riant et pleurant en même

temps, avant de se jeter dans les bras de sa grand-mère.

– Il espère que nous ne nous sommes pas trop tracassées ! (Puis elle tomba dans les bras de Burke, tout ressentiment oublié.) Il va voir quand je le tiendrai !

Burke prépara trois verres de cognac pour fêter l'événement et Roz alla jusqu'à l'embrasser comme du bon pain.

– Cela signifie que nous avons non seulement retrouvé Anthony mais aussi notre Antonia ! Oh, fais-moi le plaisir de brûler ces affreux pantalons que tu arbores depuis des mois !

Tony sourit. Tout le monde ne partageait pas son avis.

– J'ai hâte d'annoncer à Adam la bonne nouvelle ! Comme j'ai eu raison de ne rien dire à notre mère ! Pensez au chagrin qu'elle aurait eu !

Roz reposa son verre et déclara :

– Ma chérie, tu ne peux plus te rendre chez cet homme comme le faisait Tony. Tu dois annoncer ta visite et te faire accompagner d'un chaperon.

– Les femmes vont et viennent chez lui comme dans un moulin. J'y ai croisé la moitié des comtesses et des duchesses du pays.

– Ce sont des femmes mariées, Antonia. Les jeunes filles innocentes ne sont pas soumises aux mêmes règles.

– Je ne suis peut-être pas mariée, mais je ne suis plus innocente, comme vous le dira Burke dès que vous serez seuls. Il est trop tard, et si vous vous imaginez que ces principes grotesques de bienséance vont me dicter ma conduite, vous vous trompez !

Tony courut se changer avant d'aller retrouver son amant. Elle soigna sa tenue et choisit une des robes qui avaient été confectionnées en prévision de ses débuts dans le monde. En Irlande elle portait ses cheveux librement dans le dos, sans les poudrer, et elle savait qu'Adam les préférait ainsi. Elle les relèverait pour lui donner le plaisir de les dénouer mais ne les poudrerait pas.

Sa robe jonquille soulignait sa beauté brune. Elle se farda les lèvres et appliqua une mouche sur sa joue droite. Puis elle virevolta sur elle-même en riant devant son miroir. Dieu que la vie était belle en fin de compte !

Dès qu'elle se fut éclipsée, Roz fixa sur Burke un regard glacé.

– Que signifie... ?

Mais Burke était un modèle de discrétion.

– Oh ! Elle veut sans doute dire qu'elle en sait à présent trop sur les hommes. Je crois que nous serons obligés de lui laisser un peu plus de liberté qu'aux autres jeunes filles.

– Puisque vous le dites, Burke. Je suppose que nous pouvons nous en remettre à son esprit critique.

Le majordome faillit s'étrangler avec son cognac.

– Quoi qu'il en soit, j'ai bien l'intention d'en toucher un mot à M. Savage et de lui dire la vérité.

– M. Savage s'en est rendu compte par lui-même, madame.

– Dieu soit loué ! Il est son tuteur, lui au moins comprendra la nécessité de veiller à ce que sa virginité demeure intacte.

Cette fois, Burke s'étrangla.

Le cœur débordant d'allégresse, Antonia ne tenait pas en place dans la voiture qui se frayait péniblement un chemin vers Half-Moon Street. Sans laisser au cocher le temps de descendre, elle ouvrit la portière à l'instant précis où la ravissante Georgiana sortait de l'hôtel particulier de Savage. Elle arborait une toilette bleu pâle qui avait dû coûter les yeux de la tête.

Antonia se rassit précipitamment pour éviter d'être vue par Georgiana. Son cœur ne chantait plus d'allégresse, il saignait. Savage venait de lui plonger un poignard dans le sein. Un voile rouge tomba devant ses yeux et la colère remplaça le chagrin. Elle ouvrit à toute volée la portière et se jeta sur le marteau qu'elle actionna furieusement. Un valet en livrée lui ouvrit instantanément. Sans mot dire, elle lui planta son ombrelle dans le pied pour l'obliger à reculer et lui passa sous le nez. Elle traversa le vestibule comme une flèche et monta les escaliers.

Dans son bureau, Adam Savage leva le nez de ses papiers, la mine courroucée. Et lorsqu'il l'aperçut, son courroux redoubla. Elle lui avait donc désobéi !

– Tony ! Quelle surprise... quoique... j'eusse dû m'en douter.

– Une sacrée surprise, n'est-ce pas ? Espèce d'infâme pourceau lubrique !

Il se leva.

– Pourquoi êtes-vous fâchée contre moi ? Ce devrait plutôt être à moi de l'être, chérie.

– Ne m'appelez plus chérie ! s'écria-t-elle en apercevant une plume bleue sur le tapis. (Elle pointa son ombrelle dessus d'un air dramatique.)

Voilà pourquoi je suis fâchée ! Vous m'avez abandonnée à l'autre bout du monde parce que vous aviez un travail urgent : Georgiana vous attendait pour une partie de jambes en l'air !

Les yeux pétillants de gaieté, il rétorqua :

– Oh, chérie, vous êtes jalouse ! Georgiana est venue me voir parce qu'elle croule sous les dettes.

– Je ne suis pas jalouse, je suis hors de moi ! siffla-t-elle.

Ses grandes mains brunes se refermèrent sur ses poignets.

– Je ne vous ai jamais fait l'amour quand vous étiez en colère...

Sa voix était grave et persuasive.

– Parce que je me suis donnée à vous en Irlande, vous vous figurez que je vous poursuis pour quémander vos faveurs ?

Son parfum le grisait.

– Mmm. Laissez-moi donc vous les accorder.

Il referma ses mains sur ses hanches et la pressa contre lui.

– Retirez vos sales pattes ! Je n'imagine que trop d'où elles reviennent, s'exclama-t-elle rageusement.

– Quelle imagination, ma chérie ! C'est précisément ce que j'adore chez vous.

D'un revers de main, il balaya ses papiers et la déposa sur son bureau.

– Arrêtez, proxénète !

Il se pencha pour baiser ses lèvres vermeilles mais elle s'écarta tandis que ses yeux lançaient des flammes. L'instant d'après, il la renversait sur le plateau verni et s'apprêtait à la dévorer comme un aigle sa proie.

– Le jaune vous va bien, ma mie. Votre beauté me coupe le souffle.

Elle lui envoya un coup de genou dans le plexus et haleta :

– Vous allez voir si je vous coupe le souffle ! Sale menteur !

– Je vous aime en colère, ma chatte. Je vous adore quand vous sortez vos griffes, dit-il d'une voix grave et fervente.

Il la souleva dans ses bras et l'emporta dans sa chambre.

– Posez-moi ! ordonna-t-elle en sentant qu'à ce contact, son corps enfiévré la trahissait déjà.

Sa rage se retourna contre elle.

– La colère vous rend encore plus désirable, murmura-t-il.

Il la posa sur son lit sans qu'elle cessât de se débattre mais cela ne faisait qu'exciter leur désir mutuel.

– Je m'en voudrais de déchirer cette ravissante robe jaune, calmez-vous le temps que je vous déshabille, vous reprendrez ensuite vos contorsions.

Son ton taquin sous lequel perçait le désir commença à lui faire douter qu'il ait réellement fait l'amour avec la duchesse de Devonshire. A son grand dépit, elle resta immobile tandis qu'il lui ôtait ses vêtements. Soudain elle eut envie de se laisser séduire.

– Jamais vous n'avez été aussi belle, souffla-t-il.

– La flatterie ne vous mènera à rien, riposta Antonia.

– Que nenni ! Voyez plutôt, fit-il en la caressant.

– Lâche ! cria-t-elle.

Mais déjà elle se mordait les lèvres pour retenir un cri de plaisir.

– Vous avez trop de travail pour perdre ainsi votre temps, ironisa-t-elle.

– Je n'ai pas l'impression de perdre mon temps quand nous faisons l'amour.

– Moi, je préfère qu'il fasse nuit.

– Menteuse, rit-il en se déshabillant. Vous adorez me voir nu au grand jour. De toutes les manières, ce soir je suis pris.

Sa réaction fut immédiate : elle lui laboura le dos avec ses ongles.

– Rentrez vos griffes, petit chat sauvage, avant que je ne devienne méchant.

Il l'obligea à se retourner et l'enfourcha puis il souleva ses longues tresses pour lui mordiller la nuque à loisir.

Elle crut l'entendre gronder et réalisa soudain que le léopard ronronnait. Elle se cambra sous lui et il la recouvrit de son corps immense tout en lui soufflant à l'oreille des paroles si érotiques qu'elle en défaillit presque de plaisir.

Ses grondements rauques accompagnèrent ses cris tandis qu'il la pénétrait passionnément. Elle s'accrocha désespérément au drap lorsqu'ils se rejoignirent dans l'orgasme puis, secoué d'un dernier spasme, il roula avec elle sur le flanc. Son grand corps l'enveloppait tendrement.

– Oh, Tony, je t'aime tant. Comment peux-tu me croire capable d'en regarder une autre ? Tu es ma femme.

Etait-il sincère ou lui disait-il simplement ce qu'elle souhaitait entendre ? Bah, elle se sentait si bien qu'elle s'en moquait.

Il lui caressa les cheveux.

– Un tel bonheur est rarissime.

Elle s'étira avec volupté contre lui. Elle serait restée des heures ainsi et il caressa le ventre qui porterait ses enfants. S'ils continuaient à ce rythme, sa progéniture arriverait peut-être plus tôt que prévu.

– Pourquoi m'avez-vous désobéi ? Pourquoi êtes-vous venue seule chez moi ?

Soudain elle se souvint de la merveilleuse nouvelle et tourna son visage vers lui.

– Je suis venue vous annoncer une nouvelle fantastique.

Il l'interrompit d'un baiser langoureux et lorsqu'il lui laissa enfin reprendre son souffle, elle s'écria :

– Anthony est vivant !

Il se dressa sur son séant.

– C'est une plaisanterie ?

– Non, non, il est bel et bien vivant. Il ne s'est pas noyé comme nous le pensions. Il nous a écrit, n'est-ce pas merveilleux ?

– Certes ! Mais que diable a-t-il fichu pendant tout ce temps ? Vous avez risqué votre vie en prenant sa place !

– Oh, Adam, ne soyez pas contrarié. Inutile désormais de nous préoccuper de Bernard Lamb. Je ne risque plus rien, Lamb Hall et Anthony non plus. Tony est à Ceylan avec notre mère !

– Morbleu, c'est à peine croyable. Dire que je vous ai laissée en Irlande pour régler la question de Bernard Lamb et que j'ai fait des pieds et des mains pour l'éloigner du pays ! C'est un peu vexant tout de même ! Vous n'avez plus besoin de moi !

Elle s'agenouilla et noua ses bras autour de son cou puissant.

– Adam, j'aurai toujours besoin de vous !

– Je serai déjà bien occupé à vous protéger contre vous-même !

– Qu'est-ce que vous voulez dire par là ?

– Que votre place n'est pas ici. Voilà des mois que vous frôlez le scandale. Je tiens à votre réputation, figurez-vous.

– Dans ce cas, pourquoi m'avez-vous sauté dessus sitôt que j'ai eu franchi le pas de votre porte ?

– En venant seule, c'était inévitable.

Sa réponse la blessa et elle voulut lui rendre la monnaie de sa pièce. Elle repoussa les tentures du lit et déclara ingénument :

– Si vous ne voulez plus être mon amant, il faudra que je m'en trouve un autre.

Une main s'abattit sur son épaule et il la transperça d'un regard bleu glacé. Sa cicatrice livide accentuait son expression menaçante.

– Je l'étranglerai de mes propres mains. J'étais le premier et je serai le dernier ! Vous êtes mienne, Tony. Et personne ne touchera à ce qui est à moi ! (Il écrasa sa bouche sur la sienne comme pour la marquer de son sceau.) Nous ne serons tranquilles qu'à Edenwood, les fins de semaine. Mes serviteurs savent garder un secret. A Londres, personne ne saura rien. En vérité je préférerais que vous vous retiriez à Lamb Hall. Londres n'est pas un endroit convenable pour une jeune femme.

Elle le dévisagea avec incrédulité.

– Que reprochez-vous à Londres ?

– D'être un cloaque !

Elle fronça les sourcils.

– Ça c'est la meilleure ! Vous êtes plongé jusqu'au cou dans ce cloaque, comme vous dites, et pendant ce temps je devrais en bonne petite fille bien sage préparer mes bagages et vous attendre jusqu'à la fin de la semaine. Après quoi j'aurais le droit de me dévergonder dans votre lit pendant deux jours ! Mais vous n'êtes qu'un Tartuffe, s'emporta-t-elle. Je n'ai pas l'intention de quitter Londres avant d'avoir chargé mes marchandises à bord du *Dragon rouge* !

– C'est fait, le *Dragon rouge* a levé l'ancre hier avec votre précieuse marchandise.

– Bandit ! cria-t-elle en levant la main pour le gifler.

Il lui attrapa le poignet au vol sans quitter sa bouche des yeux.

– Voilà que vous vous emportez à nouveau. Est-ce pour m'exciter ?

Elle put vérifier qu'il disait vrai. Au même moment sa main libre le souffleta à toute volée.

– Allez-y. Frappez-moi. J'ai l'habitude avec vous.

Ils allaient à nouveau s'affronter quand on cogna à la porte.

– M. Baines vous attend, monsieur. La marée sera haute tôt ce soir.

Antonia commença à se rhabiller. Elle bouillait littéralement de rage. Ainsi il repartait à bord du *Dragon volant* pour Dieu savait quelle nouvelle aventure douteuse.

Ruminant sa colère, il l'observait tandis qu'elle reboutonnait sa pelisse et qu'elle attrapait son ombrelle.

– Méfiez-vous, Savage. Si j'ouvrais la bouche,

vous pourriez bien vous retrouver au bout d'une corde !

Mais Savage renversa la tête en arrière et éclata d'un rire sonore. Ventrebleu, dire que c'était lui qui lui avait enseigné ce vocabulaire !

– Rendez-vous à Edenwood, lui lança-t-il tandis qu'elle quittait précipitamment la pièce.

Tony étouffait de rage. Les domestiques contemplèrent avec stupeur sa chevelure en bataille mais que le diable l'emporte si elle imitait les minauderies de cette Georgiana. Elle rejeta ses cheveux en arrière et leur intima sèchement :

– Cessez de faire ces yeux de merlan frit !

38

Le *Dragon volant* emprunta un chenal désormais familier dans l'estuaire de la Somme en direction de Saint Valery. Savage attendit le signal pour abaisser la passerelle et l'équipage commença le transfert des marchandises. La même opération s'était si souvent répétée que son équipage avait acquis une étonnante célérité.

Savage savait qu'il lui fallait faire preuve de calme et d'assurance pour rassurer ses « clients ». L'argent changea rapidement de mains et le clipper s'enfonça dans la nuit pour regagner Gravesend.

A la barre, Savage laissa vagabonder ses pensées. Il pensait à Ceylan. Le jeune Lamb s'y trouvait, hors de danger, aux côtés de sa mère. Soudain un juron lui échappa. Et si Bernard Lamb quittait Madagascar pour rejoindre Ceylan ? Trois mille milles séparaient les deux îles mais toutes deux se trouvaient dans l'océan Indien ! Un affreux pressentiment envahit Savage. L'infâme Bernard essaierait de prendre sa revanche à Ceylan. Ah, l'ironie du destin ! Son intervention risquait de coûter la vie à Anthony. Il n'avait pas d'autre choix que de retourner à Ceylan. S'il arrivait malheur à son jumeau, Antonia ne le lui pardonnerait jamais. Antonia ! Il ferma les yeux pour contempler à son aise la vision qui ne le quittait plus.

Elle avait bouleversé sa vie. Il savait bien qu'il devrait retourner à Ceylan un jour ou l'autre pour rompre avec Eve en bonne et due forme avant d'épouser Tony. Mais par lâcheté, il avait repoussé la confrontation. Désormais, le moindre retard pouvait coûter la vie à son jumeau. Savage détestait agir sous la contrainte. Il avait organisé son avenir en suivant un plan établi soigneusement à l'avance et voilà qu'une jouvencelle aux jambes interminables et aux immenses yeux verts avait fait irruption dans sa vie en dispersant ses beaux projets aux quatre vents.

Il la désirait de toutes les fibres de son corps. Il la voulait pour compagne, pour épouse, pour mère de ses futurs enfants. Et il ferait tout ce qui était en son pouvoir pour l'obtenir. Mais il n'était plus le seul dans la course. Tony, avec son tempérament de feu, avait le don de tout mettre par terre. Là où il tentait de mettre de l'ordre, elle faisait régner le chaos. Déguisée en jeune garçon, elle avait déjà soumis sa patience à rude épreuve, et aujourd'hui son désir de la dominer menaçait de faire rompre les digues.

Si elle venait à connaître son passé, il risquait de la perdre. Et si Antonia apprenait qu'il avait été fiancé à sa mère, ce n'était plus un risque mais une certitude : il la perdrait.

Il redressa les épaules et gonfla ses poumons d'air marin. Morbleu, que lui arrivait-il ? L'amertume n'était pas son style. La vie était un défi ! Lady Antonia Lamb était un défi ! Et les dés n'étaient pas encore jetés. Il gagnerait !

Après mûre réflexion, Antonia décida d'aller à Edenwood. Non pour obéir au marquis de Blackwater, mais afin de bavarder tranquillement avec John Bull. Si quelqu'un connaissait le sombre passé de Savage, ce ne pouvait être que son fidèle serviteur et ami.

Espiègle, elle sourit. John Bull la prenait encore pour son frère. Comment allait-il réagir devant sa métamorphose ?

Antonia, rouge de honte, prétexta auprès de sa grand-mère un subit accès de mélancolie. Elle avait toujours eu horreur du mensonge et lorsqu'elle embrassa Roz en feignant de partir pour Stoke, elle rejeta silencieusement le blâme sur Savage. Mais quand à la sortie de Londres elle demanda à Bradshaw de prendre le chemin d'Edenwood, celui-ci lui répondit avec un clin d'œil complice que Burke lui avait déjà dit de la déposer à la propriété. Antonia devint écarlate et se tut.

Chez Adam, tous les domestiques réunis au grand complet sous la houlette de John Bull l'attendaient sur le perron.

– Bienvenue à Edenwood, memsab. Son Excellence m'a prévenu de votre arrivée. Tout est prêt pour vous recevoir. Je suis John Bull, le majordome de Son Excellence.

– John Bull, c'est moi ! Tony !

Il s'inclina respectueusement.

– Oui, memsab. Je sais que vous êtes lady Lamb, sœur jumelle de l'honorable lord Lamb. Permettez-moi de vous dire que la ressemblance est effectivement incroyable !

– Evidemment puisque je suis lord Lamb ! J'ai simplement remplacé mes pantalons par une robe !

John Bull congédia d'un geste sec les domestiques qui ouvraient des yeux ronds.

– Etes-vous en train de me dire que lord Lamb a défroqué ?

Elle pouffa de rire et lui prit le bras.

– Je suis en train de vous dire que je suis mon frère Tony !

Il hocha la tête, admiratif.

– Votre déguisement est parfait ! Vous avez vraiment l'air d'une femme !

Antonia découragée abandonna la partie.

– John Bull, je vous adore ! J'espère seulement que cette fois vous ne m'obligerez pas à dormir par terre !

– Certes non. Son Excellence m'a ordonné d'installer lady Lamb dans la chambre voisine de la sienne.

– J'espère bien !

De toute évidence, Savage avait trouvé le temps de passer à Edenwood depuis son retour d'Irlande.

– Vous pouvez donc dormir dans la chambre de votre sœur jusqu'à son arrivée. De vous à moi, Tony, je parierais gros que votre sœur sera bientôt la châtelaine d'Edenwood.

Tony fit entendre un reniflement dédaigneux.

– Pfuit ! Jamais Savage ne se laissera enchaîner à une femme !

– Vous vous trompez, mon jeune monsieur. Voilà bien longtemps que Son Excellence est en quête d'une épouse. Il voudrait une femme noble afin de pouvoir mener une vie sociale très mondaine. Une hôtesse parfaite qui saurait recevoir ses amis politiques. Edenwood est l'écrin qu'il a créé pour recevoir un tel joyau. Il veut beaucoup d'enfants, car il désire fonder une dynastie !

– John Bull, vous êtes une mine de renseignements ! Je meurs d'envie de goûter à un de vos currys. Dès que j'aurai vu ma chambre, ou plutôt celle de ma sœur, je descendrai bavarder avec vous à la cuisine.

La chambre était ravissante. C'était elle en partie qui l'avait aménagée, à l'exception du merveilleux tapis en soie indienne. Un frou-frou soyeux attira son attention et un parfum oriental effleura ses narines.

– Kirinda ! Comment allez-vous ?

– Moi aller très bien, memsahib. Moi ranger valises pour vous ?

– Inutile, à moins que vous ne désiriez regarder mes robes ?

– Ce serait donner à moi beaucoup de plaisir de voir vos robes. Moi jamais comprendre comment vous avoir eu le courage de porter vêtements d'homme, lui répondit doucement Kirinda.

– Comment saviez-vous que j'étais une femme ?

– La façon dont vous regardiez le maître. Moi aussi, je l'aime, memsab.

Antonia se mordit les lèvres. L'ignoble individu !

Combien en avait-il séduites ? Il allait pouvoir rayer le nom d'Antonia Lamb de ses tablettes !

Un peu plus tard, Tony descendit aux cuisines où John Bull l'accueillit sans cacher sa curiosité. Il congédia les autres domestiques et se frappa le front.

– Le soleil m'a enfin éclairé !

D'abord déconcertée, elle finit par rectifier :

– Vous avez reçu une illumination ?

– Bah ! Eclairer, illuminer, où est la différence ? Je suis très rusé et soudain je crois que vous n'êtes pas un homme déguisé en femme. Non, vous n'êtes pas aussi simple que vous en avez l'air.

– J'espère que non, murmura-t-elle.

– Confessez-vous à moi. Vous avez toujours été une femme pendant tout ce temps-là.

– Vous avez percé mon secret.

– Personne ne peut réussir à faire prendre à John Bull des vaisselles pour des lanternes, pas même Son Excellence.

– J'imagine que vous savez tout de ses activités clandestines ?

– Oh oui ! Il traverse la Manche trois fois par semaine et il a fait construire un quai au bout de sa propriété pour le *Dragon volant*. Et le temple grec est en réalité un entrepôt. Il va bientôt y avoir une révolution en France.

Antonia se sentit prise de nausée. Elle ne pouvait fermer les yeux plus longtemps sur les activités douteuses de Savage. Le bon sens lui soufflait qu'en temps de guerre, c'était le commerce des armes et des explosifs qui rapportait le plus. Marchand de mort ! Savage lui avait bien dit qu'elle n'avait pas les reins assez solides. Cet homme était un mercenaire dénué de scrupules. Une voix intérieure lui criait qu'Adam n'était pas cet homme mais une autre, plus insidieuse, la poussait à vérifier de ses propres yeux ce que contenait le fameux entrepôt.

Tout en regardant John Bull écraser les piments et rincer le riz, elle essaya de glaner d'autres renseignements :

– Vous êtes le seul à connaître son noir passé.

– Ah, memsab, il a commis des actes répréhensibles. Sa rédemption doit passer par une femme bonne, conclut-il en posant sur elle un regard entendu.

– Si c'est une rédemption qu'il espère, il s'y prend d'une étrange façon pour l'obtenir, coupa sèchement la jeune fille.

– Les voies du Léopard sont étranges et merveilleuses, lui répondit John Bull en effleurant respectueusement son rubis.

Anéantie, Tony songea qu'en échange de la mort qu'il distribuait, il obtenait des bijoux, de l'or, des châteaux et des titres.

Il faisait encore jour ; Tony prétexta une promenade dans les jardins enfin achevés pour aller tourner autour du temple grec. Elle s'attarda sous les colonnes élancées mais dut battre en retraite à cause du nombre impressionnant de jardiniers et d'ouvriers. Il s'agissait probablement de gardes, songea-t-elle, tandis qu'elle apercevait un solide cadenas sur la porte du temple.

La beauté des lieux était poignante. Le lac, les cygnes noirs et les bois giboyeux faisaient de cet endroit un véritable paradis, mais ce jardin d'Eden abritait un serpent en son sein. Antonia nourrissait pour Edenwood une passion voisine de celle qu'elle éprouvait pour son maître, or son cœur lui ordonnait d'étouffer ces deux passions.

Elle insista pour que John Bull et Kirinda partageassent son dîner. Amusée par les piques qu'ils se lançaient, elle rit de bon cœur sans toutefois déceler la moindre méchanceté derrière cette hostilité apparente. On eût dit un vieux couple qui se chamaillait pour le principe.

Elle se retira dans sa chambre mais ne se dévêtit pas. A minuit, elle irait voir ce que Savage entreposait dans le temple. Elle s'affubla d'un manteau sombre, s'empara d'une lampe à pétrole et d'un lourd chandelier qui lui servirait à rompre le cadenas. Si elle n'y parvenait pas, elle casserait une vitre.

Pour passer le temps, elle saisit son journal et déversa le trop-plein de son cœur. Le scénario habituel se produisit et après avoir épanché sa colère et sa déception, elle s'endormit en rêvant de Savage.

Tony se réveilla en sursaut. Le niveau de l'huile avait baissé dans la lampe et attestait l'heure tardive. Elle s'enveloppa dans son manteau, baissa la flamme de la lampe et empoigna le chandelier de cuivre. Le cas échéant, elle s'en servirait comme d'une arme.

Un calme absolu régnait dans la maison et elle sortit sans bruit dans le jardin. Elle évoluait lentement entre les arbres plongés dans la pénombre et petit à petit ses yeux s'accoutumèrent à l'obscurité. Elle distingua la lueur pâle et blafarde de l'aube naissante. En approchant de la Tamise, elle éteignit sa lampe et accéléra le pas en retrouvant le sentier qui conduisait au temple.

Devant la porte, elle hésita. Pourquoi agissait-elle ainsi ? Et si elle retournait se coucher en fermant les yeux sur toute cette contrebande ? Elle conserverait Edenwood et son maître. Non ! Elle voulait confondre ce dernier, l'obliger à tout avouer. Il avait la langue trop bien pendue et elle avait besoin d'une preuve pour faire éclater sa perfidie au grand jour.

Elle levait déjà le chandelier pour briser le cadenas quand une main s'abattit sur elle et l'obligea à le lâcher.

Adam désarma l'intrus et découvrit avec stupeur qu'il tenait Antonia. Sa mâchoire se contracta : dire qu'il avait failli l'assommer !

Tony, prise la main dans le sac, resta clouée sur place.

– Ce serait plus simple d'utiliser la clé, fit-il d'une voix glaciale en ouvrant le cadenas.

Elle retint son souffle dans l'attente de ce qu'elle allait découvrir mais au lieu de pousser le lourd battant, il lui fourra la lampe dans les mains sans cacher son mépris et sa colère.

– Regagnez votre chambre, mademoiselle, nous avons du travail.

Elle entendit des pas approcher et courut en direction de la maison avant que la honte ne l'étouffât. D'une main tremblante, elle dégrafa sa cape et se mit à faire les cent pas. Quelle serait la réaction de Savage ? Elle fut tentée de prendre la fuite. Mais le jour se levait et les serviteurs étaient probablement debout. Et où irait-elle, de toute façon ? Lamb Hall serait le premier endroit où Savage irait la chercher. Elle réunit tout son courage et décida de rester pour l'affronter. S'il s'avisait de la brutaliser, elle appellerait John Bull à son secours.

Tony jeta un coup d'œil à son miroir et s'empara de sa brosse à cheveux. Elle était femme après tout, et elle se battrait avec les armes d'une femme : la séduction ! Elle réfléchit un instant en se mordillant les lèvres : le mieux était de se mettre en chemise de nuit. Jamais il ne l'avait vue dans cette tenue. En Irlande, lorsqu'ils se retrouvaient, ils étaient nus l'un et l'autre. Elle se déshabilla et enfila la chemise blanche en batiste que fermaient une multitude de petits boutons. Elle se brossa à nouveau les cheveux et soupira : que ne possédait-elle les voiles diaphanes de Fleur de Lotus !

En voyant la longue chevelure soyeuse se déployer, elle rougit en songeant à leurs ébats intimes. Quand ils faisaient l'amour, Adam s'emmêlait dans ses cheveux comme si ses boucles noires cherchaient à l'emprisonner.

Soudain elle entendit un bruit à la porte et son cœur se mit à battre la chamade. Une voix dans son dos la fit sursauter et faisant volte-face, Antonia s'aperçut qu'il était directement passé par sa chambre.

– Je suis convaincu que vous avez de bonnes raisons pour vous promener près du temple au beau milieu de la nuit. Alors pourquoi ne pas me les dire ?

Sa voix était douce mais elle ne s'y trompait pas.

Tony décida de tout lui avouer et de s'en remettre à sa merci. Peut-être qu'en le suppliant, elle réussirait à l'approcher et à le toucher. Son contact avait jusqu'à présent toujours suffi à enflammer son désir.

– Je... je voulais voir les armes... les armes que vous faites passer en France, balbutia-t-elle en esquissant un pas vers lui.

– Des armes ! s'exclama-t-il tandis qu'elle s'immobilisait, pétrifiée.

Il la dévisageait comme s'il la voyait pour la première fois. Comme elle était jeune ! Elle semblait si virginale et si pure dans sa chemise de nuit qu'il en fut ému. Que devait-elle penser de lui ? Lui qui était dangereux, effrayant, sinistre ! Dire qu'elle croyait dur comme fer qu'il se livrait au trafic d'armes !

Soudain elle se mordit les lèvres en apercevant son journal ouvert derrière lui. Immédiatement il s'en empara.

– Non ! Vous n'avez pas le droit ! C'est personnel !

Il le parcourut rapidement et s'étonna :

– Mon nom apparaît sur toutes les pages.

– J'y écris ce que je pense de vous ! Faites appel à votre conscience, vous n'avez pas le droit de violer mon intimité !

– Vous savez bien que je n'ai pas de conscience. Dites plutôt que vous avez peur que je ne vous viole vous. Je vous en prie, ma chère, asseyez-vous pendant que je me mets au courant de vos pensées intimes.

Tony, malgré le désir qu'elle en avait, n'osa pas lui arracher son journal. Elle connaissait la force primitive de ces mains-là. En désespoir de cause et les joues brûlantes de honte, elle se laissa tomber dans un fauteuil tandis qu'il se plongeait dans son portrait.

La lecture de ce journal intime fut une révélation. Ce qui l'étonna le plus, ce fut toutes les mauvaises intentions qu'elle lui prêtait. Amusé par ce tableau si noir, il se garda bien de rire de peur de la blesser. Inutile de songer à lui cacher l'épisode de l'opium. Elle le connaissait déjà et soupçonnait pire encore. Certains passages l'étiquetaient comme un opiomane, d'autres comme un assassin.

Tout au long de son récit, il était un lubrique assoiffé de sexe. Entretenant officiellement une concubine, il avait couché avec toutes les dames du Gotha londonien et malgré tout cela, il était patent qu'Antonia l'adorait. Elle était follement amoureuse de lui et le traitait de tous les noms parce qu'il ne lui avait pas demandé de l'épouser.

Pauvre Antonia, il allait la décevoir. Il avait acheté une conduite et bien qu'il se haïsse de faire s'écrouler ses illusions, il allait la détromper. Après une enfance et une jeunesse surprotégées, elle avait pris son envol sous sa tenue masculine et s'était habituée à vivre des aventures hors du commun. Elle s'était battue en duel, elle avait fui l'Angleterre à bord du *Dragon volant* et avait fait du carnaval de Venise un rêve de conte de fées. En Irlande ils étaient tombés amoureux l'un de l'autre mais de qui était-elle éprise ? D'Indian Savage ? Du Léopard balafré et indomptable ou encore du noble marquis de Blackwater ? Saurait-elle aimer l'homme ? Aimerait-elle Adam Savage ?

Il reposa le journal et s'approcha d'elle. Elle

poussa un petit cri quand il la prit dans ses bras et la pressa contre son cœur. Il la transporta jusqu'à son lit installé sur une estrade et entouré de tentures cramoisies. Jetée en travers du lit, une couverture en peau de léopard tombait jusqu'au tapis de soie noire.

Savage rit en songeant que lui aussi s'accordait des instants de rêve. Il la déposa avec douceur sur le lit. Elle ouvrit grands ses yeux verts en se demandant ce qu'il allait encore lui faire mais il se contenta de caresser doucement ses longues jambes sous la chemise de nuit virginale.

– Tony, murmura-t-il d'une voix rauque. Vous savez que j'ai mené une vie dissolue et corrompue. Non... Laissez-moi parler. Vous savez que je suis un tricheur, un voleur et un contrebandier. Je suis un homme immoral et sans scrupule. Mes activités sont illicites, parfois même criminelles. J'ai enfreint toutes les lois, celle de Dieu et celles des hommes.

Elle se raidit et recula imperceptiblement.

– Vous savez aussi que je suis vénal mais je lis dans votre journal que cela vous excite, Tony...

Ses mains remontèrent le long de ses cuisses satinées.

– Non ! Non, ne faites pas ça, je vous en supplie, s'écria-t-elle en le repoussant.

– Tony, j'adore être une infâme canaille, mais c'est surtout vous qui adorez ça.

Il commença à déboutonner sa chemise de nuit.

– Non ! Non ! C'est faux ! protesta-t-elle avec véhémence.

– Nous avons mieux à faire, rit-il tout bas tandis que Tony voyait où il voulait en venir.

Il entrouvrit sa chemise et s'empara d'un sein.

– Cela vous excite de savoir que les mains qui vous caressent ont tué des hommes.

L'horreur et la crainte remplirent ses yeux verts.

– Savage, arrêtez ce jeu !

– Savage, répéta-t-il doucereusement. Toute ma destinée est contenue dans ce nom ! Mon nom suffit à vous émouvoir jusqu'au tréfonds de l'âme. Ma cicatrice vous fait peur mais vous défaillez lorsqu'elle effleure votre sein !

Il lui en fit la démonstration et elle gémit, horrifiée de sa propre faiblesse.

Il tenait son sein dans sa paume et elle sentit une vague de feu passer de son corps dans le sien.

– Je crois que ce qui décuple en vous la passion, c'est de me savoir débauché. Vous m'imaginez incapable de fidélité. Vous me croyez libertin, roué...

Antonia se mit à trembler. Pas une des sensations de la jeune fille ne lui échappait.

– Vous avez toujours été une jeune fille bien rangée, si sage et virginale dans votre jolie petite chemise de nuit. Mais dans mes bras, vous vivez le combat de l'ange et du démon.

« Que je sois libertin vous autorise à faire preuve de légèreté. Parce que j'ai eu des maîtresses, vous vous êtes donnée à moi. Parce que j'ai fréquenté les bordels, vous voulez jouer à la putain.

La gifle atterrit à toute volée sur sa joue. Antonia tira sa chemise de nuit sur ses seins et voulut sauter du lit mais des doigts bruns s'enroulèrent tel un serpent autour de son poignet.

– Tony, qu'est-ce qui ne va pas ?

– Vous me dégoûtez ! cracha-t-elle en écumant de rage.

Une paire d'yeux bleus croisa son regard.

– Tony, vous n'avez que faire d'un mari assommant qui n'enfreindrait jamais la loi.

– Si ! Bien au contraire !

– Vous ne voudriez pas d'un mari qui n'aurait pas le courage de tromper sa femme !

– Si ! C'est exactement ce que je recherche !

– Regardez autour de vous. Tout ceci est à vous en échange de vos faveurs.

Antonia donna libre cours à sa fureur.

– Vous pouvez remballer votre château prétentieux ! Malheureusement pour moi, vous êtes le mâle le plus arrogant et le plus satisfait qui soit ! Vous croyez qu'avec de l'argent on peut tout acheter, mais vous ne m'achèterez pas ! Pour qui vous prenez-vous à couvrir vos serviteurs de bijoux, à dormir dans un trône et à vous acheter des titres de noblesse ?

– Vous préféreriez un homme à principes ?

– Je n'en aimerai aucun autre, avoua-t-elle passionnément.

Il lâcha son poignet et lui ordonna soudain :

– Habillez-vous, Tony. Nous partons pour Londres.

Elle courut dans sa chambre. Tout était fini entre eux. Elle avait eu de la chance et il s'en était fallu d'un cheveu. Son ange gardien veillait sur elle. Tony se jeta sur son lit et se mit à sangloter éperdument.

– F... foutu ange gardien !

39

Elle quitta sa chambre dans une robe de lin ivoire avec des souliers en chevreau de la même couleur. Elle avait relevé ses cheveux en chignon sur sa nuque fine. De la tête aux pieds, elle incarnait l'irréprochable lady Antonia Lamb.

Adam Savage l'attendait en haut des escaliers dans un costume noir à la coupe impeccable agrémenté d'une chemise immaculée. Il s'inclina courtoisement et ils descendirent côte à côte pour se rendre dans l'immense cuisine.

John Bull sermonnait Kirinda :

– Une femme doit veiller et non point écouter.

– La femme est faite pour être vue et non entendue, rectifia Savage.

– Tu vois ? Son Excellence partage mon avis !

Antonia le foudroya du regard avant d'écraser Savage de son mépris :

– Alors Son Excellence n'est qu'un sale hypocrite !

Soudain des voix lui parvinrent de la salle à manger. Elles parlaient français. Impossible que ce soient des domestiques.

– John Bull, descends les bagages de Madame, ordonna Savage en faisant signe à Antonia de le suivre.

Elle entra dans la salle à manger où trois messieurs en costume de satin se levèrent pour la saluer respectueusement.

D'une voix suave, Savage fit les présentations :

– Très chère, laissez-moi vous présenter le

comte de Barras... Sa charmante épouse... Ses filles.

L'aristocrate français baisa galamment la main d'Antonia.

– Madame Savage, vous me voyez ravi.

Il s'exprimait avec un accent prononcé et parlait visiblement mal l'anglais. Antonia essayait de ne pas dévisager trop ouvertement les femmes qui croulaient sous des perruques vertigineuses.

– Le duc de Maine... Le marquis de Saint-Simon.

– Enchanté, murmura le duc.

– Beauté du diable, souffla le marquis.

Adam Savage sortit une clé de sa poche et se tourna vers Antonia :

– Mon cœur, voudriez-vous ouvrir le temple pour ces messieurs. Tout ce qui s'y trouve leur appartient. Dès que les Barras auront fini leur petit déjeuner, je veillerai à ce qu'ils réembarquent. Ils seront plus en sécurité à bord.

Troublée, Antonia se demanda où il voulait en venir. Désirait-il qu'elle remît les armes entre les mains des Français ? Elle n'osa pas lui jeter sa clé à la figure devant un public aussi choisi et dut bien se résoudre à jouer l'hôtesse. Elle sortit du salon, entraînant les Français dans son sillage.

Une douzaine de charrettes attendaient dans l'allée. Les conducteurs parlaient également français. Le temple devait receler un formidable arsenal !

Antonia introduisit la clé dans la serrure en retenant son souffle et...

– Oooh !

Elle ne put retenir un cri d'admiration devant

les merveilles qui s'offraient à ses yeux éblouis. Un ravissant mobilier Louis XIV, des pièces de Marot dorées à la feuille côtoyaient les objets d'art, les peintures, les miroirs et les tapis les plus précieux. Elle crut s'être égarée dans la grotte d'Aladdin.

Des caisses remplies de porcelaines de Sèvres et de verres en cristal étaient posées à côté d'une montagne d'argenterie scintillante. Pourquoi ce démon de Savage ne l'avait-il pas détrompée ?

Elle esquissa une rapide courbette à l'intention de M. le duc et remonta au pas de charge. Dieu merci, John Bull officiait seul à la cuisine.

– Qui sont tous ces gens ? D'où viennent ces trésors qu'abrite le temple ?

– Ah ! Mais vous vivez cloîtrée ? Ignorez-vous que les aristocrates français moisissent comme des rats dans les prisons ? Ceux-là ont eu de la chance. Les autres sont poignardés dans leurs lits par les émeutiers. Son Excellence a convoyé cette famille cette nuit. Ils déménagent leurs possessions terrestres avant que les émeutiers ne les détruisent ou n'y mettent le feu.

Tony comprit soudain que le duc et le marquis étaient venus récupérer leurs précieux biens confiés à la garde de Savage.

– La France n'est pas un pays où il fait bon vivre, ces temps-ci. Les émeutiers réclament l'égalité ! Je vous demande un peu, fit-il en secouant la tête. Comme si tout le monde pouvait être égal ! Nous autres Anglais nous ne comprendrons jamais ces Français !

La carrure de Savage s'encadra dans la porte :

– Venez, lady Lamb, le bateau nous attend.

Rougissante elle le suivit. Pourquoi l'avait-elle jugé capable du pire ? Et pourquoi éprouvait-elle cette impression qu'il dissimulait une envie de rire ?

– Je n'ai rien mangé ce matin, grogna-t-elle.

– Les bons petits plats de McSwine vous attendent !

A nouveau une nausée la saisit. Il s'amusait bel et bien, le scélérat !

Pendant la traversée, elle l'évita et M. Baines tint la barre pendant que Savage tenait compagnie à la famille du comte de Barras.

La mer houleuse lui rappela le golfe de Gascogne. Refoulant son mal de mer, elle se souvint des descentes nocturnes de Savage sur les côtes de France. Elle aurait dû se douter qu'il risquait sa vie pour aider des gens !

A Curzon Street, Roz ne l'épargna pas :

– Je vois que tu t'es rapidement remise de ton accès de mélancolie !

Tony gémit intérieurement. Elle se sentait bel et bien malade, pourtant.

– Pourquoi t'es-tu enfuie à Edenwood ? Oh, mais je vais te le dire moi, Antonia, tu t'es amourachée de ton tuteur. Il a eu bien raison de te renvoyer ici sans tarder. Il te faut un mari, voilà tout. Un homme à poigne et à principes qui saura mettre le holà à toutes ces extravagances. Je vais de ce pas en parler à M. Savage.

– Pardon, grand-mère, pardon de te causer tant de soucis, fit-elle, contrite, alors qu'en réalité elle avait envie de tempêter et de faire une scène.

Dès qu'elle fut seule dans sa chambre, elle courut à sa coiffeuse et vomit. Puis elle s'essuya la figure et se regarda dans le miroir. Etait-elle enceinte ?

Cela n'aurait rien d'étonnant. Les remontrances de Roz résonnèrent à ses oreilles : « Il te faut un mari. » Elle se mit à rire.

– Je vais de ce pas en parler à M. Savage, lança-t-elle à son reflet dans la glace.

Mais son reflet ne riait pas. Des larmes argentées ruisselaient sur ses joues.

Le lendemain matin, les nausées commencèrent avant même qu'elle n'ouvre les yeux. Parce qu'une odeur de bacon frit montait de la cuisine. Une heure plus tard, elle se portait comme un charme et se réjouit que ces symptômes disparaissent aussi vite qu'ils étaient venus.

Roz se préparait à sortir en calèche avec un soupirant et arracha à Antonia la promesse de se rendre chez Almack's le mercredi suivant. Frances Jersey était une vivante encyclopédie des beaux partis.

Tony tournait dans le salon comme un lion en cage. Finalement elle courut dans sa chambre prendre son journal et commit l'erreur de le feuilleter. Grand Dieu ! Dans ces pages elle avait mis son cœur à nu. Adam Savage savait désormais qu'elle l'aimait à la folie. Humiliée, elle jeta son journal à l'autre bout du salon.

Quand la sonnette résonna, son cœur s'arrêta. Elle n'était pas en état de recevoir qui que ce fût. Elle se tourna vers la porte pour en aviser Burke, mais ce fut Adam Savage qui entra.

Les sentiments les plus contradictoires se bousculaient en elle. Déchirée entre la solution qui consistait à le bannir de sa vie ou au contraire à se jeter dans ses bras, elle ne fit ni l'un ni l'autre.

Elle était déconcertée par sa tenue : sans chemise et pas rasé, il portait un manteau usé jusqu'à la trame et des bottes éculées tout en tournant entre ses mains un bonnet de laine.

– Tony, venez avec moi. Mettez des vêtements d'homme, les plus vieux que vous puissiez trouver.

Elle faillit lui rire au nez. Voilà qu'il se permettait de lui donner des ordres sans douter le moins du monde qu'elle lui obéirait. Elle scruta son visage. Comme toujours ses yeux pâles suffirent à la rendre docile.

Quand elle redescendit, elle retint son souffle en le voyant s'approcher. Il allongea la main et elle sursauta comme s'il l'avait brûlée. Mais il se contenta de relever ses beaux cheveux et de les cacher sous son bonnet.

Une voiture les attendait. Elle s'assit sans mot dire et la voiture emprunta le Strand avant de se diriger vers la City. Elle se garda bien de poser des questions.

La voiture les déposa au fameux pont de Londres qu'ils traversèrent à pied. Soudain ils se retrouvèrent dans un autre monde.

– Vous vouliez savoir où j'ai grandi, lui dit-il d'un ton enjoué. Je vais vous montrer.

Les constructions s'écroulaient. Ce n'étaient plus des maisons mais des taudis. Des faubourgs sales, puants, surpeuplés. Toutes ces masures étaient habitées par des hommes, des femmes et des enfants en haillons.

Les eaux usées se déversaient dans les rues. Un chien efflanqué disputait des détritus à deux énormes rats. Tony serrait les dents. Les femmes et les enfants allaient pieds nus.

En revanche, le commerce prospérait. Tout se

vendait, de la mauvaise eau-de-vie aux têtes de poisson ou de mouton, des perruques pouilleuses aux bottes encore chaudes des morts.

L'air suintait d'humidité, les pavés glissaient à cause de la Tamise toute proche.

– A marée haute, la plupart de ces endroits sont inondés, souligna Adam.

– Je ne me doutais pas d'une telle misère.

– Et il n'y a pas qu'ici, s'empressa-t-il de lui dire. Vous verrez Whitechapel. La pauvreté n'est pas toujours une conséquence de la paresse. Les pauvres sont payés une misère.

– Les prostituées n'ont pas treize ans, souffla-t-elle atterrée.

– Gardez votre pitié pour les petits enfants, ma chérie. On vend des garçonnets de quatre ans pour ramoner les cheminées. La moitié meurent asphyxiés, les autres sont infirmes à vie. On oblige les petites filles à vendre des allumettes pieds nus pour attendrir les belles dames et les messieurs.

Antonia le regarda, la gorge nouée par tant de misère. Comment avait-elle pu ignorer cela ?

Près de la Tour de Londres, une odeur insoutenable l'obligea à se boucher le nez. Ils approchaient des abattoirs.

– Pas étonnant qu'il y ait des épidémies de typhus, ironisa Savage.

Antonia se demandait si elle tiendrait encore longtemps mais elle suivait toujours Savage.

– Londres compte un million d'habitants, les pauvres en représentent les trois quarts. Des milliers d'entre eux travaillent dans les ateliers où ils meurent comme des mouches. Certains enfants placés par leurs parents démunis commencent dès l'âge de cinq ans. Jamais ils ne voient la lumière du jour. Ils sont sous-alimentés et travaillent quinze heures par jour en se tuant à la tâche. Heureusement le taux de natalité est parmi les plus élevés.

Instinctivement, Antonia posa une main sur son ventre comme pour protéger l'enfant qu'elle portait peut-être. Savage la regarda à la dérobée et vit des larmes briller dans ses yeux.

– Rentrons, mon amour, cela suffit.

Il la poussa gentiment en direction de St-Paul où ils prirent un fiacre. Les jambes flageolantes, elle s'adossa à la banquette et ferma les yeux.

– Ceux qui ne travaillent pas dans les ateliers terminent ici.

Elle ouvrit les yeux pour voir défiler les murs de la prison de Fleet.

Ils n'échangèrent plus un mot jusqu'à Curzon Street. Savage lui prit la main.

– Je parle à la Chambre demain. J'aimerais que vous soyez là pour me soutenir moralement. A présent vous avez un autre sujet d'intérêt pour votre journal.

Il lui enleva son bonnet, laissant la masse soyeuse de ses cheveux retomber sur ses épaules, et effleura son front d'un baiser.

La nuit suivante elle fit des cauchemars épouvantables. Quand elle ouvrit au matin son armoire, elle n'en revint pas du nombre de robes que celle-ci renfermait. Elle caressa les taffetas bruissants, les soies chuchotantes et les velours soyeux. Comme elle était privilégiée !

Ses larmes étaient celles d'une enfant gâtée. Etre une femme était un privilège et posséder une telle garde-robe, un luxe ! Elle décida de porter une robe de couleur éclatante pour être facilement repérable de la galerie de la Chambre des communes.

Sa robe orange bordée de velours noir aux manches et à l'ourlet était ravissante. Elle s'appliqua tout particulièrement à se coiffer, encadrant l'ovale de son visage de petites boucles tandis qu'une longue mèche souple tombait sur son épaule. Elle se promit de ne plus jamais porter de perruque depuis qu'elle avait vu les ridicules échafaudages de Mme Barras et de ses filles. Pour compléter la toilette, elle choisit une grande capeline ornée de rubans orange.

Frances Jersey passa chercher Roz pour leur promenade rituelle dans le parc.

– Antonia, ma chérie, je ne vous reconnais plus ! Racontez-moi donc ce qui se dit à Bath.

Comme Antonia n'en avait pas la moindre idée, elle changea habilement de sujet :

– Vous qui savez tout, lady Jersey, à quelle heure commencent les discours à la Chambre ?

– Doux Jésus, c'est donc là que vous allez ? Ces messieurs sont priés d'arriver pour 9 heures mais souvent certains d'entre eux comme James Fox ou ce scandaleux Sheridan s'allongent sur les bancs pour s'y reposer après une nuit de débauche. Qui parle, ce matin ?

Avec un coup d'œil suppliant à sa grand-mère, Antonia répondit :

– Adam Savage. Il m'a demandé de venir le soutenir.

– Oh, Roz, si nous l'accompagnions ? Toutes les femmes sont folles de lui et la galerie sera bourrée à craquer. Personne ne sait qui est sa maîtresse mais on prétend qu'il en a plusieurs.

– Je disais justement l'autre jour que c'est de la folie de s'enticher d'un homme comme Savage.

– Voyons, Roz, citez-moi une aristocrate qui pourrait lui résister ?

Antonia ignora les remarques de lady Jersey mais s'aperçut en arrivant à Westminster que Frances avait vu juste. Tandis qu'elles montaient à la galerie, son cœur se serra à la vue du nombre de femmes qui s'y trouvaient déjà. Toutes celles qu'elle avait croisées chez Savage étaient là. Les Londoniennes les plus riches, les plus belles et les plus élégantes s'examinaient du coin de l'œil tout en bavardant courtoisement.

L'arrivée de Georgiana provoqua le remue-ménage habituel et Frances chuchota à Antonia derrière son éventail :

– Tous les paris sont sur celle-là.

Les yeux verts d'Antonia lancèrent des éclairs et elle se pencha pour examiner les parlementaires. Quelqu'un parlait, probablement le speaker, mais il était constamment interrompu.

Tony n'eut aucun mal à repérer Indian Savage. Tout chez lui était différent, sa carrure, ses cheveux, son habit. Péniblement elle s'en détacha. Il était suffisamment prétentieux comme ça. Pareille arrogance la sidérait : dire qu'il avait convié toutes ses conquêtes à venir le soutenir « moralement ». Alors que ce personnage incarnait l'immoralité la plus totale !

– Messieurs, je cède la parole à l'honorable député de Gravesend.

Savage se leva et un silence tomba sur la Chambre tandis qu'un soupir collectif montait de la galerie.

– Monsieur le Premier ministre, monsieur le speaker, honorables collègues. Laissez-moi tout d'abord vous annoncer avec joie que vos honorables épouses ont réussi ce que nous n'avons jamais pu obtenir. Whigs et Tories ont mis de côté leurs différends pour se lancer ensemble dans une noble cause. Leur générosité me confond et les subsides arrivent de toutes parts pour fonder le premier hospice pour enfants trouvés de Londres. Je suggère au gouvernement de soutenir ce projet.

Ici il s'interrompit et levant les yeux, s'inclina devant ces dames. Comme un seul homme, elles se levèrent et applaudirent. Tony se retrouva debout avec les autres.

En bas, le speaker dut intervenir pour rétablir l'ordre.

– Dans l'impossibilité de vous lire la liste des réformes que je propose, j'essaierai d'être bref. Tout d'abord j'aimerais qu'une taxe soit instaurée afin de paver et d'éclairer Westminster. La situation sanitaire de Londres est tout simplement ahurissante. Messieurs, réveillez-vous et sentez-moi cette odeur d'égout. Nous ferons des émules, croyez-moi. Ensuite, votons une loi pour améliorer les conditions de vie des pauvres...

Tandis qu'Antonia le regardait, elle sentait le magnétisme qu'irradiait cet homme et elle n'était pas la seule. Son cœur bondit d'allégresse tandis qu'elle comprenait qu'elle n'était plus jalouse de ces femmes désormais.

– L'insécurité est une des plaies de notre capitale. Je propose que soit créé un véritable corps de policiers. Qui parmi vous n'a pas été volé, escroqué par un avocaillon ou n'a pas évité de justesse un pavé lancé par un fauteur de troubles ? Ne laissons pas se réunir les foules ou nous en serons bientôt au même point que nos voisins d'outre-Manche.

Ces derniers mots suscitèrent un tonnerre d'applaudissements.

– Peu d'entre vous sont convaincus de la nécessité de réformer les peines d'emprisonnement. Et pourtant c'est le règne de la corruption et des pots-de-vin. On pardonne aux riches et on condamne les pauvres. La semaine passée, un garçon de sept ans a été pendu pour avoir volé une petite cuillère.

Un silence inhabituel pesa sur l'assemblée et Antonia sentit sa gorge se nouer. A ses côtés, lady Holland avait les yeux pleins de larmes.

– Merci de m'avoir écouté si longtemps alors qu'une montagne de travail nous attend. Mais je n'aurai pas la conscience tranquille tant que je n'aurai pas abordé un dernier sujet qui me tient à cœur : le travail des enfants. La main-d'œuvre des usines et des fabriques est essentiellement enfantine, certains d'entre eux n'ont que cinq ou six ans et on les oblige à travailler quinze heures par jour. Les pauvres petits ne s'endorment pas seulement à leurs machines, ils y meurent. Il faut que le Parlement vote une loi qui interdise le travail des enfants âgés de moins de neuf ans et qui réduise la journée de travail des moins de douze ans.

En bas, des protestations s'élevèrent mais toutes les dames de la galerie se levèrent pour applaudir.

Tony attrapa ses jupes et descendit quatre à quatre les escaliers de la galerie. Elle ignorait quand il sortirait mais elle voulait être la première lorsque les portes de la Chambre s'ouvriraient.

40

– Oh, Adam ! Je ne me doutais de rien, lui avoua-t-elle alors qu'il la rejoignait.

Le visage de la jeune fille était radieux et elle le regarda craintivement, les yeux humides de larmes.

Il lui prit la main.

– Ne faites tout de même pas de moi un saint, ma chérie, murmura-t-il en se penchant pour effleurer ses lèvres.

C'est alors qu'il s'aperçut qu'ils étaient le point de mire de tous les regards. Une jeune fille convenable ne se laissait pas embrasser en public.

– Je voudrais vous faire l'amour, murmura-t-il à son oreille. Allons chez moi.

Hypnotisée, elle le suivit dans sa voiture dont il tira prestement les rideaux. Il dénoua les rubans de sa capeline qui atterrit sur le siège opposé et l'attira contre lui.

– Equilibrons cet altruisme par un peu de perversité !

– Adam Savage, vous n'êtes qu'un menteur ! Vous n'êtes pas du tout pervers et vous ne l'avez probablement jamais été.

Il plongea son regard dans ses grands yeux.

– Mon amour, ne vous faites pas d'illusions,

chuchota-t-il, les paupières mi-closes. Je vais vous prouver que vous avez tort.

Tony nageait en plein bonheur. Son cœur ne l'avait donc pas trompée. Elle l'aimait passionnément, elle était si fière de lui que sa poitrine était près d'éclater. Il était noble, franc et engagé. Elle le voulait tout de suite, demain, toujours...

Tony redescendit soudain sur terre. Que se passerait-il s'il ne voulait pas l'épouser ? Si ! Il le fallait, elle portait son enfant ! Elle n'avait qu'à le lui annoncer. John Bull lui avait dit qu'Adam désirait avoir des enfants. Pourtant Antonia ne put se résoudre à lui confier son secret et, fermant les yeux, elle s'appuya contre sa large poitrine.

Adam lui souleva le menton et vit les larmes perler dans ses beaux yeux. Il la prit immédiatement sur ses genoux et l'interrogea tendrement :

– Chérie, qu'est-ce qui ne va pas ?

Elle se sentait tellement en sécurité dans ses bras qu'elle faillit tout lui avouer. Il semblait si solide, rien n'était compliqué pour lui. Mais elle s'entendit lui répondre :

– Rien, je suis seulement heureuse.

Son instinct guidait Tony. Certes elle voulait son amour mais elle avait autant besoin de son respect. Et plus encore de se respecter elle-même.

Elle glissa ses doigts dans ses cheveux noirs et chuchota :

– Vos yeux sont bleus comme le golfe de Gascogne.

Puis elle tendit ses lèvres en sachant l'effet dévastateur que ces paroles avaient sur lui.

Son baiser fut ardent, dévorant.

– Je te veux, gronda-t-il.

Elle put vérifier qu'il disait vrai et sentit sa chaleur se propager jusqu'à elle à travers l'épaisseur de sa robe. Soudain elle ne put supporter cette distance et souleva jupes et jupons avant de s'asseoir à califourchon sur ses cuisses.

– Ventrebleu, vous êtes pire que moi ! s'exclama-t-il.

La voiture ralentissait et il murmura d'une voix rauque :

– Ne pouvez-vous attendre que nous soyons là-haut ?

– Et vous ? haleta Tony.

Ils descendirent de la calèche en retenant leur souffle et entrèrent dignement dans la maison. Ils saluèrent les domestiques avec une certaine raideur, accueillirent solennellement Jeffrey Sloane qui arrivait et montèrent très lentement les escaliers.

A la seconde où la porte de la chambre se referma, ils éclatèrent de rire et envoyèrent voler leurs habits aux quatre coins de la pièce. Il la souleva dans ses bras et la pénétra debout.

Sans la lâcher, il la conduisit vers le lit.

– Allonge-toi, ordonna-t-il d'une voix sourde.

Elle obéit et il se mit à la caresser. Elle se tordait de plaisir et elle mesurait à quel point il était un merveilleux amant. Ils firent l'amour lentement, passionnément, pendant plus de deux heures.

Enfin Adam fut capable de prendre la parole. Leur intimité était presque totale. Jamais ils n'avaient été aussi proches l'un de l'autre par le corps et par l'esprit.

– Je vous ai conduite dans ces endroits terribles hier pour que vous compreniez mes motivations. C'est la pauvreté qui a tué mon père et je n'ai rien pu contre cela. Voilà pourquoi j'ai haï la misère et fait serment de devenir riche afin de la combattre. (Il fit la grimace.) J'y ai sans doute noirci mon âme et j'essaie de me racheter de temps à autre.

– C'est ce que vous avez fait aujourd'hui à la Chambre, observa-t-elle avec douceur. La réglementation du travail des enfants à elle seule vous garantit l'accès au paradis.

– Sainte enfant ! Parfois je me dis que vous êtes trop candide pour moi !

Elle l'interrogea du regard.

– J'ai beau être un cynique et un scélérat, il n'empêche que nous vivons dans un monde barbare. Il faudra bien attendre vingt ou trente ans avant que cette loi ne soit votée.

Antonia se rembrunit et de désespoir, ses épaules s'affaissèrent. Il lui ouvrit les bras et elle s'y jeta. Il l'entraîna sous les couvertures et leurs doigts s'entrelacèrent.

– Cette bataille n'aura pas de fin et j'aurai besoin de votre soutien. Je vous aime et cela tombe bien puisqu'il me faut justement une maîtresse de maison pour Edenwood. Vous n'y gagnerez pas, mais envisageriez-vous d'échanger votre titre anglais contre un autre, irlandais ?

Le souffle coupé, elle n'en crut pas ses oreilles. Etait-ce une demande en mariage en bonne et due forme ?

– Lady Blackwater, murmura-t-elle pour voir ce que cela donnait.

Puis elle ferma les yeux et rendit grâce à Dieu. Quand elle rouvrit les paupières, il la regardait intensément et ses yeux bleu pâle exigeaient une réponse. Elle pouffa gaiement. S'imaginait-il qu'elle allait refuser ?

Il se raidit en l'entendant rire.

– Vous trouvez peut-être Edenwood trop tape-à-l'œil ? s'enquit-il d'un ton sec et légèrement méprisant.

Antonia se recroquevilla sur elle-même et rit de plus belle. Elle venait d'avoir une révélation ! Cette expression de mépris si familière n'était qu'un masque ! Et cette découverte la réjouissait au plus haut point.

Tony s'approcha si près qu'elle aperçut son reflet dans ses pupilles sombres.

– Si vous saviez depuis combien de temps je rêve de vous épouser !

Son arrogance naturelle reprit immédiatement le dessus :

– Combien de temps ?

– Depuis ce premier soir où vous avez décidé de faire de moi un homme et où vous m'avez rendu malade avec vos cigares et votre cognac.

– Quel romantisme !

– Non, c'est faux. Je voulais vous épouser avant même de vous avoir vu.

Il arqua ses sourcils de surprise et elle lui sourit tendrement :

– Cela remonte à ma première visite à votre Edenwood si tape-à-l'œil. En réalité, c'est moi qui suis responsable de tout ce luxe. Je devais pressentir que cette maison m'appartiendrait un jour. J'ai suggéré à M. Wyatt toutes sortes d'améliorations qui ont dû vous coûter les yeux de la tête.

– Comment avez-vous réussi à le convaincre ?

– Rien de plus facile. Il était amoureux de moi. C'est moi qui ai décidé qu'il y aurait une serre ; et dans la salle de bains, je lui ai conseillé de recouvrir un des murs de glaces de Venise et de faire peindre les carreaux.

Elle effleura ses lèvres d'un baiser.

Immédiatement il l'attrapa par les hanches et elle se retrouva juchée sur lui.

– Si vous saviez ce que je rêve de faire avec vous dans cette salle de bains. Ce damné Wyatt a peut-être eu les mêmes pensées que moi.

– James et moi avons partagé des moments fabuleux, riposta-t-elle. Il m'a expliqué ce qu'était une demeure de maître et c'est alors que j'ai décidé d'en demander un peu plus.

– Un peu plus ? fit-il en fronçant les sourcils.

– Mmm, oh oui, implora-t-elle en se frottant contre lui.

– Vilaine ! Obsédée !

Il prit une fesse ronde dans chaque main et la plaqua contre lui.

– Je lui ai demandé de faire sculpter les cheminées et de faire peindre votre plafond. L'or à la feuille, c'est aussi moi ! Oh, cela a-t-il coûté beaucoup plus cher ? demanda-t-elle naïvement.

– Beaucoup plus.

Tony exultait de son nouveau pouvoir sur lui. Dire qu'elle l'avait craint au début. Maintenant qu'il lui avait demandé de l'épouser, elle se sentait sûre de lui et toute appréhension s'était évanouie.

– Nous ne pourrons pas nous marier avant quelques mois.

Ses paroles lui firent l'effet d'une douche glacée et anéantirent toute son assurance.

Ses lèvres s'entrouvrirent pour esquisser un « pourquoi ? » mais elle ne put prononcer ce mot à cause du tremblement qui s'empara d'elle.

– Je dois repartir pour Ceylan. J'ai des affaires

à régler là-bas et nous nous marierons à mon retour.

Elle retrouva sa voix.

– Non ! Ce sera trop tard, s'affola-t-elle.

La panique la gagnait.

– Chérie, je souffrirai de cette séparation moi aussi mais il faut absolument que je fasse le voyage.

– Pourquoi ? siffla-t-elle avec un regard d'encre.

Il lui mentit à demi :

– Je dois faire part à votre mère de mon intention de vous épouser.

Elle s'adoucit.

– Oh, Adam ! Votre geste est délicieusement désuet, mais tellement inutile !

– Vous ne serez pas majeure avant l'an prochain et son accord est indispensable.

– Ma mère s'en fiche éperdument. Jamais elle ne s'est souciée de moi par le passé et ce n'est pas aujourd'hui qu'elle va commencer !

Honteux de lui jouer la comédie, il insista :

– Vos parents vous ont confiée à moi. Cela ne signifie pas seulement une responsabilité financière mais aussi morale. Et j'ai fait du beau travail ! Ce sera le supplice de Tantale.

Adam espérait de tout son cœur qu'elle accepterait cette explication. Il ne se sentait aucunement coupable vis-à-vis d'Eve. Jamais il ne lui avait dit qu'il l'aimait. Ils avaient été francs l'un et l'autre et plutôt que des fiançailles, c'était un marché qu'ils avaient conclu. Il voulait un ornement pour Edenwood, elle voulait son argent. Et elle ne lui avait pas caché qu'elle ne l'épouserait pas s'il demeurait roturier.

Antonia, elle, était déchirée. Quel étrange code

de l'honneur avait Adam ! Si elle lui avouait son état, l'enfant aurait la priorité. Mais elle décida de lui donner deux mois. Ensemble, ils se rendraient à Ceylan pour obtenir le consentement de sa mère et ils se marieraient là-bas.

– Alors je vous accompagne. J'ai toujours rêvé de voir Ceylan. Ainsi vous remplirez votre noble tâche et Anthony pourra me conduire à l'autel sous les tropiques.

Adam gémit intérieurement.

Antonia était de plus en plus mal à l'aise. Il n'avait visiblement aucune envie de l'emmener avec lui. Elle se sentit piégée. Impossible d'attendre son retour des Indes. Cela prendrait cinq ou six mois ! Tony était sur le point de refouler sa fierté et de se jeter à ses pieds. Mais la colère vint à son secours.

Elle repoussa les couvertures et descendit dignement du lit.

– Si vous pouvez attendre six mois pour m'épouser, alors attendez toute votre vie. Bon voyage !

Ses yeux étincelaient comme des escarboucles, ses cheveux cascadaient sur ses épaules et sa poitrine, qui portait encore la marque de ses baisers, palpitait. Il sut qu'il ne pourrait jamais tenir six mois.

Il rampa lentement jusqu'au bord du lit, tel un léopard qui guette sa proie. Puis il bondit, la forçant à plier le genou et la coinça entre ses jambes.

– Six minutes me paraissent déjà une éternité.

Elle le griffa, le mordit mais en quelques minutes il la mata, non par la force mais par son magnétisme.

Quand elle s'abandonna enfin, il la serra contre

son cœur et murmura en caressant ses boucles emmêlées :

– Mon amour, j'ai une autre tâche qui m'attend à Ceylan.

Etonnée, elle l'interrogea du regard.

– Je vous avais demandé de rester en Irlande pour régler le problème Bernard Lamb. Je l'ai enlevé à bord du *Dragon rouge* et j'ai donné à l'équipage l'ordre de le relâcher à Madagascar. Le bateau a pris la mer la veille du jour où j'ai appris qu'Anthony était vivant. Sinon jamais je ne l'aurais fait déposer à trois mille milles de votre frère.

Pétrifiée, elle lui demanda :

– Mais vous ne croyez tout de même pas qu'il va aller à Ceylan ?

Hélas, elle connaissait Bernard Lamb et savait de quoi il était capable.

– Tout est ma faute ! Si je n'étais pas venue pleurnicher pour vous demander votre aide, Anthony ne risquerait rien à l'heure qu'il est.

– Arrêtez ! ordonna-t-il. J'aurais mieux fait de lui trancher la gorge. On paie ses bonnes actions comme les mauvaises !

– Quand partons-nous ? Si vous ne voulez pas de moi, je m'embarquerai comme passager clandestin !

Quelle petite tête de mule, toujours prête à relever les défis. Mais il n'échangerait pas un de ses cheveux contre tout l'or du monde.

– Il n'en est pas question ! coupa Roz profondément choquée.

– Je suis assez grande pour prendre les décisions qui me concernent et j'irai à Ceylan.

– Tu es tombée sur la tête ! Passe encore que tu te sois laissé embrasser sur les marches de Whitehall au vu et au su de tout le monde, mais que tu t'embarques avec lui à l'autre bout du monde, non, non et non !

– Roz, je vais épouser Adam.

Sa grand-mère la dévisagea de la tête aux pieds en prenant note de sa robe froissée, de ses cheveux ébouriffés et de ses lèvres encore gonflées de baisers.

– Le ciel en soit béni, car tu sors visiblement de son lit !

Roz soupira. Elle se souvenait de ce que c'était d'être jeune et amoureuse.

– Ce voyage serait en quelque sorte votre lune de miel ? poursuivit-elle, radoucie.

– Heu... Pas vraiment, lui répondit Tony en rougissant. Nous avons l'intention de nous marier à Ceylan. Adam veut absolument l'autorisation de maman parce que je ne suis pas encore majeure. En tant que mon tuteur, il se considère comme le garant de ma réputation.

Roz manqua s'étrangler devant le choix inapproprié des mots et elle vit la rougeur de sa petite-fille s'accentuer.

– Que se passera-t-il si tu deviens mère ?

Antonia tiqua.

– Tiens, tiens, je vois que cela ne t'était même pas passé par la tête. Eh bien comme ça, c'est réglé. Je pars avec toi et je serai ton chaperon.

– Chaperon ? (Antonia, qui s'était imaginé une croisière amoureuse, vit ses espoirs fondre comme neige au soleil.) Oh ! grand-mère, je m'en voudrais de vous imposer une telle épreuve.

– Voilà que tu me sers du grand-mère à tour de bras ? Insinuerais-tu que je suis trop vieille ?

– Mais non, bien sûr, protesta faiblement Tony.

Roz tira la sonnette.

– Burke, vous voici ! Je vous trouve un peu fatigué depuis quelque temps. Que diriez-vous d'une petite croisière ?

A Edenwood, Adam exposait le voyage à Ceylan à ses domestiques.

– Nous naviguerons sur le clipper, il est plus rapide que le *Dragon rouge*. Vous avez le choix entre rester ici ou rentrer chez vous. Je vous écoute.

John Bull parut profondément blessé :

– C'est ici chez moi, Votre Excellence. L'Angleterre est ma patrie.

– Kirinda ? interrogea Adam en faisant signe à John Bull de ne pas intervenir.

Fleur de Lotus battit des cils.

– Si John Bull reste, moi rester aussi.

– La question est donc réglée, prononça Adam, fort soulagé de savoir son cher Edenwood en mains sûres.

Kirinda suivit silencieusement le Léopard et comprenant qu'elle voulait lui parler en tête à tête, il la précéda dans la serre. L'odeur entêtante du jasmin raviva soudain le souvenir de Leopard Leap.

– Sahib, moi souhaiter vous poser une question.

– Demande-moi ce que tu veux, répondit-il simplement.

– Vous allez vous marier à Ceylan ?

– Oui, je vais épouser lady Lamb dès notre arrivée là-bas.

Le visage de Kirinda se décomposa et elle fit un geste comme pour repousser les mauvais esprits.

– Pardon, ô sahib, mais la veuve ne vous apportera pas le bonheur.

Adam se détendit en comprenant le quiproquo :

– Je n'épouse pas Eve. C'est justement pour cela que je retourne à Ceylan. C'est Antonia que j'ai choisie.

Un sourire radieux illumina le visage de Fleur de Lotus.

– John Bull l'avait aussi choisie pour vous. Pourquoi ce diable d'homme jamais se tromper ?

– Il possède la sagesse des générations qui l'ont précédé. Et toi, quand vas-tu cesser de lui faire des misères et te décider à l'épouser ?

Un sourire à fossettes creusa ses joues brunes. Encore un diable d'homme qui ne se trompait jamais.

– Bientôt, sahib, très bientôt maintenant.

Adam lui décerna l'un de ses rares sourires :

– Nous remplirons Edenwood de bébés.

Une montagne de bagages fut chargée à bord du *Dragon volant* où l'on avait aménagé luxueusement les cabines des futurs passagers. Adam avait fait travailler une douzaine d'artisans et le navire élancé était devenu vraiment superbe.

Adam et Tony apprirent rapidement à communiquer avec les yeux car jamais ils n'étaient seuls. En fin d'après-midi, Adam servit à Roz un cognac.

– Je vais faire le tour du parc avec Antonia. (Il eut du mal à refouler son hilarité.) Pendant tout ce temps vous pourrez nous surveiller par la porte-fenêtre.

Ils s'éloignèrent paisiblement et dès qu'ils furent hors de portée des oreilles indiscrètes, elle gémit :

– Oh ! Adam, je suis désolée !

Il enveloppa ses longs doigts dans les siens.

– Mon amour, cela ne me déplaît pas tant que ça. C'est ainsi que les choses doivent se passer.

Elle le dévisagea, incrédule.

– Burke m'a fait promettre de ne pas offenser la sensibilité de lady Randolph, lui expliqua-t-il.

– Roz ne se choque pas facilement.

– Elle a été très explicite avec moi, chérie. Elle m'a carrément déclaré qu'elle ne voulait pas que vous soyez enceinte avant de vous avoir menée à l'autel.

Tony le scruta de ses grands yeux verts pour voir s'il soupçonnait quelque chose.

– Elle n'a pas tort, voyez-vous. Et l'abstinence fera le plus grand bien à nos âmes.

– Pffuit ! On verra si vous en direz autant au bout d'un mois de navigation.

– Et vous ? la taquina-t-il. Vous commencerez peut-être à trouver du charme à McSwine !

Elle lui donna une petite tape :

– Monstre ! Cela ne tient qu'à vous !

Ils retrouvèrent leur sérieux et s'immobilisèrent, les mains enlacées et les yeux brillants de désir.

– Il faut que je vous embrasse, souffla-t-il.

– J'ai besoin de vous sentir en moi, murmura-t-elle d'une voix entrecoupée.

– Faites-moi confiance pour trouver une solution, promit-il.

Elle respira profondément et cessa de frissonner.

Ils reprirent leur promenade.

– Je n'ai pas parlé de Bernard Lamb à grand-mère.

– Ne vous faites pas trop de souci à son sujet, lui dit-il avec fermeté. Nous aurons tôt fait de rattraper notre retard sur le *Dragon volant*. Le clipper est beaucoup plus rapide. En outre, si nous savons qu'Anthony est à Ceylan, votre cousin, lui, l'ignore. Il le croit à Londres.

– Peut-être se sera-t-il directement réembarqué pour l'Angleterre ?

Adam lui pressa la main mais une voix intérieure lui soufflait que le destin cruel et retors ne les débarrasserait pas aussi facilement de cette canaille.

Au bout d'un mois, ils avaient accompli la moitié du chemin. Le *Dragon volant* méritait bien son nom et il fendait les flots sous la houlette de M. Baines.

Burke veillait au bien-être de ces dames et les tenait soigneusement à l'écart de McSwine et du reste de l'équipage.

Dès le lendemain du départ, Adam avait établi un dais sur le pont et Tony aimait y prendre le soleil. Bientôt son visage prit une jolie teinte hâlée ; quand les rayons devenaient trop ardents, elle s'allongeait sous le dais et passait de longues heures à paresser en s'éventant avec des palmes.

Au cours de ces longues journées d'inactivité,

son corps s'arrondit joliment et Adam ne pouvait se détacher de sa vue. Ses seins semblaient plus ronds et tout son corps offrait une maturité qui faisait s'accélérer les battements de son cœur. Ses regards tour à tour langoureux ou chargés de sensualité laissaient présager le paradis pour leur prochain rendez-vous secret.

Ils réussissaient à se voler des baisers ou à se murmurer des mots brûlants d'amour mais jamais ils ne parvinrent à s'isoler. Adam prenait souvent le quart de nuit et c'étaient les seules heures où ils pouvaient être ensemble. Ils attendaient impatiemment que l'obscurité tombât et passé minuit, ils chuchotaient pour ne pas troubler la quiétude de la nuit.

A la barre, il lui était impossible de lui faire l'amour mais il l'entourait de son bras libre et goûtait cette intimité.

– Cette vie indolente vous sied à ravir, murmura-t-il en s'emparant d'un sein palpitant sous sa chemise de coton. Je vous adore ainsi, vous sentez si bon, je sens l'odeur du sel et du soleil sur votre peau.

Elle était pieds nus et dut se hausser sur la pointe des pieds pour nouer ses bras autour de son cou. Sous la nuit tropicale, il portait seulement des pantalons de coton amples et il savait qu'elle était nue sous son jupon.

Ils restèrent accrochés l'un à l'autre pendant l'heure qui suivit. La tête d'Antonia retomba au creux de l'épaule d'Adam et il sut qu'elle dormait.

Ces interminables semaines passées en mer leur donnèrent l'occasion de bavarder longuement. Roz et parfois même Burke se joignaient à eux. Tony adorait écouter Adam évoquer Ceylan, son climat, ses coutumes et son peuple. Quand il leur brossa le tableau de Leopard Leap, la fierté vibrait dans sa voix.

Parfois aussi ils parlaient d'Edenwood et la passion que l'un et l'autre éprouvait pour l'endroit où ils vivraient une fois mariés n'était un mystère pour personne.

– J'ai honte de vous avoir arraché à vos tâches parlementaires, lui avoua Antonia.

– Oh ! A l'heure qu'il est, les séances sont suspendues jusqu'à la fin de l'été. Mais à notre retour il faudra vous préparer à devenir la femme d'un homme public.

– Oui, ma chérie, toute l'aristocratie t'enviera et les nobles seront prêts à tout pour être reçus à Edenwood, intervint Roz.

– Nos fils feront leurs études à Eton, renchérit Adam.

– Et nos filles ? riposta Antonia. Vous êtes sûrement partisan de l'égalité concernant l'éducation de nos enfants.

– Ce ne sera pas un problème. Il suffira de les habiller avec les vêtements de leurs frères et de les envoyer également à Eton, répliqua Adam imperturbable.

– Ne me le pardonnerez-vous donc jamais ? s'écria Tony.

Adam quêta l'approbation de Roz et de Burke et tous trois hochèrent solennellement la tête.

Après trois mois de navigation, le *Dragon rouge* mouilla devant Madagascar. Mais il avait seulement fallu trois heures à Bernard Lamb pour tirer les conclusions de son enlèvement. Il crut au début que Savage l'avait éloigné à cause d'Angela mais son bon sens eut tôt fait de le détromper. Pour un homme si riche et si puissant, une petite actrice sans envergure ne signifiait rien.

Non, cet enlèvement était plutôt lié à son petit cousin dorloté par la vie. Savage avait enfin compris qu'il représentait réellement une menace pour Tony et s'était décidé à l'éloigner.

Pour certains la mer exerçait un attrait irrésistible, mais Bernard Lamb n'était pas de ceux-là. Il détestait l'eau. Confiné aux arrêts pendant des semaines et des semaines, sa haine lui restait sur le cœur et aujourd'hui, Adam Savage était devenu l'unique objet de son ressentiment.

Dans la cale où il se morfondait, il échafaudait des plans pour se venger de ce gredin qui l'avait condamné à trois mois d'enfer dans un vieux rafiot puant.

42

Le *Dragon rouge* libéra son prisonnier dès qu'il eut accosté, mais quand Bernard comprit où il se trouvait, il entra dans une rage noire. Tous ses projets s'étaient focalisés sur Ceylan et il n'aurait de cesse d'y parvenir.

En moins d'une heure, il savait que des navires partaient tous les jours à destination de Colombo et à la nuit tombée il avait réuni l'argent nécessaire pour entreprendre la traversée. Le lendemain matin il avait de quoi s'acheter une garde-robe coloniale, un revolver et un billet aller pour Ceylan. Le malheureux matelot qu'il avait dévalisé gisait dans une ruelle la gorge tranchée.

Très tôt, Bernard Lamb avait pu vérifier que les apparences comptaient énormément. Lorsqu'il débarquerait à Colombo, sa mise élégante, son assurance et ses bonnes manières lui vaudraient la faveur des coloniaux. Il retint une cabine dans le navire le plus luxueux du port et quelques jours plus tard, il débarquait à Colombo sous l'aspect d'un homme d'affaires. Sans hésitation, il pénétra dans un bureau gouvernemental pour y louer un guide qui le conduirait à Leopard Leap.

Son nom parut fortement impressionner le fonctionnaire.

– Seriez-vous apparenté à feu lord Russell Lamb, l'administrateur de la Compagnie des Indes orientales ?

– Si fait. Je suis son neveu. En réalité, je suis venu pour des raisons familiales. Auriez-vous l'obligeance de me dire où se trouve leur plantation ? Ma tante, lady Lamb, m'a supplié de lui venir en aide. La pauvre femme se retrouve seule et veuve dans ce pays et ce n'est pas une situation enviable.

– Certes, acquiesça l'employé. Quand lord Anthony est arrivé ici, les retrouvailles de la mère et du fils étaient touchantes.

– Lord Anthony ?

– Mais oui, lui aussi est venu me demander où se trouvait Government House et c'est moi qui l'y ai conduit. C'est la plantation qui se trouve juste avant Leopard Leap.

– Mais c'est merveilleux, se réjouit Bernard d'une voix suave. C'est mon cousin Tony qui va être surpris !

Bernard ne comprenait pas comment son cousin avait pu atteindre Ceylan avant lui, mais l'occasion était inespérée ! Il allait pouvoir se venger de Savage et se débarrasser une fois pour toutes de l'actuel lord Lamb.

Il accepta immédiatement la proposition qu'on lui fit d'accompagner les sepoys qui acheminaient les dépêches entre Colombo et Government House.

Bernard Lamb détestait les tropiques. La chaleur, les insectes, la nourriture et les odeurs, tout l'insupportait mais par-dessus tout, il haïssait les indigènes. Les hommes perçurent sa répugnance vis-à-vis de leur couleur, et sans se départir de leur courtoisie, notèrent qu'ils avaient affaire une fois de plus à un Blanc raciste.

Quand, au bout du troisième jour, Government House fut enfin en vue, on n'aurait su dire qui était le plus soulagé des sepoys ou de Bernard Lamb, et ils se séparèrent sitôt franchies les grilles de la plantation. La luxueuse propriété rose pâle raviva sa jalousie. Pourquoi Dieu avait-il permis que certains privilégiés naissent dans le luxe alors que des pauvres garçons comme lui devaient vendre leur âme au diable pour ramasser les miettes de leurs tables ?

Un palefrenier emmena son cheval, un autre domestique s'inclina très bas et s'empara de ses bagages tandis qu'un garde lui ouvrait la porte. Arriva un majordome enturbanné qui s'enquit des motifs de sa visite.

– Je suis le neveu de lady Lamb.

A ces mots magiques, on l'introduisit immédiatement dans un magnifique salon. Deux jeunes wallahs en costume traditionnel s'avancèrent, l'un d'eux lui offrit un rafraîchissement tandis que son compagnon actionnait les pales du ventilateur. Tous deux baissaient servilement les yeux. Puis à l'instant où il achevait son verre, une porte s'ouvrit et une femme blonde et menue apparut. Sa froide beauté lui conférait une assurance qu'il avait rarement rencontrée chez une femme.

Les rais de lumière qui filtraient par les jalousies empêchèrent Eve de distinguer au début les traits du jeune homme et ce ne fut qu'au dernier moment qu'elle le vit clairement. Perdant toute retenue, elle s'exclama :

– Vous êtes le fils de Robert ! Dieu, que vous lui ressemblez !

Bernard savoura cette découverte. L'espace d'une seconde, elle lui avait dévoilé ses sentiments. De toute évidence, lady Lamb avait aimé son père et il en tira aussitôt les conclusions. Il s'avança et porta sa main à ses lèvres en murmurant d'une voix enrouée :

– Mon père vous a aimée jusqu'au dernier jour. Aujourd'hui, je comprends pourquoi.

– Flatteur, le gronda-t-elle gentiment.

Bernard comprit qu'il avait gagné la partie et se sentit prêt à reprendre avec cette femme les relations au point où son père les avait laissées.

– Je m'appelle Bernard.

Eve croyait revivre ses seize ans. Elle glissa familièrement son bras sous celui du jeune homme et l'entraîna vers ses appartements privés.

– Venez, c'est bientôt l'heure du déjeuner.

Un wallah apparut comme par enchantement.

– Conduisez le sahib dans la suite des paons.

Trois autres servantes apparurent. L'une s'occupa de lui faire couler un bain, l'autre de ses bagages et la troisième, une indigène toute jeune, lui apporta un plateau chargé d'une carafe de vin et d'un verre en cristal. L'homme qui l'avait escorté jusqu'à sa chambre s'inclina en murmurant :

– Si vous désirez autre chose pour votre service, sahib, vous n'avez qu'à sonner.

Bernard désigna la jeune fille :

– Qu'elle reste !

L'homme se retira et la fille resta immobile, les yeux baissés.

– Regarde-moi, ordonna-t-il.

Elle releva lentement les yeux où se lisait une angoisse sans nom. Bernard passa sa langue sur ses lèvres. Il allait pouvoir assouvir un de ses vieux fantasmes.

– Enlève ton sari.

A contrecœur elle obéit. Il parcourut du regard son corps mince, notant au passage sa jeune poitrine et le sexe minuscule. Elle était à peine pubère. D'un index autoritaire, il lui fit signe d'approcher.

La frayeur de la jeune fille augmentait à chaque pas. Quand elle s'arrêta devant lui, il souleva ses longs cheveux noirs et les enroula autour de sa main, de l'autre il attrapa son revolver. Dans les immenses yeux noirs, la frayeur laissa place à la panique et un tremblement convulsif agita le corps de la jeune fille. Elle essaya désespérément de repousser l'arme mais il la secoua brutalement par les cheveux. Elle allait hurler quand le regard qu'il lui lança fit s'étouffer son cri dans sa gorge.

Le canon de l'arme descendit se poser sur son pubis. Les grands yeux noirs se remplirent de larmes. Il actionna la détente. Au bout d'une longue minute elle comprit que le revolver n'était pas chargé et Bernard se mit à rire cruellement. Alors elle tomba à genoux, en tas pitoyable.

– Petite moricaude, je ne m'abaisserai pas à te prendre, mais ça ne veut pas dire que nous ne puissions pas nous amuser.

Eve avait ordonné qu'on attende son invité. A l'heure où l'on servait habituellement le repas, Anthony se rendit dans la salle à manger et entreprit de griffonner des notes dans son journal. Les cultures pratiquées dans la plantation le passionnaient et il s'était plongé dans leur étude. Une bonne heure s'écoula avant qu'il ne réalise que le repas tardait à venir. Il partit à la recherche de sa mère.

– Te voilà, Anthony. J'ai une merveilleuse surprise pour toi.

Au même instant, leur invité descendait les escaliers.

– Ton cousin Bernard arrive tout juste d'Angleterre. Bernard, je vous présente mon fils, Anthony.

Bernard contint sa surprise. Tout chez ce grand jeune homme lui était familier, des boucles sombres aux grands yeux verts, et pourtant il sut immédiatement que c'était la première fois qu'ils se rencontraient.

Anthony lui tendit spontanément la main :

– Ça alors, je suis ravi. Si je m'attendais à vous rencontrer à l'autre bout du monde !

– Il faut y voir la main du destin, rétorqua Bernard, suave.

Il n'en revenait pas. Il retrouvait les mêmes intonations rauques et nonchalantes et pourtant la voix n'était pas tout à fait semblable.

– Pardonnez-moi de vous dévisager ainsi. Avez-vous un frère ?

– J'ai une sœur, répliqua Anthony. Une sœur jumelle et les gens prétendent qu'il est impossible de nous différencier l'un de l'autre.

La mère et le fils éclatèrent de rire et Bernard se joignit à la gaieté générale. Pourtant son cerveau travaillait bon train. Serait-il possible que le lord Lamb qu'il avait vainement tenté d'assassiner fût une fille déguisée en homme ? Peut-être, pour incroyable que cela parût. Avec l'esprit tordu des femmes, il fallait s'attendre à tout.

– Qu'est-ce qui vous amène à Ceylan ? s'enquit Anthony.

Bernard avait eu trois mois pour y réfléchir et ce beau parleur ne reculait devant aucun mensonge.

– Je songe à investir dans une plantation. Un de mes amis, Adam Savage, a mis la sienne en vente.

– Mon Dieu ! Si seulement j'avais de quoi me porter acquéreur. J'y vais presque tous les jours. La plantation couvre plus de vingt mille acres et tout y pousse à profusion. Les récoltes sont abondantes car cela fait dix ans que l'on s'occupe avec amour de ces terres. Il n'y a pas que les plantes, d'ailleurs, on dirait que tout prospère à Leopard Leap.

Eve était demeurée impassible mais n'en pensait pas moins. Ainsi Savage s'était décidé à vendre. Son avenir à Londres était donc tout tracé. Restait une question cruciale : reviendrait-il la chercher ? A vrai dire, plus il tarderait, plus elle s'enrichirait. Elle avait mis à profit son absence en utilisant son navire pour vendre des marchandises de valeur à Canton. Ses relations avec Radjah Singh et sa maisonnée s'étaient révélées précieuses. Tous adoraient chasser.

Canton s'avérait un marché extraordinaire pour tout animal capturé, mort ou vif. Les toucans et les perroquets étaient très recherchés, les paons et les aigrettes ne se vendaient que pour leur somptueux plumage. Même les serpents rapportaient de l'argent. Avec la civette on extrayait le musc et on s'arrachait les peaux de léopard.

Au cours du repas, Anthony et Bernard décidèrent de se rendre ensemble à Leopard Leap.

– Le gérant s'appelle Denville. Je vous présenterai à lui. C'est un chic type. Il a reconnu qu'il ne m'apprendrait pas grand-chose sur le thé et le caoutchouc et qu'il me suffisait d'observer les Tamouls car ce sont eux qui possèdent leur métier à merveille. C'est fascinant de les voir travailler.

Eve se méprit sur la lueur qui brilla dans les yeux de Bernard.

– J'ai beau dire à mon fils de réfréner cet enthousiasme déplacé, en vain. Je m'attends d'un jour à l'autre à le voir s'installer définitivement ici.

– Oh ! mais son enthousiasme est contagieux ! J'ai hâte d'explorer cette fameuse plantation et de percer les secrets d'une telle réussite.

– Il vous faudra des semaines pour en faire le tour, lui expliqua Anthony. Ensuite je vous montrerai la jungle qui borde Leopard Leap.

– Cette fois-ci, mon chéri, veille à emporter ton revolver, lui rappela sa mère en reposant sa serviette. (Un serviteur apparut instantanément pour lui tenir sa chaise. A l'adresse de Bernard, elle ajouta :) Aux Indes, un homme n'est pas grandchose sans son arme.

43

Le *Dragon volant* atteignit Colombo une semaine seulement après le *Dragon rouge*. Savage espérait prendre Bernard Lamb par surprise, à supposer qu'il fût là. Dans le cas contraire, il n'y avait point de souci à se faire.

Des chars tirés par des buffalos achemineraient leurs malles jusqu'à destination. Antonia vivait intensément cette nouvelle aventure et Roz devait reconnaître que jamais sa petite-fille n'avait été aussi rayonnante. Cette longue croisière oisive l'avait épanouie, ou peut-être était-ce l'amour. Il suffisait de regarder Adam et Antonia pour comprendre qu'ils s'aimaient et qu'ils avaient déjà fait l'amour. Roz avait fait de son mieux pour les tenir à distance mais il en résultait qu'ils se dévoraient des yeux sans se soucier des autres. Plus tôt ces deux-là seraient mariés, mieux ce serait.

L'indolence d'Antonia se dissipa du jour où elle mit le pied à Ceylan. Tout était si radicalement différent de l'Angleterre : les gens, les fleurs, les arbres, les insectes et les senteurs odorantes. Elle brûlait d'impatience de revoir sa mère et son jumeau. Mais son excitation grandissait surtout à la pensée que bientôt, elle et Adam seraient mari et femme.

Elle avait hâte de voir Leopard Leap. Sachant la place que tenait la plantation dans le cœur d'Adam, elle espérait ardemment que son pays d'adoption et ses habitants trouveraient également une place dans son cœur à elle.

Antonia fredonnait sur la petite jument blanche que lui avait offerte Adam. Elle trottait à côté de la charrette où Roz était assise à l'ombre d'un grand parasol. Adam chevauchait en tête du convoi. Depuis deux jours Antonia ne voyait plus que son dos et ses larges épaules mais cela suffisait à en faire la plus heureuse des femmes. Elle se sentait prête à le suivre jusqu'au bout du monde.

Adam conservait une allure régulière, guettant les dangers éventuels qui menaceraient la petite troupe confiée à ses soins. Il redoutait la désagréable confrontation avec Eve. Il allait être dans ses petits souliers tant qu'il ne lui aurait pas parlé. Il aurait aimé la voir avant pour régler cette question délicate, mais c'était impossible. Le mieux serait encore de déposer toute la petite famille à Government House et de se retirer ensuite à Leopard Leap le temps des retrouvailles. Il ferait discrètement comprendre à Eve qu'il désirait lui parler en privé.

Il décida finalement d'envoyer un message pour donner à Evelyn le temps de se retourner. Il hésita. Comme ce serait facile de lui écrire noir sur blanc les raisons pour lesquelles il rompait son engagement. Mais ce serait lâche. Il le lui dirait en face, assumerait sa part de blâme et tenterait d'adoucir sa déception. Il réfléchit à ce qu'il lui dirait pour épargner sa fierté. Mais Savage refusait de dramatiser, jamais ils ne s'étaient aimés.

Adam choisit de faire halte dans un endroit paradisiaque. Une cascade tombait dans un bassin naturel à quelques dizaines de mètres de la route. Le jour, l'eau attirait des milliers d'oiseaux bigarrés et les papillons voletaient çà et là parmi les orchidées sauvages et les arbustes en fleurs.

Antonia le rejoignit sur sa jument au bord du bassin. Le bruit de l'eau couvrirait leurs propos.

– On dirait un coin de paradis. Oh ! si seulement nous pouvions être seuls et nous y baigner.

– L'eau attire des créatures merveilleuses mais aussi des espèces dangereuses. Au crépuscule surtout, les bêtes sauvages de la jungle viennent se désaltérer. Ne vous approchez jamais de l'eau si vous êtes seule, ma chérie.

Il retira sa chemise qu'il trempa dans l'eau fraîche avant de la remettre.

– Ah ! que c'est bon ! La chaleur ne vous incommode pas trop, mon amour ?

– Non. J'ai suivi vos conseils. Je ne porte que du coton et j'attache mes cheveux comme vous le faites. Ce n'est peut-être pas très séduisant, mais au moins je suis à l'aise.

Elle jeta un regard en direction de Roz et de Burke et se débarrassa prestement de son corsage de coton. Lorsqu'elle se pencha pour le tremper dans l'eau, ses beaux seins mûrs faillirent sortir de sa chemise. Adam dut faire un effort surhumain pour ne pas la prendre dans ses bras. Il ne lui avait pas fait l'amour depuis bien longtemps et lorsqu'elle remit son vêtement mouillé qui soulignait impudiquement toutes ses courbes, il crut s'étrangler. Elle en était parfaitement consciente et s'avança en ondulant :

– Vos yeux sont bleus comme le golfe de Gascogne, chuchota-t-elle d'une voix sensuelle.

– Arrêtez ! Un peu de tenue ! Une jeune mariée doit être chaste.

– C'est en Irlande qu'il aurait fallu me le dire ! le taquina-t-elle.

Il lui caressa tendrement la joue en se sentant soudain très responsable :

– Il me faudra bien une année pour vous dépouiller de votre innocence, ma mie.

Lady Lamb relut deux fois le message avant de s'abandonner à un petit frisson de triomphe. Savage était revenu la chercher. Avait-il obtenu un titre ? Sa signature ne le révélait pas. Mais pourquoi diable était-il allé s'embarrasser d'une vieille dame et d'une jeune fille ? Qui sait ? Peut-être s'était-il imaginé lui faire plaisir. Eve n'appréciait guère ce présent de noces. Sa mère l'avait toujours jugée avec sévérité, quant à Antonia, quelle femme de trente ans passés se serait réjouie de voir arriver une jeune rivale de dix-sept ans ?

Tapotant de l'ongle la missive, elle calcula le temps qui lui restait avant leur arrivée. Ils seraient tous fatigués, couverts de poussière et de sueur. Dormir sous la tente n'avait jamais fait bon ménage avec le teint, la coiffure et la toilette d'une femme. Elle sonna ses servantes et leur demanda de lui faire couler un bain parfumé au lotus.

Cette semaine-là, Bernard avait parcouru Leopard Leap de long en large. Il avait vu les milliers de théiers épanouis et la fabrique de quatre étages. Il savait exactement où se trouvaient les séchoirs qui abritaient une fortune en latex et il connaissait les horaires des ouvriers.

L'avenir d'Anthony ne tenait plus qu'à un fil. Tandis qu'il guidait son cousin au milieu des diverses cultures, le revolver de Bernard avait une cible de choix. Mais Bernard avait réussi à se dominer. Il ne voulait pas que l'on retrouvât le corps dans la plantation. Quand la balle partirait, son cousin tomberait sur le tapis de la jungle où la preuve de son forfait disparaîtrait avant la tombée du jour.

– Eh bien ! je crois que la plantation n'a plus de secrets pour moi. Si nous allions faire un tour dans la jungle cet après-midi, suggéra Bernard.

– Je me suis toujours fait accompagner d'un indigène jusqu'à présent, mais si nous ne nous séparons pas, je pense que nous ne risquons rien, lui répondit Anthony. La flore et la faune sont uniques au monde, vous verrez. Je connais une piste où l'épaisseur du feuillage est telle que les rayons du soleil ne parviennent pas à percer la frondaison. On peut y voir des mites de trente centimètres posées sur l'écorce des tamariniers.

– Croyez-vous que vous sauriez retrouver cet endroit ? le pressa Bernard.

Eve accueillit sa famille avec des transports de joie et tous les témoins de ces touchantes retrouvailles écrasèrent une larme. Cependant, il n'échappa pas à l'œil averti de Burke que ce n'était pas l'émotion qui faisait briller ses yeux mais le cynisme. Eve était soignée jusqu'au bout des ongles et ses manières étaient parfaites, mais combien d'heures avait-elle passées devant son miroir ? Combien de servantes avait-elle punies pour leur maladresse tandis qu'elles la coiffaient ? Eve respecta rigoureusement l'étiquette et accueillit d'abord sa mère. Elle reflétait la parfaite image de la piété filiale mais Burke savait qu'il ne fallait pas se fier aux apparences.

Roz avait décidé pour cette fois de faire un effort. Elle déposa un baiser sur la joue que lui tendait sa fille :

– Ma chère, je suis tellement navrée pour Russell. Je vois que tu as réussi à surmonter ton chagrin. Tu es ravissante.

– Tu es choquée que j'aie abandonné mon deuil, n'est-ce pas ? lui répondit sa fille avec douceur. Si tu savais comme tu m'as manqué pendant ces jours terribles.

Eve se tourna ensuite vers sa fille. Antonia ouvrait déjà les bras.

– Maman ! Vous êtes aussi belle que dans mon souvenir. Oh ! je suis tellement heureuse d'être ici.

La créature parfaite vêtue de mousseline bleu pâle souhaitait visiblement éviter tout contact physique. Elle tendit une petite main chargée de bagues comme pour repousser une agression et susurra :

– Antonia, ma chère, que tu es grande ! Ma foi, tu es presque aussi grande que ton frère. (Elle promena un regard dédaigneux sur sa robe poussiéreuse et ses cheveux emmêlés.) Il faut que tu ailles te baigner et te changer tout de suite.

La joie d'Antonia retomba. Sa mère lui parlait encore comme si elle avait six ans. Antonia bouleversée songea qu'une fois de plus elle avait déçu sa mère.

Le regard froid d'Eve tomba sur Burke qu'elle connaissait depuis toujours. Un seul mot franchit ses lèvres :

– Burke.

Jusqu'à cet instant Adam n'avait fait qu'observer la scène mais il comprit alors ce à quoi il venait d'échapper. Eve n'était pas réservée, elle était totalement dépourvue de sentiments et froide comme un reptile.

Enfin Evelyn fut libre de poser les yeux sur l'objet de ses désirs. Ses lèvres s'entrouvrirent sur un sourire charmeur et elle posa une main possessive sur son bras :

– Adam chéri.

Le regard qu'Adam lui retourna était glacial.

– Lady Lamb, fit-il en s'inclinant courtoisement après s'être dégagé.

Eve sut alors de façon irréfutable que Savage ne voulait plus d'elle. C'était trop drôle ! Tant pis ! Elle l'avait harponné et elle n'avait pas l'intention de le lâcher.

Savage salua toutes ces dames.

– Vous êtes les bienvenus à Leopard Leap. (Il regarda Eve bien en face.) Je ne veux pas vous déranger plus longtemps mais peut-être aurez-vous demain un moment à me consacrer ?

Eve inclina la tête puis lui tourna ostensiblement le dos.

Antonia rougit, sachant qu'Adam comptait mettre sa mère au courant de leur décision.

Eve s'en aperçut. A la vue de son visage radieux, elle sentit pour la première fois le mortel venin de la jalousie se répandre en elle.

– Où est Anthony ? s'enquit Antonia à brûle-pourpoint.

Eve, irritée, esquissa un geste évasif de la main.

– Toujours au même endroit. Il passe ses journées à Leopard Leap. J'ai l'impression qu'il lorgne la place.

Roz trouva le mot révélateur dans la bouche de sa fille. Celle-ci lorgnait Savage, c'était clair comme de l'eau de roche. Il y avait eu quelque chose entre eux, cela crevait les yeux, du moins pour un œil averti comme le sien. Elle comprenait à présent pourquoi Adam avait absolument tenu à revenir à Ceylan. Son code de l'honneur voulait qu'il rompît avec Eve afin de pouvoir épouser sa fille. Cela lui déplut souverainement : quelqu'un allait forcément en souffrir. Elle bénit le ciel d'avoir tenu à accompagner sa petite-fille car devant la perfidie de sa mère, Antonia ne ferait pas le poids.

Pendant l'heure qui suivit les serviteurs s'activèrent comme une armée de fourmis afin de recevoir dignement les invités de Government House.

La jeune servante indigène qui avait préparé le bain d'Antonia s'était ensuite agenouillée dans un coin, les yeux baissés. L'enfant était si discrète qu'Antonia, pourtant habituée à faire ses ablutions seule, ne se sentait absolument pas gênée.

Dans l'eau chaude et parfumée elle caressa son ventre qui commençait à s'arrondir. Elle sourit : c'était son secret. Jamais Adam ne lui aurait permis de faire ce long voyage s'il avait su l'existence de ce bébé. Ses pensées revinrent à sa mère, Eve allait devenir grand-mère. Tony retint un rire malicieux. Ce serait le coup de grâce. Le geste possessif de sa mère à l'égard d'Adam ne lui avait pas échappé. Jamais Eve n'avait pu s'empêcher de tourner autour des hommes. Même enfant, Antonia se souvenait de ses minauderies devant les amis de son mari. Aujourd'hui qu'elle était femme, elle comprenait que c'était pour sa mère un moyen d'affirmer sa séduction.

Antonia sortit de son bain et se sécha avec une serviette moelleuse. La petite camériste s'avança immédiatement avec la chemise de coton et le jupon que Tony avait sortis.

Antonia se démêlait les cheveux quand sa mère entra d'un pas aérien dans sa chambre. Elle l'avait échappé belle : quelques secondes plus tôt, Eve l'aurait surprise nue.

– Antonia, nous avons un invité. Je préférerais que tu portes quelque chose de plus habillé pour le dîner.

Tony se mordit les lèvres. Sa mère avait le don de la mettre mal à l'aise et de lui ôter toute son assurance.

– Adam m'a dit qu'aux Indes les robes de coton convenaient parfaitement, mais j'en ai pour une minute à me changer. J'espère qu'Anthony revient dîner.

– Bernard et lui reviennent toujours au coucher du soleil.

– Bernard ? répéta Antonia horrifiée.

– Oui, ton cousin Bernard est ici en ce moment. Un jeune homme charmant !

– Sainte mère de Dieu ! s'écria Tony. Il veut tuer Anthony !

– Ne sois pas ridicule.

– C'est vrai, maman, je vous le jure. Il faut que je prévienne Adam.

Elle se tourna vers la jeune indigène :

– Mes bottes, vite !

– Antonia, je t'interdis d'aller à Leopard Leap et cesse de l'appeler Adam ! M. Savage et moi-même allons nous marier. Il sera bientôt ton père !

Antonia devint livide et crut qu'elle allait se trouver mal. Elle essaya de se rattraper à quelque chose et s'agrippa aux bottes que lui tendait la jeune indigène.

– Le méchant homme a un revolver, memsahib, lui souffla la petite.

Antonia battit des paupières pour chasser son vertige, une nausée lui souleva le cœur. Elle voulut hurler un démenti. Sa mère et Savage... c'était impossible ! Une autre femme aurait pu lui faire du mal, mais Eve ? Elle en mourrait. C'était comme si sa mère lui arrachait le cœur de la poitrine.

Soudain elle comprit qu'elles étaient toutes les deux des victimes. Savage était devenu son amant tout en sachant qu'à Ceylan, Eve l'attendait pour l'épouser. Antonia se recroquevilla devant tant de perfidie et faillit vomir. Bien sûr elle avait commencé par le tromper en se faisant passer pour son jumeau mais comment un homme pouvait-il pousser la bassesse au point de séduire la mère et la fille ? C'était non seulement pervers mais méprisable.

– Je n'ai qu'un seul père : Russell Lamb ! affirma-t-elle en enfilant ses bottes. Il faut que je retrouve Anthony. Bernard est un assassin impitoyable même si vous le trouvez charmant. J'ai bien peur que vous ne soyez piètre juge en matière d'hommes !

Ecrasée par le mépris qu'elle lisait dans les yeux de sa fille, Eve recula. Enfant déjà, Antonia était indisciplinée. Tant pis pour elle. Elle irait se jeter dans la gueule du loup. Ceylan n'était pas l'Angleterre mais cette tête de mule avait bien besoin d'une leçon ! Qu'elle se débrouille !

Tony trouva les écuries et sidéra un sepoy en lui arrachant des mains les rênes de sa monture. Elle savait que Leopard Leap était la prochaine plantation mais elle se souvenait également qu'elle s'étendait sur plusieurs milliers d'acres. Ce ne serait pas chose aisée, mais elle retrouverait Anthony. Un invisible fil d'Ariane avait toujours relié les jumeaux.

Les anathèmes pleuvaient sur la tête de Savage. Il avait fait du joli ! Grâce à ses savantes intrigues, Bernard Lamb avait une fois de plus retrouvé sa proie. Insensible au paradis tropical qui défilait devant ses yeux, indifférente au soleil qui striait d'or le ciel safran, elle galopait éperdument à travers des rangées d'arbres inconnus en hurlant le nom de son jumeau. Elle n'avait plus qu'une obsession, sauver son frère adoré.

Au même instant Anthony marchait en tenant la bride de son cheval pour mieux observer les champignons exotiques qui recouvraient les souches d'arbres morts. Il y en avait de toutes les couleurs et de toutes les formes.

Anthony leva les yeux vers son cousin juché sur sa monture et comprit soudain qu'il lui cassait les pieds avec ses champignons.

– Rentrons à présent. Le crépuscule approche et la jungle se met à vivre après le coucher du soleil. Il ne fait pas bon s'y attarder.

Bernard sourit.

– Non, il ne fait pas bon s'y attarder, approuva-t-il en pointant son arme sur son compagnon.

Anthony crut que son cousin visait un animal

sauvage jusqu'à ce qu'une violente douleur lui déchire la poitrine. Il bascula à la renverse et un voile noir tomba devant ses yeux.

Au moment où le coup de feu partit, le cheval d'Anthony se cabra. Bernard contempla le corps inanimé de son cousin et une bouffée de puissance le submergea. Une tache de sang vermeil s'élargissait sur la chemise blanche d'Anthony et se diffusa jusqu'à ressembler à une fleur d'hibiscus.

C'était l'heure où les Tamouls quittaient leur travail. Tandis qu'ils affluaient de tous les coins de la plantation une déesse chevauchant un coursier lancé au galop passa devant leurs yeux écarquillés de frayeur. Ils crurent à une apparition d'Hakshasa, la déesse hindoue, venue leur annoncer une catastrophe imminente. Des cris affolés jaillirent de leurs gosiers et ils se mirent à courir. Les mères attrapèrent leurs enfants et se réfugièrent dans leurs huttes.

Adam, qui bavardait sous la varangue avec Denville, comprit immédiatement qu'il se passait quelque chose d'anormal. Il bondit sur ses pieds et se mit à courir en direction des cris.

Antonia montée à califourchon sur un étalon noir galopait à bride abattue dans sa direction. Sa jupe était relevée sur ses ravissantes jambes et elle éperonnait rageusement sa monture. Lorsqu'elle ne fut plus qu'à quelques mètres de lui et qu'elle ne ralentit pas, il devina ses intentions et se jeta sur l'animal dont il saisit la bride. Le cheval s'arrêta net. Un regard pâle et furieux se posa sur Antonia :

– Qui essayez-vous de tuer, moi ou vous ?

– Ça m'est complètement égal, lui cracha-t-elle à la figure.

Il sut alors qu'Eve lui avait tout dit.

– Tony, il faut que je vous parle !

Elle essaya de rire mais les larmes l'aveuglaient.

– Laissez-moi, suffoqua-t-elle. Monstre ! Si j'avais une arme, je crois que je vous tuerais !

Un coup de feu résonna au loin dans la jungle. Tony porta une main à son cœur.

– Anthony ! C'est lui ! Il est parti dans la jungle avec Bernard Lamb !

Elle enfonça ses éperons dans le ventre de l'étalon noir qui bondit comme s'il avait le diable à ses trousses.

– Attendez ! rugit Savage, mais Tony n'entendait plus rien hormis le coup de feu qui résonnait encore dans ses tympans.

Bernard rebroussa chemin en silence pour quitter la jungle. Grisé par son succès, il allait à présent poursuivre sa vengeance. Il ne lui manquait plus qu'un élément pour atteindre l'extase : le feu !

Il lança son cheval au trot en direction du versant sud de la plantation où s'étageaient les rangées de précieux arbustes à thé.

Guidée par son instinct, Antonia galopait éperdument vers l'endroit d'où était parti le coup de feu. Peut-être l'avait-elle rêvé ? Mais une voix intérieure lui soufflait que la balle de Bernard avait enfin atteint sa cible. Voilà si longtemps qu'elle portait sa vie et celle de son frère à bout de bras, elle se sentait atteinte en plein cœur. Mais un lien ténu subsistait ; s'il venait à se rompre, il mourrait. Elle voulait espérer de toutes ses forces.

Antonia vit un cheval sans son cavalier déboucher de la jungle et devina que c'était celui de son frère. Malgré l'approche du crépuscule, elle n'hésita pas une seconde.

Quand Tony partit au galop sous ses yeux, Adam sut qu'il n'avait pas le temps d'aller chercher un cheval. Il se mit à courir entre les arbres, sans bruit, à un rythme qui lui permettait d'économiser son énergie. Tous ses sens étaient en éveil. Rien n'échappait à son regard perçant, ses oreilles étaient à l'affût du moindre bruit et ses narines flairaient le danger.

Il ne réussit pas à la rejoindre avant la lisière de la jungle mais il apercevait sa robe rouge et blanc qui flottait devant lui comme une bannière.

La végétation était si dense que Tony fut obligée de ralentir et pour la première fois cette jungle peuplée d'ombres menaçantes l'effraya. Des bruits furtifs montaient autour d'elle, elle étouffa un cri et prise de panique voulut faire demi-tour. C'est alors qu'elle aperçut Anthony.

Elle se laissa glisser de sa monture sans oser chuchoter le nom de son frère. Tombant à genoux elle écarquilla les yeux de frayeur. L'étalon flaira une odeur qu'Antonia, elle, ne pouvait sentir, il roula des yeux affolés, aplatit ses oreilles et rebroussa chemin au galop.

Les yeux brouillés de larmes, elle vit la fleur pourpre qui s'étalait sur sa poitrine. Elle étendit une main tremblante et caressa sa joue. Respirait-il encore ?

– Je suis là, souffla-t-elle. Tout va bien se passer.

Elle essayait de les rassurer tous les deux mais

en réalité elle se demandait avec terreur comment trouver de l'aide.

Savage courut sans s'arrêter jusqu'à l'épaisse frondaison de la jungle. D'abord soulagé en apercevant le cheval qui revenait au galop il étouffa un juron en constatant qu'il n'avait plus de cavalière. Il saisit l'animal terrorisé par la bride et le calma. Puis il l'obligea à repartir en direction de la jungle. Le cœur battant, Savage redoutait de comprendre la raison qui avait poussé le cheval à fuir. Il devinait hélas l'odeur qui l'avait effrayé.

Une paire d'yeux verts observait la scène avec une infinie patience. Le léopard tapi immobile sur une branche basse sentait l'odeur du sang. La jeune fille vint juste en dessous du fauve, alors les deux cents livres de chair se détendirent, l'animal sortit ses griffes et bondit. Antonia hurla et roula sur le côté pour éviter le léopard qui s'était laissé choir sur le corps de son frère. Il l'observait d'un œil méfiant tout en léchant le sang d'Anthony ; un grondement sourd sortait de sa gorge.

S'emparant d'une branche morte, Antonia la jeta de toutes ses forces à la tête du léopard. La riposte de l'animal fut immédiate. Une seconde plus tard elle gisait sur le dos et d'énormes canines acérées s'apprêtaient à la déchirer.

L'espace d'un instant, la peur paralysa Savage mais il se ressaisit tout de suite. Vite il attacha le cheval et s'empara de son revolver. Mais il ne put se résoudre à prendre le risque de tirer. Lorsqu'il sauta sur le léopard, il tenait fermement son couteau dans la main. Il roula au corps à corps avec l'animal, grondant et feulant l'un et l'autre.

Savage enfonçait son cou dans ses épaules pour soustraire sa veine jugulaire aux crocs mortels.

Malgré sa force peu commune, le fauve eut tôt fait de le mettre sur le dos. Il s'y attendait. Sans hésiter il plongea son couteau dans le bas-ventre du léopard et remonta la lame jusqu'au cœur.

Il se releva couvert de sang de la tête aux pieds. La peur qui avait menacé de le priver de ses moyens revint en force. Antonia allongée sanglotait, couverte de sang elle aussi. Mais c'était le sien et non celui du léopard. Il ne pouvait rien faire pour elle dans cet endroit ; il fallait qu'il la ramène au bungalow.

Il souleva d'abord le corps d'Anthony et le mit en travers de la selle. Puis il assena une claque sur la croupe du cheval qui partit dans la bonne direction. Aussi doucement qu'il le put, il prit Antonia dans ses bras et la souleva en murmurant des paroles apaisantes. Elle détourna ostensiblement son visage. C'était elle qui était blessée mais ce fut lui qui souffrit le plus de ce rejet.

Il marchait vite et ses longues enjambées eurent tôt fait de les sortir de la jungle qu'enveloppait à présent le manteau sombre de la nuit. Alors qu'il débouchait de la végétation qui borde la jungle proprement dite, il vit une étrange lueur rouge illuminer le ciel. Il en comprit immédiatement la signification, sut d'où cela venait et devina quel était l'auteur de ce forfait.

Dès que la nouvelle de l'incendie se répandit, tous se mirent à parler en même temps. Les ouvriers se précipitèrent pour recevoir les ordres. Dès que Savage apparut, un cri unanime monta vers lui et tous se ruèrent à ses pieds pour lui offrir leurs vies.

– C'est le thé, sahib, le thé ! gémit le chef banian.

– Je sais. Allez, faites ce que vous pouvez mais ne risquez pas la vie des ouvriers, cria-t-il.

Denville arriva en courant, escorté d'une douzaine de gardes armés. L'un d'eux tenait par la bride le cheval qui transportait le corps d'Anthony.

– Laissez-moi vous aider, hurla Denville en apercevant à la lueur de sa torche un Savage ensanglanté.

– C'est Bernard Lamb qui a mis le feu. Je connais son esprit tordu. Vite, au séchoir et aux hangars ! C'est là qu'il va frapper ensuite ! (Il fit un signe bref au garde qui tenait le cheval.) Emmenez-le au bungalow.

Les domestiques formés par John Bull s'affairaient avec compétence et efficacité. Une infirmerie était située derrière le bungalow, on y soignait les accidents, fréquents chez les ouvriers. Les deux jeunes infirmiers savaient panser aussi bien un doigt sectionné qu'une morsure de serpent. Savage leur abandonna Anthony avec pour seule instruction :

– Gardez-le en vie.

Malheur à eux s'ils échouaient !

Puis il emmena Antonia dans sa propre chambre. Deux femmes y attendaient déjà le Léopard pour recevoir ses ordres.

– De l'eau bouillante, des bandages, jeta-t-il entre ses dents.

Il se débarrassa de sa chemise trempée de sang et s'empara de son couteau pour déchirer sa robe.

La peau satinée d'Antonia était griffée de la cuisse jusqu'aux seins. Les blessures n'étaient pas trop profondes mais l'infection s'y répandait déjà. Soudain ses yeux bleu pâle s'arrondirent de surprise à la vue de son ventre rebondi, son regard vola ensuite à la rencontre du sien en une muette accusation. Elle baissa immédiatement ses yeux verts et tourna son visage contre le mur.

Une servante apporta l'eau et les bandages tandis qu'une autre femme présenta à Savage un onguent fait à partir de plantes et un breuvage à base de pavot. Savage hésita un moment mais ne put se résoudre à la voir souffrir.

– Buvez !

C'était un ordre et elle n'osa pas désobéir.

Ses mains calleuses se révélèrent d'une douceur infinie. Il nettoya ses plaies tout en priant le ciel pour que ses paupières s'alourdissent avant qu'il ne verse le désinfectant dans ses blessures. Les yeux verts étaient encore remplis de larmes mais les paupières ne cillaient pas.

– Anthony ? chuchota-t-elle, pleine d'espoir.

– Vivant, affirma-t-il.

Alors ses paupières soulagées s'abaissèrent sans que les larmes cessassent de couler.

Il s'empara de l'antiseptique.

– Tony, cela va vous faire un mal de chien.

Ses cils se soulevèrent et il lut dans ses yeux qu'il ne pourrait pas lui faire plus de mal qu'il ne lui en avait déjà causé. Pas un cri ne lui échappa lorsqu'il versa l'antiseptique sur la chair à vif. Mais il la vit se mordre les lèvres jusqu'au sang tandis qu'il étalait l'onguent et qu'il la pansait.

Quand ses yeux enfin se refermèrent sous l'effet de la drogue, il appela la sentinelle qui montait la garde sur la varangue.

– Je vais te confier un message pour Government House.

Il griffonna un mot rapide : « Les jumeaux sont blessés. Venez tout de suite. Amenez l'aumônier. »

Savage dévisageait avec curiosité le visage qui se tenait devant lui. La ressemblance avec Antonia était indéniable, mais l'ombre d'une barbe assombrissait les mâchoires du jeune homme. Les infirmiers avaient dénudé le blessé jusqu'à la taille et soigneusement nettoyé sa blessure. Il gisait sur les draps de lin immaculés, les lèvres et le visage pâle, sous son hâle.

– Il a reçu une balle, sahib.

– Je sais, Adjit. As-tu réussi à l'extraire ?

– Nous n'avons pas osé, sahib. Vous nous avez ordonné de le conserver en vie. Vous saignez. Laissez-nous panser vos blessures.

– Ce sont de simples égratignures, fit-il évasivement.

Savage souleva le tampon de gaze pour examiner la plaie. La balle n'avait pas dû toucher d'organes vitaux sinon la chevauchée du retour l'aurait achevé. Savage aventura un doigt dans la blessure béante et ne sentit rien. Il poussa son exploration et toucha enfin la balle. Elle s'était logée dans le muscle pectoral, c'était probablement ce qui avait protégé les os.

Du doigt, il réussit à déloger la balle. Le sang jaillit de plus belle. Il le tamponna avec la gaze et pesa de tout son poids pour stopper l'hémorragie. Soudain il se retrouva devant un immense regard vert frangé de cils noirs.

– Essayez-vous de me soigner ou de m'achever ? gémit Anthony sans se départir de son humour.

– Je vois que vous êtes aussi résistant que votre sœur ! s'exclama Savage, infiniment soulagé.

La douleur obligea Anthony à fermer les yeux. Une minute après il les rouvrit et interrogea, perplexe :

– Vous connaissez ma sœur ?

– Oh oui ! Je suis Adam Savage.

– Mon tuteur ? fit-il incrédule sans pouvoir retenir une grimace de souffrance.

Savage acquiesça.

– Et bientôt votre beau-frère.

Anthony se mit à rire, avant de laisser échapper une grimace.

– Ventredieu, que ça fait mal !

– L'hémorragie s'est arrêtée et je vais vous bander. Mais je veux votre promesse que vous ne quitterez pas ce lit. Sinon ça recommencera et je n'ai pas le temps de jouer à la nounou. Votre cousin a mis le feu à la fabrique de thé et à tous mes arbustes.

Anthony ouvrit des yeux horrifiés :

– Je vais tuer ce monstre !

– Vous ne bougerez pas d'ici. Ici c'est moi qui commande. (Il se tourna vers Akbar.) Prépare-toi à recevoir des brûlés.

Des voix résonnèrent. Anthony souffla :

– Je crois que je divague. J'ai cru entendre Burke.

Mais Savage hocha la tête.

– Roz est là, elle aussi. Je vous laisse en de bonnes mains.

Il les rejoignit dans le vaste salon. Voyant leurs visages couleur de cendre, il les rassura tout de suite.

– Ils sont tous les deux tirés d'affaire. Antonia a été attaquée par un léopard. J'ai soigné ses blessures et elle dort grâce à un narcotique. Quant à Anthony, on a voulu le tuer. Il est revenu à lui. Vous le trouverez dans l'infirmerie.

– Quand nous avons lu que vous vouliez l'aumônier, balbutia Eve, nous avons cru qu'il y avait un mourant.

– Je suis désolé, fit-il avant de se tourner vers l'homme d'Eglise. Je vous ai fait venir pour célébrer un mariage mais cela attendra. Leopard Leap est la proie des flammes.

C'est à peine si Bernard ne trépignait pas de joie à l'ombre d'un banian à la vue du magnifique feu d'artifice. Les flammes venaient lécher les théiers et au moment où il n'espérait plus, ils s'embrasèrent comme des torches, l'un après l'autre, et le feu se propagea à une vitesse affolante dans toutes les directions. Ces idiots de moricauds étaient tellement occupés à se lamenter et à courir comme des fourmis pour sauver leurs précieux arbustes qu'il n'eut aucune difficulté à monter au deuxième étage de la fabrique pour y allumer un second foyer.

Fasciné par les flammes et les odeurs que dégageait le thé en brûlant, il commit l'erreur de s'attarder. Quand il regagna en rampant son abri sous le banian, son cheval s'était enfui. Il maudit la lâcheté de ce stupide animal et se promit de lui loger une balle dans la tête s'il le retrouvait. Il était contraint désormais de gagner la plantation de caoutchouc à pied. Un hévéa en feu promettait un spectacle encore plus fantastique qu'un théier.

Il ouvrit des yeux ronds en apercevant le séchoir : des hommes armés montaient la garde. Savage, ce maudit fils de chienne, avait deviné où il frapperait. Il rebroussa chemin et contourna le bâtiment en espérant pouvoir se faufiler entre les rangées d'arbres sans être vu. Par Satan ! Ces indiens puants l'avaient devancé et patrouillaient alentour. Couché sur le ventre, il observa les gardes qui paradaient l'arme au poing tout en se creusant la tête pour trouver une solution. Une occasion allait bien se présenter. Depuis qu'il avait éliminé le seul obstacle qui se dressait entre lui et Lamb Hall, il se sentait tout-puissant. A présent il allait détruire le bien le plus précieux de son ennemi : Leopard Leap. Dès que les hévéas et le latex flamberaient, il terminerait sa tâche en mettant le feu au grand bungalow.

Quand Bernard jugea le moment opportun, il rampa en direction des arbres les plus éloignés des gardes. Il lâcha un juron en tombant sur un canal d'irrigation rempli d'eau. Dans l'obscurité il ne l'avait pas vu. S'il voulait mettre le feu, il était obligé de le franchir mais ne pouvait se résoudre à nager dans cette eau-là. Il haïssait ce pays sale et infect autant que ses crétins d'indigènes. Les moustiques étaient en train de le dévorer et il redoutait que cette eau n'attirât les serpents. Il se leva à demi et traversa le fossé sans se faire voir. Cela irait, avec un peu de chance – et celle-ci lui souriait – un seul arbre suffirait. Il attrapa une allumette et au moment où il la frotta, un sepoy vit la lueur et poussa un cri d'alarme.

Bernard chercha son revolver mais l'arme avait disparu. Elle était tombée pendant qu'il rampait. Il ne paniqua pas. Le danger au contraire le rendait extralucide et aiguisait ses sens. Il sauta pardessus la tranchée et se mit à courir en zigzag. Ces sombres crétins ne savaient sûrement pas tenir une arme.

Il courut se réfugier dans la moite pénombre de

la jungle. En courant il se prit le pied entre deux troncs d'arbres morts. Il entendit le claquement sec de la cheville qui se brisait mais avant qu'un hurlement de douleur ne franchisse ses lèvres, sa tête heurta quelque chose et il tomba sans connaissance.

45

Savage se rua en direction des théiers qui se trouvaient à un mille du bungalow. Quand il atteignit la fabrique il vit que les trois étages étaient détruits. Il ne restait que les murs du rez-de-chaussée qui avaient été protégés par l'eau de ruissellement.

Depuis le lac les ouvriers faisaient la chaîne avec des seaux d'eau. Les coteaux étaient couverts d'hommes et de femmes qui risquaient leur vie pour sauver les arbustes. Savage lâcha un juron. Remontant le long du versant, il ordonna à ceux qu'ils croisaient de se mettre à l'abri. Les cendres et les étincelles volaient partout, exécutant dans les airs un véritable ballet de lucioles. L'odeur âcre des arbustes en feu piquait la gorge et s'infiltrait insidieusement dans le nez et les poumons. Savage comprit qu'il ne pourrait jamais oublier ce parfum de fin du monde.

Quand il eut rassemblé tous les hommes, il rejoignit la brigade des seaux et ensemble ils sauvèrent ce qu'ils purent des entrepôts qui contenaient les coffres de thé. Avant de rentrer au bungalow, il fit un détour pour jeter un coup d'œil aux arbres à caoutchouc.

Il retrouva Denville devant le séchoir :

– Avez-vous réussi à sauver le thé ?

Savage secoua la tête.

– Le feu a déjà tout ravagé, sauf en hauteur. Mais nous avons circonscrit l'incendie. Avez-vous vu le fou furieux qui a mis le feu ?

– Plutôt ! Un des gardes l'a aperçu dans les hévéas. Il lui a tiré dessus mais l'autre s'est sauvé en direction de la jungle.

– Ne me dites pas qu'il leur a échappé ? s'exclama Savage incrédule.

– Ils refusent catégoriquement d'aller dans la jungle à la nuit tombée, plaida Denville.

– Difficile de leur en vouloir, reconnut Adam. Mais j'aurai sa peau, n'ayez crainte. Dès demain matin. Laissez les gardes à leur poste, cette crapule risque de faire une nouvelle tentative.

Cinq heures s'écoulèrent avant que Savage ne revienne au bungalow. Il était 3 heures du matin quand il se glissa dans la chambre où dormait Antonia. A son chevet, Roz s'était également assoupie dans un grand fauteuil.

Eve faisait les cent pas dans la pièce voisine. Il mit un doigt sur ses lèvres et lui fit signe de le suivre au salon.

– Comment va Anthony ?

– Burke est à son chevet. Il m'a assuré que tout allait bien.

Elle le regardait avec un mélange d'horreur et de fascination. Il était nu jusqu'à la ceinture et couvert de suie. La sueur avait coulé en laissant de longues traînées noirâtres et du sang s'était coagulé sur son visage. Il était bon pour de nouvelles cicatrices. Cet homme était décidément trop primitif, trop sauvage pour elle.

– Eve, nous ne sommes pas faits l'un pour l'autre.

Elle hésita, renâclant encore à lâcher sa proie.

– Avez-vous réussi à obtenir ce titre ? plaisanta-t-elle avec nervosité.

– Non, un titre anglais m'est passé sous le nez.

Elle frémit de soulagement.

– Adam, je suis consternée pour Leopard Leap. Quelle tragédie d'avoir fait tout ce chemin pour retrouver votre plantation dans cet état ! (Elle haussa les épaules avec désolation.) Et vous repartirez sans épouse.

Rempli de pitié, il lui déclara alors :

– J'aime Antonia. Nous devons nous marier demain.

Quand Bernard Lamb revint à lui, il sentit une douleur intolérable qui partait de sa cheville et remontait jusqu'au ventre. Les élancements étaient si aigus qu'il crut que son cerveau allait exploser.

Il tenta de museler la douleur mais n'y parvenant pas, il essaya de faire abstraction de son corps. Il y réussit en partie mais lorsqu'il voulut se dégager des troncs qui le retenaient, une douleur atroce l'obligea à se recroqueviller sur lui-même.

Il comprit que sa cheville démesurément enflée était coincée. Une peur insidieuse lui glaça les os et vint s'ajouter à sa souffrance. Il voulut la bannir de son esprit en se persuadant qu'il avait repris son destin en main cette nuit. Il était désormais le nouveau lord Lamb. Leopard Leap flambait comme une torche. Il trouverait bien un moyen de se tirer de ce cauchemar.

Adam Savage prenait un bain pour se délasser de la fatigue qui l'accablait. Il avait suffi de quelques heures pour effacer dix années de labeur acharné. Il ferma les yeux et laissa ses muscles contractés se détendre progressivement.

Petit à petit, il comprit que loin d'être maudit, il était au contraire béni des dieux. Personne n'avait péri au cours de ce terrible incendie et il lui restait la terre. Elle était indestructible. Il reconstruirait la fabrique. Comble de bonheur, Antonia dormait paisiblement sous son toit. Une grande joie l'envahit. Bientôt il serait père. Oui, il était béni des dieux.

Bernard ne sentait presque plus sa cheville et pouvait à présent supporter la douleur lancinante. Dans ses transes, il avait oublié tout le reste. Soudain il crut entendre quelque chose ramper près de lui, un mouvement furtif. Son imagination lui jouait des tours. Une sueur glacée coula dans son dos, il se mit à trembler et à claquer des dents. Recouvrant à grand-peine son sang-froid, il décida de dormir un peu. A l'aube il y verrait plus clair et il pourrait dégager son pied pour quitter cet endroit sinistre, dût-il ramper pour y arriver.

Pris de vertige, il ferma les yeux. Sa respiration devenait saccadée et difficile. Il dormit par à-coups, secoué de convulsions. Quand l'aurore parut, la pénombre de la jungle se dissipa.

Bernard se réveilla en sursaut et voulut s'asseoir. Impossible de bouger, fût-ce le petit doigt. Toutes ses forces l'avaient abandonné. Il baissa les yeux et un hurlement de terreur lui échappa à la vue des horribles bestioles qui recouvraient entièrement son torse. Des centaines de sangsues noires lui avaient pompé son sang tandis qu'il gisait à terre. Une fois repues, elles se laissaient tomber pour être immédiatement remplacées par des comparses, irrésistiblement attirées par l'odeur du sang.

Soudain son destin lui apparut et il comprit que c'était la mort. Il poussa un cri à glacer le sang dans les veines en sentant les sangsues se coller sur sa gorge. Lorsqu'il ouvrit la bouche, elles se glissèrent à l'intérieur et Bernard perdit ce qui lui restait de raison.

Un cri d'animal qu'on égorge fit sursauter Adam qui s'endormait dans son bain. Il bénit cette heureuse intervention et sortit de l'eau, reposé et détendu, prêt à commencer sa journée. Parfois les hurlements des singes ressemblaient à s'y méprendre à des cris humains.

Les griffes du léopard avaient profondément entaillé sa joue gauche. Il renonça à se raser et haussa les épaules avec philosophie. Il pouvait s'estimer heureux d'avoir encore une joue intacte.

Il croisa Burke et l'invita à partager son petit déjeuner.

– Comment s'est passée la nuit du jeune Anthony ?

– Pas trop mal si l'on tient compte de la balle que vous lui avez retirée de la poitrine. C'est incroyable ce qu'il a changé. J'avais quitté un jeune garçon et je retrouve un homme. Je ne parle pas seulement du physique. Il a également mûri.

– Une traversée en tant que matelot sur un navire n'est pas une partie de plaisir.

– J'aurais tout donné pour voir la réaction d'Antonia mais je sais que les jumeaux préfèrent être seuls. Jamais je n'ai vu des enfants aussi inséparables. Et pourtant cette séparation forcée leur a fait à tous les deux beaucoup de bien.

– Gardez-moi cet aumônier à l'œil, fit Adam avec un clin d'œil au majordome. Nous aurons besoin de ses services aujourd'hui.

– Il est parti se coucher. Il a passé toute la nuit à l'infirmerie, triste nuit pour Leopard Leap, d'ailleurs.

Adam grimaça.

– Cet endroit est le fruit d'un travail acharné, il en faudra autant pour le reconstruire.

Au même instant Anthony, assis au bord du lit d'Antonia, lui racontait son miraculeux sauvetage.

– Ils étaient tous en train de regarder un banc de baleines dérouté par la tempête et à la lueur des derniers rayons du soleil, ils ont repéré le ciré jaune.

« Ils m'ont raconté ensuite les péripéties qui avaient accompagné mon sauvetage. Sans parler de leur courage. J'étais inconscient, Tony, Mais ce jour-là, la fortune m'a souri. Ce bateau était en route pour Bombay.

– Mon Dieu, Tony, tu ne sauras jamais à quel point nous avons souffert de te croire noyé. Nous avons imaginé un plan pour éviter que Lamb Hall ne tombe aux mains de notre horrible cousin.

– Jamais il ne m'est venu à l'esprit que vous

risquiez de perdre la maison. Que diable as-tu fait ?

– J'ai pris ta place. Je suis devenue lord Anthony Lamb.

Anthony ouvrit des yeux ronds.

– Ne prends pas cet air choqué ! Je vais te faire une confidence. Je me suis amusée comme une petite folle à partager les frasques des jeunes célibataires. Rappelle-moi de t'en parler quand tu te sentiras mieux.

– Coquine ! Sous-entendrais-tu que tu faisais un meilleur homme que moi ?

– J'ai fait de mon mieux ! rit-elle. Mais nous ne nous ressemblons plus tant que ça ! Tu as de la barbe désormais et tu as pris des muscles.

Il contempla ses joues rondes et les courbes alléchantes qui se dessinaient sous sa chemise de nuit.

– Et toi donc ! Tu es resplendissante !

Tony rougit sous son regard attentif. Un coup frappé à la porte les interrompit. Savage entra et Anthony fut instantanément sur pied.

– Avez-vous réussi à sauver quelque chose ? s'enquit-il avec anxiété.

– Seulement le caoutchouc. Tout le thé a brûlé.

– Je veux vous aider à tout reconstruire, déclara fermement le jeune homme en espérant que Savage fermerait les yeux sur sa blessure.

– Merci, fit Savage, profondément ému.

Anthony regarda sa sœur, mais elle fixait ostensiblement le mur et il se hâta de quitter la pièce avant de se retrouver pris entre deux feux.

Lorsqu'ils furent seuls, Antonia resta tournée contre le mur.

– Tony, je viens renouveler vos pansements.

Elle fit volte-face, ses yeux verts étincelant de mépris.

– Ne me touchez pas, siffla-t-elle.

– Il ne faut pas que vos plaies s'infectent.

– Ça n'est pas la première fois qu'un léopard me broie le corps et l'âme, lança-t-elle d'une voix cinglante. Si j'ai survécu à vos griffes, je puis survivre au reste !

– Tony, ce matin j'ai dit à votre mère que je vous aimais et que nous devions nous marier aujourd'hui.

– Jamais ! Sale menteur. Vous m'avez trompée depuis le début afin de mieux pouvoir me séduire. Pour une fois dans votre vie, soyez honnête. Que s'est-il passé entre ma mère et vous ?

– Très honnêtement, Tony, ce qui s'est passé entre elle et moi avant que je ne vous rencontre ne vous regarde pas. (Son regard bleu pâle la transperçait.) Et puisque nous parlons de franchise, vous êtes-vous penchée sur votre propre cas ? Vous n'en faites qu'à votre tête, après quoi vous imposez vos vues et vos décisions aux autres !

– C'est faux ! s'écria-t-elle. Je n'avais pas le choix, j'étais obligée de me livrer à cette supercherie.

– Je ne parle pas de celle-là. (Soudain il s'assit au bord du lit et posa ses mains sur son ventre.) Je veux parler de ceci. C'est mon enfant. Comment avez-vous osé me le cacher ? Voilà des mois que nous aurions dû nous marier !

– Enceinte ou pas, je refuse de vous épouser, jura-t-elle avec feu.

Il se releva et l'obligea à lever le menton pour soutenir son regard. L'un comme l'autre écumait de rage.

– Vous allez changer d'avis ou c'est moi qui le ferai à votre place. A vous de choisir, énonça-t-il calmement.

Il quitta sa chambre, frustré comme jamais il ne l'avait été.

Tony était la fille la plus exaspérante qui fût. Elle savait bien qu'il l'aimait passionnément ! Que voulait-elle de plus, sacrebleu ! L'impossible, voilà tout ! Jamais il ne pourrait changer le passé ; en désespoir de cause il décida de demander de l'aide à quelqu'un.

Roz prenait son petit déjeuner.

– Adam, je vous suis tellement reconnaissante. Vous avez sauvé la vie des jumeaux. Merci ! Du fond du cœur merci !

– Roz, allez lui parler ! Elle ne veut plus me voir.

– Avez-vous réglé la question avec Eve ?

Etonné, il la contempla longuement.

– Bien sûr. Comme si je pouvais épouser Antonia sans en parler à sa mère !

– Adam, Antonia est persuadée que vous avez aimé sa mère. Enfant déjà, elle était toujours éclipsée par la beauté d'Evelyn.

– Mais c'est grotesque ! Antonia est mille fois plus belle qu'Eve. Jamais je n'ai aimé Eve. J'ai simplement cru qu'elle ferait une parfaite maîtresse de maison pour Edenwood, et je puis vous certifier qu'Eve non plus ne m'a jamais aimé.

– Cela, je le savais déjà, Adam. Eve n'aime qu'elle-même.

– Je sais que j'aurais dû en parler à Antonia, mais je craignais de lui faire du mal. Quel fou j'étais de vouloir garder cela pour moi !

– C'est exact, votre expérience en matière de femmes aurait dû vous dire qu'Eve s'empresserait de mettre sa fille au courant, observa Roz amusée. (Les hommes connaissaient bien mal les subtilités de l'esprit féminin.) Donnez-lui un peu de temps. Antonia vous aime à la folie. Dans quelques mois elle vous reviendra.

Il passa une main dans ses cheveux :

– Roz, nous n'avons pas le temps ! Tony est enceinte et je l'ignorais jusqu'à ce que je soigne ses blessures cette nuit.

Roz posa la main sur son bras.

– Vous avez un tas de choses à régler. Laissez-moi m'occuper de ça.

Savage hocha la tête :

– J'ai un chacal à chasser.

Lady Randolph entra dans la chambre de sa petite-fille avec une servante chargée d'une bassine et de pansements.

– Je suis venue juger des dommages.

– Roz, non. Je le ferai moi-même, affirma Antonia.

– Taratata ! Cesse de te comporter comme si tu étais la première femme au monde à porter un enfant !

– Oh Roz, ne me fais pas rire, tout le monde s'effondre autour de moi.

– Antonia, écoute-moi, si dans ce bas monde nous ne rions pas, alors nous pleurons. Un bébé doit être une joie et non un drame. Certes, il eût mieux valu que tu sois mariée, mais tant pis. Laisse-moi jeter un coup d'œil.

Antonia s'allongea et aida Roz à lui enlever ses pansements. Les plaies étaient vilaines mais grâce au mystérieux onguent de Savage, elles commençaient déjà à cicatriser. Il n'y avait pas de traces d'infection.

Roz les lava avec une douceur infinie et les sécha avec un linge.

– Les croûtes sont déjà en train de se former. Il vaudrait mieux les laisser à l'air libre, tu ne crois pas ?

– Tu as raison, comme toujours.

– Puisque tu fais tellement cas de mes conseils, tu devrais épouser Indian Savage. Ce serait idiot de laisser s'échapper un homme aussi riche !

– Je ne l'aime pas pour son argent ! tempêta Antonia.

– Alors comme ça tu l'aimes encore ?

– Non, non et non ! Je ne l'aime pas et je ne veux pas l'épouser.

– Fais à ta guise, ma chérie, comme d'habitude, déclara Roz d'un ton léger.

Lorsqu'elle quitta Antonia, elle partit à la recherche d'Eve. Sa fille prenait son petit déjeuner au lit.

– Eve, pourrais-je te dire un mot en privé ?

Sa fille congédia les domestiques d'un geste autoritaire et regarda sa mère avec condescendance.

– Comme tu fais bien ça, ironisa Roz. On dirait que tu as dirigé des esclaves dans une vie antérieure.

– Maman, tu me fatigues, lui dit sa fille d'une voix sucrée.

– Non, c'est moi qui suis fatiguée. Attends-toi à quelques vérités bien senties, ma chère Eve. Je suis lasse de porter la responsabilité de tes actes. La maternité ne te convenait guère et tu t'es débarrassée des jumeaux en me les confiant. Je crois que tu n'as jamais aimé Russell, pas plus que tu n'as aimé tes enfants : tu étais trop occupée à te regarder le nombril. Je dirais même que jusqu'à aujourd'hui, tu es toujours passée à côté de l'essentiel. Mais tu as une veine inouïe, Eve. Je t'offre une seconde chance. Qui peut se vanter d'avoir eu sa rédemption entre ses mains ?

– Que veux-tu dire ? interrogea Eve, écarlate.

Le visage crispé de détermination, Roz prononça durement :

– Va voir Antonia et persuade-la qu'il n'y a jamais rien eu entre Adam Savage et toi.

On frappa à la porte. Roz ouvrit et se retrouva nez à nez avec Burke qui était allé chercher les affaires de ces dames à Government House.

– Burke, je vous adore ! s'exclama Roz reconnaissante.

– Moi aussi, madame, lui avoua-t-il en transportant la malle dans la chambre d'Eve.

46

Eve réfléchit longuement après leur départ. Alors ils s'imaginaient avoir le monopole de l'amour ? Ils avaient le culot de dire qu'elle n'aimait pas ses enfants ! Elle ouvrit violemment sa malle et chercha une robe convenant à une mère.

Bien entendu elle ne trouva rien et finit par se décider pour une robe de lin unie. Elle passa une bonne heure à se farder et se coiffer, puis elle se faufila dans la chambre de sa fille.

Tony se tenait près de la fenêtre, le regard absent. Son peignoir de calicot avec des motifs colorés seyait à ravir à sa carnation de brune. Eve dut s'avouer qu'elle avait toujours jalousé sa fille dont la beauté – elle le savait – surpasserait un jour la sienne. Ce jour était arrivé.

Tony fit volte-face : sa chevelure soyeuse encadrait son visage d'un nuage de boucles brunes, sa belle bouche s'arrondit de surprise et dans les immenses yeux verts, Eve vit briller des larmes.

– Comment te sens-tu ?

– Mieux. Merci.

– Si nous bavardions un peu ?

– Oh ! non, maman, je...

– Antonia, implora Eve.

Tony s'essuya les yeux d'un revers de main impatient.

– Asseyez-vous, maman.

Eve se mit à jouer nerveusement avec ses bracelets en argent.

– Je sais que je n'ai pas été la meilleure des mères mais crois-le ou non, Antonia, je t'aime profondément. Fillette, tu étais si jolie et si précoce que je crois que je t'enviais. J'étais jalouse. Les jumeaux ont le don de captiver tous les regards et Russell t'adorait. Il ne se lassait pas de te mettre en avant.

– Je reconnais que j'aimais me faire remarquer, mais tu nous as toujours éclipsés par ta beauté, maman. J'avais l'impression que je ne serais jamais à la hauteur. Et la mort de papa m'a fait tellement de peine.

– Quand ton père est mort, Antonia, je me suis

tournée vers Adam Savage parce que j'avais des soucis financiers. Mais quand je t'ai dit que nous devions nous marier, je crois que je prenais mes espoirs pour des réalités. Mes illusions se sont écroulées, avec mon amour-propre, quand M. Savage m'a demandé ta main au lieu de la mienne.

Antonia scrutait Eve attentivement et admira son courage.

– Voilà pourquoi, mon enfant, j'aimerais que tu te maries à Government House. Nous inviterons tous les planteurs de l'île et j'aurai enfin l'occasion de montrer à tout le monde ma ravissante fille.

Antonia sourit à travers ses larmes.

– Merci, maman, c'est extrêmement généreux de votre part, mais Adam et moi n'avons pas besoin de tout cela. Nous avons seulement besoin l'un de l'autre.

Adam Savage regarda en serrant les dents ce qui restait du cadavre. Les sangsues avaient bu le sang de Bernard Lamb jusqu'à la dernière goutte. Son supplice avait dû être abominable. Une mort immonde pour un être immonde. Il laisserait le corps ici dans la jungle. Il n'en voulait pas à Leopard Leap.

Il devait à présent rapporter la nouvelle du décès à la famille qui l'attendait au bungalow. Un grand poids s'était enlevé de ses épaules : les jumeaux ne risqueraient plus rien désormais. Mais il avait toujours le cœur lourd. La perspective d'une nouvelle discussion avec Tony ne l'enchantait guère et pourtant il emploierait la force, s'il le fallait. Il attacha son cheval à l'ombre d'un bungalow.

Antonia l'attendait assise dans un fauteuil sur la varangue. Bouleversé il avança lentement vers elle, jamais il ne se rassasierait de sa beauté. A sa vue, elle se leva et fit un pas hésitant à sa rencontre. Soudain ils se retrouvèrent dans les bras l'un de l'autre.

Tony éclata en sanglots et Adam la serra contre son cœur.

– Oh, Adam, je suis tellement navrée de ce qui s'est passé. Je sais le travail que cela représentait pour vous, vous aimez tant Leopard Leap ! Vous en étiez si fier !

– Chut, mon amour, taisez-vous. La seule chose qui compte c'est que vous soyez en vie.

Il était sincère. Son cœur exultait d'allégresse et sa présence l'enivrait.

– Leopard Leap n'a pas été détruit. Je reconstruirai tout, je replanterai des arbres.

Elle s'arracha à son étreinte et le regarda au fond des yeux pour voir s'il disait la vérité ou s'il essayait seulement de la consoler.

– Adam, est-ce vraiment possible ?

– Quand on veut, on peut.

Il essuya ses larmes d'un baiser puis il l'embrassa sur la bouche et crut défaillir de désir.

– Venez, je vais vous montrer.

Il la déposa très doucement sur la selle et monta derrière elle. Elle s'accrocha à lui et il la conduisit vers les coteaux où poussaient les théiers.

Le résultat dépassait ses pires prévisions. Mais Adam lui montra des choses qu'elle n'avait pas vues. Il lui murmurait à l'oreille ses projets pour l'avenir et elle frissonna de plaisir. Il se penchait avec adoration sur son visage et devinait toutes ses pensées. Les ouvriers enlevaient déjà les plants de thé carbonisés. D'autres encore s'employaient à ôter les gravats qui encombraient la fabrique.

– Nous en reconstruirons une plus belle et plus grande encore, lui assura-t-il avec enthousiasme.

– Mais... et les plants de thé ? interrogea doucement Antonia.

– Me croyez-vous assez imprévoyant pour ne pas en avoir mis de côté ? Je vais vous montrer les semences !

Il la conduisit à deux milles de là jusqu'à une bananeraie. Ecartant les grandes feuilles plates, il lui montra les délicats plants de thé qui sortaient leurs feuilles vertes à l'ombre des bananiers.

Elle rit de bonheur et quémanda un baiser.

– Je vous veux dans mon lit ce soir. Si nous allions nous marier ?

– Oh oui, implora-t-elle mutine en se frottant contre lui. Mais nous devrons attendre que mes blessures soient guéries.

Du bout de la langue, il suivit le contour de sa bouche :

– Faites-moi confiance...

Ils échangèrent leur serment dans le salon du bungalow. Anthony remit sa sœur entre les mains du maître de Leopard Leap. L'instant était solennel. Lady Antonia Lamb devint Mme Adam Savage, marquise de Blackwater.

Comme il sied à la mère et à la grand-mère de la mariée, Eve et Rosalind pleuraient à chaudes larmes. Quand Burke s'avança pour féliciter le marié, Tony lui trouva également un éclat suspect dans le regard.

– Ne soyez pas si triste, le gronda-t-elle.

– Ma chère, je suis soulagé, au contraire. C'est ce pauvre Savage qui va désormais devoir vous tenir le seau !

Savage grommela :

– Une bonne fessée de temps en temps mettra un terme à ses beuveries et à ses rodomontades en pantalons.

Le personnel s'était surpassé. On leur servit un véritable festin et il était 22 heures sonnées quand Denville proposa un dernier toast. Roz réclama le silence.

– Je suggère que nous poursuivions cette soirée à Government House et que nous laissions les jeunes mariés.

Quand les deux calèches s'ébranlèrent, Adam souleva Tony dans ses bras et rentra dans le bungalow.

– Déposez-moi dans votre lit, demanda Antonia.

– Certainement pas ! Voilà une éternité que je veux prendre un bain avec vous.

Son regard était si rempli de sous-entendus qu'elle s'empourpra.

A l'aube, Anthony était de retour à Leopard Leap. Adam et Tony avaient à peine dormi deux heures. Ils se réveillèrent enlacés, des mèches de cheveux noirs enroulées autour de leurs corps nus.

Les deux amants se jetèrent à nouveau dans les bras l'un de l'autre, s'embrassant et se dévorant mutuellement. Ils demeurèrent sourds à la voix enjouée d'Anthony qui bavardait avec les domestiques. Le reste du monde n'existait plus et leurs corps ne faisaient plus qu'un.

Ce fut comme toujours un rituel sauvage, ardent, passionné.

Cette journée qu'Adam et Anthony passèrent ensemble fut la première d'une longue série. Adam se lia d'amitié avec le jumeau de sa femme. Anthony s'enthousiasmait pour tout. Il avait déjà Leopard Leap dans le sang et Adam en reconnaissait les symptômes. Ceylan lui avait fait le même effet à ses débuts. Il aimait toujours profondément ce pays mais son avenir et celui de ses enfants se jouerait désormais en Angleterre.

Ils entreprirent un fastidieux et harassant travail de reconstruction. Adam nota avec satisfaction que l'enthousiasme d'Anthony ne diminuait pas.

– Quand rentrerez-vous en Angleterre ? demanda un jour Anthony à son beau-frère.

– Bientôt, si Tony se sent prête à faire la traversée.

– Pourquoi ? Elle est malade ?

– Non, elle resplendit de santé. Elle attend un bébé.

– Je vois, se mit à rire Anthony. Je comprends à présent pourquoi vous voulez rentrer à Edenwood. Burke a déjà préparé les bagages de grand-mère et maman va passer à Bombay quelques jours de vacances. Moi, je reste.

– Pourquoi ne vous installeriez-vous pas à Leopard Leap ? Le bail de la Compagnie des Indes vient à terme l'an prochain. Si vous vous débrouillez bien, je vous prends comme associé.

– Vous parlez sérieusement ? demanda Anthony, émerveillé par tant de générosité.

– Vous êtes un don du ciel. Celui que j'appelais de tous mes vœux. Que pourrais-je demander de plus ? A propos, j'ai un bateau à Colombo, le *Dragon de jade*. Il me sert à exporter mes récoltes vers la Chine. Pourquoi n'essayeriez-vous pas de vous lancer dans le négoce ? Je ne vous interdis que deux types de marchandises : l'opium et l'ivoire.

Quinze jours plus tard les malles s'empilaient devant la porte du bungalow. La fabrique était reconstruite et les fragiles plants de thé avaient été mis en terre sur les coteaux vallonnés de la plantation.

Adam avait laissé le choix à Antonia et elle avait décidé de rentrer en Angleterre, sachant que c'était ce qu'il souhaitait. Elle aimait Leopard Leap mais il était temps de fonder leur dynastie à Edenwood.

Adam se glissa près d'elle dans le lit et l'installa sur son corps de marbre.

– Ma mie, je t'aime tant. Je bénis le ciel que tu m'aies cru lorsque je te disais qu'il n'y avait rien eu entre ta mère et moi.

Elle s'exclama :

– Indian Savage, comment peux-tu me croire naïve à ce point ? J'ai simplement réfléchi qu'une fois de plus, tu avais raison. Cela ne me regardait pas !

Elle l'entendit gronder tout bas et bientôt ils gémissaient ensemble. Bien plus tard, au cœur de la nuit parfumée, ils ébauchèrent leurs plans d'avenir, calés contre leurs oreillers. Savage alluma un petit cigare et se rallongea en aspirant avec volupté la fumée. Quand il reporta son regard sur Antonia, il écarquilla les yeux de stupeur. Elle aussi fumait !

– Tu es folle, qu'est-ce qui te prend ?

– Je mets tes leçons à profit, répliqua-t-elle les yeux mi-clos.

– Sacré bon sang de bois !

Qu'elle est jolie ! songeait-il à part lui.

– Il va falloir que j'arrête le premier pour donner l'exemple, concéda-t-il.

Tony écrasa son cigare et vint se glisser tout contre lui. Adam la serra dans ses bras, et ils s'endormirent ainsi.

Aventures et Passions

Quand les passions se déchaînent, quand elles entraînent des êtres prêts à tout pour les vivre dans un tourbillon d'aventures tumultueuses, elles sont dans la collection Aventures et Passions.

De l'Angleterre moyenâgeuse à la Louisiane déchirée par la guerre de Sécession, des îles Caraïbes aux rivages de l'Inde, Johanna Lindsey, Julie Garwood, Jennifer Blake, Kathleen Woodiwiss et tous les meilleurs auteurs du genre dressent pour vous des décors historiques somptueux. Suivez les aventures de leurs héroïnes rebelles que seul l'amour parvient à dompter.

BITTNER Rosanne
Pionnière au Montana
3970/6 Inédit

BLAKE Jennifer
Sérénade en Louisiane
3169/5
Les chaînes de l'amour
3240/5
Un éden sauvage
3347/6
Le vengeur créole
3415/5
Le temps d'une valse
3758/5
Bien qu'ayant fait un mariage de convenance, Amélie n'aura pourtant de cesse qu'il soit consommé. Mais au matin, elle s'apercevra qu'elle a pris, sans le savoir, un amant !

BRANDEWYNE Rebecca
La lande sauvage
3018/5
Duel sur la lande
3055/4
Pour l'amour d'un comanchero
3159/7
La passion du conquistador
3285/5
Pour échapper aux intrigues perverses de Don Rodolfo, Aurora est prête à s'enfuir au bout du monde !
Les amants hors la loi
3397/6
Un mari en héritage
3543/5
La prisonnière du drakkar
3907/5 Inédit

BUSBEE Shirley
Le quiproquo de minuit
2930/5
Au-delà du pardon
2957/5
L'appel de la passion
3056/8
Sous le sceau de l'amour
3287/7

CAMDEN Patricia
Sous la coupe du Sultan
3704/6 Inédit
Le fils du diable
3868/5 Inédit

COPELAND Lori
Hannah l'indomptable
3260/2
Les traîtrises de l'amour
3414/5
La piste de la vengeance
4061/4 Inédit

COULTER Catherine
Esclave du Viking
4023/5 Inédit

DAILEY Janet
Le solitaire
1580/4

DEVERAUX Jude
La saga des Montgomery
- Les yeux de velours
2927/5
- Un teint de velours
3003/5
- Une mélodie de velours
3049/4
- Un ange de velours
3127/4
Les dames de Virginie
- Kidnappée par erreur
3180/5
- La fiancée délaissée
3181/4
- Mariage forcé
3182/5
- Le pays enchanté
3372/5
Duel de femmes
3447/4
L'homme au masque
3523/4
Les entraves de l'amour
3643/5
La duchesse infidèle
3683/6 Inédit
Un mari par procuration
3794/4
Directrice d'une agence matrimoniale, Carrie tombe amoureuse d'un de ses clients en voyant sa photo...
La tentatrice
3889/5 Inédit
A vingt-huit ans, Christiana n'est toujours pas mariée. De plus, elle est résolue à faire carrière comme reporter. Est-ce là un métier pour une jeune fille de bonne famille ? Furieux, son père engage deux hommes pour la ramener à la maison. Tynan et Asher parviendront-ils à remplir leur mission ?
L'éveil d'Amanda
4045/4

Aventures et Passions

FEATHER Jane

La favorite du sérail
3448/6

A Grenade, à la fin du XVe siècle, la belle Sarita succombe au charme d'Abdul, le seigneur maure qui règne sur l'Andalousie. Cependant dans le sérail de l'Alhambra, de sombres complots se trament contre la favorite.

La nuit de Saint-Petersbourg
3560/6

La favorite afghane
3664/7 Inédit

Muté par ses supérieurs en Afghanistan, le capitaine Kit Ralston de l'armée britannique ne s'attendait certes pas au charmant spectacle d'une ravissante jeune femme indigène, se baignant nue dans une rivière ! Mais la belle Ayesha est la favorite du cruel Akbar Khan...

FINCH Carol

Aveuglée par l'amour
3777/6

Séduction au clair de lune
3946/6 Inédit

GARLOCK Dorothy

Le métis apache
3594/5

GARWOOD Julie

Sur ordre du roi
3019/5

Un ange diabolique
3092/5

Un cadeau empoisonné
3219/5

Désir rebelle
3286/5

La fiancée offerte
3346/5

Le secret de Judith
3467/5

Un mari féroce
3662/6 Inédit

Le voile et la vertu
3796/5

HAGAN Patricia

Violences et passions
3201/6

Folies et passions
3272/5

Gloires et passions
3326/6

Fureurs et passions
3398/5

Splendeurs et passions
3541/5

Rêves et passions
3682/6 Inédit

Honneur et passions
3756/5

Triomphe et passions
3847/5

HANNAH Kristin

Pépites d'or
4004/7 Inédit

HAZARD Barbara

L'aventurier des Bermudes
3703/7 Inédit

Coup monté
3811/6

HENLEY Virginia

La colombe et le faucon
3259/5

La fleur et le faucon
3416/6

La rose et le corbeau
3522/5

Les amants secrets
3641/7 Inédit

Mariage à l'essai
3866/7 Inédit

La travestie de Venise
3969/7 Inédit

Pour éviter que la propriété familiale ne tombe aux mains d'un cousin sans scrupules, Antonia prend l'identité de son frère jumeau, disparu en mer. C'est alors qu'arrive son tuteur, Adam Savage, un aventurier qui a fait fortune à Ceylan. Trouvant le jeune Tony trop timoré, il entreprend de faire son éducation...

JOHANSEN Iris

Prince de cœur
3757/7

Dans l'Inde de l'époque coloniale, l'intrépide Jane Barnaby dirige la construction d'une voie ferrée et connaît une passion tumultueuse auprès du beau Ruel, un aventurier écossais.

JOHNSON Susan

Proposition malhonnête
3542/5

Le séducteur sauvage
3642/6 Inédit

Les enchères de la passion
3705/7 Inédit

JOYCE Brenda

Le fier conquérant
3222/5

Des feux sombres
3371/5

Candice la rebelle
3684/7 Inédit

KLEYPAS Lisa

Par pure provocation
3945/5 Inédit

Arrogante et provocatrice, Lily Lawson semble prendre plaisir à choquer la bonne société londonienne. Au point que sa famille, outrée par ses extravagances, ne la reçoit plus. Lily va même jusqu'à tenter de séduire le fiancé de sa sœur, le hautain Lord Alex Raifort. Mais le secret de sa conduite scandaleuse ne réside-t-il pas dans une terrible blessure ?

L'ange de minuit
4062/4 Inédit

Condamnée à mort pour le meurtre de son fiancé, un pervers qu'on a retrouvé égorgé, Tasia parvient à s'enfuir de Russie et gagne l'Angleterre. Sous un nom d'emprunt, elle entre comme gouvernante au service de Lord Stokehurst. Celui-ci succombe peu à peu au charme exotique de la mystérieuse jeune femme.

Aventures et Passions

LANDIS Jill Marie
L'héritage de Jade
3449/6

LINDSEY Johanna
Samantha
2533/3
Esclave et châtelaine
2925/4
La révoltée du harem
2956/6
La fiancée captive
3035/4
Les feux du désir
3091/5
La Viking insoumise
3115/5
Un si doux orage
3200/4
Un cœur si sauvage
3258/4
En recherchant son père disparu en territoire comanche, Jessica va découvrir la passion dans les bras de son guide, Chandos.
Epouse ou maîtresse ?
3304/3
Captifs du désir
3430/4
Une fiancée pour enjeu
3593/5
Paria de l'amour
3725/4
Les frères Malory
- Passagère clandestine
3778/5
- Le séducteur impénitent
3888/4 Inédit
- Tendre rebelle
4003/4 Inédit
Fuyant son cousin qui veut s'emparer de sa fortune, Roslynn, une ravissante écossaise de vingt ans, débarque à Londres en 1818. Il lui faut d'urgence trouver un mari pour la protéger car son cousin semble prêt à tout. Mais le bel Anthony Malory, qu'elle rencontre au cours de son premier bal, est un célibataire endurci !

LOWELL Elizabeth
Poker menteuse
3726/5
Aventure dans les Rocheuses
3988/4 Inédit

McKINNEY Meagan
L'enchanteresse perverse
3239/5
L'ange de la vengeance
3373/5
Le corsaire des Caraïbes
3490/5
Le secret de la passion
3795/6
Le secret de la veuve
3923/6 Inédit

McNAUGHT Judith
Les machinations du destin
3399/7
Incorrigible séducteur, le duc Jordan ne croit pas à l'amour. Pourtant il décide un jour de se marier avec une inconnue, par simple reconnaissance : elle lui a sauvé la vie. Mais Alexandra est ravissante et elle a de l'esprit !
Compromise
3521/6
La scandaleuse
3741/5
L'amant de l'ombre
3810/7
Que faire lorsque votre fiancé vous a abandonnée et qu'un beau ténébreux demande à être consolé d'une expérience conjugale malheureuse ?

MATTHEWS Patricia
La promesse sauvage
2987/5
Les trois amours de Rachel
3160/6
Le déchaînement des passions
3348/5

MICHAELS Fern
Passions captives
3492/7
Dans la tourmente du désir
3575/8

MILLER Linda Lael
Pendue ou mariée
3614/4
L'épouse yankee
3867/5 Inédit

MORSI Pamela
La liaison scandaleuse
4021/5 Inédit

NERI Penelope
Séductrice en guenilles
3562/8
La captive du Sahara
3644/7 Inédit

O'BANYON Constance
L'amante masquée
3428/6

O'GREEN Jennifer
Prisonnière du roi
2981/5

ORWIG Sara
La belle d'Albuquerque
3890/4 Inédit
La belle de La Nouvelle-Orléans
3968/6 Inédit

POTTER Patricia
Le flambeur du Mississippi
3468/6
Sans foi ni loi
3561/5

QUICK Amanda
La séductrice inattendue
3491/5
La dame voilée
3612/5
Etrange passion
3921/4

Aventures et Passions

REDD Joanne
La fiancée du désert
2926/4
Le rêve chimère
2980/5
L'aventurière de Fort Alamo
3328/5
Danse avec le feu
3429/4
La fiancée apache
3663/6 Inédit

ROBARDS Karen
Désirs fous
2928/5
La lune voilée
2979/5
Mississippi belle
3070/4
Le brigand aux yeux d'or
3142/5
Promise au bûcher
3221/5
Esclave de personne
3327/5
Les sortilèges de Ceylan
3466/5

ROGERS Rosemary
Amour tendre, amour sauvage
952/4
Le grand amour de Virginia
1457/4
Pour se venger de son mari, qu'elle soupçonne de lui être infidèle, Virginia s'embarque à Cuba avec un don Juan notoire. Au cours d'une escale dans un petit port, un tremblement de terre va bouleverser sa vie.
Le métis
2392/5
Esclave du désir
2463/5
Le désir et la haine
2577/7

RYAN Nan
Esclave de soie
2929/5
Le prince aztèque
3071/5
La légende de l'amour
3247/5
Le ravisseur indien
3574/6
L'amour pour mission
3846/5 Inédit
A la recherche de son frère disparu, Kay arrive à San Francisco en 1883. Elle découvre bientôt avec horreur que la maîtresse de ce dernier travaille dans un saloon comme... danseuse nue !

SMALL Béatrice
La captive d'Istanbul
3613/6
Chassé croisé
3776/7
Des brumes d'Ecosse aux rives d'Istanbul, quatre hommes se disputent le cœur et le corps de la belle Cat.

SMITH Bobbie
Capture mon cœur
3922/6 Inédit

SPENCER LaVyrle
N'aimer qu'une fois
3906/6 Inédit
Cache-cache amoureux
4046/6 Inédit

STUART Anne
Désirs masqués
3845/5 Inédit
Séducteur sans scrupule
4002/5 Inédit

SUTCLIFFE Katherine
Un défi amoureux
3592/4

TRENT Lynda
Coup de patte
3509/6
Jumelles et rivales
3724/6

WEYRICH Becky Lee
Le vent brûlant de Bombay
3036/5
Le chardon et la rose
3110/6
La proie du pirate
3158/5
Lune gitane
3202/5
Le bal masqué de Géorgie
3303/5
L'esclave de l'empereur
3905/5 Inédit

WIGGS Susan
Le renégat
3944/6 Inédit
Le lys et le léopard
4022/6 Inédit

WOODIWISS Kathleen
Quand l'ouragan s'apaise
772/4
Le loup et la colombe
820/4
Shanna
1983/5
Cendres dans le vent
2421/7
Qui es-tu, belle captive ?
2998/6
L'inconnue du Mississippi
2509/3
A la cour du tsar
4047/6
Orpheline, Zinovia reçoit du tsar l'ordre de rejoindre Moscou : il est inadmissible qu'une jeune aristocrate reste seule sur ses terres. Elle doit être mariée au plus vite à un homme de son rang. Mais sur la route de Moscou surgit unne horde de brigands, menée par le cruel Ladislas. Un simple regard sur sa superbe prisonnière et voilà Ladislas conquis : Zinovia sera sa maîtresse, de gré ou de force.

Barbara Cartland

Samantha des années folles
1144/2
Comtesse Natacha
1145/2
L'amour joue et gagne
1360/2
Les deux cousines
1384/3
Vanessa retrouvée
1385/2
Rencontre à Lahore
1401/2
Un baiser pour le roi
1426/2
Lune de miel au Rajasthan
1440/2
Fortuna et son démon
1454/2
Les vibrations de l'amour
1608/2
Duchesse d'un jour
1609/2
Un amour de légende
1747/2
Ola et le marquis
1775/2
Le festin secret 1776/2
La force d'une passion
1990/1
La revanche du cœur
2005/1
La puissance d'un amour
2030/2
Idylle à Calcutta 2049/2
Le marquis et l'ingénue
2068/2
Un amour conquérant
2145/2
Un éternel enchantement
2230/2
Le choix du prince 2242/2
Loin de l'amour 2243/2
La gondole d'or 2286/2
Toujours plus haut l'amour
2301/2
Le chemin de l'amour
2318/2
Le portrait de l'amour
2367/2
La perfection de l'amour
2401/2

L'irrésistible charme d'Helga
2429/2
La magie de l'amour
2446/2
Le jardin de l'amour
2447/2
Dans les bras de l'amour
2465/2
Evasion pour le bonheur
2548/1
Une douce tentation
2627/2
Lilas blanc
2701/2
Passions victorieuses
2757/2
Pour une princesse
2776/2
Dangereuse passion
2777/2
L'amour victorieux
2796/1
Juste un rêve
2812/2
Amour, argent et fantaisie
2832/2
Le temple de l'amour
2847/1
La princesse des Balkans
2856/1
Douce enchanteresse
2857/1
Un baiser de soie
2889/2
Le parfum des dieux
2960/1
Un ange passe 2972/1
Danger pour le duc
3047/2
Les ailes de l'amour 3108/3
Une fuite éperdue 3125/3
Un tel enchantement
3271/3
Cœur volé
3324/3
Le château des rêves
3452/2
Idylle romaine
3520/2
Pour l'amour de vous
3538/2
L'amour en automne
3539/2

Le moulin des passions
3558/2
En cachette 3559/2
Prise au piège 3572/2
La malédiction vaincue
3573/2
L'impossible bonheur
3595/3
Une irrésistible passion
3596/2
L'ombre du passé 3615/2
L'amour est un labyrinthe
3616/2
Miracle à Chadwood
3639/2
Les deux mariages de Thérésa
3774/2
Sous le soleil de Grèce
3775/2
Idylle à Lucca 3808/2
Les sortilèges du cœur
3809/2
Pour l'amour d'un chevalier
3841/2
L'homme de mes rêves
3842/2
Fiançailles forcées
3862/2
Le roi sans cœur 3863/2
Trahison ! 3884/2
Princesse d'un jour
3885/2
La fausse duchesse
3901/2
La vengeance du comte
3902/2
Rêve provençal 3918/2
Ma sœur, mon amie, mon ennemie
3941/2
Rivalités amoureuses
3967/2
La beauté trahie 3986/2
Un baiser dans le désert
3997/2
L'éternité de l'amour
4017/2
Le roi et elle 4040/2
Fuite en Cornouailles
4059/2

Photocomposition Assistance 44-Bouguenais
Achevé d'imprimer en Europe (France)
par Brodard et Taupin à La Flèche (Sarthe)
le 22 juin 1995. 1107M-5
Dépôt légal juin 1995. ISBN 2-277-23969-0
Éditions J'ai lu
27, rue Cassette, 75006 Paris
Diffusion France et étranger : Flammarion

3969